Luise Rist
Rosenwinkel

DIE AUTORIN

Luise Rist, geboren 1970, war nach ihrem Studium in Heidelberg und Berlin Dramaturgin am Deutschen Theater Göttingen, wo erste eigene Theaterstücke entstanden. Sie schrieb für Stadt- und Staatstheater und in den letzten Jahren insbesondere für ihr gemeinsam mit einer Regisseurin gegründetes und aus Schauspielern, Tänzern und Musikern bestehendes Freies Theater *boat people projekt*. Zu dem internationalen Team gehören auch Jugendliche ohne Bühnen-, aber mit Fluchterfahrung, u. a. aus dem Kosovo, Bosnien und Serbien, mit denen Luise Rist eigene Stücke inszeniert. *Rosenwinkel* ist ihr erster Roman.

Luise Rist

Rosen winkel

cbt

Der Verlag weist ausdrücklich darauf hin, dass im Text enthaltene externe Links vom Verlag nur bis zum Zeitpunkt der Buchveröffentlichung eingesehen werden konnten. Auf spätere Veränderungen hat der Verlag keinerlei Einfluss. Eine Haftung des Verlags ist daher ausgeschlossen.

Dieses Buch ist auch als E-Book erhältlich.

Für Sandra

FSC
www.fsc.org
MIX
Papier aus verantwortungsvollen Quellen
FSC® C014496

Verlagsgruppe Random House FSC® N001967

3. Auflage
Originalausgabe September 2015

Umschlaggestaltung: init | Kommunikationsdesign, Bad Oeynhausen, unter Verwendung eines Motivs von Reimar de la Chevallerie, Gettyimages (Emily Golitzin), Corbis (Roger Hutchings/In Pictures, David Turnley)
jb · Herstellung: kw
Satz: KompetenzCenter, Mönchengladbach
Druck: GGP Media GmbH, Pößneck
ISBN: 978-3-570-31011-3
Printed in Germany

www.cbt-buecher.de

1

Jeden Morgen bin ich um kurz nach acht im Freibad und ziehe meine Bahnen. Heute bin ich spät dran, auf der großen Uhr im Eingangsbereich sehe ich, dass es schon fast neun ist. Das ist schlecht. Ab neun Uhr dreißig fängt der übliche Badebetrieb an, und das heißt, dass ich spätestens dann Gefahr laufe, jemanden aus meiner alten Schule zu treffen. Ich habe gerade Abi gemacht. Die meisten Mädchen aus meinem Jahrgang gehen als Au-pair nach Australien oder Amerika oder was weiß ich wohin. Wenn ich sie treffe, muss ich mir anhören, dass sie nach ihrem Auslandsjahr studieren werden, und sie wissen natürlich auch längst, welche Fachrichtung es sein wird.

Maribel und Janne sind schon weg. Von der Au-pair-Front kriege ich ständig News, und ich muss lesen, wie cool alles ist und wie süß die Kinder sind. Janne schreibt dauernd, wie »krass schräg drauf« ihre »American Mum« sei. Krass schräg, die Mutter. Dafür muss ich nicht nach Amerika reisen.

Als ich die Umkleidekabine betrete, treffe ich auf eine Mutter mit zwei verwöhnten Mädchen, deren Stimmen babyhaft verstellt klingen: »Maama, ich maaag aber ein Eis.« Die Stimmlage würde ich sofort verbieten, wenn ich auf die Kinder aufpassen müsste. Ich ziehe mich in der Einzelkabine um und beeile mich, ins Wasser zu kommen. Es ist ganz schön kalt. Während ich die erste Bahn schwimme und mir allmählich wärmer wird, beruhigt es mich, dass vor zehn Uhr sowieso keiner, den ich kenne, schwimmen geht.

Außer mir sind nur Hausfrauen und alte Männer da, wie jeden Morgen. Wir grüßen uns freundlich und lassen uns in Ruhe. Manche Leute haben im Wasser ihre Brillen auf und schwimmen mit hoch erhobenem Kopf. Ich überhole gerade eine Schwimmerin, die eine Bademütze mit schrill bunten Gummi- oder Plastikapplikationen trägt, da ruft es zu mir rüber: »Hallo Frida!« Vor Schreck wäre ich fast abgetaucht. Es ist Maribels Mutter, und die Mütze ist definitiv extra retro, und ich weiß sogar, woher sie sie hat, nämlich aus dem Vintage-Shop, in dem Maribel auch immer ihre ausgefallenen Klamotten kauft. Mit denen sie jetzt in Australien bestimmt punkten kann. Maribels Mutter dreht sich auf den Rücken, schießt schwungvoll auf mich zu und kreuzt meine Bahn.

»Wie geht's?«, fragt sie, ihr Gesicht zeigt in den Himmel. Erst nach dem »Wie geht's?« wirft sie mir einen lauernden Seitenblick zu.

»Gut«, antworte ich und will weiterschwimmen. Leider ist es unmöglich, an Maribels Mutter vorbeizukommen. Sie liegt quasi quer auf meiner Bahn und lässt sich auf dem Rücken treiben wie auf einer Luftmatratze im offenen Meer.

»Und, was hast du vor, Frida, gehst du auch ins Ausland?«

Einer der alten Männer steht am Beckenrand und prüft mit den Fußspitzen die Wassertemperatur. Er starrt mich an, als wäre ich der unerwünschte Besuch vom Mars. Ich bin bereits im Ausland.

Maribels Mutter ist abgetrieben.

Das Wasser ist kalt heute, mir ist kalt. Ich habe keine Ahnung, was ich mit meinem gar nicht mal komplett verhauenen Abi anfangen soll. Maribel hat von allem eine Ahnung. Sie weiß exakt, was ihr liegt, was sie mag, was sie nicht mag. Ich bin der Katzentyp, sagt sie, wenn wir eine Katze sehen. Du bist der Hundetyp, sagt sie, wenn ich einen Hund streichle. Ich bin aber gar kein Typ.

Ich weiß nicht, ob ich abnehmen soll, um so dünn zu werden wie die anderen aus meiner Jahrgangsstufe, oder ob es mir sogar besser stehen würde, etwas weiblicher zu wirken. Das meint meine Mutter. Dass ich der »weiblichere Typ« bin. Meine Oberschenkel sehen dick aus unter Wasser, richtig behäbig komme ich mir vor. Maribels Mutter ist, genau wie ihre Tochter, dünn wie ein Topmodel. Ich sehe sie nicht an und versuche endlich vorbeizuziehen.

»Maribel findet es toll in Sydney«, höre ich.

»Super«, rufe ich, eine Spur zu laut. »Australien ist bestimmt spannend!« Vielleicht würde ich es auch spannend finden, wenn ich wüsste, dass mir dort die Jungs scharenweise hinterherlaufen, wie es bei Maribel der Fall sein wird. Wenn man ein Gesicht hat wie Maribel oder auch wie Janne, wenn man so klein und so dünn ist wie die beiden, dann ist die Zeit in Australien oder Amerika logischerweise toll. Ich schwimme schneller, überhole Maribels Mutter und versuche, mich auf meine Armbewegungen zu konzentrieren.

»Maribel hat viel Spaß bei ihrer Familie«, höre ich jetzt tatsächlich. Einatmen, ausatmen. Vielleicht hätte ich auch ins Ausland gehen sollen. Auf Kinder aufpassen in Sydney oder

Kalifornien, um ein Jahr später mit perfektem Englisch – dazu mit operierter Nase, einer optimistischeren Lebensauffassung sowie einem eindeutigen Berufswunsch – nach Hause zurückzukehren. Meine Mutter hätte das auf jeden Fall befürwortet. Schon allein, um zu verhindern, dass ich planlos herumhänge wie jetzt, obwohl sie, zumindest was Kalifornien anbetrifft, skeptisch wäre. Ihrer Ansicht nach ist Amerika gefährlich, »weil man da ja Angst haben muss, von verrückten Hausbesitzern erschossen zu werden, wenn man eine Blume vom falschen Grundstück pflückt oder auf der Straße zu laut hustet«. Glücklicherweise verabschiedet sich Maribels Mutter und ich kann endlich in Ruhe schwimmen. Nach einer Weile im Wasser habe ich das Gefühl, ganz leicht zu werden.

Beim Schwimmen merke ich nie, wie die Zeit vergeht. Als ich schließlich aufbreche, ist es fast zehn Uhr. Schnell weg von hier, bevor ich die ganze Fraktion der angehenden Au-pair-Mädchen und Medizinstudentinnen treffe.

Zu Hause angekommen, gehe ich erst mal auf Facebook. Maribel hat ein Foto gepostet. Sie füttert ein Känguru und sieht sehr niedlich aus. Das Känguru selbst guckt böse. Die Kommentare sind, natürlich, alle positiv. Süüüß! Janne hat ein Selfie gemacht. Sie blinzelt in die Sonne. Am liebsten würde ich mit dem Rad in die Stadt fahren, um mir von dem Geld, das meine Mutter für den Einkauf auf den Tisch gelegt hat, genau den gleichen H&M-Schal, den Janne auf dem Foto trägt, zu kaufen. Das würde sich bestimmt gut anfühlen, zumindest für einen Moment – für den Moment, in dem ich an der Kasse stehe und den Schal bezahle. Das Problem ist nur, dass Janne auf dem nächsten Foto, das sie posten wird, eine neue Frisur hat und längst einen anderen Schal oder gar keinen mehr.

Ich schmiere mir ein Nutellabrot und esse Joghurt, obwohl ich von Milchprodukten Pickel kriege. Ich habe ein schlechtes Gewissen, weil ich Janne und Maribel nicht einfach eine gute Zeit wünschen kann. Schließlich sind sie die Einzigen aus meinem Jahrgang, die ich als Freundinnen bezeichnen würde.

Den Rest des Tages verbringe ich in einem komatösen Zustand vor dem Computer. Regungslos hänge ich in meinem Knautschsessel, warte geschlagene Stunden auf Meldungen von Maribel und Janne, die aber nichts mehr von sich hören lassen. »Hast du dir was zu essen gekauft?«, höre ich plötzlich meine Mutter fragen. Sie steht in der Tür.

»Nee«, sage ich, ohne mich umzudrehen.

»Willst du was essen?«

»Ich bin satt.«

»Wovon denn?«

Aus den Augenwinkeln sehe ich, wie sie leicht den Kopf schüttelt.

»Soll ich uns eine Pizza holen?«

»Ich bin verabredet«, lüge ich. Abrupt erhebe ich mich aus meinem Sessel.

»Mit wem denn?«

Ich starre auf den Computer, als könnte ich noch schnell eine Antwort ablesen.

»Wo denn verabredet?«

»Wir gehen schwimmen«, sage ich, ohne nachzudenken.

»Schon wieder?«

»Mhm«, mache ich.

»Mit einem Freund?«

»Ja.«

»Schön«, sagt meine Mutter.

Sie weiß nichts von mir, wirklich gar nichts.

Als ich ins Badezimmer gehe, um zum Beweis für meine geplante Aktion ein Handtuch zu holen, bleibt sie wieder im Türrahmen stehen. Diesmal ist es die Badezimmertür. Noch mal zum Schwimmen losziehen ist gar keine schlechte Idee. Allerdings ist es gleich halb zwei. Höchstes Risiko, auf bekannte Gesichter zu stoßen.

Kurz entschlossen nehme ich den Bus und fahre in ein Viertel, das ich kaum kenne, weil hier weder Freunde noch Bekannte von mir oder meiner Mutter wohnen. Am Stadtbad Nord steige ich aus. Hier war ich noch nie.

Ich schließe meine Sachen im Spind ein, dusche und gehe dann, so schnell wie möglich, Richtung Schwimmbecken. Obwohl ich keine bekannten Gesichter sehe, fühle ich mich auf einmal unwohl in meinem Bikini und beobachtet.

Ich bin wie in Watte gepackt. Als würden mir Beine und Arme zwar gehören, aber nicht gehorchen. Eine Horde Jungs kommt auf mich zu, ich weiß nicht, wo ich hingucken soll, einer rempelt mich an. Automatisch entschuldige ich mich. Der Junge grinst. Ein Türke vielleicht. Ich sehe nur Männer, nirgendwo Mädchen oder Frauen. Irgendjemand lacht. Über mich? Ungelenk stakse ich die Stufen hinab ins Becken und tauche sofort ganz unter. Als sei ich eine versierte Taucherin, die keine Zeit zu verlieren hat, weil sie trainieren muss. Unter Wasser verschaffe ich mir einen kleinen zeitlichen Puffer – werde ich mich trauen, einfach unbeirrt meine Bahnen zu ziehen? Warum habe ich mir die Beine nicht frisch rasiert? Habe ich zugenommen?

Bis mich etwas aus meinem Gedankenstrom reißt, mich weiter nach unten drückt und ich die Orientierung verliere. Die Zeit reicht nicht aus, um wirklich panisch zu werden, denn blitzschnell bin ich wieder oben, in weniger als einer Sekunde hat mich eine riesige Welle an die Wasseroberfläche geschleudert. Ich huste und spucke Wasser aus.

»Manusch«, sagt jemand. Ich reibe mir die brennenden Augen.

»Was?«

Ein fremdes Mädchen, um die sechzehn, siebzehn Jahre alt, strahlt mich an, als habe es eine alte Bekannte wiedergetroffen.

»Komm schon!«

Wer ist das denn?

Ich schwimme in ihre Richtung, höre ihr Kichern, aber es ist fast unmöglich, sie einzuholen. In Höchstgeschwindigkeit durchpflügt sie das Wasser, und ich muss mich wahnsinnig anstrengen, um mithalten zu können. Der Ehrgeiz packt mich. Kurz bevor sie den Beckenrand erreicht, habe ich aufgeholt. Da zieht sie sich nach oben, springt auf die Füße und rennt zum Sprungturm. Ungläubig sehe ich zu, wie sich dieses Mädchen, das mich verwechselt hat oder das mich von irgendwoher zu kennen glaubt, wie dieses Mädchen rückwärts – rückwärts! – vom Zehnmeterbrett springt und sich in der Luft dreht, unfassbar schön, und lautlos, wirklich lautlos, ins Wasser eintaucht. In meinen Ohren ist Stille. Ich höre nichts mehr. Gar nichts. Wie kann man durch die Luft und durch das Wasser segeln, als wäre es ein und dasselbe Element!? Davon abgesehen, dass ich mich gar nicht auf den Zehner trauen würde. Auch nicht auf den Fünfer. Ich springe überhaupt nie ins Wasser.

»Wow!«, sage ich.

»Das kannst du auch«, sagt das fremde Mädchen, das vor mir auftaucht und mich schon wieder anstrahlt.

»Nee«, erwidere ich. »Auf keinen Fall.« Die Stimmen im Hintergrund sind auf einmal wieder da. Die mir nach wie vor völlig Unbekannte hat lange schwarze Haare und ganz dunkle Augen. Irgendetwas Erfahrenes liegt in ihrem Blick. Vielleicht ist sie auch schon älter?

»Muss mal eben meine Haarspange suchen«, höre ich nur, dann ist sie wieder abgetaucht. Reflexartig hole ich tief Luft und folge ihr. Meine Augen brennen wie Feuer, als ich kurz vor ihr mit der Trophäe in der Hand oben ankomme.

Sie grinst, nimmt die Spange entgegen und steckt sich die Haare im Nacken zusammen. »Ich heiße Anita.«

Ein paar Typen kraulen dicht an uns vorbei, werfen ihre Arme mit Wucht ins Wasser und ihre Augen mit der gleichen Vehemenz auf Anita. Das Erste, was ich denke, ist, dass ich gar kein Gefühl von Neid empfinde. Normalerweise registriere ich alle Blicke, die nicht mir gelten, mit einem Gefühl des Versagthabens.

»Du hast mich mit jemandem verwechselt«, sage ich.

»Wie bitte?«

Scheiße. Falscher Satz. Natürlich hat sie mich verwechselt, aber das ist eigentlich egal.

»Verwechselt?«

»Na ja«, sage ich. »Ich bin nicht Manusch. Aber …«

Anita sagt gar nichts.

Manusch. Wer soll das sein?

»Ich heiße Frida.«

Anita lächelt geheimnisvoll. »Dann bist du eben eine Manuschni!«

Manusch, Manuschni? Ist das etwas, das ich kennen müsste? Nimmt sie überhaupt wahr, dass ich nicht weiß, wovon sie spricht?

»Du siehst voll süß aus«, sagt sie. »Deshalb glupschen die auch alle hier rüber.« Ich muss laut lachen. Glupschen! »Anita, die Jungs glupschen mich nicht an. Die gucken doch nur wegen dir!«

Immer noch völlig perplex, muss ich lachen. Wie absurd! Anita lacht mit, obwohl sie nicht weiß, warum ich das so lustig finde.

Ich sehe süß aus, hat sie gerade gesagt.

Wir schwimmen zum Beckenrand. Die Typen positionieren sich ganz in unserer Nähe.

»Der mit den Locken gefällt mir«, sagt Anita und blinzelt mir verschwörerisch zu. Er hat einen breiten Rücken, starke Arme und sieht ein bisschen älter aus als die anderen. Anita mustert ihn aus den Augenwinkeln, während sie die Beine ausstreckt, Wasser tritt und mir ab und zu eine kleine Dusche zukommen lässt.

»Und dir? Welchen magst du?«

Ich lache immer weiter. »Hör auf! Keine Ahnung!«

Es hat keine Bedeutung, ob mir ein Typ gefällt, denn es ist glasklar, dass ich bei einem, der mir gefällt, keine Chance habe.

»Keiner«, sage ich und kichere, denn mir gefallen sie alle, diese türkisch oder arabisch aussehenden jungen Männer, die für Anita ihre Muskeln spielen lassen.

»Ach so, du hast einen Freund.«

Sie zwinkert mir zu. Ich verstehe erst verzögert, was sie meint.

»Komm jetzt!«

»Ich kann das nicht«, sage ich.

»Ich zeig es dir.«

Anita stellt sich an den Beckenrand, erklärt mir, wie ich stehen soll. Ich registriere sämtliche Augenpaare, die sich von allen Seiten auf uns richten, die mich jetzt zu fixieren scheinen. Ich presse die Lippen zusammen. Ich kann nicht springen. Konnte ich noch nie. Mein Körper zittert. Peinlich.

Du musst eine Ruhe in den Körper kriegen, höre ich Anita sagen, und wenn du die Ruhe hast, ist es egal, ob du hier vom Beckenrand springst oder von ganz oben. Leicht gesagt. Trotzdem habe ich auf einmal den Eindruck, schärfer zu sehen. Die Konturen werden überdeutlich, die Geräusche allerdings unangenehm laut in meinen Ohren, fast betäubend.

»Du musst so lange stehen, bis du nichts mehr hörst, bis alles still ist.«

Ich bleibe still stehen und spüre vor allen Dingen die Anwesenheit eines Mädchens, das mich zu kennen glaubt und das ich kennenlernen möchte. So jemandem wie Anita bin ich noch nie begegnet.

Die Türken oder Araber springen jetzt alle gleichzeitig von der Seite ins Wasser, eine alte Frau beschwert sich, und der Bademeister kommt, um eine Verwarnung auszusprechen. Ich stehe wie angewurzelt. Ich friere. Ich höre alles dreimal so laut, aber es macht mir nichts aus.

Ich habe das Gefühl, dass jetzt gerade etwas beginnt, dass jetzt in diesem Augenblick eine Geschichte begonnen hat, die Geschichte von Anita und Manusch. Ich weiß nicht, wer Anita ist, aber ich weiß, dass ich Manusch sein möchte und dass ich nichts lieber tun würde, als mit Anita ins kalte Wasser zu springen.

2

Ich gehe nicht mehr zu den Hausfrauen schwimmen. Stattdessen nehme ich morgens den Bus und fahre ins Stadtbad Nord. Jede einzelne Station wird mir von Tag zu Tag vertrauter, wie die Leute, die ein- und aussteigen. Die Robert-Koch-Straße, an der immer nur Inder mit Turbanen stehen, die Gottwald-Allee, eine Haltestelle in einer hässlichen Straße, die ihren schönen Namen nicht verdient, und die Poststraße, an der immer der Obdachlose in der Mönchskutte steht, dessen Hund zwei verschiedenfarbige Augen hat, braun und blau. Oder die Wiesenstraße, in der immer eine Gruppe alter Leute zusteigt, die ich nie sprechen höre. Sind sie stumm? Oder hören sie nichts mehr? Schweigend fahren sie zusammen, sie unterhalten sich nie.

Ich treffe Anita immer an der gleichen Stelle. Bereits vor meinem Eintreffen hat sie unseren Platz bei einem der wenigen Bäume der Anlage mit ihrem Justin-Bieber-Handtuch belegt. Sobald ich das Handtuch sehe, bekomme ich einen Lachanfall, woraufhin Anita jeden Tag aufs Neue behauptet, das Handtuch gehöre ihrer kleinen Schwester. Das sagt sie zwar immer, aber heute klingt es so unglaubwürdig wie selten, und ich kriege aus ihr heraus, dass sie vor »langer Zeit« ein großer Justin-Bieber-Fan war.

»Und was magst du jetzt?«

Anita zuckt mit den Schultern. Sie nennt mir ein paar Namen, mit denen ich gar nichts anfangen kann. Ich frage sie, ob sie Musik dabeihat, die sie mir mal vorspielen könne.

»Ich habe noch nicht mal ein Handy«, sagt sie.

Kein Handy? Ich dachte, sie würde es nur zu Hause lassen, weil es im Schwimmbad geklaut werden könnte.

»Mein Vater erlaubt mir kein Handy«, sagt sie noch. Bevor ich weitere Fragen stellen kann, öffnet Anita ihre Tasche und überreicht mir ein in Alufolie eingewickeltes Päckchen. Jeden Tag bringt sie köstlichen Proviant mit, auf den ich mich bereits während der Busfahrt freue.

Heute gibt es Teigrollen, so was Ähnliches wie türkisches Börek, mit Fleisch und Gemüse, danach süßen Strudel mit Zimt und Nüssen. Ihre Mutter scheint den ganzen Tag zu kochen und zu backen.

Anita sagt, dass sie in ihrer Familie die Einzige ist, die gerne schwimmen geht. »Ich weiß gar nicht, ob die überhaupt schwimmen können«, sagt sie und kichert. Das Freibad sei übrigens der einzige Ort, an dem sie mal alleine sein könne. Oder eben mit einer Freundin. Dabei guckt sie mich an.

Alleine? Wir sind umgeben von Menschenhorden, sonnencremeglänzenden Halbnackten, die uns mit ihrem Geschrei und ihren Pommes-Schwaden auf die Pelle rücken, auf der Wiese ist kaum Platz für unser Handtuch.

»Alleine bin ich nur zu Hause in meinem Zimmer«, sage ich. Anita sieht mich interessiert an. Dass ich Einzelkind bin, weiß sie schon. Aber dass ich ein Zimmer für mich alleine habe, kommt ihr trotzdem extrem seltsam vor.

»Krass«, sagt sie. »Ist das nicht ein bisschen einsam?«

Diese Frage habe ich mir noch nie gestellt.

»Ich teile das Zimmer mit meinen drei Schwestern. Meine beiden Brüder schlafen auf einem Klappsofa im Wohnzimmer.«

Das kann ich mir wiederum überhaupt nicht vorstellen.

»Wohnst du in einer Villa?«, fragt sie.

»Spinnst du?«

Wir lachen uns beide kaputt über die Vorstellung, zusammen eine Villa zu bewohnen, mit Hausangestellten und einem Pool, den nur wir beide benutzen dürfen.

»Magst du heute mit zu mir nach Hause kommen?«, frage ich. »Du könntest bei mir übernachten.« Anita schüttelt den Kopf.

»Erlaubt mein Vater nicht.«

»Ist der so streng? Warum darfst du eigentlich kein Handy haben?«

»Das ist wegen der Jungs«, sagt Anita. Sie kichert und findet es zwar ärgerlich, kein Handy zu besitzen, aber irgendwie auch nicht so tragisch.

»Hast du Angst vor deinem Vater?«

Ich stelle mir einen kleinen bösen Mann mit Schnauzbart vor, der seine Töchter schlägt.

»Angst?« Anita lacht über meine Sorge. Herzhaft beißt sie in eine Teigrolle und meint, dass ich mir da keine Gedanken machen müsse. »Und wenn, dann geht es eher um meinen Onkel«, sagt sie. »Er verbietet ziemlich viel.«

»Wohnt der auch bei euch?«

Anita winkt ab.

»Komm, lass uns wieder ins Wasser gehen.«

»Wir haben doch gerade erst gegessen«, protestiere ich, aber das ist ihr egal. Anita kann immer essen, vor oder nach dem Schwimmen, und das Essen kann ihrem Körper offenbar gar nichts anhaben. Sie nimmt auch nicht zu, kein Gramm, niemals.

»Na los!« Unbarmherzig zerrt sie an mir und zieht mich, mein Jammern ignorierend, an den Armen hoch.

»Nur, wenn du mich besuchen kommst«, sage ich.

»Klar komm ich mal zu dir«, sagt Anita. »Aber wir haben doch noch Zeit!«

»Du kannst deinen Onkel ja mitbringen«, sage ich grinsend.

Anita kichert. »Komm schon!«

Wir schwimmen, und mit jedem Zug wünsche ich mir, dass der Sommer nie endet.

***

Unsere Treffen folgen einer gewissen Routine. Mein Gang zum Justin-Bieber-Handtuch, unsere erste Runde im Wasser, ein bisschen Herumplanschen, dann gleich mal ein Snack. Die Brote, die ich von zu Hause mitbringe, kommen an die Sachen von Anitas Mutter bei Weitem nicht heran. Manchmal essen wir auch erst einmal nur Schokolade oder diesen Kuchen, den Anita öfters dabeihat, der eigentlich nach nichts schmeckt, aber trotzdem süchtig macht. Die zweite Runde im Wasser ist ehrgeiziger. Wir ziehen ein paar Bahnen und versuchen dabei, synchron zu schwimmen. Wenn es richtig gut klappt, das heißt, wenn wir komplett jede kleinste Bewegung exakt gleich ausführen, dann tauchen wir synchron. Wir haben eine richtige Choreografie entwickelt, bei der wir zuerst gemeinsam eine

Rolle vom Beckenrand ins Wasser machen – aufs Sprungbrett traue ich mich noch nicht –, und zwar auf Kommando mit exakt der gleichen Geschwindigkeit. Wir üben das so lange, bis wir wirklich gleichzeitig untertauchen. Auf dem Beckenboden angekommen, machen wir beide einen Handstand. Dann gibt es eine Figur, bei der man nach oben gehoben wird, auf den Schultern der anderen steht und rückwärts einen Salto macht. Das kann ich natürlich nicht.

»Noch nicht«, sagt Anita.

»Wo hast du das eigentlich gelernt?«, will ich wissen. Anita sagt, dass sie oft alleine im Schwimmbad war und sich mit dem Üben dieser Figuren die Zeit vertrieben hat.

Wir gehen Richtung Wiese, begleitet von den Blicken vieler dunkelhaariger junger Männer, und ich erzähle von meinem Hausfrauenschwimmbad. »Dort gibt es zum Beispiel keine Türken«, sage ich.

»Was für Türken?«, fragt Anita.

»Nicht so laut«, sage ich. »Die können uns doch hören!«

»Das sind Albaner!«, sagt Anita ungerührt und, wie ich finde, mit Absicht laut. Am Beckenrand sitzt ein komplett behaarter alter Mann, der plötzlich auflacht.

Ich weiß gar nicht, wo Albanien liegt.

»Das sind Albaner aus dem Kosovo, und der Kosovo liegt in Jugoslawien«, sagt Anita und drückt auf den Knopf. Die Außendusche geht an und wir lassen uns vollregnen.

»Jugoslawien gibt es doch gar nicht mehr«, sage ich. So habe ich es zumindest mal in der Schule gelernt.

Die Dusche geht aus.

»Vor dem Krieg hieß das aber Jugoslawien«, sagt sie. Wir

stellen uns an den Beckenrand, wo wir eine Weile warten müssen, bis die Bahn frei ist. Dann lässt sich Anita rückwärts ins Wasser plumpsen, absichtlich ohne jede Eleganz, nur um ordentlich Wasser zu verspritzen. Ein junger Vater mit mehreren Kindern, denen er offenbar gerade Schwimmunterricht erteilt, schimpft auf einer mir unbekannten Sprache und wechselt die Bahn.

»Scheiß-Albaner«, prustet Anita.

»War das ein Albaner? Kennst du die Familie?«

»Der spricht albanisch mit mir, weil er denkt, ich verstehe das.«

»Anita, du redest echt wirr. Warum sollte er denken, dass du ihn verstehst?« Manchmal ist sie so sehr in ihrer eigenen Logik, dass es unmöglich ist, ihr zu folgen.

»Komm schon rein!«

Ich lasse mich ins Becken fallen, stürze mich auf sie und ziehe sie unter Wasser. Anita strampelt sich frei und taucht blitzschnell davon.

»Also«, fange ich wieder an, als ich sie eingeholt habe, »ob das nun Albaner sind oder nicht, keine Ahnung, woran du das erkennst, auf jeden Fall bewundern dich alle, selbst wenn du ihnen das Wasser kübelweise über die Köpfe kippst.«

Anita grinst. Wie bestellt und nicht abgeholt klammert sich ein junger Mann ganz in unserer Nähe an eine rote Bahnmarkierung.

»Meinst du den Typi da?«, fragt Anita und lacht.

Ich weiß nicht, was da los ist mit ihr und den Albanern, aber heute werde ich es wohl nicht mehr herausfinden.

»An die Arbeit«, sagt Anita nämlich jetzt. Eine Stunde lang

üben wir eine Figur, die wir »betrunkener Engel« nennen. Aber nur, weil ich immer rückwärts falle, wenn ich die Arme ausbreiten soll. Um uns herum bildet sich – wieder mal – eine Traube »glupschender Typis«, aber es macht mir nichts aus. Im Gegenteil.

In unserer Trainingspause essen wir heute nur Süßigkeiten, sonnen uns, lästern über die Jungs und dann schlafen wir ein bisschen. Das Synchronschwimmen ist so anstrengend, dass wir auch in den letzten Tagen schon ein paarmal einfach weggenickt sind. Ich habe früher nie auf der Wiese im Schwimmbad geschlafen. Überhaupt schlafe ich normalerweise gar nicht ein, wenn Leute um mich herum sind. Ich fühle mich dann beobachtet und kann kein Auge zutun. Jetzt aber ist es toll, im Halbschatten zu liegen, langsam trocken zu werden und zu dösen.

»Ins Schwimmbad darfst du doch auch den ganzen Tag«, sage ich, ohne die Augen zu öffnen. »Warum darfst du dann nicht zu einer Freundin nach Hause gehen?«

Anita dreht sich zu mir. Ihre Haut, die von Natur aus dunkler ist als meine, ist von der Sonne ganz schön braun geworden.

Auf meine Frage reagiert sie nicht.

»Habe ich was Falsches gesagt?«

Sie schüttelt den Kopf. »Wir sind Roma«, sagt sie.

Roma? Ich dachte, ihre Eltern stammen aus Bosnien, das hatte sie mir an einem der ersten Tage gleich erzählt.

»Meine Eltern kennen keine Gadsche.«

»Wen?«

Anita lacht verlegen. Das Wort »Gadsche« ist ihr so herausgerutscht. Das ganze Thema ist ihr unangenehm.

»Was soll das sein?«, frage ich trotzdem.

Im ersten Moment sagt sie nichts.

»Ist das so was wie Manusch?«

Wieder schüttelt sie den Kopf.

»Wo ist das Problem? Dann seid ihr eben Roma.«

»Meine Eltern kommen aus Bosnien«, sagt Anita. »Mein Vater ursprünglich sogar aus dem Kosovo. Deshalb mögen wir auch keine Albaner.«

Bosnien, der Kosovo, und jetzt wieder die Albaner?

Ich habe mir über Roma noch nie Gedanken gemacht. Bisher kannte ich keine. Bei mir auf der Schule war meines Wissens niemand, der aus einer Roma-Familie stammt. Roma und Sinti, habe ich so im Ohr. Ist das das Gleiche? Ich verschiebe die Frage auf irgendwann mal.

»Und was heißt jetzt ›Gadsche‹?«, frage ich wieder.

Anita grinst.

»Das seid ihr! ›Gadsche‹ heißt: Nicht Roma.«

»Wie, nicht Roma?«

»Nicht Roma, ja, genau.«

Wir müssen beide lachen. Nicht Roma? Was denn dann?

»Weiß ich nicht«, sagt Anita. »Ich weiß nicht, was ihr seid. Wir sagen das so. Das ist für uns total normal.«

Ich weiß auch nicht, was ich bin.

»Du bist anders«, sagt Anita und legt sich ihr T-Shirt über die Augen. Die Sonne brennt.

Gadsche.

Ich lege mich neben sie und werde bald einen Sonnenbrand kriegen, wenn ich mich nicht eincreme.

»Wie schreibt man das? Kennst du noch mehr Wörter?«

Anita kichert.

»Bokailjan? Hast du Hunger?«

Sie wirft das Shirt weg und greift im Liegen nach ihrer Tasche. »Das hier ist Pita. Pita ist Börek. Das ist fast gleich wie bei den Türken. Und das ist Kuchen: Rowanija.«

»Rowanija«, wiederhole ich.

»Mange Rowanija dali Pita?«, fragt Anita.

»Kuchen und Pita?«, rate ich.

Anita nickt. »Fast. Dali heißt oder. Rowanija oder Pita?«

Ich versuche, es richtig nachzusprechen.

»Das ist Romanes, meine Muttersprache. Sprechen wir aber nur zu Hause.«

Anitas Sprache klingt zauberhaft.

»Sie kommt aus dem Sanskrit«, erklärt sie. »Es ist eine indische Sprache, weil wir nämlich von den Indern abstammen. Vor über achthundert Jahren haben sich die Roma von Indien aus über die ganze Welt verstreut.«

Sie teilt den Strudel und reicht mir die Hälfte. Es krümelt auf Justin Biebers bleckende Zähne.

»Amen sam Roma.«

»Was heißt das?«

»Wir sind Roma!«

»Und was heißt ›Manusch‹?«, frage ich. Anita zögert kurz, dann sagt sie: »›Manusch‹ heißt Mensch«.

»Echt?«

»Manusch oder Manuschni, männlich und weiblich. Man kann aber auch einfach Manusch sagen, auch zu einer Frau.«

Wir sitzen ziemlich lange da, ohne etwas zu sagen. Um uns herum tobt der Bär. Eine lärmende Nachbarsfamilie diskutiert die Möglichkeit eines Getränkekaufs.

»Roma«, sage ich. »Das ist echt spannend.« Anita lacht auf, es klingt ein bisschen genervt.

»Ich gehe dann mal springen«, sagt sie. Ich verfolge, wie sie auf den Zehnmeterturm steigt, einen Moment lang oben steht, kerzengerade, und dann Anlauf nimmt. Ich liege auf dem Bauch, beobachte jeden ihrer Sprünge, bis sie zurückkommt und das nasse Handtuch auf meinen Rücken wirft. Ich schäme mich ein bisschen für meine Bemerkung. Spannend. Was für ein Scheiß! Ob sie jetzt denkt, ich will mich anbiedern?

»Komm doch morgen zu mir nach Hause«, sagt Anita. »Ich habe Geburtstag.«

Ich freue mich. Ich freue mich riesig. »Super«, sage ich etwas hölzern. Ich bin aufgeregt bei dem Gedanken, Anita zu Hause zu besuchen.

»Wo wohnst du eigentlich genau?«, frage ich, als wir uns an der üblichen Ecke verabschieden, zwischen dem arabischen Kiosk und REWE. Vor dem Kiosk sitzt der Obdachlose von der Poststraße auf dem Bordstein. Ich zeige Anita den Hund mit den verschiedenfarbigen Augen, aber sie zieht mich schnell weg. »Ich komme noch ein Stück mit«, sagt sie und geht schnellen Schritts mit mir zur Haltestelle. Meine Frage hat sie vergessen oder nicht gehört. Sie wirkt von einem Moment auf den anderen angespannt.

»Wo muss ich denn morgen hin?«

»Was?«

Anita guckt erschrocken.

»Wie deine Straße heißt, wollte ich wissen.«

»Ach so. Ich wohne im Rosenwinkel.«

Sie guckt noch immer so komisch. Irgendetwas scheint ihr durch den Kopf zu gehen.

Der Bus fährt los. Wir winken uns zu, bevor ich ganz nach hinten zu einem freien Platz gehe. Als ich mich setze, zischt etwas: »Zigeuner, verpisst euch!«

Mein Herz klopft laut. Ich habe eine richtige Gänsehaut. Der Mann mir gegenüber, ein ganz normal aussehender Mann, vom Äußeren her kein Neonazi oder so, starrt nach draußen. Er hat nicht mich gemeint. Er hat auch nicht Anita gemeint, die gar nicht mehr da steht. Er meint die Frau, die an der Ecke zwischen dem Kiosk und dem REWE-Markt kauert und die Passanten anbettelt. Neben ihr der Obdachlose mit seinem Hund. Hatte die Frau da eben auch schon gesessen? Hatte Anita sie gesehen und wollte wegen ihr so schnell weg?

Die Bettlerin wird immer kleiner, bis sie aus meinem Blickwinkel verschwindet, weil der Bus an der Kreuzung Richtung Innenstadt abbiegt. Ich sehe Anitas Sprung vom Zehnmeterturm und ihr Strahlen, als ich durch die Wiesenstraße fahre und aufstehe, um einer der zusteigenden alten Damen meinen Platz anzubieten. Ich lehne mich an eine Stange, schließe die Augen und tauche unter. Mein Körper ist von Wasser umschlossen und ganz leicht. In der folgenden Nacht träume ich vom Rosenwinkel.

3

Nach dem Frühstück bin ich erst einmal damit beschäftigt, zu entscheiden, was ich anziehe. Sonst war es immer ganz einfach. Für das Schwimmbad zieht man sich nicht besonders gut an, weil man ja sowieso immer in Badesachen rumläuft. Heute ist es anders. Ich besuche Anita zu Hause. Was soll ich da anziehen? Meine Mutter stört meine Überlegungen. Ständig will sie etwas von mir. Sie fragt immer wieder so Sachen wie »Kannst du deiner Freundin wirklich vertrauen?« oder »Pass gut auf deine Sachen auf, wenn du dort bist.«

»Ich dachte, du bist so tolerant?«

»Es ist nicht, weil das Zigeuner sind«, sagt meine Mutter. »Aber das Viertel dort unten, das ist schon nicht so ohne.«

»Die heißen nicht Zigeuner, das sind Roma«, sage ich. »Und ich gehe ›dort unten‹ seit zwei Wochen jeden Tag schwimmen.«

»Ich habe ja nichts gegen die«, sagt meine Mutter.

Hört sie gar nicht zu?

»Ich kenne noch Zigeuner, die haben in meinem Dorf damals Messer geschliffen und Geigen verkauft.«

Was für ein Dorf?

»Außerdem ist es ein Unterschied, ob du in ein Stadtbad gehst oder zu jemandem nach Hause.«

»Denkst du, die wollen was von mir? Mein Geld?« Meine Mutter regt mich echt auf. Wenn sie wüsste, dass ich es bin, die den ganzen Tag Anitas mitgebrachten Proviant isst. Ich werfe fast den gesamten Inhalt meines Kleiderschranks aufs Bett, probiere alles Mögliche an.

»Wann entscheidest du dich, ob du studieren möchtest?«

Meine Mutter steht wieder im Türrahmen. Ich weiß, dass es sie Kraft kostet, mit mir diese Gespräche zu führen, bei denen ich nicht »kooperiere«, weil sie selbst nicht fit ist. Ich sehe, dass sie dunkle Augenringe hat. Wahrscheinlich hat sie nachts wieder nicht schlafen können. Ihr Gesicht sieht traurig aus.

Ich habe Angst, sie könnte mich jetzt berühren wollen, aber sie zieht sich zurück.

»Dann such dir wenigstens einen Job, Frida«, höre ich sie im Flur sagen. »Dein Vater zahlt auch nicht ewig für deinen Unterhalt.«

Meine Sachen stehen mir nicht. Null. Völlig falscher Stil. Wie konnte ich glauben, dass ich mit dieser Blümchenbluse gut aussehen würde? Ein Oberteil ist auf den Boden gefallen. Grün, mit einem ziemlichen Dekolleté, in dem ich mich erstaunlicherweise plötzlich gar nicht so schlecht finde. Dass ich im Spiegel meinen halben Busen sehen kann, ist irgendwie aufregend. Meine Mutter fragt, ob ich etwas mit ihr essen will, und anscheinend hat sie sogar gekocht, aber ich habe überhaupt keinen Hunger.

»Das sieht ein bisschen billig aus«, sagt sie mit Blick auf mein Oberteil.

»Finde ich nicht.«

»Was ist eigentlich mit Janne? Willst du nicht mal mit Janne ein Eis essen gehen?«

»Mama, Janne ist in Amerika. Maribel ist in Australien.«

Als meine Mutter aus dem Zimmer geht, gehe ich schnell noch mal auf Facebook. Janne schreibt tatsächlich I MISS YOU FRIDA. Dass sie an mich denkt, während sie in ihrem Traumland schwebt, ist schön. I miss you too, schreibe ich. Aber ich habe irgendwie gar kein Gefühl dabei. Ich fühle nichts.

Im Bus fühle ich allerdings wieder etwas, und zwar etwas äußerst Unangenehmes, nämlich wie ein Junge meinen riesigen V-Ausschnitt fokussiert. Ich werde rot. Mein ganzer Körper fühlt sich heiß und irgendwie schuldig an.

Der Typ guckt unablässig und die Fahrt zieht sich ewig in die Länge. Eine rote Ampel nach der anderen. Als ich endlich ankomme, gehe ich nicht direkt Richtung Rosenwinkel, sondern biege hinter dem Kiosk ab, auf eine größere Einkaufsstraße, in der Hoffnung auf irgendeinen Billigladen mit T-Shirts. Die Mädchen um mich herum, die alle viel jünger sind als ich, tragen hautenge Shirts, tief ausgeschnitten, bauchfrei. Es ist ihnen egal, ob einer guckt, beziehungsweise wollen sie ja, dass einer guckt, oder gerne auch ganz viele. Sie nehmen die grinsenden Blicke billigend in Kauf, kassieren sie ein wie teure Geschenke von Typen, die ihnen nichts bedeuten.

In mehreren Shops, einer schlimmer als der andere, probiere ich ramschige T-Shirts an, alle *Made in Bangladesh*, um am Ende in einem Geschäft für Mittfünfzigerinnen ein herabgesetztes »Übergangsjäckchen« zu erstehen. Immerhin ist es schwarz und erfüllt seinen Zweck. Ich ziehe es über. Sollte mich Anita auf das Teil ansprechen, sage ich einfach, dass ich gerade keine Zeit hatte und in der Eile nach der Jacke meiner Mutter gegriffen habe. Es geht mir häufiger so, dass ich Antworten übe auf Fragen, die mir vielleicht gestellt werden könnten. Davon abgesehen, dass meine Mutter niemals so eine spießige Jacke auch nur im Notfall anziehen würde, finde ich die neue Strategie nicht schlecht. Ich zerzause meine Haare noch in der Umkleidekabine des Ladens und frage dann die Verkäuferin, wie ich von hier aus am schnellsten zum Rosenwinkel komme.

»Arbeiten Sie da?«, fragt sie.

»Arbeiten?«

Die Verkäuferin mustert mich eingehend.

»Ich lasse das gleich an«, sage ich. Die Verkäuferin nimmt eine Schere und beugt sich über den Kassentisch zu mir, um das Preisschild abzuschneiden. Währenddessen überlege ich krampfhaft, warum ich im Rosenwinkel arbeiten könnte. Die Verkäuferin erläutert ungefragt, dass sie dachte, ich sei vielleicht eine junge Angestellte vom Sozialamt.

Aha, Sozialamt. »Hätte ja sein können«, lüge ich höflich, um der Frau ein gutes Gefühl zu geben. Aber unvermittelt wird sie ganz aufbrausend.

»Die reißen mir die Kleiderständer um«, ruft sie und zeigt mit der Schere vor die Tür. »Die aus dem Rosenwinkel!«

»Ach so? Und dass ich nicht von da komme, das sehen Sie mir an?«

»Sie sind Deutsche«, sagt die Frau. »Es gibt keine Deutschen im Rosenwinkel, außer eben den Leuten vom Sozialamt.«

»Ich bin nicht vom Sozialamt«, sage ich. »Ich bin zum Geburtstag eingeladen.«

Die Frau lässt die Schere sinken. Ich kann sehen, was sie denkt. Schade, dass sie nichts Böses mehr sagt, denn ich würde ihr jetzt gerne das Wort im Mund abschneiden.

***

Vier- oder fünfstöckige Häuser mit schmutzig gelben Fassaden, eins wie das andere, vor jedem Fenster Satellitenschüsseln, die abenteuerlich angebracht sind und manchmal weit vom Haus abstehen, als würde ein halber Meter etwas ausmachen, wenn es darum geht, Wellenlängen aus fernen Ländern zu empfangen, das ist der Rosenwinkel. Fasziniert starre ich auf die Schüsseln, die es bei mir im Viertel überhaupt nicht gibt. In welchem dieser Häuser wohnt denn jetzt Anita? Woher soll ich das wissen, wenn ich die Hausnummer nicht kenne? Wobei ich auch an den Hauseingängen keine Nummern entdecken kann. Alle Türen stehen offen, in einem Haus fehlt die Eingangstür sogar ganz. Das Haus ohne Tür hat definitiv die meisten Schüsseln an den Fenstern. In meiner Fixierung auf die von Kabeln und Stangen umrankte Wand fällt mir nicht auf, dass Anita längst zu mir runterschaut.

»Hi!«

Ich fühle mich wie ertappt.

Ein kleines Mädchen zieht mich am Arm, ins offen stehende Haus, in den Flur. Kinder hüpfen die Treppe herunter. »Kommst du zu Anita?«, fragen sie. »Was machst du hier? Wo wohnst du?« Anita kommt mir entgegen.

»Herzlichen Glückwunsch zum Geburtstag.«

Sie wirkt verlegen und lange nicht so souverän wie im Schwimmbad. Vor ihrer Wohnungstür liegt ein riesiger Haufen

Schuhe. Zuerst denke ich, dass das die Schuhe von den ganzen Geburtstagsgästen sind, aber die meisten Schuhe sind winzig klein. »Kannst sie ruhig anlassen«, sagt Anita, aber ich stehe schon in Strümpfen neben ihr.

»Wir haben auf dich gewartet!«

»Gewartet? Wir hatten aber keine Uhrzeit ausgemacht.«

Im Wohnzimmer sitzen auf einer Couch und auf einem Teppich mit orientalischem Muster, der das ganze Zimmer ausfüllt, Mädchen und Jungen im Alter von eins bis vielleicht vierzehn. Anita ist wahrscheinlich die Älteste von allen. Eine schöne Frau, die aussieht wie die große Schwester der Kinder, stellt sich als Anitas Mutter vor. »Danke, dass du gekommen bist«, sagt sie.

»Danke? Wofür? Danke für die Einladung«, sage ich. Die Haare der schönen Frau fallen ihr bis auf die Hüften, schwarz und glatt, sie trägt große goldene Ohrringe, gekleidet ist sie ansonsten sehr zurückhaltend, hochgeschlossen und ganz in Schwarz. Sie heißt Merweta.

»Bitte sehr«, sagt sie und deutet auf den Kuchen, der auf dem Couchtisch steht. Ich nehme ein Stück und beiße in puren Zuckerguss.

»Sehr lecker«, sage ich und kann die in meinem Gesicht aufkeimenden Pickel schon spüren. Mein Eindruck ist, dass sie tatsächlich mit dem Anschneiden des Kuchens gewartet haben, bis ich komme.

»Sind das alles deine Gäste?«, frage ich überflüssigerweise. Es stellt sich heraus, dass fünf der anwesenden Kinder ihre Geschwister Samira, Aferdita, Ramiza, Kenan und Sebadin sind und die anderen die Kinder von Nachbarn, Cousinen und Cousins.

»Wir feiern Geburtstage nicht wie ihr mit Geschenken und so«, sagt Anita, aber da habe ich mein kleines Päckchen schon aus der Tasche geholt. In der Fußgängerzone habe ich gestern Abend noch eine wirklich schöne Kette mit einem kleinen, ganz feinen Rosenanhänger entdeckt. Anita freut sich riesig. Die Kette steht ihr total gut.

Sobald ich mich setze, habe ich das kleine Mädchen auf dem Schoß, das mich unten vor dem Haus angesprochen hat. Es redet wild auf mich ein. Auch die anderen Kinder wollen mir etwas erzählen. Wobei ich ziemlich abgelenkt bin vom Fernseher, der im Hintergrund läuft. »Das ist die Hochzeit meiner Cousine in Frankfurt«, kommentiert Anita. Wie mir stolz die Kleinen erklären, hat die Hochzeitsfeier drei ganze Tage lang gedauert. Die Kleider, die die Frauen auf der Hochzeit tragen, sind unfassbar überladen: lange Gewänder mit viel Borte und goldener Spitze, überhaupt viel Gold, Tücher um die Arme, rote Handschuhe, die Haare kunstvoll aufgesteckt, die Gesichter stark geschminkt. Ein bisschen Bollywood. Jetzt entdecke ich Merweta auf dem Bildschirm, ihre Haare zu einem absurden Marge-Simpson-Turm verarbeitet. Musik, ein sich immer wiederholender Rhythmus und Gesang mit orientalischem Pathos, liegt über dem Fest und taucht es in einen bunten Nebel. Der Sänger heult fast vor Hingabe. In meinen Augen ist es etwas unfreiwillig komisch.

»Feiert ihr immer so Hochzeit?«, frage ich.

»Das ist Tradition«, sagt Anitas Mutter.

Die Frauen tanzen, langsam und ohne Anstrengung, als müsse die Kraft für die drei Tage und Nächte reichen, als dürfe man sich jetzt noch lange nicht verausgaben. Ihre reduzierten

Bewegungen haben irgendwie etwas Aufreizendes. Dauernd stecken ihnen die Männer Geldscheine zu, das finde ich eigentlich erschreckend. Dass die Frauen keinerlei Freude über das Geld zeigen, gefällt mir wiederum. Sie nehmen es offenbar als eine Gabe, die so selbstverständlich für sie ist wie Essen und Trinken. Ihr gelangweilter Blick ist super.

»Warum weint die Braut jetzt?«, frage ich. Denn auf einmal mischt sich in die Szenerie des Tanzes eine einzige große Wehklage. Die Braut tritt auf, den Schleier vor dem Gesicht, den Oberkörper gekrümmt, offenbar von Weinkrämpfen geschüttelt. Mehrmals fällt sie auf den Boden und wird von herbeieilenden und ebenfalls weinenden Frauen aufgehoben.

»Das gehört dazu«, sagt Merweta. »Sie ist traurig, weil sie jetzt ihre Familie verlässt und zur Familie des Ehemanns zieht.« Ich suche Blickkontakt mit Anita, aber ihrem Gesichtsausdruck ist nicht zu entnehmen, ob sie das schön oder traurig oder einfach seltsam findet wie ich.

»Guckt ihr das heute, weil du Geburtstag hast?«

Anita lacht herzlich.

»Was hat die Hochzeit mit dem Geburtstag zu tun?«, rufen die Kinder.

Ich liege total daneben. Diese Hochzeitsvideos scheinen unter den Verwandten zu kursieren und werden, wie ich höre, zu jeder Tages- und Nachtzeit einfach eingelegt, ohne besonderen Grund.

Merweta bringt mir und Anita jetzt einen Kaffee, den sie türkisch nennt, und stellt den Ton der DVD leiser. Die Kinder stellen mir tausend Fragen. Es macht mir Spaß, sie zum Lachen zu bringen. Ich erzähle Witze und erfinde eine absurde Geschichte von Kängurus, die ganz selbstverständlich in Australien in Cafés als Bedienung arbeiten. Dann erwähne ich Maribel und Janne, die »Au-pair-Front«. Die Kinder lachen die ganze Zeit. »Du redest so witzig«, finden sie. Dass ich etwas komisch rede, wurde mir schon öfters mal gesagt. »Köstlich«, macht Anita mich nach und lacht. »Die Torte ist köstlich!« Das kommt vielleicht daher, dass ich früher so viele Bücher gelesen habe. Es gab eine Zeit, da war ich richtig süchtig nach Büchern. Vor ein paar Jahren, als es meiner Mutter ziemlich schlecht ging.

Nach dem Kaffeetrinken zeigt mir Anita das Zimmer, in dem sie mit ihren Schwestern schläft, und erzählt, dass sie ihre Schulaufgaben immer im Jugendzentrum macht oder im Sommer irgendwo draußen. Sie scheint nichts Schlimmes daran zu finden, kein eigenes Zimmer mit einem Schreibtisch zu haben. Nur dass sie kein Handy besitzt, findet sie nervig. Aber als ich ihr sage, sie könne mein altes Nokia haben, wehrt sie ab.

»Ist echt ok«, sagt sie.

»Wo ist eigentlich dein Vater?«, will ich wissen.

»Die sind immer unterwegs.«

Wen sie mit *die* meint, weiß ich nicht, aber manchmal hat Anita so eine Art zu gucken, die mich daran hindert, weiterzufragen.

»Alles in Ordnung?«, fragt Merweta. Ich mag ihren starken Akzent. »Frida«, sagt sie, mit einem extrem rollenden R.

»Frieden«, ruft einer der kleinen Jungen und spielt, dass er mich abknallt. Ich lasse mich zu seinem Entzücken auf den Boden fallen. Peng.

»Alles in Ordnung?« Anita hält mir eine pinkfarbene Kunstblume, die auf dem Tisch in einer Vase steht, wie ein Mikrofon vor den Mund.

»Ich fühle mich pudelwohl«, hauche ich in die Blume. Die Kleinen kugeln sich kichernd über den Teppich, bis Merweta ein Machtwort spricht.

»Raus jetzt«, ruft sie. Ich erschrecke mich kurz, aber Anita und ich sind nicht gemeint. »Kinder, alle mal nach draußen!«

Mir fällt auf, dass nirgendwo Spielsachen herumliegen. Die Kinder verlassen die Wohnung und ich bleibe mit Anita auf dem Sofa sitzen. Vor uns die ausgetrunkenen Kaffeetassen.

»Stehen lassen«, tönt es aus dem Flur. Eine ältere Frau tritt ein. Goldzähne blinken in ihrem Mund. Anitas Großmutter. »Unser Chef!«, sagt Anita. Erst denke ich, dass das ein Witz ist, aber Anita, die ihrer Großmutter unverzüglich einen Stuhl holt und ein Glas Wasser bringt, wirkt ganz ernst.

Die Großmutter begrüßt mich auf Romanes und deutet auf meine Tasse. Sie will uns beiden aus dem Kaffeesatz lesen, übersetzt Anita. Und schon werden unsere Tassen über zwei Unterteller gekippt. Kaum liegt das getrocknete Kaffeepulver auf dem Porzellan, sagt Anita, dass sie sowieso nicht an diese Orakel glaube. Sie schielt zu mir rüber. Diese Aktion ist ihr, glaube ich, etwas peinlich.

»Ich glaube da total dran«, sage ich. Anita schüttelt den Kopf über mich, ihre Großmutter schüttelt den Kopf über ihre Enkelin – der »Chef« und ich, wir verstehen uns. Fröhlich blinkert sie mir mit ihren auffällig grünen Augen zu. Dann beginnt sie mit Anitas Tasse. Anscheinend geht es um eine Hochzeit. Anita sagt, dass es bei ihrem Kaffeesatz immer um Hochzeit geht. Sie würde aber noch lange nicht heiraten, und überhaupt wolle sie erst mal eine Ausbildung machen, und zwar bei der Polizei.

»Polizei«, ruft die Großmutter, und als Anitas Mutter wieder ins Zimmer kommt, schlagen beide die Hände über dem Kopf zusammen und rufen: »Polizei, Polizei.« Die ganze Szenerie ist surreal. Was schreien die so? Ich muss lachen, habe aber Angst, die beiden Frauen könnten sich verletzt fühlen.

»Deshalb mache ich auch noch das Abi«, ruft Anita den beiden Frauen zu, die jetzt einen Wortschwall auf Romanes über ihre Tochter beziehungsweise Enkeltochter ergießen. Ein deutsches Wort höre ich immer heraus: »Behörrrrde.«

Und dann verstehe ich nur noch Pfui.

»Pfui!«, ruft die Großmutter. »Pfui, Pfui!«

Anita und ich versuchen mühsamst, unser Lachen zu unterdrücken.

Woher jetzt das Pfui kommt und welchen Adressaten es hat, ist mir total unverständlich. Vielleicht ist die Polizei Pfui oder aber Pfui bedeutet etwas ganz anderes als bei uns.

Anita räumt ihre Tasse samt Unterteller ab.

»Haide te dikav ce ano bardako schei ka dikav so si momentarno tusa«, ruft die Großmutter und reißt dabei dramatisch die Arme in die Luft.

»Sie will wissen, was bei mir momentan so los ist, deshalb will sie mir noch weiter im Kaffeesatz lesen«, sagt Anita ungerührt. »Ich will aber nicht!«

Die Großmutter wendet sich daraufhin, ebenso ungerührt, meiner Untertasse zu.

»Deine Land«, sagt sie. »Was siehst du? Guck dir an.«

Ich gucke. Sie murmelt weiter.

»Was du sehen?«

Ich sehe dunkle Berge, durchzogen von feinen weißen Schneisen. Bei Anita hatte sich der Kaffeesatz über den ganzen Teller ausgebreitet, eine mit vielen Rillen durchsetzte Ebene, ein weites Land. Bei mir herrscht auf kleinem Raum mehr Durcheinander. Weiße Spuren sind wie Flüsse im Kreis zu einem Strudel verwirbelt, die dunklen Berge erinnern mich an ein Gebirge.

Anitas Mutter stellt die DVD ab und den Fernseher an. Der Fernseher läuft hier wie bei mir zu Hause das Radio. Automatisch geht mein Blick zum Bildschirm. Verstehen kann ich nichts, es ist ein Sender, der wohl über einen der vielen Satelliten an der Hauswand übertragen wird. Eine fremde Schrift erscheint am unteren Bildrand, Buchstaben, von denen ich nicht weiß, zu welcher Sprache sie gehören. Gibt es Nachrichten auf Romanes? Wohl kaum.

Die Großmutter murmelt weiter. »Das Wasser«, sagt sie. »Paj.« Sie meint wahrscheinlich die winzigen weißen Strudel.

»Warst du schon mal am Meer?«, ruft Anita aus der Küche.

»Ja«, sage ich. »Du nicht?«

»Wir dürfen nicht verreisen«, antwortet Merweta, die sich zu uns auf den Teppich setzt. In ihrem Rücken das Nachrichtenprogramm. Häuser zerfallen im Fernsehen in Schutt und Asche.

»Warum dürft ihr nicht verreisen?«

Anita lässt sich neben mir aufs Sofa plumpsen, fixiert ihre bunt lackierten Fingernägel. *Germany's Next Topmodel*, denke ich. Anita würde da abräumen. Ob sie das auch kennt?

»Wir leben in der Duldung«, sagt sie. »Wir haben keinen Pass. Verstehst du?«

Ich sage vorsichtshalber nichts und nicke. Ich verstehe nicht richtig. Was soll das heißen, Duldung?

»Ach, ist auch egal«, sagt Anita. »Aber ans Meer würde ich gerne mal.«

Merweta fragt, ob ich über Nacht bleiben möchte. Dann müsste ich nicht mehr am Abend alleine auf die Straße. Ich finde diese Sorge zwar mehr als übertrieben, aber Anita findet die Idee so toll, dass ich zustimme. Alle finden es toll, alle freuen sich, dass ich hier übernachten will. Und ich freue mich auch.

Ich rufe meine Mutter an und habe kurz ein schlechtes Gewissen, weil sie so leblos wirkt am Telefon. Sie spricht sehr leise, ihre Stimme klingt derart farblos, als hätte man ihr jegliche Klangfarbe abgepresst.

Anita gibt mir eine Zahnbürste und schüttelt das Bett auf. Wie sauber es hier ist. Wie kann es so sauber sein, bei dieser Menge an Leuten?

Als ich aus dem Badezimmer komme, mit einem ausgeleierten Micky-Maus-Shirt von Anita, steht ihr Vater im Flur und stapelt, lautstark mit einem anderen Mann debattierend, eine Menge Kartons aufeinander. Die kleinen Kinder sind schon schlafen gegangen, aber das scheint ihn nicht daran zu hindern, derart laut zu reden. Man hat das Gefühl, er brüllt jeden Satz.

»Guten Abend«, sage ich.

»Gute Arbeit«, ruft er, obwohl ich direkt vor ihm stehe, und deutet auf die Kartons. Ich weiß nicht, was er mir sagen will. Bereitwillig klappt er eine Kiste auf und zeigt mir Haushaltsgeräte, die er offenbar auf dem Sperrmüll gefunden hat.

Ein lohnendes Geschäft, wie mir Anita, als wir zu Bett gehen, erzählt. Ihr Vater und seine Brüder würden im Schrotthandel arbeiten.

»Und das bringt Geld?«

Sie zuckt mit den Schultern. Da ihre Familie ohne Arbeitserlaubnis auch kein Gewerbe anmelden dürfe, sei das alles so ein bisschen illegal. »Also, ziemlich illegal sogar.« Ich höre heraus, dass sie das peinlich findet.

Neben Anita zu liegen, fühlt sich vertraut an. Wie im Schwimmbad auf der Decke. Ganz plötzlich schlafe ich ein. In meinem Traum scheint die Sonne extrem hell.

Ich schrecke hoch. Es ist Anitas Taschenlampe, die leuchtet.

»Was machst du? Liest du?«

Anita schüttelt den Kopf. »Ich kann nicht schlafen«, flüstert sie.

»Kein Wunder, wenn du Licht anmachst.«

In unmittelbarer Nähe schlafen ruhig atmend ihre drei Schwestern Samira, Aferdita und Ramiza.

»Wegen mir?« Ich rutsche zur Seite, um Platz zu machen. Bestimmt habe ich mich total ausgebreitet im Schlaf. Aber es geht gar nicht um den Platz.

»Ich hatte noch nie eine Freundin zu Besuch.«

»Echt?«

»Ich habe ja gesagt, das ist bei uns nicht so üblich.«

»Üblich, wie meinst du das?«

Anita findet es ungewohnt, dass jemand da ist, der nicht zum engeren oder weiteren Familienkreis gehört. Sie meint, dass sie die meiste Zeit mit der Familie verbringt. »Wir feiern auch oft und schlafen dann woanders, aber immer bei der Familie. Oft auch während der Schulzeit.«

»Praktisch«, sage ich ironisch.

»Na ja«, sagt Anita. »Du hast ja die Hochzeit gesehen. So was ist bei uns ständig. Irgendeiner heiratet immer. Und niemals in den Sommerferien. Meinst du, die Erwachsenen wären so schlau, die Hochzeitstermine ihrer Schwiegersöhne und Schwiegertöchter in die Schulferien zu legen?« Sie grinst. »Auf die Idee kommt keiner. Viele heiraten übrigens extrem früh. Sogar schon mit fünfzehn oder so.«

Ich ziehe mir die Decke über das Kinn.

»Ach komm, Anita, das geht doch gar nicht. Man darf erst mit achtzehn heiraten.«

Anita lehnt mit dem Ellenbogen auf der Matratze, legt den Kopf schief und sagt fast triumphierend: »Wir heiraten doch nicht nach dem deutschen Gesetz.«

»Wie denn sonst?«, frage ich.

Das kann ich mir irgendwie nicht vorstellen. Entweder man heiratet oder man heiratet nicht. Heiraten ohne Standesamt, wie soll das gehen?

Anita findet meine Überlegungen »köstlich«.

»Du hast leider keine Ahnung, meine Liebe«, sagt sie.

Dann erklärt sie mir, dass sie nicht deshalb den Nachnamen ihrer Mutter – Beganovic – trägt, weil ihre Mutter so selbstbewusst wäre, ihren Mädchennamen zu behalten und den Kindern weiterzugeben, sondern weil ihre Eltern Merweta und Rahim nach deutschem Recht gar nicht verheiratet sind.

»Mein Vater heißt mit Nachnamen Alishani«, sagt sie.

»Anita Alishani«, sage ich. »Das würde aber super klingen.

Vielleicht sollten deine Eltern doch mal zum Standesamt gehen …«

»Nee, nee«, meint Anita. »Anita Alishani, das klingt ja voll nach Zigeuner.«

Sie sieht mich an, aber mir fällt nichts ein, was ich darauf sagen könnte.

»Ich will jedenfalls nicht heiraten«, fährt sie fort. »Aber … also, wenn ich später einmal heiraten sollte …«

Sie bricht den Satz ab.

»Was ist dann?«

»Na ja, egal.«

»Sag schon!«

»Na ja, also … ich kann mir zum Beispiel einfach nicht vorstellen, mit einem Albaner zusammen zu sein.«

»Warum denn auch ein Albaner?«

»Gut, oder eben mit einem Türken.«

Die Leute, die im Rosenwinkel und überhaupt in diesem Viertel leben, stammen, wie mir Anita erklärt, größtenteils aus dem ehemaligen Jugoslawien, aus Albanien und aus der Türkei, dazwischen wohnen vereinzelt Deutsche.

»Egal, ob jetzt Türke, Deutscher oder Albaner«, sagt sie. »Türkisch, deutsch, albanisch ist für mich gleich, verstehst du?«

Ich verstehe nicht wirklich, aber ich weiß, was sie sagen will. Und dann sagt sie es auch.

»Irgendwie kann ich mir nur vorstellen, mal mit einem zusammen zu sein, der das kennt, wie wir leben«, sagt Anita.

»Ein Roma also.«

Sie hält kurz inne.

»Kann's mir gerade nicht anders vorstellen, ohne die Familie und alles.«

Sie knipst die Taschenlampe aus. Ich komme mir vor, als wären wir Schwestern, die nach der Geburt getrennt wurden, in total verschiedenen Welten aufgewachsen sind und sich jetzt zum ersten Mal in ihrem Leben begegnen.

»Hast du schon einmal einen Freund gehabt?«, fragt Anita.

Im ersten Moment will ich sagen, dass ich natürlich schon einen Freund hatte, dass ich zum ersten Mal mit sechzehn eine Beziehung hatte mit einem Jungen von einer anderen Schule, aber das kommt mir sofort angeberisch vor. Außerdem entspricht es nicht ganz der Wahrheit. Ich hatte zwar schon was mit Jungs, aber es waren immer seltsame und irgendwie schwierige Geschichten, und immer nur mit Typen, die nicht hier wohnten. Die Jungs in meiner Schule haben mich nie auch nur eine Sekunde lang beachtet.

Ich war mal mit einem Jungen zusammen, den ich auf einem Schüleraustausch kennengelernt habe, in Frankreich. Das war nur für drei Tage und was passiert ist da auch nicht groß, aber es ist meine einzig richtig gute Erfahrung. Deshalb erzähle ich ihr davon und frage mich, ob sie wirklich noch nie mit einem Jungen zusammen war oder ob sie vielleicht doch nur so tut.

»In Paris?«

»Was?«

Anita ist wie elektrisiert von der Vorstellung, dass ich etwas mit einem Jungen gehabt haben könnte und dann auch noch in Paris.

Ich muss schon wieder total lachen. »Von Paris war nicht

die Rede«, sage ich. »Das war eine Kleinstadt und sie heißt Tournus.«

»Davon war nicht die Rede«, ahmt mich Anita nach. »Davon war nun wirklich nicht die Rede!« Wir lachen andauernd. Mich wundert es, dass die Mädchen von dem Gekicher nicht aufwachen, aber Anita winkt ab. Mit ihrer berühmten Geste, die dem anderen zu verstehen gibt, dass er komplett falsch liegt. Ich liebe es, wenn sie diese Handbewegung macht, und provoziere sie bei jeder Gelegenheit.

»Also«, sagt Anita genüsslich, »was ist denn in diesem Tournus passiert?« Sie sagt »Turnüüüü« und macht einen Kussmund.

»Pfui, Pfui«, mache ich.

»Polizei, Polizei!«, zischt Anita. »Hilfe, Polizei, Frida wurde mit Cedric beim Knutschen erwischt!«

»Wieso Cedric?«

Anita grinst mich an.

»Hihi«, kichert sie. »Hieß der nicht Cedric? Ich kenne einen Cedric.«

Wir unterhalten uns ein bisschen über Cedric aus Anitas Schule, der ein Moped fährt und im Rosenwinkel wohnt und im Übrigen kein Franzose ist, sondern ein Deutscher.

»Polizei, Polizei!«, rufe ich. »Stellen Sie sich vor, der erste Deutsche hat sich in den Rosenwinkel verirrt und droht, darin umzukommen!« Anita spielt Polizei mit einem Stoffhund, den sie von Aferditas Bett klaut. Allein schon der Gang zur schlafenden Aferdita ist wahnsinnig komisch, weil Anita vollkommen absurde Bewegungen macht, um sich zwischen den Schwestern entlangzuschlängeln, und schließlich den Hund als

Trophäe groß präsentiert. Ich habe schon lange nicht mehr so viel am Stück gelacht.

»Gib deiner armen Schwester ihren Hund wieder«, japse ich.

»Der ist vom Rummel«, sagt Anita. »Den hat sie gewonnen, der ist gar nichts wert!«

»Spinnst du?« Ich reiße ihr den Polizeihund aus der Hand und stecke ihn unter unsere Decke. »So, die Polizei hat den Frédéric gefunden, den Übeltäter, der mit Frida geknutscht hat, und der kommt dafür ins Gefängnis«, kommentiere ich den Hundegang ins Bett.

So albern und sinnlos komisch war ich selten.

Nachdem wir uns beruhigt haben, aber natürlich hellwach sind, reden wir noch ein bisschen über Frédéric – der wirklich so hieß – und darüber, dass es in Anitas Familie unüblich ist, dass die Kinder Kuscheltiere im Bett haben, und dann reden wir über diese seltsame Duldung. Es ist Anita nämlich wirklich nicht möglich, zum Beispiel nach Frankreich zu fahren, weil sie in Deutschland zwar geduldet, aber offenbar nicht richtig erwünscht ist. Sie hat keinen deutschen Pass, auch ihre Geschwister nicht, obwohl sie hier geboren sind. Deshalb können sie Deutschland nicht verlassen, bis irgendwann geklärt ist, ob die Familie eine Aufenthalts- und eine Arbeitserlaubnis kriegen kann.

»Schlimmer noch«, sagt Anita und kichert leise. »Wir dürfen unseren Landkreis nur mit einer Sondererlaubnis verlassen.«

»Sondererlaubnis?«

Anita erzählt, dass sie immer erst zur Ausländerbehörde gehen müssen, um anzumelden, dass sie wegfahren wollen.

Dann entscheidet das Amt, ob es erlaubt wird. Ich kann das kaum fassen.

»Halb so wild«, sagt sie. »Mein Vater hält sich da sowieso nicht dran. Wir fahren immer zu den Hochzeiten, egal, was die Behörde sagt.«

Aber wenn sie auf Klassenfahrt gehen will, muss sie das rechtzeitig anmelden, sonst wird nichts daraus. Das finde ich furchtbar. Wie steht man denn vor den anderen da, wenn man nicht mitfahren darf?

Anita findet das zwar auch peinlich, aber irgendwie scheint es ihr nicht so wichtig zu sein, was die anderen in der Klasse über sie denken. Ich sage ihr, dass in meiner Schule früher auch über mich geredet wurde.

»Warum?«

»Ach«, mache ich, »lange Geschichte. Hat was mit meiner Mutter zu tun.«

Anita sieht mich aufmerksam an, aber ich habe keine Lust weiterzureden. »Wie alt bist du eigentlich?«, frage ich.

Sie ist sechzehn, zwei Jahre jünger als ich. Sie geht zur Hauptschule, in die neunte Klasse, und im kommenden Jahr macht sie den erweiterten Realschulabschluss. Später will sie unbedingt noch das Abi machen. »Dauert etwas länger bei mir«, sagt sie entschuldigend.

»Na und. Sei doch froh, dass du weißt, was du später mal machen willst.«

»Werde doch auch Polizistin«, sagt Anita und kichert schon wieder.

Es fällt mir schwer, dieser Vorstellung etwas abzugewinnen.

»Wenn ich mit dir auf Streife gehen kann … dann gehe ich

auch zur Polizei«, sage ich schließlich. Anita ist begeistert. Sie malt sich aus, wie wir gemeinsam Streife fahren und auf ihren Vater treffen, der illegal Schrott einsammelt.

»Wir müssen Sie leider verhaften, weil Sie eine kaputte Kaffeekanne gestohlen haben.« Ich habe das Gefühl, mir gleich in die Hose zu machen vor Lachen. Mir fällt ein, dass ich wirklich mal aufs Klo muss und taste mich durch den Raum zur Tür.

Als ich zurückkomme, denke ich zuerst, Anita sei eingeschlafen. Ich drehe mich auf meine Einschlafseite und versuche, müde zu werden.

»Frida, soll ich dir mal was sagen?«

Wir liegen Rücken an Rücken, ohne uns zu berühren.

»Das ist gar nicht meine richtige Familie«, flüstert sie.

Der Mond scheint ins Fenster. Ich kriege eine Gänsehaut. Was kommt jetzt? Mein Kopf liegt auf einem kleinen Kissen, mein Blick wandert durch den Raum. Vier Betten, ein riesiger Wandschrank, der eine komplette Seite des Zimmers füllt. Vier Mädchen. Und ich.

»Meine Eltern sind im Krieg gestorben. Merweta und Rahim haben mich adoptiert. Da war ich noch ganz klein. Deshalb sage ich auch Dej, das heißt Mama, und Dad, Papa, zu ihnen.«

Tausend Sachen schießen mir durch den Kopf und gleichzeitig bin ich ganz leer. Das tut mir leid. Das ist ja schlimm. Furchtbar. Du Arme. Denkst du oft an deine Eltern? Lauter solche Fragen fallen mir ein. Dann drehe ich mich um und lege den Arm um sie, sodass sie ihren Kopf anlehnen kann.

»Ich denke nicht oft an meine Eltern, weil ich sie ja gar nicht kenne. Ich wollte es dir nur sagen.«

Anita schläft in meinem Arm ein.

Kleine Schwester, denke ich.

Als mir die Hand in dieser für mich etwas unbequemen Position taub wird, ziehe ich den Arm vorsichtig zurück. Sind Anitas leibliche Eltern auch Roma gewesen? Wann war noch mal dieser Krieg im ehemaligen Jugoslawien? Wenn ich Krieg höre, denke ich immer an den Zweiten Weltkrieg. Oder an Syrien, da herrscht jetzt gerade Krieg.

Anita schläft. Ist ja auch total egal, ob ihre Eltern Roma waren.

Ich schlafe nicht mehr ein, aber es macht mir nichts. Manchmal muss man eben wach sein und aushalten, dass alle anderen schlafen können. Ganz ruhig liege ich da und warte, bis es Morgen wird.

4

Anita hat es sich in den Kopf gesetzt, den Rest ihrer Sommerferien zu nutzen, um mir das Turmspringen beizubringen, nachdem das Synchronschwimmen und -tauchen ja schon ziemlich gut funktioniert. Ich will unbedingt mit ihr zusammen springen. Aber die Höhe macht mir riesige Angst, nach wie vor.

Wir üben zuerst, indem wir wieder und wieder am Beckenrand stehen und ich mich zum Beispiel nach hinten fallen lassen soll. Anita meint, ich müsse ihr blind vertrauen, wenn sie sagt, dass die Bahn frei ist. Natürlich vertraue ich ihr, aber ich kann es trotzdem nicht. Ich kann mich nicht überwinden. Vom Beckenrand eine Rolle vorwärts, das ist das Äußerste, was geht. Sobald ich dann im Wasser bin, verstehe ich die Angst nicht mehr. Ich tauche mit Anita ab, wir wiederholen unsere selbst erfundene Choreografie, die Schnecke, den Schmetterling, den betrunkenen Engel und die von mir getaufte Unterwasserdisco, die es wirklich verdient, bei YouTube eingestellt zu werden. Wir überlegen uns, wie teuer es ist, eine wasserdichte Kamera zu kaufen, und welche Musik wir zu dem Video laufen lassen könnten. Anita schlägt vor, dass ihr Onkel Izedin mit seiner Band dazu spielt. Finde ich super. Die Figur heißt bei uns beiden jetzt nur noch »Onkel Izedin«. Der Clip hat schon gefühlte 100.000 Klicks.

Die folgenden Nachmittage wendet Anita alle möglichen Techniken an, um mich zum Springen zu bewegen. Schließlich behauptet sie, eine Idee zu haben, die einen großen Fortschritt bringen würde. Sie will mit mir an einen Baggersee fahren, und zwar schon früh morgens, gegen acht oder neun Uhr, damit es noch nicht überfüllt ist.

»Soll ich da etwa von einer Klippe springen?«

»Was denn für Klippen? Ich hab ja nicht vor, gleich nach Frankreich zu fahren.« Anita sagt, sie würde gerne mal mit mir in der Natur schwimmen.

Ich habe gar keine Lust auf den See. Ich hänge an dem Schwimmbad. An unserem Ort. Aber sie bleibt unerbittlich. Und am nächsten Tag stehen wir vor einem Industrieareal, das trister nicht sein könnte.

Hätte es nicht wenigstens einen schöneren Badesee gegeben?

Wir sind ganz nah an der Autobahn, und von der Bushaltestelle hat man noch einen ganz schönen Fußmarsch vor sich, bis man an einer Stelle ist, an der man überhaupt ins Wasser gehen kann, ohne sich im dornigen Gebüsch die Beine zu zerkratzen. Das Ufer sieht nirgendwo besonders einladend aus. Aber Anita hat auch nicht vor, hier auszuruhen oder überhaupt länger Rast zu machen. Sie hat etwas anderes im Sinn.

»Na komm«, ruft sie. Das Wasser ist eiskalt. Unter meinen Füßen ist es glitschig. Die Sonne scheint heute nicht, der wolkige Himmel lässt den See noch düsterer aussehen. Am gegenüberliegenden Ufer ragt ein Kran auf, wie ein riesiger Vogel aus der Urzeit. Daneben ein Berg aus Steinen, die vielleicht übrig geblieben sind, als man den See ausgebaggert hat. Erstaunlicherweise kann man schon am Ufer nicht mehr stehen, und nach den ersten Metern habe ich das Gefühl, dass es ganz tief nach unten geht. Anita, die vorausgeschwommen ist, dreht sich zu mir um. Sie lächelt aufmunternd. Einer plötzlichen Eingebung folgend, frage ich sie, was ich schon immer mal fragen wollte: »Sag mal, warum hast du mich im Schwimmbad eigentlich angesprochen?«

Anita begnügt sich mit einem geheimnisvollen Blick, der mich jetzt irgendwie provoziert.

»Weiß nicht so genau«, sagt sie dann. Konzentriert schwimmt sie weiter. Ich würde Anita an ihrer Art zu schwimmen immer erkennen.

»Wie tief ist der See, Anita, was meinst du?«

»Fünfundvierzig Meter, jedenfalls in der Mitte.«

»Was?« Ich kann es nicht glauben. »Ist das dein Ernst? So tief?«

»Ich war im Jugendtreff googeln«, sagt sie. Und fügt hinzu, dass sie einen richtig tiefen See gesucht habe. Und dieser hier sei definitiv der tiefste im Umkreis von hundert Kilometern.

Na toll. Offenbar hat Anita vor, den See zu durchqueren. Warum das denn? Woher weiß sie, dass ich im See oder auch im Meer sofort Panik bekomme, wenn ich nicht mehr stehen kann? Ich könnte heulen.

Ich halte den Kopf beim Schwimmen unnatürlich hoch, wie die Leute im Hausfrauenbad, die keine Spritzer ins Gesicht abbekommen wollen. Nichts wäre erstrebenswerter, als jetzt im Hausfrauenbad zu sein.

Wir wollten doch Springen üben. Was hat das hier mit Springen zu tun?

»Komm schon! Nicht nachdenken.«

Ich kann mich bewegen, wie ich will, ich werde nicht warm. Eiskalt sind meine Beine. Meine Füße sind taub. Stoßen an Treibgut, Äste, glitschige Blätter, tote Insekten. Ich mag das schwarze Wasser nicht an meinen Mund lassen. Ich huste. Meine Haare kleben auf meinem Gesicht. Bei jedem Schwimmzug stelle ich mir vor, dass ich gegen einen Körper stoße, der im Wasser treibt. Sobald ich nach unten sehe, werde ich panisch. Das, was oberhalb des Wasserspiegels liegt, ist real. Nur mein Kopf befindet sich noch auf der Seite der Wirklichkeit. Der Ort, an dem sich mein übriger Körper aufhält, ist irreal. Wie geträumt. Albtraumwesen berühren mich. Mein Herz klopft laut, ich bekomme Atemnot. Doch das Herzklopfen kommt nicht von mir. Es kommt von unten. Von einem fremden Körper, der an mir hängt. Ich schlage mit den Beinen gegeneinander.

Anita hat die Mitte schon fast erreicht, als ich umkehre. Mir reicht es jetzt. Das wird mir zu viel. Ich brauche keine Mutprobe. Schluss.

Ich lege mich ins Gras, ohne Decke. Ich muss keinen See durchqueren, ich muss auch nicht Turmspringen lernen.

»Du musst gar nichts«, sagt Anita und setzt sich neben mich. Das Gras ist stachelig. »Es ist auch keine Mutprobe«, murmelt sie. »Ich habe mir nur vorgestellt, wie wir gemeinsam schwimmen, ohne die Albaner und alle anderen, und wie du deine Angst verlernst.«

»Warum soll ich die Angst verlernen? Und was heißt hier eigentlich verlernen?«

Anita kann es nicht sagen.

»Ich glaube, dass du keine Angst hast vor der Höhe, beim Springen meine ich, sondern vor der Tiefe.« Anita guckt zweifelnd.

»Das ist mir jetzt zu hoch«, sage ich ironisch. Wie kann es sein, dass ich mir von einer Sechzehnjährigen sagen lasse, was ich zu lernen und was ich zu »verlernen« habe? Woher hat sie eigentlich gewusst, dass ich in so einem See nicht schwimmen kann? Woher kennt sie meine Angst? Was geht sie meine Angst überhaupt an? Was mache ich hier bloß? Bald sind die Ferien sowieso zu Ende, Anita wird wieder zur Schule gehen und ich muss mir last minute überlegen, was ich mit meinem Leben anfange. Anstatt Unterwasserfiguren einzuüben und Mutproben zu überstehen.

Anita murmelt – mit gespielter Entrüstung – irgendetwas auf Romanes, um mich aufzuheitern, aber gerade das nervt mich jetzt noch mehr.

»Ich verstehe nicht, was du mir sagen willst«, sage ich. Meine Stimme klingt kälter als beabsichtigt.

»Entschuldigung für den Scheißsee«, sagt Anita.

Wir gucken geradeaus aufs Wasser, aneinander vorbei. Janne und Maribel werden zurückkommen und studieren, in Hamburg oder Berlin oder in Paris, was weiß denn ich. Sie werden Anita nicht mögen. Sie werden nicht mitkommen in den Rosenwinkel. Sie werden niemals verstehen, was ich dort zu suchen habe. Oder zu suchen hatte.

Anita rupft Grasbüschel, die sie mit mechanischen Bewegungen ins Wasser schleudert. Mit starrem Blick fixiert sie die träge Strömung, die das Gras mit sich nimmt. Jeden einzelnen Halm scheint sie mit den Augen zu verfolgen.

»Weinst du?«, frage ich.

»Und wenn?«

Ein Lichtstrahl fällt auf den Urvogelkran am anderen Ufer. Gleichzeitig gucken wir in den Himmel. Die Sonne kommt allmählich durch.

»Wolltest du mit mir vom Kran springen?«

Anita nickt.

Irgendwie muss ich mich jetzt selbst überlisten. Ich stehe auf, nehme Anita an der Hand, gehe mit ihr zum Wasser. »Komm!«

»Bist du sicher?«, fragt sie.

Wir schwimmen gemeinsam, ganz synchron, nebeneinander her. Der See interessiert sich nicht für mich. Ob ich da bin oder nicht, ist ihm egal. Das ist tröstlich. Der See lässt mich passieren, ich berühre ihn nicht.

Oder doch? Meine Hände wirbeln Wasser auf, meine Beine drücken Wasser nach hinten weg. Leichte Wogen entstehen, wo ich schwimme. Ein kleines Glücksgefühl durchströmt mich.

Ich bin erschöpft, dabei sind die Wellen ganz sanft. Der See lässt mich in Ruhe. Er lässt mich sein. Das Wasser berührt mich, und ich lasse mich berühren. Mir ist warm. Ich höre auf zu kämpfen, ich kann ja den Kampf nicht gegen einen ganzen See aufnehmen. Ich bin einfach unterwegs von einem Ufer ans andere.

Wir klettern auf den Kran, ich vorneweg.

»Halt«, ruft Anita, »das reicht erst mal! Nicht so weit hoch!« Ich hätte auf einmal Lust, die Sprossen ganz nach oben zu klettern, aber Anita ist jetzt streng. Wir einigen uns darauf, auf der untersten Plattform haltzumachen, von der aus es etwa fünf Meter hinunter ins Wasser geht. Den ganzen Vormittag springen wir. Immer nebeneinander. Bis wir es geschafft haben, exakt gleichzeitig von dem Urvogel runterzuspringen und exakt gleich im Wasser einzutauchen.

5

Bei Anita zu Hause erwarten uns Schafe am Spieß, die sich im Kreis drehen, und Menschen, die neben den vielen im Hof aufgehängten Teppichen auf Plastikstühlen sitzen.

»Da seid ihr ja«, werden wir empfangen. »Na endlich!«

Anita hatte mir gar nicht erzählt, dass ein Fest gefeiert wird.

Wir setzen uns in den großen Kreis, und wieder fällt mir auf, wie sehr sich alle freuen, dass ich mitgekommen bin. Die Männer bringen mir Fleisch, die Kinder drücken mir einen zu voll eingeschenkten Pappbecher mit Fanta in die Hand. Ich mag keine Fanta, bei uns zu Hause gibt es keine Getränke, die Zucker enthalten. Mit großen Schlucken trinke ich den Becher aus, so schnell es geht, aber das war ein Fehler – sobald ich ausgetrunken habe, wird schnell wieder nachgefüllt, trotz meines – vermutlich zu zaghaften – Protests. Die Großmutter lacht mir zu. Im Gegensatz zu allen anderen in der Runde trinkt sie Kaffee, und zwar aus einer kleinen kupferroten Tasse. Eins der Mädchen schenkt ihr nach, aus einer glänzenden, mit vielen Ornamenten versehenen Messingkanne, die etwas Märchenhaftes hat. Sobald sie etwas sagt, springt jemand auf. Die Großmutter, im langen Kleid, wird bedient wie eine Königin, wobei ihr Hofstaat, zumindest was die anwesenden Männer betrifft, keine angemessene Haltung einnimmt. Anitas Vater und seine Brüder tragen T-Shirts und Trainingshosen. Keiner der Männer oder ihrer Söhne hat sich die Mühe gemacht, etwas Feierliches anzuziehen. Im Gegensatz zu den Frauen und Mädchen. Die Kleinen haben Kleidchen an und Schleifen in den Haaren. Ihre Mütter tragen goldenen Modeschmuck an den Ohren, um den Hals, am Gürtel.

Anita fragt mich, etwas unsicher, ob ich das Fleisch mag. Das Schaf schmeckt gut, aber ich muss mich ziemlich überwinden, davon zu essen. Man sieht ja das ganze Tier, wie es sich allmählich am Grill dreht und immer dunkler wird. Der Kopf sieht schrecklich aus. Mehrere Familien grillen Schafe, insgesamt sind es drei Riesenviecher, die auf dem Rasenstreifen hinter dem Haus schwarz und schwärzer werden.

»Wo kann man denn ganze Schafe kaufen?«, frage ich.

»Sie kommen frisch geschlachtet vom türkischen Händler«, erklärt mir Anitas Vater. Er reicht mir ein weiteres Stück Fleisch.

»Das ist mir zu viel«, protestiere ich, aber ich habe keine Chance. Lautstark preist er mir seine Grilltechnik an, und ich bewundere die sehr professionell aussehenden Feuerstellen, bis sich Anita bei mir einhakt und wir zusammen über den Hof gehen, an den ganzen Teppichen vorbei, die an den Wäscheleinen hängen und die das Areal in viele Flure unterteilen. Anita sagt, dass die Roma über die Deutschen lästern, weil die ja ihre Teppiche nie waschen würden. Sie hingegen seien sehr reinlich. Regelmäßig würden die riesigen alten Perser mit speziellen Waschmitteln eingeseift, abgewaschen und dann draußen aufgehängt. Dieser Vorgang beansprucht unglaublich viel Zeit, sagt sie.

Muss man denn Teppiche waschen?

»Die Frauen sind bei uns tagelang nur mit dem Reinigen der Teppiche und dem Rücktransport ins Haus beschäftigt.«

Die Roma-Familien haben den Hof in ihr eigenes Land verwandelt. Bunt ist es, ein bisschen kurios zusammengewürfelt, ein bisschen schäbig, und dabei sehr einladend. Hätte ich jetzt Mutter, Vater, Onkel und Tanten mitgebracht, wären sie, da bin ich ziemlich sicher, genauso willkommen wie ich. Vor der letzten Eingangstür der Häuserreihe sitzt eine Gruppe Afrikaner, ganz junge Männer, die keine Notiz von uns zu nehmen scheinen.

»Die sind neu angekommen«, flüstert Anita.

»Angekommen, woher?«

Meine Frage bleibt unbeantwortet. Die Kinder sind uns nachgerannt. Samira sagt, Onkel Izedin sei auf dem Weg. Anita grinst mir zu, und wir machen ein paar alberne Unterwasserdisco-Moves, um Samira zu belustigen. Sie zeigt uns einen Vogel, aber dafür haben wir die afrikanischen Jungs zum Lachen gebracht. Solange dieser Izedin noch nicht da ist, ertönt Musik aus dem offenen Küchenfenster von Anitas Wohnung, wo ein CD-Player leicht verzerrten Sound liefert. In einem der oberen Stockwerke werden demonstrativ die Fenster geschlossen. Eine junge Frau ist kurz zu sehen. Anita sagt, dass es die Syrer seien, die gerade aus dem Krieg gekommen sind. Als ich später auf dem Weg nach oben zur Toilette zufällig auf die syrische Frau treffe, stellt sie sich höflich auf Englisch vor. Bestimmt denkt sie, dass ich auch hier wohne. Sie kommt aus Damaskus und ist Geografie-Studentin. Die Leute auf dem Hof seien sehr laut, sagt sie. Ich habe sofort ein schlechtes Gewissen.

»They fight at nighttime«, sagt sie.

»They fight? Who?«

Sie nickt nur.

»I don't know«, sage ich. Die Syrerin heißt Asmaa.

»Very nice name«, sage ich, worüber sie sich freut.

»Are you student too?«, fragt sie. Ich mag ihr Lächeln. Sie trägt ein weißes Kopftuch und sieht damit super aus. Ob mir das auch stehen würde?

Friiiiidaaaa! Die Kinder rufen nach mir. Asmaa verabschiedet sich. Anita sagt, dass die Syrer von oben auch Muslime seien wie sie und dass sie ja eigentlich auch Bayram feiern müssten.

»Ach so«, sage ich.

»Ach so«, macht Anita mich nach und lacht. Dauernd gibt es für mich etwas zu lernen, ständig bin ich über irgendetwas erstaunt und mache automatisch »Ach so«, was wiederum Anita jedes Mal »süß« findet.

»Ist das denn gar kein Roma-Fest?«, frage ich. »Ist das ein muslimisches Fest?«

Anita zuckt mit den Schultern. »Ja, natürlich«, sagt sie. Bevor wir das weiter vertiefen können, trifft tatsächlich Onkel Izedin ein, und in seinem Gefolge weitere Männer, deren Anblick ich nun wirklich spektakulär finde. Izedin, der höchstens Ende zwanzig ist und den Namen »Onkel« meines Erachtens kaum verdient, und sechs Typen betreten den Hinterhof wie eine Bühne. »Izedin«, rufen die Leute. »Das sind seine Brüder und Cousins«, sagt Anita zu mir. Nach dem schwülen Klima des Tages erreicht uns mit Ankunft der sieben Männer ein Wetterumschwung. Eine starke, kühle Brise weht aus heiterem

Himmel über den Hof. Teppiche und Handtücher geraten in Bewegung. Ein schwerer Perser, in majestätischem Blau und Türkis mit eingewebtem Goldmuster, schwingt seitlich nach oben und steht einen Moment lang wie von einer Windmaschine angetrieben in der Luft. Anitas Justin-Bieber-Handtuch segelt filmreif zu Boden, kopfüber. Und die Männer, alle mit vollem schwarzen Haar, mit weißen Hemden zu dunklen, glänzenden Hosen, alle wahnsinnig gut aussehend, bahnen sich jetzt ihren Weg, indem sie unter wehenden Teppichen und Handtüchern durchschlüpfen. Einer von ihnen hebt den gefallenen Justin Bieber auf und wirft ihn den Kindern zu.

»Izedin«, brüllt Anitas Vater. Es klingt wie eine Drohung, ist aber, wie ich gleich begreife, eine Aufforderung zum Singen. Samira eilt ins Haus, der CD-Player verschwindet von der Fensterbank.

Izedin beginnt aus dem Stand zu singen, die anderen stimmen ein, etwas beiläufig und sehr cool, während sie sich Zigaretten anzünden und Cola einschenken, was aber den Pathos des Songs nicht mindert. Izedin steht einfach da, mit halb geschlossenen Augen. Die Melodie ist wehmütig, in meinen Ohren total orientalisch, mit viel Tremolo in den lang gezogenen Tönen. Ich höre immer wieder »Kosovo ... ooooooo ... Kosovooo ...« Dieser krasse Sound und dazu der Anblick dieser fremd und ja, irgendwie vornehm aussehenden Menschen, zwischen schaukelnden Teppichen und verkohlten Schafen, ist unglaublich. Ich kann nicht anders, als daran zu denken, wie ich Janne und Maribel das alles beschreibe. Zu gerne würde ich jetzt ein Foto machen oder die ganze Szenerie filmen, aber dann würde ich mich sofort als Außenstehende outen.

»Wuli tu muzika?«, flüstert Anita.

»Ja, ich mag die Musik«, sage ich. Anita strahlt. Dass ich ihre Frage verstanden habe, gefällt ihr.

Als alle klatschen, die Frauen aufstehen, um Getränke anzubieten, und die Männer sich zum Schaf begeben, um den Sängern besonders schöne Stücke herauszuschneiden – wobei ich wieder nicht richtig hingucken kann, weil ich das tote Tier echt erbarmungswürdig finde –, stellt mich Anita vor.

»Meine beste Freundin, Frida«, sagt sie.

Izedin mustert mich eingehend. Dann wünscht er mir alles Gute zum Bayram-Fest. »Bachtalo co Bayramo«, sagt er. Ich nicke zustimmend. Er lächelt. »Weißt du, was wir feiern?«, fragt er.

»Eigentlich nicht«, sage ich. Er erklärt mir, dass sie gerade vier Wochen lang im Ramadan, im Fastenmonat, gewesen seien und dass heute das Fastenbrechen beginne.

»Aha, ja, Ramadan«, sage ich. Natürlich weiß ich, dass es bei den Muslimen einen Fastenmonat gibt. Aber ich weiß auch, dass Anita die letzten Wochen nicht gerade gefastet hat. Im Gegenteil. Unsere Fressorgien im Schwimmbad waren alles andere als Ramadan-tauglich. Sind die Roma hier alle Muslime? Haben alle gefastet bis auf Anita? Izedin nimmt einen Bissen Fleisch und murmelt etwas, das wie ein Gebet klingt.

Nachdem sie gegessen haben, singt er wieder, leiser als vorher und noch schöner, wie ich finde. Die Erwachsenen sitzen im Kreis, die Kinder rennen auf dem Hof herum. Einer von Izedins Brüdern schaut immer in meine Richtung. Ich spüre, wie ich rot werde. Ich wünsche mir, dass dieser Gesang, der seine Blicke begleitet, noch lange nicht aufhört.

Es wird dunkel, und durch den Wind, der immer wieder durch den Hof fährt, ist es kühl geworden. Die Frauen stehen auf, um Decken zu holen. Ich sitze mit Anita unter einer Wolldecke und höre Izedins jüngerem Bruder zu, der pausenlos in dieser schönen Sprache auf seine Sitznachbarn einredet und ab und zu in meine Richtung guckt. Er heißt Hamze. Anitas Mutter reicht mir Suppe und ist glücklich darüber, wie mir alles schmeckt. Unerwartet nimmt Izedin neben mir Platz und sagt, dass die Roma ursprünglich alle zusammen in einer sogenannten Mahala in Jugoslawien gewohnt hätten. In einer Siedlung, in der Roma nach ihren Sitten und Gebräuchen leben. Ich nicke. Das klingt schön, das Leben in so einer Mahala. Izedin wendet sich Merweta zu. Sie murmeln leise auf Romanes.

Anita selbst kennt keine Mahala, nur die wehmütigen Geschichten der Erwachsenen über den Verlust ihrer Heimat.

»Dej, also meine Mama Merweta«, sagt sie, »hat im Krieg ganz schreckliche Sachen erlebt.«

Leider verabschieden sich Izedin und seine Brüder schon bald. »Mein« Typ gibt mir etwas verschämt die Hand.

Ich kann mir nicht vorstellen, dass sie in einem dieser Rosenwinkel-Häuser wohnen, ich kann mir nicht vorstellen, dass sie überhaupt irgendwo wohnen.

Sie ziehen weiter, denke ich. Und male mir aus, wie sie um das Haus herum auf die Straße gehen, wo eine alte Pferdekutsche auf sie wartet.

***

Die Gruppe der Zurückbleibenden verliert an Glanz. Der CD-Player muss noch mal herhalten und beschallt den Hof. Ob die

Syrer in ihrer Wohnung auch ein bisschen feiern, ganz für sich? Anitas Mutter, die meinem Blick zu den oberen Fenstern gefolgt ist, sagt ungefragt, dass die »Araber« sowieso bald wegziehen. »Eine Aufenthaltsgenehmigung kriegen die auch ganz schnell.«

»Immerhin kommen die gerade aus dem Krieg«, sage ich. Darauf sagen weder Anita noch ihre Mutter etwas.

Später kommt es dann tatsächlich zu einer Art »fight«. Eine Cousine von Anita, die ein Stockwerk höher wohnt, wird erwischt, wie sie mit einem Jungen telefoniert, woraufhin ihr unterstellt wird, dass sie mit ihm »Kontakt« hatte. Der Vater des Mädchens und seine zwei Brüder, zu denen Anitas Vater zählt, toben sofort vor Wut, als wäre ein schlimmes Unheil geschehen. Sie schimpfen laut, schreien herum und gehen mit dem Mädchen nach drinnen, offenbar, um das Tribunal hinter verschlossenen Türen weiterzuführen. Im Hof haben jetzt alle etwas zu dem Vorfall zu sagen, die Kinder verteidigen die Cousine – »Nein, sie hat ihn nicht gesehen, sie haben nur telefoniert! Ich schwöre es!« –, und die Mütter diskutieren untereinander, wohl darüber, wie sie ihre Männer beschwichtigen könnten.

»Die streiten wegen eines Telefonats?«

Die Kinder sagen mir, dass die Männer spinnen. Anitas Mutter versucht, ihren Mann zumindest mir gegenüber zu verteidigen, indem sie erklärt, dass es Banden gebe, die es auf Roma-Kinder abgesehen hätten, und dass die Männer daher besonders gut auf ihre Kinder aufpassen müssten.

Die Kinder sind sofort ruhig. Alle haben Angst vor diesen Banden, die »Kinder entführen und verkaufen, Mädchen überfallen und Leute töten und ihnen die Organe rausschneiden«. Ich weiß nicht, ob sie das bei RTL gesehen haben oder ob da was dran ist. Den Zusammenhang zu dem Mädchen, das Kontakt mit einem Jungen hatte, sehe ich nicht.

»Lass uns ins Bett gehen«, sagt Anita, der das Ganze furchtbar peinlich ist. Auf die Banden-Geschichte geht sie nicht ein. Sie meint nur, dass es ziemliche Spannungen gebe zwischen den Roma aus Bosnien und denen aus dem Kosovo. »Die aus dem Kosovo sind ein bisschen strenger. Die Familie von meinem Vater kommt da her. Die Familie meiner Mutter stammt aus Bosnien, ein Teil auch aus Serbien.«

Ich weiß noch nicht einmal, wo diese Länder alle so genau liegen.

»Und Izedin?«, frage ich. »Wo kommt er her?«

»Das sind Kroaten«, sagt Anita knapp.

»Also aus Kroatien?«, frage ich irritiert.

»Nee«, sagt Anita.

Im Treppenhaus hat jemand Bier verschüttet. Wir müssen drei Stufen auf einmal nehmen, um nicht in die Pfützen zu treten.

»Aus Bosnien«, sagt Anita. Ganz häufig passiert es, dass sie über eine Frage länger nachdenkt und mir die Antwort dann zeitverzögert gibt. Ich verstehe das alles trotzdem nicht. Welche Roma aus welchen Ländern kommen, ist mir unverständlich.

Aber Anita ist nicht in der Stimmung, wissenschaftliche Studien anzustellen.

Von der obersten Stufe tropft es herunter, die Flasche ist nicht zu sehen, aber da muss noch mehr ausgelaufen sein – auf dem Treppenabsatz ist alles nass. Es stinkt nicht nur nach Bier.

»Da hat jemand hingepisst«, ruft Anita angewidert. Und dann schimpft sie auf Romanes, ganz laut schreit sie herum. So wütend habe ich sie noch nie erlebt. Anitas Mutter kommt mit einem Putzeimer aus der Wohnung und wirft Tücher auf den Boden. Laut schimpfend, in einer Mischung aus Romanes und Deutsch, macht sie sich an die Reinigung des Treppenhauses. Die anderen Frauen, die jetzt nach drinnen kommen, helfen ihr stumm. Anita und ich stehen in der Wohnungstür, vor uns die mit dem Aufwischen beschäftigten Frauen und hinter uns die kleinen Kinder, die wissen wollen, was los ist. Draußen auf dem Hof hört man Männer rufen, schimpfen, zwischendurch auch lachen.

In der Wohnung über uns reißt das Geschrei zwischen der Cousine, ihrem Vater und dem Onkel nicht ab. Die hohe, sich selbst verteidigende Stimme des Mädchens, dazwischen das Gebrüll wütender Männer. Türen schlagen. Plötzlich kreischt die Cousine auf, als würde ihr etwas angetan.

»Müssen wir nicht helfen?«, flüstere ich. Anita schüttelt den Kopf. Mein Herz klopft laut. Anita sagt tonlos, dass man da nichts machen könne.

»Wollen wir zu mir nach Hause?«, frage ich. Es ist eher eine Bitte. Nur zu gerne würde ich jetzt mit ihr zu mir nach Hause gehen. Oder auch alleine.

Aber Anita zieht mich am Arm in die Wohnung.

»Entschuldigung«, sagt ihre Mutter, die aus dem Badezimmer frisches Spülwasser holt. »Entschuldigung«, wiederholt sie und guckt mich dabei an. »Bitte entschuldige.«

»Ihr könnt doch nichts dafür«, sage ich.

Anitas Mutter kippt eine Riesenladung schäumendes Spülwasser die Treppe hinunter. Der Spülwasserbach bahnt sich seinen Weg das Linoleum hinunter.

»Komm jetzt bitte«, sagt Anita flehentlich.

Als wir nebeneinander im Badezimmer stehen und uns die Hände waschen, würde ich gerne etwas Nettes sagen. Über den Ausflug an den See, der mir vorkommt, als liege er bereits Tage oder Wochen zurück.

Anita sagt, dass ich mir keine Sorgen machen soll.

»Das ist alles nur Theater, verstehst du? Sie machen großes Theater, aber sie werden meiner Cousine nichts tun.«

Ich weiß nicht so recht, was ich davon halten soll, aber was soll ich machen?

»Das ist wie eine Vorführung.«

»Okay.« Ich beschließe, von etwas anderem zu reden.

»Izedin ist echt cool«, sage ich, während sich über unseren Köpfen das Familiendrama zuspitzt, womöglich in den letzten Akt übergeht und hoffentlich bald zu Ende ist. Ich frage mich, ob das Chaos hier auch ausgebrochen wäre, wenn Izedin und seine Truppe noch geblieben wären.

Anita fährt sich mit nassen Händen durch die Haare. »Cool«, wiederholt sie. »Na ja«, macht sie dann.

Sie greift zu einem Kamm und zieht sich einen Scheitel.

»Sie sind fremdenfeindlich«, sagt sie.

»Wen meinst du?« Fast muss ich lachen. Fremdenfeindlich sind Leute, die keine Ausländer mögen. Leute, die keine Roma mögen. Die »Zigeuner« sagen oder »Neger«.

»Du verstehst nicht.«

»Was denn?«

Vor meiner zwei Jahre jüngeren Freundin komme ich mir oft

selbst ganz jung vor. Als hätte ich von den wichtigsten Dingen im Leben überhaupt keine Ahnung.

Auf dem Waschbecken liegen goldene Ohrringe. Anita legt ihren Kamm weg und steckt mir die Ringe an die Ohrläppchen. Ich lasse es geschehen, bewege den Kopf ein bisschen, es klimpert angenehm. Das feine Geräusch kitzelt meine Ohren, ich gefalle mir mit dem ungewohnten Schmuck. Aber die Art, wie mich Anita jetzt ansieht, gefällt mir nicht.

»Man kann sich nicht aussuchen, was man ist«, sagt sie.

»Weiß ich nicht«, sage ich trotzig.

»Ich aber!«

Wie aufs Stichwort herrscht Ruhe. Nicht bei uns in der Wohnung – Anitas Geschwister sind auf dem Flur zu hören, und auch auf dem Hof, wo einige Männer noch herumstehen, ist es nicht gerade leise –, aber das Geschrei des Mädchens über unseren Köpfen und dazu das Gebrüll des Vaters und des Onkels ist mit einem Mal verstummt.

»Unheimlich«, sage ich. »Hoffentlich ist deine Cousine o.k.!?«

Man hört keine Schritte, gar nichts mehr. Die Decke über uns ist rissig, der Putz blättert ab. Die Glühbirne, die hier hängt, ist mit einem Stück Stoff umspannt, der bestimmt selbst genäht ist. Die Gardinen am Fenster haben das gleiche Muster. Anita scheint nach wie vor keine Angst zu haben, dass ihrer Cousine etwas passiert sein könnte. »Ende des Theaters«, sagt sie. »Nur der Applaus fehlt.« Gleichgültig kämmt sie ihr Haar, betrachtet sich dabei konzentriert im Spiegel.

»Ist irgendwas, Anita? Habe ich was falsch gemacht?«

Anita steckt sich die Haare hoch. Sie sieht wunderschön aus.

Zum ersten Mal spüre ich einen kleinen Stich, wenn ich sie ansehe.

»Izedin vertraut dir nicht. Er findet es nicht richtig, wenn wir mit …«, sie zögert kurz, bevor sie weiterredet, »wenn wir mit Deutschen zusammen sind. Sie mögen keine Gadsche.«

Ich verstehe nicht, worauf sie hinauswill. Irgendwie stößt sie mich vor den Kopf. Ich spüre einen Anflug von Misstrauen, aber nicht Izedin, sondern Anita gegenüber. Warum sagt sie so etwas? Ist sie eifersüchtig? Weil Izedin mit mir gesprochen hat? Weil ich Blickkontakt mit Hamze hatte? Ich nehme die klimpernden Ohrringe ab.

»Bleibst du trotzdem hier?«, fragt Anita. Ihre Stimme klingt ängstlich. Eigentlich würde ich jetzt gerne in meinem Zimmer zu Hause auf dem Bett liegen, ein Bad nehmen, alleine sein.

»Ist das nicht zu eng in deinem Bett, Anita?«

Zu meiner Verwunderung nimmt sie, statt mir zu antworten, meine Hand und drückt sie ganz fest. Das mit dem Misstrauen und ihrer Bemerkung über Izedin scheint doch nicht so wichtig gewesen zu sein. Oft weiß ich hier einfach gar nicht, woran ich bin. Anitas Hand ist ganz warm.

»Klar bleibe ich hier«, sage ich.

Diesmal sind es ihre jüngeren Schwestern, die nicht einschlafen können. Samira und Aferdita haben den Kleiderschrank geöffnet und veranstalten eine Modenschau mit den Kleidern von Anita, die sie sich unter großem Gelächter gegenseitig überziehen. Die kleine Ramiza schnappt sich ein T-Shirt, in dem sie komplett verschwindet.

»Sie misstrauen den Leuten hier«, schließt Anita unvermittelt an das Gespräch von vorhin an. »Sie lächeln, aber es bedeutet nichts, es ist sogar ziemlich unehrlich.« Ich weiß nicht, was ich darauf sagen soll. Mir kam Izedins Lächeln wirklich nicht unehrlich vor. Meine Mutter kommt mir in den Sinn, die trotz aller »Fremdenfreundlichkeit«, die sie so an den Tag legt, meinte, ich müsse im Rosenwinkel aufpassen, müsse mich vor unehrlichen Leuten schützen.

Anitas Schwestern machen sich einen Spaß daraus, das Licht immer an- und auszuknipsen.

»Licht aus, Samira«, ruft Anita genervt. Sie rückt zur Seite, damit ich genug Platz habe.

»Es geht schon«, sage ich. Aber Anita macht sich ganz schmal, drückt sich richtig an den Rand des Betts. Als das Licht endgültig aus ist und die Schwestern zur Ruhe kommen, flüstert sie: »Izedins Clan ist richtig streng, die achten darauf, dass wir die Regeln einhalten. Sie wollen, dass wir unter uns bleiben. Sie denken, dass ihr einen schlechten Einfluss auf uns habt. Dass wir eure Gewohnheiten übernehmen könnten.«

»Ach so«, sage ich. »Aber was denn für Gewohnheiten?«

»Es ist ziemlich kompliziert«, antwortet sie. »Manchmal kotzt mich diese ganze Traditionsnummer einfach nur an.«

Ich gehe aufs Klo. Wahrscheinlich bekomme ich meine Tage, deshalb muss ich dauernd pinkeln, das nervt. Das Badezimmerfenster geht nach hinten, zum Hof raus. Unten stehen die Männer, an ihren dampfenden Feuerstellen, die sie mit großen Wassermengen nach und nach ablöschen. Schwarze Wolken steigen auf. Hamze, spreche ich im Geiste vor mich hin.

Die Küchentür ist geöffnet. Anitas Mutter steht auf einem Stuhl, um an das oberste Regalbrett zu gelangen, auf das sie einen Brief legt. Seltsame Ablage für einen Brief. Aber es gibt ja in der ganzen Wohnung keinen einzigen Platz für Dokumente, keine Schränke oder Kommoden für Papierkram, einen Schreibtisch sowieso nicht.

»Gute Nacht«, sage ich leise, um sie nicht zu erschrecken, aber sie nimmt mich gar nicht wahr. Ich gehe ins Zimmer zurück, lege mich neben Anita. Mein Handy brummt irgendwo. Ich taste im Dunkeln nach meiner Tasche.

Seit vorgestern habe ich meine WhatsApp-Nachrichten nicht gecheckt. Ausgerechnet Carla hat mich einer Gruppe zugefügt. Als ich mich neben der schlafenden Anita durch Fotos einer Geburtstagsparty klicke, bei der ich nicht dabei war und daher null verstehe, warum ich mir das jetzt angucken soll, dämmert mir, dass das eine Einladung ist und dass die Fotos einfach irgendwelche Leute zeigen, die Spaß haben, was heißen soll, dass ich zu einer Party eingeladen bin, auf der ich mindestens genauso viel Spaß haben werde wie die Leute auf den Bildern. Dass mich Carla überhaupt zu sich einlädt, ist erstaunlich. Offenbar gehört sie zu denen, die auch noch hier abhängen, noch nicht im Ausland sind. Vielleicht langweilt sie sich.

Kommst du Samstagabend? Du kannst gerne noch jemanden mitbringen ...

Jemanden mitbringen, Punkt, Punkt, Punkt. Ich lese die Einladung mindestens fünfmal hintereinander. Ans Einschlafen ist nicht zu denken. Viel lieber stelle ich mir vor, wie ich mit Hamze zu Carla komme. Anita liegt ganz eng an der Wand, ihr dichtes, schwarzes Haar verteilt sich über das Kopfkissen. Ich schließe die Augen, rieche das Lagerfeuer in Anitas Haaren und stelle mir vor, dass es Hamze ist, der neben mir schläft.

6

Ein Adrenalinschub, den mir der Umstand beschert, dass mich Anita zu Carlas Party begleitet, verdrängt die Müdigkeit, die der Übernachtung im Rosenwinkel geschuldet ist. Nachdem wir bereits mehrere Minuten vor dem Haus warten – Minuten, in denen Anita fragt, ob Carlas Familie denn ganz alleine hier wohnt, und ich mir unangenehm überlegen vorkomme, als ich ihr sage, dass das nichts Besonderes sei und dass viele meiner Freundinnen in Einfamilienhäusern wohnen, und zwar in Siedlungen wie dieser, in der ein Haus wie das andere aussieht, und dass mir diese Art zu wohnen irgendwie immer etwas traurig vorkommt, ohne sagen zu können warum –, macht endlich jemand auf. Ein Mädchen in einem nachthemdartigen Kleid steht im Hauseingang und murmelt etwas vom Garten und von der Gartentür, die offen ist. Trotzdem winkt sie uns durchs Haus. Anita, in kurz abgeschnittenen, engen Jeans und Leggins, mit sehr sexy dekolletiertem Top, geht dicht hinter mir durch den Flur. Ich habe wieder ewig nicht gewusst, was ich anziehen soll, und trage jetzt meine Jeans, die zwar eine gute Figur macht, aber bei dem Wetter viel zu warm ist. Die Hose klebt an meinen Beinen.

Auf einer Anrichte thront ein Buddha. Die Anrichte ist aus

Holz, auf alt lackiert, grün-metallisch schimmernd, mit vielen extra gemachten Kratzern. Neben dem Buddha stehen dekorative Vasen wie in einem Laden. Im Vorbeigehen mustere ich mich schnell in einem Spiegel, dessen Rahmen auch total zerkratzt ist, als käme er vom Sperrmüll. War wahrscheinlich schweineteuer. Bei Accessorize habe ich heute Nachmittag auffällig große, goldene Ohrringe gekauft. Anita trägt die Kette, die ich ihr zum Geburtstag geschenkt habe.

Um in den Garten zu gelangen, müssen wir durch das Wohnzimmer. Anita zieht die Schuhe aus. »Das musst du nicht«, sage ich, aber sie zieht ihre Sandalen erst wieder an, als wir draußen sind. Auf der Terrasse sitzen Carla, Elena, Anna-Lena und Pauline. Das Mädchen, das uns hereingelassen hat, heißt Emily.

»Wir glühen schon mal vor«, ruft Elena ausgelassen. »Die Jungs haben wir eine Stunde später bestellt.« Alle kichern und heben ihre Gläser.

»Wir mixen Cocktails«, sagt Carla grinsend. »Hi, Frida. Schön, dass ihr kommt. Ich wusste nicht genau, ob du noch im Lande bist.« Ihre Stimme klingt künstlich, ein bisschen wie eine Moderatorin auf KiKA. Ich stelle Anita vor, automatisch rutscht meine Stimme auch in eine etwas bambimäßige Tonlage.

»Hi.« Anita klingt überhaupt nicht nach kleinem Mädchen, sondern ziemlich tief und ernsthaft, wie eine Erwachsene, die sich auf einen Kindergeburtstag verirrt hat. Aber ihre Augen strahlen. Unübersehbar, wie sie sich freut, hier zu sein, bei meinen Freundinnen, oder eher, um mit Maribels oder Jannes amerikanischem Vokabular zu sprechen, »so called« Freundinnen, denn ich habe ihr schon gesagt, dass ich Carla und überhaupt den ganzen Leuten aus meiner alten Schule gegenüber so ein paar Vorbehalte habe. Aber Anita fand es toll, überhaupt mal auszugehen. Ihre Eltern wissen nicht, dass wir bei jemandem eingeladen sind und später vielleicht noch einen Club ansteuern. Offiziell sind wir bei mir zu Hause, wo wir den ganzen Abend mit DVD-Gucken verbringen.

»Magst du Caipirinha?«

Ich habe keine Ahnung, ob Anita das verträgt, ob sie überhaupt Alkohol trinkt – beim Bayram-Fest hat sie nur Cola getrunken. Anita nippt. »Schmeckt köstlich«, sagt sie und zwinkert mir zu. Carla wirft Elena einen kleinen Blick zu, der so viel sagen könnte wie: »Redet die auch so?« Denn dass ich gerne mal »köstlich« sage statt »superlecker« oder »grandios« statt »geil« scheint allen als eine Frida-Marotte bekannt zu sein.

Anita prostet mir zu, wir stoßen an. »Auf den Sprung«, raunt sie.

»Auf den Sprung«, sage ich, ganz laut. Vielleicht hoffe ich, dass uns jemand fragt, was für einen Sprung wir denn meinen. Ich hätte Lust, vom Schwimmbad zu erzählen. Aber die anderen, so scheint es mir, haben uns sofort wieder vergessen. Ich kann machen, was ich will, aber sie interessieren sich letztlich weder für mich noch für Anita. Ihre Aufmerksamkeitsspanne reichte gerade mal zu einer Begrüßung aus, und jetzt sind sie bereits wieder in ein Gespräch vertieft, das offenbar vor unserer Ankunft in vollem Gange war und an das schwer anzuknüpfen ist. Von Fynn ist die Rede, den Carla eingeladen hat, obwohl Pauline gerade mit ihm Schluss gemacht hat. Ein »No-Go«, wie Emily findet. Aber Pauline sagt, dass sie sich Fynn jetzt schöntrinkt, und dann murmelt sie kichernd: »Mal gucken.« Anita gießt sich von dem Cocktail nach, während Carla ein

Foto von uns macht, um es uns gleich zu schicken. Anita sagt, dass sie kein WhatsApp habe und das Foto daher leider nicht bekommen kann. Ich habe das Gefühl, dass der Alkohol Anita redselig macht.

»Schickt ihr das auch auf Facebook rum?«, fragt sie.

»Ja, natürlich«, sage ich leise in ihre Richtung.

»Ich kann dir das auch per SMS schicken«, sagt Pauline. »Gib mir mal deine Nummer.«

»Ach so«, erwidert Anita. »Ich habe aber gerade kein Handy.«

»Echt?«, fragt Pauline.

»Ja, echt«, sage ich, eine Spur zu heftig.

»Ohne Smartphone würde ich es keine Minute aushalten«, sagt Carla.

»Ich kann aber im Jugendtreff an den Computer gehen«, sagt Anita. »Oder in der Schule.«

Pauline zieht ihre kleine Nase kraus und lächelt. »Ist ja schräg«, sagt sie. Dann wendet sie sich wieder Anna-Lena zu, die neuerdings ganz kurze Haare hat, knallbunte Klamotten trägt und begeistert von einem Wohnprojekt in Portugal erzählt.

»Da ziehen Leute mit einer sogenannten Wahlfamilie in einem Haus ein, in dem die Türen immer offen stehen. Überall gibt es Computer in cool eingerichteten Lounges, die jeder benutzen darf, und jeder kann sich überhaupt von allem bedienen, was da ist. Nur die Schlafplätze sind privat, aber da echt alles ok ist, was man macht, kann man auch die Tür zu seinem Schlafplatz offen lassen.«

»Echt?«, fragt Anita.

»Und das Gute ist«, setzt Anna-Lena nach, »man ist auch

sicher. Denn die Haustür ist immer verschlossen. Nur oben im Haus ist alles offen.«

Elena sagt, dass sie es nervig fände, wenn ihr jemand beim Sex zuschauen würde in so einer WG, wo alles offen ist. Anna-Lena macht »Pfffffffff«, als wäre ihr das total egal.

»Seid doch ehrlich, wenn man ein paar Monate mit einem Typen zusammen ist, wird's im Bett doch eh langweilig.«

Anita bleibt der Mund offen stehen. Anna-Lena fragt, ob ich jetzt schockiert wäre. Warum fragt sie ausgerechnet mich?

Elena sagt, dass es mit Marek bestimmt nicht langweilig werden würde. Alle lachen.

»Und du?«, werde ich plötzlich gefragt.

»Was?«

Aber sie meinen bloß, ob ich schon wüsste, was ich studiere. Oder ob ich überhaupt studieren will.

»Ich bin noch nicht so sicher, was ich machen werde«, sage ich.

»Ich gehe zur Polizei«, sagt Anita, und ich frage mich, ob sie schon etwas betrunken klingt.

»Ach, krass«, sagt Emily, die viel älter ist als ich, gedacht hatte. Sie ist schon zwanzig und studiert Sport.

»Machst du eine Ausbildung?«

»Ich gehe noch zur Schule«, antwortet Anita.

»Ach so. Dann hast du noch gar nicht das Abi?«

Anita sagt, dass das noch ein bisschen dauern wird mit dem Abi, weil sie erst den erweiterten Realabschluss machen müsse.

»Okay«, sagt Emily mit der Betonung auf der zweiten Silbe, um etwas auszudrücken wie: »Sehr, sehr seltsam, aber du wirst schon wissen, warum das so ist.« Und ohne Überleitung beginnt sie wahnsinnig ausführlich von irgendeinem Fitnessprogramm zu erzählen. Wie Carla spricht sie mit einer Stimme, die wie einstudiert wirkt. »Wohnungstechnisch«, quengelt sie, »ist das in Hamburg natürlich schwer.« Wie sie jetzt auf Hamburg kommt, weiß ich nicht. Scheinbar habe ich da was verpasst. Anna-Lena zieht den Laptop, der auf dem Tisch steht, zu sich rüber und sucht Musik aus.

Anita geht zur Toilette und bleibt ziemlich lange weg. Das Gespräch kommt derweilen noch mal auf Fynn zurück. Ich versuche, mich auf die Musik zu konzentrieren.

»Woher kennt ihr euch eigentlich?«, fragt Emily.

»Meinst du Anita?«

Emily guckt zur Terrassentür.

»Vom Schwimmen«, sage ich. »Anita ist übrigens eine unglaublich gute Turmspringerin.«

»Mhm«, murmelt Emily. Was macht denn Anita so lange da drinnen? Durch das halb geschlossene Rollo sieht man, wie sie im Wohnzimmer steht und sich umguckt. *Clap along if you feel like a room without a roof*, singt Pharrell Williams.

»Meine Eltern sind nach Mallorca gefahren«, höre ich Carla sagen.

Anita steht reglos hinter dem Rollo.

»Und da wolltest du nicht mit?«, höre ich Elena fragen.

Alle sehen, wie Anita, mit dem Rücken zu uns, hinter der Tür steht. Ganz tief in mir drin setzt eine Unruhe ein.

»Bin ich verrückt, ich will doch nicht mehr mit meinen Eltern verreisen.«

Ich beiße mir auf die Lippen.

Elena sagt, dass ihre Eltern im Hinterland von Mallorca, wo

es bekanntermaßen nicht so touristisch sei, mit einer befreundeten Familie eine Finca gekauft haben.

»Cool«, sagt Pauline in Elenas Richtung, ohne ihren Blick von Anita abzuwenden.

Clap along if you feel like that's what you wanna do.

»Anita«, rufe ich, »kommst du nicht raus?«

Anita tritt auf die Terrasse, schlüpft in ihre Schuhe, die sie um auf Toilette zu gehen ausgezogen und vor die Terrassentür gestellt hatte.

»Ich war schon so oft auf Mallorca«, sagt Elena, »dass ich lieber mal woanders den Urlaub verbringen würde.«

»Wo liegt eigentlich Mallorca?«, fragt Anita.

Erst steckt sie sich am rechten Schuh, dann am linken ein Riemchen in eine Schlaufe. Die Schuhe sind ihr deutlich zu groß.

Emily rührt in ihrem Cocktail und verdreht dabei leicht genervt die Augen.

»Habt ihr noch Eis im Gefrierfach?«, fragt Anna-Lena.

»Mallorca ist eine Insel«, sage ich. »Gehört zu Spanien.«

»Ach so, ja«, macht Anita. In dem Moment klingelt es an der Tür.

»Wir sind auf der Terrasse«, ruft Elena. Die Jungs kommen durch den Garten, sofort ist die Stimmung wie elektrisch aufgeladen, alles springt auf, und im allgemeinen »Hi« und »Super, dass ihr kommt« geht Mallorca Gott sei Dank unter. Ich registriere, wie Fynn und Paul, die mit mir im Englisch-LK saßen, mich nicht grüßen.

Carla positioniert ihre langen Beine aufreizend und sagt, dass sie »ganz alleine zu Hause« sei. Ich versuche zu lächeln. Es war keine gute Idee, mit Anita hierherzukommen. Alle quatschen miteinander, nur wir beide stehen da wie eingefroren. Mit halbem Ohr kriege ich mit, wie Emily ungefragt mitteilt, dass sie in Hamburg wohnt. Kilian findet das »geil«. Sein Blick fällt auf Anita. Sieht das abschätzig aus oder bilde ich mir das ein? Oh, Mann.

»Und du, woher kommst du?«, fragt er.

Ich frage mich, ob Anita mit ihrem knappen Oberteil ein bisschen billig aussieht. Mir gefällt sie besser, wenn sie nicht so aufgestylt ist.

»Aus Deutschland«, sagt sie.

»Ach so, nein«, sagt Kilian belustigt. »Ich dachte, du kommst vielleicht auch aus einer anderen Stadt. Nur, weil ich dich noch nie gesehen habe.«

»Ich wohne in der Nordstadt«, sagt Anita. »Im Rosenwinkel.«

»Rosenwinkel«, wiederholt Kilian.

»Ach, klar«, mischt sich Fynn ein. »Ich weiß, wo das ist. Das ist die Straße, wo die Rumänen wohnen. Und die Bulgaren.«

Carla guckt von Anita zu Fynn und wieder zu Anita.

»Echt jetzt? Da wohnst du?«

Anitas Gesicht verrät keine Regung.

»Bist du aus Rumänien?«, fragt Fynn.

»Warum aus Rumänien?«, fragt Anita zurück. Ich würde jetzt gerne erzählen, dass Anitas Familie vor dem Krieg in Bosnien flüchten musste. Und wie wohl ich mich bei ihrer Familie im Rosenwinkel fühle. Aber in dem Moment kommt mir Anita zuvor.

»Wir sind Zigeuner!«

Als hätte sie einen Keil in den Ikea-Gartentisch getrieben, haut das Wort rein, steht auf einmal da, zwischen ihr und den anderen, zwischen Anita und uns. Keiner sagt etwas. Bis Fynn wieder mit seinem Rumänien-Thema anfängt. »Also seid ihr doch aus Rumänien«, beharrt er. Ist der bescheuert? Denkt der, alle Roma kommen aus Rumänien? Eine unangenehme Atmosphäre breitet sich aus. Ein Auto rast durch die Straße, die am Garten vorbeiführt, ein stampfender Beat aus geöffneten Wagenfenstern weht durch das Viertel.

»O. k.«, sagt Emily.

Was soll jetzt o. k. sein?

Anita lächelt Emily an. »Wir kommen aus Indien«, sagt sie, plötzlich ganz heiter und leicht. »Ist schon eine Weile her, dass wir da weg sind, kann mich nicht mehr so gut an unsere Heimat erinnern.«

»Wann seid ihr denn aus Indien weggegangen?« Fynn ist sichtlich verwirrt.

»Vor über achthundert Jahren«, antwortet Anita. Alle lachen etwas verlegen, niemand hat verstanden, was sie meint.

»Lasst uns mal auf die Wiese setzen«, beendet Carla das Gespräch. Leicht abschüssig geht es in einen gepflegten Garten. Wir sitzen im Kreis auf dem Boden, wir Mädels und dann die Jungs aus meinem Jahrgang, Fynn, Paul, Kilian und zwei, die schon letztes Jahr Abi gemacht haben, Tom und Irfan. Wir trinken Cocktails, die schnell betrunken machen. Nur ich bin schlagartig nüchtern, als ich mitkriege, dass Carla aus angeblich »nostalgischen Gründen« Wahrheit oder Pflicht spielen möchte.

»Wie früher«, flötet sie.

Die Jungs zucken mit den Schultern.

»Warum nicht«, sagt Paul. Angefixt glotzt er in die Runde. Irfan meint, er habe Wahrheit oder Pflicht seit der siebten Klasse nicht mehr gespielt. Emily schnappt fast über vor Begeisterung. Am liebsten würde ich jetzt mit Anita in den Rosenwinkel gehen. Aber ich weiß gar nicht, wie sie darüber denkt. Ich finde sie seltsam abwesend. Carla liegt bäuchlings im Gras, mit spitzen Fingern dreht sie die Flasche am ausgestreckten Arm. Man sieht ihre Brüste. Mehr noch als die Jungs starren wir Mädchen auf das freigelegte Dekolleté, auf ihren üppigen Busen, der hervorspringt. Man kann nirgendwo anders hingucken. Die anderen, bis auf Anita, haben eine eher kleine bis sogar winzige Oberweite, das weiß ich noch aus dem Sportunterricht, wo es häufig darum ging, dass man keinen Sport-BH tragen kann, weil die Brüste dann zu klein aussehen, und zu klein hieß im Klartext nichts anderes als der Realität entsprechend. Vor allem Elena hatte diese Diskussion immer wieder angefacht. Elena, die grundsätzlich, auch im Hochsommer, einen Super-Super-Maxi-Push-up trägt. Dadurch sieht ihre Oberweite so groß aus wie die von Carla, die ihrerseits den Fake natürlich nicht nötig hat.

Es wird viel gelacht, alle scheinen riesigen Spaß zu haben.

»Wie früher«, quietscht Carla. Anita lacht mit, sieht dabei aber nicht glücklich aus. Kilian und Paul suchen nach einer App, die angeblich krasse Fragen enthält. Kilian hat irgendwas entdeckt, was ihn zu faszinieren scheint. Er zeigt es Paul.

»Geil«, sagt Paul. Von irgendwoher erreicht mich ein Hilfe suchender Blick von Anita, aber ich bin zu weit entfernt von mir selbst, um ihn genauer zu orten.

***

»Frida träumt«, höre ich jemanden sagen. Na und, dann träume ich eben.

»Küsse eine Blume, als wäre sie deine große Liebe«, liest Paul vor.

»Das ist jetzt aber echt Kindergarten«, sagt Anna-Lena.

»Na und«, macht Kilian und knutscht hingebungsvoll eine Margerite, die er anschließend Emily überreicht.

»Tausche dein Ober- und dein Unterteil mit deiner Nachbarin/deinem Nachbarn«, liest jetzt Kilian weiter.

Während Carla und Irfan zur allgemeinen Erregung und Erheiterung ihre Kleider wechseln, geht Anita aufs Klo. Ich würde ihr gerne ins Haus folgen, aber die Flasche stoppt bei mir. Mein Herz klopft und ich verachte mich dafür.

»Wen aus der Runde würdest du auf eine einsame Insel mitnehmen?« Alle warten grinsend, dass ich irgendeinen der Typen nenne.

»Das ist jetzt aber echt eine Kindergartenfrage«, sagt Paul. »Mach noch mal neu.«

Die Flasche landet direkt wieder bei mir.

»Aufgabe«, flüstert Carla aufreizend. »Na los, Frida!«

»Aufgabe«, wiederhole ich mechanisch und bereue es sofort. Ich muss ein Foto von mir machen, in einer erotischen Pose, und das dann Fynn schicken, der jetzt dran ist. Fynn sitzt genau neben mir. »Mein Handy ist weg«, sagt er glücklicherweise. Alle gucken auf der Wiese herum, ob Fynn das Handy aus der Tasche gefallen ist. Dann geht er ins Haus und sucht im Flur, wo er seine Jacke ausgezogen hat.

Ich nutze die Gelegenheit, um nach Anita zu sehen.

»Die ist abgehauen«, ruft Fynn aufgebracht. »Mit wem ist die eigentlich gekommen?«

Wie bitte?

Ich gehe zur Gästetoilette, mache die Haustür auf und rufe nach draußen in die Einfahrt, aber Anita ist tatsächlich gegangen.

Carla ist stinksauer. »Wo ist die hin?«

»Ich glaube, sie hat sich nicht gut gefühlt«, murmele ich.

»Ich fühle mich auch nicht gut«, sagt Carla. Ich weiß nicht, was sie mir damit sagen will. Dass Anita einfach geht, ist doch nicht ihr Problem. »Es fühlt sich nämlich nicht besonders gut an, wenn hier Sachen wegkommen.«

Was?

»Du denkst doch nicht ...!?«

»Wie naiv bist du denn«, sagt Carla.

Ich beginne zu begreifen: Sie denken, Anita hätte Fynns Handy geklaut.

»Scheiße«, sagt Fynn.

Nein, denke ich, nein nein nein nein. Ich krieche im Gebüsch herum, mache mich total dreckig, ist mir alles egal, Hauptsache, ich finde dieses beschissene Teil. Die anderen suchen gar nicht richtig. Eine schreckliche Angst steigt in mir auf. Nicht, dass Anita schon einmal etwas geklaut hätte. Aber dass sie so einfach verschwunden ist, verstehe ich nicht. Warum hat sie mir nicht gesagt, dass sie gehen will? Ich wollte doch auch weg.

»Du kannst ja bei Fynn anrufen«, sagt Carla gehässig. »Mal sehen, ob sie rangeht.«

Sie fragen mich, wie lange ich Anita schon kenne. Mein Bauch tut mir weh. Ich hätte wissen müssen, dass ich Cocktails nicht vertrage.

Auf einmal bin ich sicher, dass Anita das Handy geklaut hat.

»Tut mir leid«, sage ich. Mir kommen die Tränen.

»Mir tut es auch leid, Frida«, sagt Carla. »Aber du hättest schon mal vorher sagen können, wen du mitbringen möchtest.«

Natürlich habe sie keine Vorurteile gegen »Zigeuner«. Trotzdem hätte man es ja wissen müssen. Die anderen nicken. Auch sie haben keine Vorurteile.

Die Gruppe diskutiert, was jetzt ansteht – noch einen Cocktail mixen oder in die Stadt. Fynn telefoniert mit Emilys Handy, Gesprächsfetzen dringen an mein Ohr: »Ach so«, »Ach nein«, »Danke fürs Nachgucken«, »Wir haben hier schon alles auf den Kopf gestellt« …, und schnell wird klar, dass er sein Handy gar nicht dabeihatte.

»Sorry«, ruft er in die Runde.

»Lasst uns tanzen gehen«, sagt Anna-Lena. Sie legt den Arm um meine Schulter.

7

Drei Uhr vierundvierzig. Ich liege auf meinem Bett. Betrachte mein Zimmer. Höre meine Mutter schwer atmen, als ich ins Bad gehe. Mein Bett. Mein Zimmer. Meine Freunde. *Man kann sich nicht aussuchen, was man ist.*

Meine Mutter. Ihre Tür ist angelehnt, vielleicht wollte sie mitkriegen, wenn ich nach Hause komme. Die Jalousien in ihrem Zimmer sind zugezogen, und ich weiß, dass sie sie auch noch den ganzen Vormittag über zu lassen wird. Ich habe es im Gespür, wenn sie ihre Einbrüche hat und nicht aufstehen kann.

»Scheiße«, sage ich ganz laut. Ich schmeiße mein Handy auf die Fliesen im Bad. Das Display zersplittert. Anita und ich, aufgenommen im Schwimmbad, zwei strahlende, nasse Gesichter, ergeben jetzt ein Puzzle mit unendlich vielen Teilen. Scheiße.

Wie kann man kein Handy haben? Wie kann man als Vater seiner Tochter, die bald siebzehn wird, ein Handy verbieten? Das ist doch einfach bescheuert.

»Wollte deine Freundin nicht hier übernachten?«, fragt meine Mutter am Morgen. Immerhin ist sie doch aufgestanden und kocht uns Kaffee.

»Ich war mit Carla tanzen«, sage ich, als wäre das eine Antwort.

Den Kaffee nehme ich mit ins Bett. Er schmeckt mir nicht. Auch das Brötchen schmeckt mir nicht. Draußen scheint die Sonne. Mein Kopf ist leer, ich denke an gar nichts. Trotz des schönen Wetters bleibe ich auf meinem Bett liegen oder ich schlurfe zum Fenster, stütze die Arme aufs Fensterbrett wie eine alte Frau und glotze nach unten, zu den Mülltonnen.

Später zappe ich, in meine Bettdecke eingemummelt auf der Wohnzimmercouch liegend, durchs Vormittagsprogramm.

»Die Schlepper haben uns in ein Schlauchboot gesetzt und gesagt, wir sollten auf eine Insel zuhalten, aber wir wussten nicht, wo die lag.« Der Mann, der interviewt wird, hat seine Frau und seine beiden Kinder, eine zweijährige Tochter und einen acht Monate alten Sohn, auf der Reise von Libyen nach Lampedusa verloren. »My wife is called Hope«, sagt der Mann. Schnitt. Eine schwangere Frau hält sich die Hände vor die Augen. Ich schalte um. Jemand hat ein Buch geschrieben über neue Trends in der Schönheitschirurgie. Man sieht eine Kosmetikerin aus Brasilien, die sich auf Enthaarung spezialisiert hat. Auf ARTE läuft ein französischer Spielfilm. Ich blättere in einem Magazin, das meine Mutter abonniert hat, schalte dann aber wieder zurück. In der Enthaarungspraxis der Brasilianerin kommt jetzt eine Sechzehnjährige auf die Behandlungsliege. Ein Mädchen, das sich frisch verliebt hat: »Ich hatte Angst, mein Freund könnte herausfinden, dass ich noch nicht enthaart bin, deshalb bin ich hier.«

Süditalien. Touristen baden in hellblau schimmerndem Wasser. Einzelne Urlauber werden nach den Afrikanern befragt. Die

Touristen haben noch keinen Flüchtling in ihrer Nähe gesehen. Ein Fischer sagt, dass ihm häufiger eine Leiche ins Netz geht. Man hört eine längere Passage auf Italienisch. Anche le bambini. Auch Kinder kommen ihm unter, ja, er nickt und guckt aufs Meer. Die Kamera folgt seinem Blick. Über dem Wasser kreisen Möwen.

Ich gehe in den Keller, um meine Badesachen, die feucht in der Tasche liegen geblieben waren, in die Waschmaschine zu stecken. Es ist kalt hier unten, es riecht leicht modrig. Auf meinen Lippen schmecke ich das Schwarz des Sees, in dem ich das Springen gelernt habe.

***

Bis zum Nachmittag liege ich auf dem Sofa im Wohnzimmer herum und gucke Fernsehen, ohne etwas mitzukriegen. Irgendwann schlafe ich ein und träume, dass eine Bombe in unserem Haus einschlägt und Mama und ich flüchten müssen. Aber der Weg nach unten durchs Treppenhaus ist versperrt. Ich stehe am Fenster. Unten steht Anita und breitet ihre Arme aus.

»Spring«, ruft sie.

»Das gibt es ja nicht«, sagt meine Mutter.

Die Nachrichten laufen. Man sieht eine völlig zerstörte Stadt, aufgenommen von einem Hubschrauber aus. Hilfslieferungen könnten nur auf dem Luftweg in diese Region gelangen, sagt der Sprecher.

Meine Mutter faltet Wäsche zusammen.

Hinter dem Sprecher erscheint großflächig das Bild eines Flüchtlingsbootes auf dem Mittelmeer, mit unglaublich vielen

Menschen an Bord. Der Sprecher sagt, dass heute Nacht ein Boot gekentert sei und dass die einzigen Überlebenden, zwei Jungen aus Eritrea, berichtet hätten, dass fast alle Passagiere an Bord Kinder und Jugendliche gewesen seien.

»Einhundertachtzig oder einhundertneunzig Tote, das ist die Bilanz an diesem traurigen Morgen«, sagt der Sprecher.

Meine Mutter und ich sehen in die Gesichter der beiden Überlebenden.

»Ich habe deine Sachen in den Trockner getan.«

»Danke.«

Ich stelle mich ans Fenster. Auf der Straße ist niemand. Ich nehme meinen Bikini und die Unterwäsche entgegen, bleibe mit dem Stapel in der Hand im Wohnzimmer stehen. Meine Mutter zieht ein Sweatshirt glatt, legt die Ärmel ohne hinzuschauen akkurat aufeinander, greift zur Fernbedienung. Um auf mich Rücksicht zu nehmen, hatte sie den Ton vorher leiser gestellt. Die Nachrichtenstimme ist jetzt etwas zu laut, aber meine Mutter lässt es so.

Iraker flüchten nach Syrien, obwohl die Syrer auch vor dem Krieg flüchten müssen. Viele Menschen flüchten auf einen Berg. Eine Frau mit Schleier weint in die Kamera.

»Die jesidischen Kurden sind auf dem Berg kurz vor dem Verdursten«, sagt der Sprecher. »Viele Menschen, besonders Kinder und Alte, sind bereits gestorben.« Ich habe das zarte Gesicht der syrischen Frau vor Augen, deren Haare von einem weißen Tuch verhüllt waren.

»Der amerikanische Journalist wurde von den Milizen der IS vor laufender Kamera enthauptet«, fährt er fort. Man sieht ein Bild des Journalisten aus früherer Zeit.

»Das gibt es ja nicht«, sagt meine Mutter wieder.

Europa diskutiert über Waffenlieferungen an den Irak, zur Bekämpfung der Terroristen. Soll Deutschland Waffen liefern oder nur humanitäre Hilfe leisten? Bedeutet humanitäre Hilfe nicht, dass man Waffen liefern muss? Experten kommen zu Wort. Die Verteidigungsministerin, über die sich meine Mutter immer aufregt, ist zu sehen, wie sie aus einem Flugzeug steigt und mit gerunzelter Stirn über das Rollfeld hinaus in die Ferne guckt.

»Überall ist Krieg«, sagt meine Mutter, bevor sie den Fernseher ausschaltet.

»Ja«, sage ich.

Aus meinem Zimmer hole ich die Badetasche und packe meine frisch gewaschenen Sachen hinein.

8

Auf der Busfahrt in den Rosenwinkel empfinde ich eine plötzlich aufkommende heftige Vorfreude. Ich werde Anita abholen und wir werden ins Schwimmbad gehen. Ich werde mit ihr vom Sprungturm springen, und zwar von ganz oben. Ich kann es kaum erwarten, Anita wiederzusehen. Auf dem Weg zu ihrer Wohnung werde ich immer schneller, die letzten Meter renne ich fast. Die Tür am Eingang fehlt, alles sieht dem ersten Anschein nach aus wie sonst, aber etwas stimmt nicht. Etwas ist anders. Die Syrer kommen mir im Treppenhaus entgegen.

»Die Polizei«, rufen sie. »Polizei!«

Polizei? Soll ich die Polizei rufen?

»Nein, nein!«

Schnell nehme ich zwei Stufen auf einmal. Die Syrer zeigen auf Anitas Wohnung. Auf die Tür, die sperrangelweit offen steht.

»Weg«, rufen sie.

Ist Anita abgehauen, weil ich sie enttäuscht habe? Mein Gehirn läuft ganz verlangsamt, ich verstehe die Bilder nicht, ich kann sie nicht deuten. Ich fühle mich wie in einem Film.

»Wie schrecklich«, sage ich, obwohl ich ja gar nicht weiß, was genau hier eigentlich los ist.

»Alle weg«, rufen die Syrer.

Auch die andere Tür auf der Etage steht auf, aber kein einziges Paar Schuhe liegt auf dem Fußabtreter. Drinnen, in den Wohnungen, herrscht Chaos, wie nach einem Einbruch.

»Wer hat das Chaos angerichtet?«

Die Syrer verstehen mich nicht.

Es sieht aus wie ein Tatort. Ich gehe durch den Flur in das Wohnzimmer, in die Küche. War das Anita? Mit einem Mal bin ich tief erschrocken. Wenn mich jemand fragen würde, was mich erschreckt, würde ich sagen, dass es Schuld ist. Ich fühle mich schuldig und weiß nicht, wofür. Ich bin schuld an dem, was Anita getan hat. Was auch immer es ist.

Aber Anita hat gar nichts getan. Dass die Polizei da gewesen ist, sagen die Syrer, dass man die Familie abgeschoben habe, »Pushed off«. Ich brauche viel zu lange, um zu verstehen, was sie meinen, und auch als ich das Wort Abschiebung, das sie mir per Google-Übersetzer zeigen, verstanden habe, begreife ich absolut gar nichts.

»I call the police«, sage ich.

»No«, rufen die Syrer. »German police!«

Ich sehe aus dem Badezimmerfenster auf den Hof. Von Anitas Schlafzimmer aus gucke ich nach draußen auf die Straße. Anita ist nicht mehr da. »Deportation«, sagen die Syrer.

Wie in Zeitlupe bewege ich mich durch das Treppenhaus nach unten, stehe auf der Straße und schaue nach oben. Stangen mit Satellitenschüsseln umranken Anitas Fenster wie die Hecke das Schloss in Grimms Märchen, in dem alle in Tiefschlaf versetzt wurden. Duldung, hatte Anita gesagt. »Wir sind in der Duldung.« Es ist still. Ein einziges Auto fährt die Straße entlang, geräuschlos. Wie eine Kulisse steht die Fassade des Hauses vor mir. Was wird hier gespielt?

Die Roma sind weg. Die Roma im Rosenwinkel sind verschwunden. Gestern waren sie noch da. Wer würde einem so etwas glauben? Ein Blatt fällt von dem einzigen Baum, der hier steht, einer Kastanie, segelt durch die Luft, landet vor meinen Füßen. Es sieht aus wie inszeniert.

***

»Was heißt hier, sie sind nicht mehr da?« Ich schreie die Nachbarn, die kaum Deutsch sprechen, fast an. Alle stehen sie um mich, die einzige Deutsche, herum, in der Wohnung der Syrer, in der alle zusammenkommen, um mir zu sagen, was geschehen ist. Anitas Familie, so erfahre ich bruchstückhaft, wurde in der letzten Nacht von der Polizei abgeholt. Genauso die Familie ihrer Cousine.

»Wohin abgeholt?«

Das kann mir niemand beantworten. Weil niemand weiß, wo die »Gypsies« eigentlich herkommen. Zwei Albaner streiten darüber, ob die »Zigeuner« aus Bosnien oder aus dem Kosovo kommen.

In welches Land die Roma gebracht wurden, weiß keiner.

»Auf den Balkan!«, ruft jemand.

Die Leute, die hier schon lange leben, wie die Sudanesen aus dem Hinterhaus, erzählen mir genau, wie es überhaupt zur Abschiebung kommen konnte. Erst, erfahre ich, bringt jemand vom Sozialamt einen Brief mit der Aufforderung, Deutschland zu verlassen. Man hat eine bestimmte Frist, in der man die Reise vorbereiten soll. Wenn die Frist endet und man der Aufforderung nicht nachkommt, erfolgt die Abschiebung. Meistens, wie auch in diesem Falle, kommt es zu einem bewaffneten Polizeieinsatz mitten in der Nacht, weil dann mit weniger Widerstand zu rechnen ist. Wer im Schlaf überrascht wird, hat keine Chance, sich zu wehren. Ein baumlanger Albaner, der zu den anderen beiden hinzutritt und nach eigenem Bekunden schon mehrere Abschiebungen nach Albanien hautnah miterlebt hat, sagt: »Es sei denn, man schläft mit einem großen Küchenmesser im Bett.« Die Leute lachen bitter auf. Anitas Großmutter, so weiß es wohl jeder hier oder erzählt es sich zumindest, ging jede Nacht mit einem Messer zu Bett. Warum hat mir Anita von alldem nichts erzählt? Haben die Erwachsenen ihren Kindern nichts von der Bedrohung gesagt?

»Aber das hat ihr auch nichts genutzt«, sagt der große Albaner. Die Polizei rechne mit so was und würde locker mit einer alten Frau mit Messer im Bett fertig. »Da muss man schon mit einer Kalaschnikow schlafen«, feixt er.

»Hat die Familie denn gewusst, dass sie abgeschoben werden soll?«

Mir fällt der Moment ein, in dem ich Anitas Mutter mit einem Brief in der Hand gesehen habe. Die Sudanesen zucken mit den Schultern. »Bist du in der Duldung«, sagen sie, »weißt du nie, was kommt. Nach dreizehn Jahren in Deutschland glaubst du vielleicht nicht mehr, dass es wirklich passiert.«

Die Syrer werfen sich bedeutsame Blicke zu und murmeln »Inschallah, Inschallah«.

Ist denn aber irgendetwas vorgefallen?

Die Sudanesen glauben das nicht. Die Ausländerbehörde entscheidet, sagen sie.

Ich gehe in Anitas verwaiste Wohnung zurück. In der Küche fällt mein Blick auf das Regal mit den vielen Gewürzen. Eine Uhr tickt. Ich stelle mich auf einen Stuhl.

»Die Familie Beganovic«, lese ich in dem Brief, den Anitas Mutter vor meinen Augen hier oben deponiert hat, ist »vollziehbar zur Ausreise aus der Bundesrepublik Deutschland«. Vollziehbar zur Ausreise …

Ich setze mich und greife nach meinem Handy.

»Mama?«

Meine Mutter meldet sich mit matter Stimme.

»Anita ist abgeschoben worden.«

Meine Mutter weiß nicht, was ich meine.

»Abgeschoben! Ihre Familie wurde heute Nacht abgeholt und auf den Balkan gebracht.«

Auf den Balkan. Was soll das eigentlich heißen? Das ist doch kein Land.

»Wo bist du, Frida?«

Ich sage ihr, dass ich im Rosenwinkel bin, und sie sagt, ich solle die Polizei anrufen und erzählen, was Anita passiert ist.

Ich schreie meine Mutter an. »Die Polizei kann ich nicht anrufen, weil sie es ja war, die hier eingebrochen ist und alle abgeholt hat!«

»Komm nach Hause«, sagt sie, »wir können doch in Ruhe über alles reden.«

»Was gibt es da jetzt noch zu reden!?«

Meine Mutter zögert, bevor sie sagt, dass Anita bestimmt vertrauenswürdig sei, wohingegen aber ihre Familie womöglich etwas angestellt habe.

»Etwas angestellt?« Ich schreie schon wieder. »Mann, Mama,

die werden schon keinen umgebracht haben, was meinst du denn mit angestellt?«

Meine Mutter meint, dass die Leute aus dem Viertel öfters mal Schlagzeilen gemacht hätten mit Handtaschendiebstählen und so weiter.

»Aha. Und das ist dann der Grund für eine Abschiebung?« Meine Stimme ist eiskalt.

Meine Mutter atmet tief aus. Ich sage ihr, dass ich nicht glaube, dass Anitas Familie Handtaschen klaut, sondern dass ihr einziger Fehler darin besteht, Roma zu sein. Meine Mutter ist still geworden. Mein Blick bleibt an den Zeigern der Küchenuhr hängen.

»Tut mir leid für deine Freundin«, höre ich wie aus der Ferne. »Aber vielleicht geht es ihr in der Heimat ihrer Eltern sogar besser!?«

Mir platzt schon wieder der Kragen. Mühsam beherrsche ich mich.

»Mama, was soll Anita in einem Land, in dem sie die Sprache nicht spricht, wo sie nicht zur Schule gehen kann?«

Ich lese den Brief noch einmal.

»In der Verwaltungsstreitsache der oben genannten Familie Beganovic gegen die Bundesrepublik Deutschland wird der Antrag auf Bleiberecht aus oben genannten Gründen abgelehnt.«

Oben genannt? Ich finde keine Begründung.

»Die Familie Beganovic ist aufgrund eines negativ abgeschlossenen Asylverfahrens vollziehbar zur Ausreise aus der Bundesrepublik Deutschland.«

Ich stehe auf und schiebe den Stuhl wieder unter den Tisch.

Unten auf dem Hof sehe ich Anitas Justin-Bieber-Handtuch hängen.

Allmählich füllt sich der Hof mit Menschen, die mir von oben gefolgt sind, weil sie denken, dass ich hier etwas zu sagen hätte. Sie scheinen anzunehmen, dass ich vom Amt sei oder so was. Die Syrer, die Sudanesen, die jungen Eritreer, die mir ehrerbietig die Hand schütteln und ihre Namen sagen: Mikiyas, Menasse, Akebom, Goitom, Dawit, Berihu. Die meine Hand nehmen und gar nicht mehr loslassen wollen, weil sie so erschrocken sind und sich festhalten müssen. Der Junge, der Goitom heißt, trägt eine Kette mit einem Kreuz um den Hals. Erst nach einer gefühlten Ewigkeit lässt er meine Hand los und bekreuzigt sich, murmelt dabei etwas. Inschallah, sagt jemand, und noch mal: Inschallah. Alle haben sie es mitgekriegt, wie die Roma in der Nacht abgeholt wurden, und jetzt haben besonders die Jungen, die gerade erst angekommen sind, große Angst, dass auch ihnen so etwas passieren könnte. Dass sie wieder nach Hause zurück müssen. Nach Eritrea, wie ich höre. Nach Afghanistan. In den Irak. Ich sage der Gruppe, dass ich nur die Freundin von Anita bin und dass ich auch nicht weiß, wie es zu dieser Abschiebung kommen konnte. Aber sie hören mir nicht zu, die meisten verstehen sowieso nicht, was ich sage. In verschiedenen Sprachen reden die Leute auf mich ein. Nachts, erzählen die Sudanesen, die von allen am besten Deutsch sprechen, habe die Polizei, vermummt und bewaffnet, das Haus umstellt. Offenbar waren es um die zehn Polizisten, die den Eingang und die Fenster im Erdgeschoss bewacht haben. Aus mehreren Fahrzeugen seien die Männer gesprungen, hätten das Haus gestürmt und die

Roma aus dem Schlaf gerissen, sie mit Waffengewalt gezwungen, ihre Wohnungen zu verlassen. Wer kooperierte, sagen die Sudanesen, durfte etwas mitnehmen. Die Polizisten hätten Packtaschen dabeigehabt und sie den Frauen gegeben, während sie die Männer bereits zu den Autos führten. Alle hätten die ganze Zeit geschrien. Die gesamte Straße hätten sie zusammengeschrien. Alle Bewohner hätten an den Fenstern gestanden und das Schauspiel, wie eine ältere Sudanesin sagt, von oben verfolgt.

»Wir haben geweint«, sagt sie. Tränen stehen ihr in den Augen.

»Wo sind sie jetzt?«, frage ich sie. »Werden sie irgendwo festgehalten?«

Ich komme mir vor wie eine Reporterin, die in ein fremdes Land gereist ist und sich ein Bild vor Ort machen will. Die vor laufender Kamera sagt, was passiert ist. Aber es gibt keine Kamera, es gibt nur diese Leute und mich und wir sind mitten in Deutschland. Alle Sätze, die ich denke, kommen mir falsch vor. Ich bin leer, inmitten der Menschen, die voll sind, voll mit Eindrücken einer Nacht, die ich nicht erlebt habe. Wäre Anita doch nur bei mir geblieben. Wäre ich bei ihr geblieben ...

Ein junger Afghane aus dem Vorderhaus, der Ali heißt und gut Deutsch spricht, sagt, dass man ins Abschiebegefängnis kommt, bevor man abgeschoben wird. Was für ein Abschiebegefängnis?

Er sagt, es gebe extra Flieger, die die Leute aus Deutschland rausbringen. Zuerst müsse man die Nacht am Flughafen in Frankfurt oder in Berlin in einem runden Gebäude verbringen, das oben offen sei – oben offen? –, von dem aus man die Flugzeuge immer hören könne, als würde man auf dem Rollfeld liegen. Ali sagt, dass er in Griechenland im Abschiebegefängnis war und dass sie dort alle minderjährigen Flüchtlinge in Gefängnisse stecken würden. Griechenland, da sind sich alle Umstehenden einig, ist für Menschen auf der Flucht das allerletzte Land der Welt. Ein Afghane namens Reshad sagt, so etwas könne einem in Deutschland nicht passieren, und überhaupt sei Deutschland ein sehr sicheres Land.

Anitas Handtuch ist feucht. Auf dem schmalen Rasenstück liegt der Tau der Nacht. Ein Schleier liegt über dem Rosenwinkel.

9

Neben dem Einwohnermeldeamt finde ich die Ausländerbehörde. An den Türen stehen Buchstaben.

»Entschuldigung«, sage ich sowohl zu der Frau im Büro als auch zu den auf einer Wartebank Sitzenden. »Ich habe nur eine Frage.« Die Frau im Büro zeigt nach draußen.

Ein junger Mann springt auf, um mir seinen Platz anzubieten. Ich wehre ab. »Nein, nein, bleib sitzen.« Aber ich habe keine Chance. Er steht auf und lehnt sich an die Backsteinwand. Also muss ich mich wohl auf seinem Platz niederlassen. Ein leises, kontinuierliches Gemurmel und Flüstern erfüllt den Flur, ein etwa fünfzehnjähriger Afrikaner geht ganz leise telefonierend den Gang auf und ab, es klingt, als würde er einen Text, vielleicht ein feierliches Gedicht oder eine Rede, ablesen. Kehlig, wie von ganz weit weg tönt sein verhaltenes Murmeln, auch wenn er ganz in meiner Nähe ist, bei Raum O bis Q.

Vor Raum R bis U staut es sich. Jemand kommt heraus, aber mindestens fünfzehn Leute haben Nachnamen mit R bis U. Jetzt kommt sogar noch eine ganze Familie den Gang entlang und steuert auf diese Tür zu. Ein kleiner, untersetzter Mann, sicherlich der Familienvater, öffnet die Tür, ungeachtet dessen, dass hinter ihm eine Reihe Wartender versammelt ist. Niemand beschwert sich. »Rasnice«, höre ich ihn mehr rufen als sagen, aber die Tür wird ihm vor der Nase zugeknallt. »Wir haben Termin jetzt«, ruft er erzürnt. Lautstark debattiert er mit seiner Frau auf einer Sprache, von der ich glaube, dass es sich um Romanes handelt. Seine Kinder rennen durch den Flur. Es ist mir unangenehm, dass mir der junge Typ seinen Platz angeboten hat. Vielleicht wartet er schon ganz lange. Ich stehe auf.

»Bitte«, sage ich.

Er lächelt.

»No«, sagt er.

»Please, we can change.«

Ich mag nicht auf seinem Platz sitzen, also bleibe ich stehen. Er setzt sich auf den Boden, lehnt sich an die Wand. Der Mann, der Rasnice heißt, beginnt jetzt extrem laut zu telefonieren. Ich setze mich auch auf den Boden. Ein kleines Mädchen, vielleicht fünf Jahre alt, das zur Familie Rasnice gehört, kommt zu uns.

Es kichert.

»Wie heißt du?«, fragt es den Jungen.

»Hawar«, sagt er.

Hawar ist achtzehn und er ist ganz alleine aus Syrien geflüchtet. Seine Heimatstadt heißt Kobanê, sie ist von Terroristen zerstört worden. Die Terroristen benennt er mit einem Wort, das wie Daesch klingt. Ich kriege sofort Gänsehaut.

Das Mädchen krabbelt auf allen vieren durch den Flur.

Ich frage mich, wie Hawar hier gelandet ist. »Do you know people here?«

Er versteht meine Frage nicht, tippt etwas in den Google-Übersetzer ein und zeigt mir das Ergebnis auf seinem Handy.

»Das Meer«, lese ich.

»Did you cross the Mediterranean Sea?«, frage ich. Mein Satz klingt wie aufgesagt. Wie redet man mit Leuten, die aus dem Krieg kommen?

Hawar tippt wieder in sein Handy.

»Ohne Wasser.«

Das Mädchen, das um uns herumstreicht wie eine Katze, sagt zu mir: »Ich kenne dich. Du bist die Freundin von Anita.« Es sagt, dass sie ganz nahe am Rosenwinkel wohnen und dass sie auch beim Bayram-Fest waren. Ich frage mich, ob die Kleine weiß, was mit Anita passiert ist. Zutraulich legt sie ihren Kopf auf mein Knie. Mir kommen die Tränen, weil Anita nicht mehr da ist und ich plötzlich denke, dass ich sie vielleicht nie mehr wiedersehe.

»Do you know, what Roma or Gypsies are?«

Hawar weiß es nicht, aber er guckt im Google-Übersetzer nach.

»Oh yes«, sagt er. »They are musicians.«

Ich frage ihn, ob er etwas gegen Roma hat. Vielleicht ist das eine blöde Frage für jemanden, der aus einem Krieg kommt.

»No, it's not«, sagt er und streicht dem Mädchen über den Rücken. Die Kleine will mein Handy haben, der Vater kommt und zieht sie von uns weg. Aber nach kurzer Zeit ist sie wieder da und will auf meinem Schoß sitzen.

Hawar sagt, dass die Kurden auch eine Minderheit seien. Und dass man, wenn man sich überall integrieren müsse, Gefahr läuft, sich zu verlieren. Hawar ist Kurde.

»We are a minority. We have to protect our people.« Er sieht stolz aus, als er das sagt.

Ein weinender Mann kommt jetzt aus einer der Türen und

Hawar ist an der Reihe. »Good luck!« Das Schluchzen des etwa Sechzigjährigen zieht den Gang entlang. Ich lehne an der Wand, das Mädchen auf meinem Schoß. Menschen, die von Terroristen angegriffen und verfolgt werden, in Ländern, die ich nur aus dem Fernsehen kenne, sind in dieser Stadt in Deutschland gelandet, in der sie keinen kennen, und suchen jetzt hier auf dem Amt verzweifelt Hilfe. Ich streiche dem Kind über den Rücken. Lange Minuten vergehen, vielleicht eine halbe Stunde, mindestens. Das Murmeln auf dem Flur, das Mädchen neben mir. Gesichter von Wartenden. Hawar ist noch immer in dem Büro. Bald kommt es mir so vor, als würde ich die Leute kennen, die hier mit mir sitzen. Wie Mitreisende auf einer mehrstündigen Zugfahrt. Schräg gegenüber wippt beständig das Knie eines mageren Mannes. Eine Frau mit Kopftuch hält eine Papiertüte mit arabischer Aufschrift in der Hand. Als wäre sie gerade noch in ihrer Heimatstadt einkaufen gewesen. Vielleicht war sie beim Bäcker, als eine Bombe in die Bäckerei stürzte. Allmählich kenne ich jedes Gesicht und die Anfangsbuchstaben vieler Nachnamen, die aufgerufen werden.

Das Meer. Ohne Wasser. Ich stelle mir vor, wie diese Menschen hier Kilometer um Kilometer wandern. Von Land zu Land.

***

»Der Nächste bitte.«

Die Frau im Büro eröffnet mir ohne Umschweife, dass ich bei ihr ganz falsch sei. Sie könne mir über den Fall der Familie Beganovic keine Auskunft geben. Die Frau ist jung, vielleicht Anfang zwanzig, hat blonde, dünne Haare, die vorne länger sind als hinten. Dass die Beganovics abgeschoben worden sind, bestreitet sie nicht.

»Ja«, sagt sie desinteressiert. »Sie wurden gestern rückgeführt.« Sie blättert in einem Aktenordner.

Was denn passiert sei, will ich wissen, was denn die Familie getan habe.

»Ich bin nicht befugt«, sagt sie.

Ich will wissen, wer denn befugt sei, mir Auskunft zu geben.

»Das Regierungspräsidium«, bekomme ich zu hören.

»Gibt es eine Möglichkeit, die Abschiebung rückgängig zu machen?«

Spontan denke ich an eine Demonstration, mit allen Bewohnern des Rosenwinkels. Die Frau guckt richtig erschrocken.

»Der Vorgang ist bereits abgeschlossen. Wenn der Beschluss durchgeführt wird, gibt es keine Möglichkeit mehr, ihn rückgängig zu machen.«

»Aber wer hat denn die Abschiebung entschieden?«, frage ich.

Die Frau spreizt ihre Finger mit hellrosa lackierten Nägeln. Dann nimmt sie einen Bleistift vom Schreibtisch und spitzt ihn an.

Unser Gespräch ist beendet.

Entweder ist Hawar noch im Büro nebenan oder er ist schon gegangen. Unschlüssig warte ich noch ein paar Minuten auf ihn, aber dann muss ich los. Schade. Ich hätte ihn gerne noch mal gesehen. Mein Handy klingelt, es ist meine Mutter, für die ich jetzt keine Zeit habe.

Im Regierungspräsidium sitzt der Pförtner in einem Glashäuschen und bedauert es, dass ich keinen Termin habe. Ich sage, dass meine Freundin abgeschoben wurde und dass ich gehört habe, es gebe hier ein Amt, das zuständig sei. Der Mann wiegt den Kopf hin und her. »So ganz ohne Termin ins Regierungspräsidium zu kommen, ist mutig«, sagt er.

»Es ist wichtig«, sage ich.

Er lächelt nachsichtig. Dann ruft er mehrere Nummern an. Ich höre nicht, was er hinter der Glasscheibe redet, aber er scheint sich richtig für mich einzusetzen. »Zimmer 343, vierter Stock.«

»Danke schön!«

»Viel Glück«, wünscht er mir sogar noch.

Auf dem Präsidium ist es ganz anders als auf der städtischen Behörde. Ich gehe einen kahlen und komplett menschenleeren Flur entlang. Der Fahrstuhl ist frei. Der dritte Stock ist ebenfalls wie leer gefegt. Im Gang hängen noch nicht einmal irgendwelche Bilder.

»Name?«, fragt die Frau in Zimmer 343, deren Name, wie ich dem Schild an der Tür entnehme, Oberrainer ist. Erst nenne ich aus Versehen meinen eigenen Namen, aber den will sie natürlich nicht wissen.

»Beganovic«, korrigiere ich. »Ich möchte gerne wissen, wo die Familie Beganovic ist.«

»Der Flieger ging heute Morgen um fünf Uhr.«

»Sie sind schon weg?«

Ich habe das Gefühl, dass ich gleich losheulen muss. Ich erkläre der Frau, dass meine Freundin Anita Beganovic, genau wie ihre Geschwister in Deutschland aufgewachsen ist, und frage, wie es denn sein könne, dass man deutsche Kinder nach Bosnien abschiebt. Die Frau zieht die Augenbrauen genervt nach oben. Es handele sich um Roma aus Bosnien und nicht um Deutsche. Sie seien in Deutschland in der Duldung gewesen. Deutschland habe in den Neunzigerjahren Kriegsflüchtlinge aufgenommen und nun seien die Kriege auf dem Balkan ja lange vorbei und Bosnien seither ein sicheres Herkunftsland. Viele bosnische Familien seien freiwillig zurückgegangen, nur die Roma würden sich beharrlich gegen ihre Rückführung wehren, und daher käme es gelegentlich zu unschönen Maßnahmen.

Außerdem sagt sie, dass immer mehr Roma aus den Balkanstaaten nach Deutschland kommen.

»Der Strom reißt nicht ab«, sagt sie. »Wir sind aber kein Auffangbecken.«

Ich sage ihr, dass Anita und ihre Geschwister kein Bosnisch sprechen können. »Wie sollen sie dort in die Schule gehen?«

Die Frau sieht mich spöttisch an. Nach einem Blick in die Dokumentenmappe sagt sie, dass es mit dem Schulbesuch in der Familie Beganovic ja auch in Deutschland nicht so weit her gewesen sei. Samira und Aferdita Beganovic, liest sie, seien in diesem Schuljahr wegen zu vieler unentschuldigter Fehltage nicht in die nächsthöhere Klassenstufe versetzt worden. Mein Herz klopft wieder ganz laut. Ich beiße mir auf die Lippen.

»Die Erfahrungen mit dieser Bevölkerungsgruppe sind schlecht. Zu viele schwarze Schafe.«

Sie stellt den Ordner sorgfältig in den Schrank zurück.

»Ich habe die Gesetze nicht gemacht«, sagt sie. »Und jetzt habe ich keine Zeit mehr.«

Ich bleibe einfach sitzen.

»Finden Sie das denn richtig?«

Sie sagt, dass sie der verlängerte Arm des Gesetzes sei, das sagt sie wirklich in exakt diesem Wortlaut, und dass sie nicht darüber zu befinden habe, was richtig oder falsch sei. Auf ihrem Schreibtisch steht ein gerahmtes Bild. Was darauf zu sehen ist, kann ich nicht erkennen.

»Ich würde gerne mit jemandem sprechen, der für das Gesetz verantwortlich ist.«

Die Frau schüttelt den Kopf. In einem Spielfilm würde die Hauptdarstellerin jetzt fragen: »Haben Sie Kinder?«

Und das Gegenüber würde aufweichen wie hartes Brot, das zu Armen Rittern verarbeitet wird. Aber *dieses* trockene Brot würde niemals aufweichen. Es sei denn, ihr eigenes Leben wäre in Gefahr. Was würde sie tun, wenn der Krieg ausbricht? Wohin würde sie flüchten?

»Bosnien, Serbien und Kosovo sind sichere Herkunftsländer.«

»Woher wissen Sie das? Kennen Sie Roma, die dort leben?«

Keine Antwort.

»Und selbst wenn das so wäre, was sollen die Roma aus Deutschland im Heimatland ihrer Eltern oder Großeltern?«

»Ihre Zeit ist um«, sagt sie mir ins Gesicht.

Niemals war diese Frau ein Kind oder eine Jugendliche. Sie war niemals jung. Unglaublich, aber wahr. So, wie sie jetzt vor mir sitzt, ist sie auf die Welt gekommen. Welche Zeit ist um, meine oder ihre?

»Haben Sie eine Adresse?«, frage ich. Sie tippt etwas in den Computer ein und dreht den Bildschirm so, dass ich mitlesen kann: Rückführung nach Diwaniol, Verwaltungsbezirk Mostar, Bosnien-Herzegowina.

Im Fahrstuhl schreibe ich mir mit Kuli auf die Hand: Diwaniol, Mostar.

Vor dem Regierungspräsidium stehen Leute herum, die vermutlich von der Antifa sind, Studenten mit Rasta-Haaren und Ethno-Klamotten. Ist das eine Demo? Auf einem Transparent steht »No deportation«.

»Entschuldigung«, sage ich. »Wisst ihr Bescheid über die Abschiebung der Roma-Familie?« Die Umstehenden nicken.

»Meine Freundin ist abgeschoben worden«, sage ich.

Eine Frau erklärt mir, dass sie gegen die Unterbringung von Flüchtlingen in Abschiebeknästen demonstrieren.

»Ach so«, sage ich.

Ich weiß nicht, was ich machen soll. Eine Weile stehe ich bei den Studenten herum.

»Zigarette?«, höre ich jemanden sagen, vielleicht bin ich gemeint. Mit den Augen gehe ich das Gebäude hoch und runter, sehe zu den Fenstern. Eigentlich rauche ich nicht. Aber ich nehme die Zigarette, lasse sie mir anstecken und gehe Richtung Bushaltestelle. Mein Plan steht fest. Zu Hause angekommen, setze ich mich an den Computer und finde heraus, wie ich nach Bosnien komme. Bis Zagreb in Kroatien kann ich online buchen, von dort aus muss ich weitersehen. Meine Mutter steht wieder in der Tür und redet ohne Unterbrechung von Freunden, die man vielleicht doch nicht wirklich kennt und in denen man sich auch täuschen kann.

»Was hast du jetzt vor?«, fragt sie, als sie sieht, dass ich Fahrkarten ausdrucke.

10

Das erste und einzige Mal, dass ich in München war, ist drei Jahre her. Klassenfahrt. Keine besonders berauschende Erinnerung. Der Gedanke, alleine mit dem Eurocity von München durch die Nacht nach Kroatien zu fahren und von dort weiter nach Bosnien, gefällt mir definitiv besser. Ich stelle mir vor, wie es sein wird, nach der Nachtfahrt in Zagreb anzukommen und dort am Bahnhof zu frühstücken. Zagreb liegt in Kroatien. Ich habe die ganze Strecke recherchiert. Zumindest bis Mostar. Dieses Diwaniol müsste dort in der Nähe liegen, da ja Mostar als Verwaltungsbezirk angegeben wurde. Auf den Karten im Netz taucht es allerdings nicht auf.

Dem Fahrplan nach fährt der Anschlusszug von Zagreb nach Sarajevo um 7:30 Uhr. Sarajevo ist die Hauptstadt von Bosnien. Eigentlich heißt es Bosnien-Herzegowina.

Der ICE aus Hannover fährt verspätet in München ein, und ich muss wie verrückt rennen, um den Eurocity zu erreichen. Die Türen schließen sich bereits, als ich gerade noch so hineinspringe.

Ich setze meinen Rucksack ab, schließe die Abteiltür hinter mir. Zwei schmale Betten übereinander, eine kleine Waschgelegenheit. Im Fenster spiegelt sich mein verschwitztes Gesicht, draußen unzählige aufblitzende Lichter, die noch zu München gehören. Als sich die Lichter entfernen, klettere ich die Leiter nach oben und lege mich angezogen hin. Das Bett unter mir bleibt leer. Nebenan werden Türen geschlossen, gedämpfte Stimmen dringen aus anderen Abteilen zu mir vor. Bald höre ich nur noch das monotone Rattern des Zuges, der ab und zu an verlassenen Orten anhält, an denen niemand ein- oder aussteigt. Manchmal sieht man eine müde Gestalt mit einem Rucksack auf dem Rücken oder einem Koffer in der Hand am Gleis stehen. Es gibt keine Durchsage, wenn der Zug hält oder seine Fahrt in die Dunkelheit wieder aufnimmt. Mein Handy hängt am Ladekabel, es liegt unten neben dem Bett bei meinen Schuhen. Etwas zwanghaft vergewissere ich mich alle paar Minuten, dass es auch richtig auflädt. Das Licht lasse ich an. Den Vorhang am Fenster ziehe ich nicht zu. Wenn ich mich aufrichte, spiegeln sich mein Gesicht und der Oberkörper in der Scheibe.

***

In Zagreb herrscht großes Gedränge auf dem Gleis. Der Zug nach Sarajevo steht bereits abfahrbereit am Gleis. Kein Gedanke an ein Frühstück, noch nicht einmal für einen Brötchenkauf reicht die Zeit. Meine Wasserflasche, die ich für die Zugfahrt nach München gekauft hatte, ist längst leer.

Mein Bauch tut weh, seit ein paar Stunden spüre ich diesen Schmerz, der in heftigen Wellen kommt, die sich vom Unterbauch nach oben ziehen, oben angekommen ein paar Sekunden innehalten, mir einen kurzen Moment der Entkrampfung schenken, um dann aber mit doppelter Ladung durch den Körper zu donnern. Konzentriert atme ich ein und aus. Früher brauchte ich in solchen Fällen eine Tüte, um nicht zu viel Sauerstoff ins Blut zu bekommen. Ich kenne mich aus mit Bauchschmerz-Attacken. Andere Leute kriegen Kopfweh, bei mir ist schon immer der Bauch die Schwachstelle. Und weil das peinlicher zu erwähnen ist als zum Beispiel eine Migräne, habe ich Strategien entwickelt, um diese Attacken erträglicher zu machen oder um sie überhaupt nach außen hin zu verbergen.

Das Abteil ist voll besetzt. Mein Platz ist an der Tür. Beim Einatmen blicke ich aus dem Augenwinkel durch die geöffnete, mit jedem Ruckeln des schwerfällig sich fortbewegenden Zuges vibrierende Schiebetür auf die Menschen, die keinen Platz mehr erwischt haben und auf dem Gang ausharren müssen. Beim Ausatmen betrachte ich meine Mitreisenden, eine Gruppe älterer Frauen, in deren Abteil ich glücklicherweise noch untergekommen bin. Der Bauchschmerz weiß, dass er nicht vollständig ausbrechen darf. Es grummelt und drückt, aber es ist aushaltbar. Noch habe ich keinen Hunger, aber mir stehen achteinhalb Stunden Fahrtzeit bevor. Alle haben vorgesorgt. Ich sehe Proviantkörbe und Tüten, aus denen ganze Brote ragen. Ich habe Durst.

Wie lange hält man es ohne Wasser aus? Hawar kommt mir in den Sinn.

Ich lese sämtliche WhatsApp-Nachrichten der letzten Tage und Wochen. Mein Akku wird nicht mehr lange halten. Hoffentlich passt das Ladekabel in die Steckdosen in Bosnien. Ich packe das Handy weg. Schließe die Augen. Döse ein bisschen. Mein Kopf sinkt nach unten. Ich schrecke hoch. Mein Mund ist so trocken.

Was mag Wasser bloß auf Bosnisch heißen?

Ich gucke aus dem Fenster. Hinter total verdreckten Scheiben liegt »der Balkan«. Irgendwo hier ist meine beste Freundin Anita. Und ich bin unterwegs zu ihr.

Die alte Dame, die am Fenster sitzt, lächelt. Ich fahre nach Bosnien. Ich kann nichts anderes denken als diesen einen Satz.

***

Einen Speisewagen gibt es nicht, noch nicht einmal einen Automaten, an dem man ein Getränk oder einen Schokoriegel kaufen könnte. Ob der Zug einen längeren Halt macht und ich meine leere Wasserflasche auffüllen kann? Bei dem Gedanken daran, dass das vielleicht nicht möglich sein wird, zieht es wieder stärker im Bauch.

Diesen Schmerz kenne ich seit der Grundschule. Wenn er ganz schlimm wird, hilft es mir nach wie vor, wenn ich mich in ein Krokodil verwandle. So habe ich das früher genannt. Krokodil werden hieß ganz einfach, mich ins Bett legen und null bewegen. Niemand durfte mit mir sprechen und ich mochte auch keine Musik hören. Ich wollte nur in Ruhe liegen. Erst auf dem Bauch, dann, wenn diese Bauchschmerz-Wellen zurückgingen, auf dem Rücken. Die Drehung auf den Rücken war die einzige Bewegung, die stattfand. Stundenlang – und ich meine wirklich bis zu zwei Stunden! – konnte ich regungslos daliegen und die Decke betrachten, den Schrank, die Regale, meinen Schreibtisch, jedes einzelne Foto, das über dem Schreibtisch hing, meine Poster an der Wand neben dem Bett.

Mit den Augen fuhr ich jede Blume in der Tapete und jede Franse im Teppich nach. Lidschlag für Lidschlag, Umriss für Umriss zeichnete ich ab, was da war. Die Tapete war wie der

Raum um mich herum vergänglich, aber das, was ich sah, würde für immer bei mir bleiben. In meinem Kopf. Und in meinem Kopf gab es in diesen Momenten kein Heute oder Gestern oder Morgen, sondern nur ein einziges Kontinuum, in dem sich mein Ich angenehm auflöste. Na ja. Ich begreife es selbst nicht genau, aber es war eine Methode, dem Schmerz zu entkommen. Irgendwann wagte sich meine Mutter dann vor zu mir und fragte flüsternd: »Braucht das Krokodil einen Kräutertee?«

Als ich einmal mit Anita auf der Wiese im Schwimmbad herumlag, fragte sie mich, was ich da eigentlich mache. Ich machte aber gar nichts.

»Doch, du guckst so!«

Ich sagte ihr, dass ich mir den Blick von unserer Justin-Bieber-Decke bis zum Sprungturm einpräge, ihn aus dem Augenwinkel so lange betrachte, bis ich ihn nie wieder vergessen werde.

Anita fand das gut.

»Komm, wir machen Bilder«, sagte sie. Wir gingen ins Wasser, Anita sprang von meinen Schultern und tauchte unter, wie eine Nixe im Märchen.

»Hast du das fotografiert?«, fragte sie beim Auftauchen.

»Hab ich«, sagte ich. »Das ist in meinem Album, ganz tief in meinem Gedächtnis.«

Anita lächelte. Das Wort »Gedächtnis« sprach sie aus wie ein Fremdwort. Irgendwie so bedächtig. »Was heißt Gedächtnis auf Romanes?«, wollte ich wissen. Anita wusste es nicht. Aber ich fotografierte für mein Gedächtnisalbum alle unsere seltsam schönen Synchronschwimmer-Figuren.

Tiere spielen bei uns zu Hause eine gewisse Rolle. Bei mir war es das Krokodil, bei meiner Mutter das sogenannte Arme

Tier. Gegen das Arme Tier ist das Krokodil geradezu cool. Das Arme Tier ist peinlich. Niemandem könnte man davon erzählen. Meine Mutter hat es als Umschreibung für ihre Krankheit erfunden. An manchen Tagen kann sie einfach nicht aufstehen. Als ich klein war, muss das manchmal noch schlimmer gewesen sein. Mir selbst ist das erst gar nicht so aufgefallen, aber meinen Vater hat es verrückt gemacht, wenn Mama tagsüber im Bett blieb und nicht zur Arbeit ging.

Immer, wenn ihre Traurigkeit kam, sperrte sie sich ein. Fenster zu, Vorhänge zu, meistens noch die Rollos runter.

»Was hast du?«, fragte ich einmal.

Erst antwortete sie nicht.

»Mama, was hast du?«

»Ich habe das Arme Tier«, sagte sie. »Wenn es mich besuchen kommt, muss ich mit ihm alleine sein. Ich muss mit ihm sprechen, ganz leise und im Dunkeln, und wenn wir genug gesprochen haben, geht es wieder weg.«

Bestimmt war es lieb von ihr, auf diese Weise mit mir über ihre psychische Sache zu reden, aber mir war es unangenehm. Ich wollte nichts hören von diesem Tier, das ich sofort hasste, denn es war etwas, das offenbar zu unserer Familie gehörte und das sonst nirgendwo wohnte. Ich riss die Vorhänge auf, zog die Rollos hoch, machte alle Lichter an und schrie, dass das blöde Tier abhauen solle. Wenn das Tier nicht abhaut, ziehe ich aus!

Ich schrie, meine Mutter heulte, und mein Vater fand das Schreien und das Heulen wohl unerträglich. Er zog sich zurück. Er zog sich von Tag zu Tag immer mehr zurück, bis er ganz und gar verschwunden war.

***

Aus Gewohnheit merke ich mir die Form des Picknickkorbs der am Fenster sitzenden Frau und präge mir während der nächsten unendlich langsam vergehenden dreißig Minuten ihr Gesicht ein. Die Hitze wird extremer. Verfluchte Jeans, die ich seit gestern trage. Sie klebt jetzt wirklich an mir wie Krokodilsleder.

Von Tierbildern komme ich heute schlecht los. Absurderweise fällt mir gerade ein, wie wir früher mit meinem Vater – da muss ich sehr klein gewesen sein – ein Brettspiel gespielt haben. Wildlife. Ich erinnere mich genau an das Bild eines Komodowarans. Die Frau, die mir gegenübersitzt, erinnert mich an einen Komodowaran. Ihre Sitznachbarin gähnt und ähnelt ganz stark einer Schildkröte. Die Luft ist tropisch. Die Frau sieht exakt aus wie eine Schildkröte. Ihr Buckel ist der Panzer. Mir fallen die Augen zu. Die Zeit schläft hier drinnen, wie eine Schlange in der Mittagshitze. Sie kriecht am Boden eines Bummelzugs und ernährt sich von den Buchstaben einer ausgelesenen Zeitung, die achtlos unter meinem Sitz liegen geblieben ist. NEZAVISNE NOVINE. Buchstabiere ich. Was heißt das? Novine ... vielleicht neu ... oder neun ... die Buchstaben verschwimmen. Ich habe Durst. Auf dem Flur öffnet jemand ein Bier.

Es ist so heiß hier. Ich versuche, mich nicht zu bewegen. Ich lege die Hand auf meinen Bauch. Durch das Schiebefenster des Abteils, das nur einen Spalt weit geöffnet ist, da es defekt zu sein scheint, dringt eine schwüle Brise. Es riecht nach Zigarettenrauch, gemischt mit dem Parfüm des Komodowarans gegenüber. Die Leute auf dem Gang rauchen, schnippen ihre Kippen durch die Fenster, die sie nur für den Augenblick des Hinausschnippens öffnen, nach draußen. Ich habe noch nie zuvor jemanden in einem Zug rauchen sehen.

In meinem Rucksack habe ich ein Sommerkleid, das ich jetzt gerne herausholen würde, aber die Aktion wäre mühsam. Zu mühsam. Ich müsste aufstehen, und ich müsste die Dame neben mir bitten, ihre Tasche kurzzeitig an sich zu nehmen, damit ich überhaupt an meinen Rucksack herankomme. Das Kleid ist in meiner Erinnerung ganz unten. Eine große Wühlerei wäre das alles. Hinzu kommt die Vorstellung, mich auf dem Zugklo umziehen zu müssen. Das Klo ist verdreckt, der Boden nass, man kann nichts abstellen oder ablegen. Also bleibe ich sitzen und versuche, mich nicht zu fragen, wie das achteinhalb Stunden so gehen soll. Siebeneinhalb mittlerweile. Immerhin.

Schon wieder eine Passkontrolle. Furcht einflößend ernste Männer in Uniformen studieren meinen Personalausweis sowie die Ausweise der alten Damen, als müssten sie Gefängnisinsassen auf Freigang überprüfen. Sind wir an der kroatisch-bosnischen Grenze? Ich werfe einen Blick auf die Karte, die ich mir vor der Abfahrt nach München noch ausgedruckt hatte, und stelle fest, dass wir ja längst in Bosnien sind.

Warum behält der Mann meinen Ausweis so lange in der Hand? Stumm zeigen die Frauen ihre Ausweise, keine von ihnen macht einen Spruch oder einen Scherz, es gibt null Smalltalk mit den Beamten. Wo sind wir hier gelandet? Ich versuche, den Streckenverlauf auf der Karte nachzuvollziehen. Gestrichelte Linien führen durch das Land. In manchen Gegenden steht »Federatia«, in anderen »Republika Srpska«. Ist

Bosnien ein geteiltes Land? Endlich rückt der Beamte meinen Pass wieder heraus.

Bosnien sieht in den ersten zwei Stunden meiner Fahrt wie Norddeutschland oder Holland aus. Felder und Wiesen, Wiesen und Felder. Lediglich die Bahnhöfe wirken fremd, wie aus der Zeit gefallen. Graue Bahnwärterhäuschen, davor alte Leute wie auf Schwarz-Weiß-Fotografien. Wie auf Bildern, die ich von Fotoalben meiner Großeltern kenne, Fotos aus der DDR. Meine Großeltern mütterlicherseits sind aus der DDR geflohen.

An manchen Bahnhöfen sind die Ortsschilder für mich gar nicht lesbar. Was ist das für ein Alphabet? Entfernt kommt mir das Wort »kyrillisch« in den Sinn. Irgendwo schreibt man mit kyrillischen Buchstaben. In Russland zum Beispiel. Und offenbar auch hier.

An der nächsten Station wird ewig lang gehalten, obwohl niemand aus- oder einsteigt. Bis auf die Männer, die wieder die Pässe kontrollieren. Erst denke ich, das sei jetzt eine Fahrscheinkontrolle, aber die Damen im Abteil machen mir Zeichen, die besagen, dass ich falsch liege. »Pasoš«, seufzen sie, zücken nochmals ihre Ausweise und verziehen dabei die Gesichter.

Dass ich überhaupt eine Fahrkarte von Zagreb nach Sarajevo kaufen konnte, ist ein Glücksfall. Ich habe nämlich keine Bosnische Marka, sondern nur Euro dabei. Und der Schaffner konnte keine Euros wechseln. Er hantierte mit einer Umrechnungstabelle und stellte mir handschriftlich einen Fahrschein aus. Ich gab ihm vierundzwanzig Euro und das schien dann irgendwie hinzukommen.

Niemand im Abteil spricht. Die Frauen sind alle ungefähr im Alter meiner Großmutter, jede sitzt still für sich.

Beim letzten Halt ist es etwas leerer geworden. Die Leute, die dicht gedrängt auf dem Gang standen, sind in einem Ort ausgestiegen, dessen Name wieder mit kyrillischen Buchstaben angeschrieben war. Ich nutze die Gelegenheit und gehe zur Toilette. Glücklicherweise habe ich noch eine Packung Taschentücher dabei. Auf dem Rückweg zu meinem Platz treffe ich auf einen Mann, der in dem Ort, dessen Namen ich nicht lesen konnte, zugestiegen ist und der etwas zu verkaufen hat. Das könnte meine Rettung sein.

»Hallo«, sage ich. Wenn ich wenigstens wüsste, was Guten Tag in seiner Sprache heißt. »Hällo«, antwortet er. Der Mann hat fast keine Zähne. Er ist winzig klein und ganz schmächtig. Mit dürren Armen schiebt er ein hölzernes Wägelchen an den Abteiltüren vorbei, beständig murmelnd. Jetzt zeigt er mir sein Angebot. In einem Korb liegen Packungen mit Nüssen und einer Art Cornflakes, die Packungen sind zum Teil schon etwas verblichen. In einer Thermoskanne hat er Kaffee. Ich zeige dem Mann, dass ich nur Euro in meinem Portemonnaie habe. Fünf Euro biete ich ihm an. Dafür hätte ich gerne Kaffee und Nüsse, besser als nichts ist das allemal. Ich denke, dass der Mann mit den fünf Euro ein gutes Geschäft machen könnte, aber er schüttelt den Kopf und sieht dabei richtig ärgerlich aus. »Bosnische Marka«, sagt er. Ich versuche, ihm zu erklären, dass er meine Euro ja auf einer Bank eintauschen könne, was unnötig ist, da er weder Englisch noch Deutsch versteht.

»Bosanska kafa«, sagt er und guckt dabei böse auf meinen Euroschein.

Der Kaffee riecht gut. Ich halte ihm den Schein entgegen.

»Bosnische Marka, Bosnische Marka«, insistiert er.

Ich würde ihm gerne sagen, dass ich meine Freundin suche und noch keine Zeit hatte, Geld umzutauschen.

»Bosnische Marka«, sagt er und es klingt wie eine Drohung. Ein letztes Mal biete ich ihm den Schein an, zaghaft, aber er wehrt mich vehement ab. Beschämt gebe ich auf. Stecke das Geld weg und gehe zur Seite, um den Mann vorbeizulassen.

Aber das scheppernde Wägelchen kommt hinter mir her.

»Hällo«, sagt der Mann. Mit zitternden Fingern gießt er mir eine Tasse Kaffee ein und drängt mich, etwas aus seinem Korb zu nehmen. Also doch? Ich greife nach einer Packung Nüsse.

»Danke«, sage ich. »Thank you so much.« Meinen Euroschein will er aber trotzdem nicht haben.

»Bitt schään«, sagt er. Das Wägelchen rollt scheppernd den Gang entlang, ich bleibe stehen, trinke den Kaffee, von dem ich mir vorstellen kann, wie ihn der kleine Mann zu Hause aufgesetzt und in die Kanne umgefüllt hat, und würde ihm am liebsten sagen, dass es der beste Kaffee ist, den ich jemals getrunken habe, und wirklich, es wäre nicht gelogen. So gut schmeckt die schwarze Brühe, die ich ohne Milch und Zucker in kleinen Schlucken nach und nach zu mir nehme, wie bittere, aber hilfreiche Medizin. Das Gebräu hat etwas Toxisches, das ich im Augenblick genießen kann. Als würde ich den Saft einer schwarzen, bosnischen Frucht zu mir nehmen, quasi als Eintrittskarte in das fremde Land.

»Bosanska kafa«, ruft der Mann in jedes Abteil. Dörfer ziehen vorbei. Viele Häuser, die aussehen, als sei den Besitzern kurz vor Beendigung des Hausbaus das Geld ausgegangen – sie sind fertig, aber unverputzt. Auf den Feldern sind überall riesige Heuhaufen, die mit Ästen und Zweigen zusammengehalten werden wie Indianertipis. Man schichtet wohl das Heu in diesem Landstrich noch mit der Hand auf. Alte Frauen mit Kopftüchern ernten Gemüse aus kleinen Vorgärten. Lange Zeit sehe ich nach draußen. Ich weiß nicht, was mich erwartet.

Als der Zug wieder langsamer wird und ich annehme, dass er an einem Bahnhof zum Stehen kommt, gehe ich in mein Abteil zurück. Die starke Brühe hat gutgetan. Vielleicht hebe ich mir die Nüsse für später auf. Ein Ortsschild, wieder kyrillische Buchstaben. Die Frau, die mir direkt gegenübersitzt, steigt aus. Ein jüngerer Mann nimmt grußlos Platz. Kaum sitzt er, packt er seinen Proviant aus – eine riesige Fleischwurst. Ohne aufzuschauen, beißt er hinein. Einmal, zweimal, dreimal. Er isst die ganze fette Wurst einfach so, ohne Brot. Beim Kauen fallen ihm kleine Klümpchen aus dem Mund, die von seiner Hose auf den Boden krümeln. Ich schaue zur Seite. Es ist so eklig. Mein Blick trifft den Blick der alten Dame, die am Fenster sitzt. Erleichtert stelle ich fest, dass sie den Mann genauso schlimm findet wie ich. Angewidert schüttelt sie sich. Die anderen Frauen sind ebenso entsetzt, tauschen vielsagende Blicke, in die ich einbezogen werde. Nach der langen Zeit der Stille im Abteil ist mir jede Form der Kommunikation willkommen.

Der Zug hat an Fahrt aufgenommen, zum ersten Mal geht es richtig schnell. Fast wie ein ICE rasen wir durch einen Wald. Düster sieht es hier aus, hohe Bäume stehen dicht an dicht. Mit zunehmender Geschwindigkeit wächst mein Schlafbedürfnis. Ich lehne den Kopf an den verschlissenen Lederbezug in meinem Nacken. Mit halb geschlossenen Lidern fixiere ich die Baumstämme, die vorbeischießen. Der Fleischwurstesser schmatzt. Die Dame am Fenster zuckt zusammen. Der Mann schluckt schwer an seiner Schweinerei. Die Bäume in diesem Wald sehen aus wie mit dem Lineal aufgepflanzt, in Reih und Glied stehen sie, wie Soldaten. Ich mache die Augen zu. Träume grässlich und erwache eine Minute oder eine Stunde später, ich weiß es nicht. Wir halten. Warum halten wir mitten auf der Strecke? Kein Wunder, dass das so lange dauert bis nach Sarajevo. »Pasoš.« Ein Mann mit kahlem Schädel reißt die Abteiltür auf. Mein Gegenüber steckt sich derweilen geräuschvoll den letzten Wursthappen in den Mund und greift mit fettigen Fingern nach seinem Pass. Wie alt mag der Typ sein? Fünfunddreißig, vierzig? Dieser Krieg in Bosnien, wann hat der stattgefunden? War das 1995? Wenn der Mann Anfang zwanzig war, dann hat er doch selbst in dem Krieg gekämpft. Oder? Müssen nicht alle Männer kämpfen, wenn Krieg herrscht? Hat er gegen den Mann gekämpft, der gerade die Pässe kontrolliert? Oder gehörten sie derselben Partei an? Ich bin froh, als der Kahlschädel die Abteiltür wieder schließt. Hoffentlich steigt der Wurstesser bald aus. Das ganze Abteil riecht nach ihm. Die Dame am Fenster tupft sich mit einem Stofftaschentuch sorgsam die Finger ab.

Der Mann starrt stumpf vor sich hin, unter ihm auf dem Boden ist ein wahrer Kriegsschauplatz entstanden. Trotzdem überlege ich, ihn anzusprechen. Vielleicht kann er Englisch. Ich würde so gerne wissen, ob es auf der Strecke einen längeren Aufenthalt gibt, bei dem ich aussteigen und meine Wasserflasche auffüllen könnte. Jetzt zum Beispiel hält der Zug seit mindestens zehn Minuten. Hätte ich das gewusst … Als ich mich endlich überwinde, mit ihm zu reden, fahren wir bereits weiter.

»Excuse me«, sage ich. »Do you speak English?«

Der Mann versteht gar nichts. Aber die Dame am Fenster guckt interessiert zu mir rüber. Ich nutze die Gelegenheit und deute auf meine leere Flasche.

»Do you speak English?«, frage ich sie, obwohl ich mir sicher bin, dass dem nicht so ist.

»Deutsch?«, fragt die Frau zurück und betrachtet die Aufschrift auf meiner Wasserflasche.

»Sprechen Sie Deutsch?«

Die Frau greift nach der Flasche, die ich ihr bereitwillig gebe und die sie ihrerseits mit freundlicher Miene in ihren Korb legt. Was will sie mit meiner Flasche? Denkt sie, ich will ihr die Flasche schenken? Aber warum sollte ich ihr eine leere Wasserflasche überlassen? Anita lacht sich kaputt, wenn ich ihr das erzähle. »Voda«, sagt die Frau.

Ich nehme mein Handy aus der Tasche und streiche über das zersplitterte Bild.

Es wird gebirgiger, manchmal fährt der Zug so eng an einer Felswand entlang, dass man meint, er müsste sie berühren. Die einsam in den Schluchten und an Berghängen stehenden Häuser sehen verlassen aus. Eingeschlagene Fensterscheiben reflektieren das Sonnenlicht. Auf einem verwilderten Grundstück liegt ein blauer Arbeitshandschuh. Wohnt hier etwa noch jemand? Wir passieren einen Steinbruch. Stillgelegt. Riesige Baumaschinen, die funktionslos wie moderne Kunstwerke in einer Ausstellung stehen. Gleich darauf, hinter einer langen Biegung, die der Zug jetzt schleppend nimmt, taucht eine Art Industriegebiet auf. Der Mann mit der Wurst starrt mit offenem Mund aus dem Fenster, auf Fabrikgebäude, die größtenteils so aussehen, als ob darin keiner mehr arbeiten würde.

Wir halten abrupt an. Sibariska, lese ich. Lateinische Buchstaben, endlich mal wieder eine vertraute Schrift. Der Zug hält, weil hier irgendetwas rangiert wird. Werden Waggons abgehängt? Wieso gibt es nie eine Durchsage?

Überraschend ruft der Mann mit der Wurst: »Sve su nam uzeli! Sve su nam uzeli!« Oder so ähnlich. Was mag das heißen? Tatsache ist, dass er sich über etwas aufregt. Mit deutlichem Zorn in der Miene verlässt er seinen Platz, stellt sich auf den Gang, um seinem Unmut Luft zu machen.

»Sve su nam uzeli!« Ich wüsste zu gerne, was er ruft. Es klingt unfreiwillig komisch. Aber niemand lacht. Im Gegenteil. Die Frauen um mich herum gucken betreten. Während ich nicht allzu weitreichende Überlegungen anstelle über die Motivation des Wurstessers, springt die Frau am Fenster auf und winkt dem Schaffner, der gerade vorbeieilt. Der Schaffner bemerkt sie gar nicht. Er wirft dem rufenden Mann einen Seitenblick zu und schon ist er weg.

Die Frau greift nach meiner Flasche in ihrem Korb, stürzt zur Tür und ruft dem Schaffner hinterher. Aber der ist bereits ausgestiegen. Erstaunlich schnell springt die Dame ihm nach. Und jetzt werden auch die übrigen Mitreisenden in meinem Abteil aktiv. Sie öffnen das schwergängige Schiebefenster und beugen sich heraus. »Ovdje molim«, rufen sie lauthals, wie aus einem Munde, dem Schaffner hinterher. Es klingt wie »Entschuldigen Sie« oder »Kommen Sie«. Die ganze Zeit über hatte ich nicht ein Wort von ihnen gehört und bin jetzt mehr als erstaunt, so geballt ihre hohen, energischen Stimmen zu vernehmen.

Der Schaffner eilt zum Damenchor ans Fenster, wo wild auf ihn eingeredet wird, woraufhin er sich geschäftigen Schritts Richtung Bahnwärterhaus aufmacht. Die Damen nehmen, sichtlich zufrieden, ihre Plätze wieder ein. Ich versuche, etwas zu denken, aber es geht nicht. Ich bin einfach nur da und sehe zu, wie mir geschieht. Und das Nächste, was mir geschieht, ist, dass ich vom Schaffner höchstpersönlich meine aufgefüllte Wasserflasche überreicht bekomme. Voda! Der Schaffner bringt mir Wasser. Göttlich!

Die Frau am Fenster schenkt sich jetzt Tee aus ihrer Thermoskanne ein. Gemeinsam trinken wir, Wasser und Tee, einander anlächelnd, und wir haben beide Lust bekommen, uns zu unterhalten. Aber was kann man sagen, wenn man sich nicht versteht?

»Kuda vozite?«

Ich glaube, sie will wissen, wo ich hinfahre. Ich zeige ihr meine Karte. Mit dem Finger deute ich auf die Strecke Zagreb – Sarajevo. Sarajevo – Mostar. Diwaniol ist ja leider auf dieser Karte nicht zu sehen. Die Frau betrachtet mich. Als sei ich eben erst zugestiegen. Ihre Augen sind ganz hell, die Haare weiß. Sie fragt mich etwas. Und da sie einfach auf ihrer Sprache spricht, antworte ich genauso selbstverständlich auf Deutsch, was bleibt mir übrig?

»Ich fahre nach Bosnien, weil meine Freundin Anita in Bosnien ist.«

»Anita«, wiederholt sie. »Bosniak?«

»Anita ist eine Roma.« Ich überlege. Was könnte das in ihrer Sprache heißen?

»Anita ist von der Polizei abgeholt worden. Dabei hat sie nichts getan. Nur weil sie keinen deutschen Pass hat, darf sie nicht in Deutschland leben.«

Versteht sie ein bisschen Deutsch?

»Njemačka, policija, pasoš«, sagt sie und sieht mich unverwandt an.

»Anita ist meine beste Freundin«, sage ich.

Erinnere ich sie an jemanden?

Sie kramt in ihrer Geldbörse und zeigt mir ein Foto. Eine junge Frau mit hellen Augen, schwarzen Haaren.

»Sind Sie das? Früher?«

Die Frau schüttelt den Kopf. Zeigt auf ihren Bauch.

»Ihre Tochter?«

Die Frau nickt, sie sieht jetzt traurig aus. Draußen fließt ein Bach, der immer breiter wird. Es sieht aus wie in einem Bilderbuch. Mit leiser Stimme beginnt die Frau zu erzählen. Ich höre dem Klang ihrer Stimme zu und sehe dabei nach draußen in die Landschaft, durch die wir fahren, in das Land, aus dem sie kommt. Bosnia-Herzegowina, sagt sie mehrmals. Und sie sagt auch Republika Srpska. Es klingt wie »Sirbska«, wird aber ganz ohne Vokal geschrieben. Kroatia, höre ich auch immer wieder. Ein Dorf taucht auf, das ganz ärmlich aussieht, die Häuser wieder unverputzt und halb kaputt. Sie zeigt nach draußen. Jedan. Tva. Tri. Sie zählt. Ob sie die Kirchtürme meint? In dem Ort, in dem maximal fünfhundert Einwohner leben, stehen tatsächlich drei Kirchen. Sie zeigt in die Höhe. Ich zähle drei Minarette. Ein kleines Dorf mit drei Kirchen und drei Moscheen? Die Frau schüttelt ärgerlich den Kopf. Mit einem Mal sehe ich nur noch Kirchen und Moscheen. Jedes Dorf, und ist es auch noch so heruntergekommen, hat Kirchen und Moscheen zu bieten, die immer sehr neu aussehen. Die Frau deutet mit den Fingern die Spitze eines Minaretts an, dann die Spitze eines Kirchturms. Eine Spitze höher als die andere. Ich verstehe. Die Frau macht ein genervtes Gesicht, wirft die Türme mit ihren zarten Fingern in die Luft und lässt sie fallen. Ich verstehe, dass es nicht richtig ist, dass da so viele neue Gebetshäuser in der Landschaft stehen, während alles andere verkommt.

Sie nickt. Schüttelt den Kopf, deutet Dinge mit den Händen an, von denen ich nichts weiß. Die anderen Frauen im Abteil sehen vor sich hin, und man merkt kaum, dass sie hören, was gesagt wird, aber ab und zu nicken sie, alle gleichzeitig. Nach einer Weile erst bemerke ich, dass eine der Frauen weint. Sie weint lautlos, ohne die Miene zu verziehen. Aus ihren Augen, die hinter einer starken Brille ganz klein sind, laufen Tränen, die sie nicht abwischt. Die Frau am Fenster macht eine Pause. Sie reicht ihr ein Papiertaschentuch. »Hvala«, sagt die Weinende. Hvala, schließe ich daraus, heißt Danke.

Der Zug arbeitet sich durch ein friedlich wirkendes Land, Stück für Stück, und die Frau weiht mich ein. Heißt mich auf ihre Art willkommen in ihrer Heimat. Ab und zu verfällt sie in Schweigen. Ziemlich lange sogar, manchmal für fünf oder zehn Minuten. Aber immer wieder nimmt sie den Faden auf. Gebannt hänge ich an den Lippen dieser Frau, die nicht aufhört, in ihrer Sprache zu erzählen. Als der Zug an Fahrt verliert und sich allmählich sich durch Vororte schleppend Sarajevo nähert, versuche ich zum Ausdruck zu bringen, dass ich von Sarajevo nach Mostar weiterfahren will. Ich hole noch mal meine Karte hervor und deute auf die Luftlinie zwischen Sarajevo und Mostar.

»Stari Most«, sagt die Frau.

Mit den Händen schreibt sie einen Bogen in die Luft, den ich nicht zu deuten vermag. »Stari Most«, sagt die Frau zu meiner Nachbarin, einer ängstlich blickenden Frau mit blitzweißer, gestärkter Bluse. Die Angesprochene wiederholt »Stari Most« und beschreibt ebenfalls einen Bogen in der Luft. Da ich noch immer nicht verstehe, bezieht die Frau am Fenster auch noch die anderen drei Damen ein. »Stari Most«, sagt sie und scheint den anderen zu sagen, dass ich nicht weiß, worum es geht. »Ahhhh«, macht eine Frau, die anlässlich der Wasserflaschenaktion aufgeweckt mit dem Schaffner gesprochen hatte. Sie hat ein ganz rundes, dickliches Gesicht und eine graue Kurzhaarfrisur. Ihre Haare haben etwas Igeliges, ohne stachelig zu sein. Freundlich borstig stehen sie rund um ihren Kopf ein wenig in die Höhe. »Ahhh«, macht sie wieder. Beherzt steht sie auf, stellt sich schnurgerade vor ihren Sitz und beugt den Oberkörper nach vorn. »Molim vas ustanite«, fordert sie ihr Gegenüber auf, die Frau in der gestärkten Bluse. Sie soll aufstehen. Die Frau am Fenster lächelt, sichtlich erfreut über die plötzlich aufkommende Beteiligung an unserem Dialog. Die Igelige wippt mit dem Oberkörper vor und zurück. Die Frau mit der gestärkten Bluse stellt sich der Igeligen gegenüber und beugt sich nach vorn. Das Abteil ist viel zu klein, sie stoßen aneinander. Um mir zu demonstrieren, was Stari Most bedeutet, legen sie sich gegenseitig die Arme auf den Rücken und bilden eine perfekte Brücke. Ich habe verstanden.

»Eine Brücke«, rufe ich.

»Stari Most«, rufen sie alle miteinander.

»Bumm bumm«, macht die Frau am Fenster. Dann erhebt

sie sich. Ihre Arme werden zum Gewehr. Stumm zielt sie auf die beiden Frauen, die die Brücke bilden. »Bumm bumm«, macht sie. Die Brückenfrauen brechen in helles, hysterisches Gelächter aus. »Bumm bumm«, machen jetzt auch die beiden anderen Frauen. »Bumm bumm bumm!« Ich bin umringt von alten Damen, die quer durch das Abteil auf die Brücke von Mostar schießen.

Die Brücke fällt vorsichtig auseinander. Die Igelige und die Blusenfrau schwanken erst, dann sinken sie mit theatralischen Ausrufen – Aahh ohhh most je srusen! – jeweils auf ihre Sitze. Die Brücke ist zerstört. Ich kann ihre Sprache verstehen. Sie lachen und sie weinen gleichzeitig. Man sagt das so – ein weinendes und ein lachendes Auge –, aber noch nie zuvor habe ich so eindringlich gesehen, was das bedeutet. Ich traue mich nicht zu lachen. Ich lächle noch nicht einmal. Obwohl es so heiß ist, habe ich bei der Vorführung eine Gänsehaut bekommen. Die Frauen hingegen haben jetzt Hunger. Sie öffnen ihre Proviantkörbe und jede bietet mir von ihrem Mitgebrachten etwas an.

11

In Sarajevo liegt der Bahnhof weit entfernt von der Innenstadt. Damit habe ich nicht gerechnet. Alles stelle ich mir irgendwie immer anders vor. Was hatte ich erwartet? Dass mich jemand vom Bahnhof abholt?

Ein Taxifahrer schickt mich zum Autobusni Kolodvor, dem Busbahnhof, aber als ich den Platz endlich gefunden habe, sehe ich dort keine Linie, die erkennbar in die Stadt hineinfährt. Stattdessen stehen hier Busse, die nach Deutschland fahren. *Frankfurt* lese ich und *Berlin*. Die Busfahrer verstehen mich nicht. »City«, sage ich. »City center.« Ich sehe eine Gruppe junger Leute, bestimmt Studenten, mit Rucksäcken, aber ich kann mich nicht überwinden, zu ihnen zu gehen und zu fragen.

Der Taxifahrer grinst, als ich zu ihm zurückkomme. Er spricht super Deutsch und verspricht mir, mich nicht »abzuziehen«, wie er sich ausdrückt. Statt zwanzig Euro – »Das machen alle mit die Touristen aus Deutschland« –, würde er mich für zehn Euro fahren. In ein Jugend-Hostel in der Innenstadt.

»Perfekt«, sage ich.

Die zehn Euro will er allerdings schon im Vorhinein.

»O. k.«

Es ist beruhigend, als Erstes auf jemanden zu treffen, der

Deutsch spricht. Jetzt habe ich noch fünfzehn Euro in meinem Portemonnaie und eine EC-Karte, die hoffentlich in Bosnien funktioniert. Wie viel Geld auf der Karte ist, weiß ich nicht. Während der Schulzeit habe ich sie gelegentlich benutzt, wenn irgendwelche Extra-Ausgaben anstanden. Klassenfahrten zum Beispiel. Meine Mutter meint, mein Vater solle ruhig weiter das Konto monatlich auffüllen, wenn er noch nicht einmal merken würde, dass ich mit der Schule fertig bin. Keine Ahnung. Sie ist immer aggressiv, wenn sie von ihm spricht. Ich bin nicht sauer auf ihn. Eher dankbar, dass wir Geld von ihm bekommen. Schließlich kennt er mich kaum. Und mein Interesse an ihm hält sich auch in Grenzen. Mein Vater ist Arzt, verdient offenbar gut und hat eine neue Familie. Bei vielen in meiner Klasse hatten sich die Eltern irgendwann getrennt. Alle quatschten immer von ihren Halbschwestern und -brüdern, aber was soll ich mit den kleinen Kindern von meinem Vater anfangen? Wie gesagt habe ich nicht gerade das Bedürfnis, auf Babys aufzupassen.

»Aufwachen«, sagt jetzt ausgerechnet der Taxifahrer zu mir. Wie früher immer die Lehrer. Dabei schlafe ich nicht. Natürlich schlafe ich nicht.

Wir fahren eine riesige Straße entlang, an hässlichen Hochhäusern vorbei.

Hier will ich nicht bleiben. Hoffentlich bekomme ich morgen einen schnellen Anschluss nach Mostar.

»Wer einmal in Sarajevo ist, will gar nicht mehr weg«, sagt hingegen der Taxifahrer. Er preist die Vorzüge der Innenstadt an. »Das neue Istanbul.« Er denkt, ich sei Touristin.

»Das erste Mal in Bosnien?«, fragt er.

Der Taxifahrer heißt Mile. Er hat, wie er bereitwillig erzählt, die Kriegsjahre in Deutschland, in Berlin, verbracht.

Mile erzählt viel, er ist sichtlich erfreut darüber, deutsch sprechen zu können. Mein Kopf ist zu voll. Meine Augen brennen. Die Vorstellung, jetzt in einem Hostel zu übernachten, mit übereinandergestellten Betten und mindestens drei Zimmernachbarinnen, überfordert mich. Ich frage Mile, ob er ein günstiges Hotel kennt.

»Ja, ja«, ruft er. »Natürlich.«

Die Ampel ist rot. Mile redet und redet, ich kann nicht mehr zuhören. Mein Bauch meldet sich wieder. Ich will nur noch schlafen. Ich will ein Zimmer mit Dusche.

»Olga i Suade Most«, ruft er und zeigt auf den Fluss, an dem die Straße entlangführt.

»Der Fluss?«

Mile schüttelt ungeduldig den Kopf.

»Most!«

Das deutsche Wort für Most fällt ihm nicht mehr ein.

»Ach so«, sage ich. Im Zug habe ich das Wort ja gelernt. »Most« heißt Brücke.

»Brücke«, wiederholt Mile zufrieden.

»Hinter uns liegt Olga-und-Suade-Brücke«, sagt er. »Hier hat Krieg angefangen.« Rasant überholt er einen Lkw. Mile erzählt lückenlos vom Krieg, von leer stehenden Fabriken, vom dm-Markt aus Deutschland, der in die Sniper-Alley gezogen ist, »ausgerechnet in die Sniper-Alley«, und ich vermeide jede Nachfrage, weil ich nichts mehr aufnehmen kann.

»Die Bosnische Marka«, sagt Mile, als wir wieder an einer roten Ampel stehen, »ist konvertible Mark.« Ich nicke einfach, wenn er zu mir rüberguckt. Bestimmt glaubt er, ich sei so eine superschlaue Studentin, die immer die Zeitung liest. Konvertibel?

»Jetzt guckst du«, weist er mich an. »Ich mache Umweg über die Brücke!«

Ein Umweg, oje. Ich versuche zu lächeln.

»Am 5. April 1992 war hier Demonstration für Frieden«, sagt Mile, drosselt das Tempo drastisch, um besser ausholen zu können. Langsam zuckeln wir über eine Brücke auf die andere Seite der Stadt, auf der die Häuser kleiner sind und alles etwas touristischer und orientalischer wirkt. Hinter uns staut sich der Verkehr.

»Zwei junge Frauen«, erzählt Mile, »Olga und Suada, waren auch bei die Demonstration.«

Er wirft mir einen Blick zu.

»Wie heißt du?«

»Frida.«

»Stell dir vor, Frida, du bist mit Freundin unterwegs, um gegen Krieg zu demonstrieren.«

Mile hat mich im Griff. Das muss ich sagen. Er könnte Geschichtslehrer sein.

»Was ist den beiden passiert?«, frage ich.

»Sie sind auf Brücke erschossen geworden.« Jemand hupt hinter uns.

»Sie wurden erschossen? Warum? Von wem?«

Mile konzentriert sich, um das, was er sagen will, in möglichst einwandfreier Grammatik auf Deutsch zu präsentieren.

»Niemand hat gedacht, dass so etwas passieren würde.« Miles Miene verfinstert sich. »Dabei man hat es sich denken können. Dass so etwas passiert ...«

Der Wagen rumpelt über Kopfsteinpflaster auf ein dreistöckiges Haus zu. ROOMS steht auf einem Schild.

»Olga und Suada. Die eine Kroatin, die andere Bosniak. Sie wurden von die Serben getötet. Sie haben geschossen von Hotel Holiday Inn. Das Hotel Holiday Inn war die Zentrale von die Serben. Verstehst du?«

Ich verstehe nicht, warum das Hotel Holiday Inn die Zentrale der Serben war.

»Vor dem Krieg haben sich alle verstanden«, erklärt er mir, als er den Wagen am Bordstein parkt. »Serben, Bosniaken, Kroaten. In Jugoslawien! Aber Slobodan Milošević …!« Mile reißt die Fahrertür auf und spuckt auf die Straße. Dann hebt er meinen Rucksack aus dem Kofferraum und stellt ihn vor mir ab.

»Und die Roma?«, frage ich ihn. »Haben die auch im Krieg gekämpft?«

Mile steckt sich eine Zigarette an.

»Meinst du Zigeuner?«

»Ja. Meine Freundin ist auch …« Ich zögere. »Sie ist auch Zigeunerin. Und sie ist aus Deutschland abgeschoben worden.«

»Ach, Gott«, sagt Mile. »Na ja, die Cigani.«

»Haben sie gekämpft?«, frage ich. »Und wenn ja, für wen?«

Mile lächelt gequält. Das Gespräch, das er selbst gesucht hat, scheint ihn jetzt zu sehr zu beanspruchen. Ich setze meinen Rucksack auf und wende mich zum Gehen.

»Do videnja.« Das heißt dann wohl Auf Wiedersehen.

»Do videnja.«

Er sieht mir hinterher, als ich vor der Hoteltür stehe und warte, dass mir jemand öffnet. Leicht gebeugt steht er da und sieht älter aus als eben noch im Auto. Hätte ich ihm mehr Geld geben müssen?

***

Die Frau an der Rezeption ist sehr freundlich. Sie gibt mir einen altmodischen Schlüssel, begleitet mich zu einem Gang, der zu einer schmalen Treppe und schließlich ganz nach oben führt. Ich bin heilfroh, als ich von innen abschließe und endlich für mich alleine bin. Nach einer ausgiebigen knallheißen Dusche ziehe ich mein Schlaf-T-Shirt an und werfe mich aufs Bett. Der Duft von gebratenem Gemüse steigt mir in die Nase. Gut, dass ich keinen Hunger mehr habe und das Hotel vor dem Morgen nicht verlassen muss.

Unten auf der Straße höre ich Leute lachen. Beim Blick aus dem Fenster entdecke ich eine Altstadt, die keiner Stadt ähnelt, in der ich schon einmal war. Vielleicht hätte ich mir tatsächlich Istanbul so vorgestellt. Ein Gewirr aus kleinen Gassen, mit ebenerdigen Häusern, vor denen gegessen, getrunken und gehandelt wird.

Die Geschäfte haben alle noch geöffnet. In den Auslagen Schmuck und Schuhe, auf der Straße hängen Kleiderständer mit bunten Sachen, Teppichen, Tüchern, Glitzerkram. Überall Metallwaren, Teetassen, Armreifen. Kaffeekannen, wie die von Anitas Großmutter.

Am Ende der Straße ist ein Tor. Hinter dem Tor liegt eine Moschee. Rechts gehen die Männer, links die Frauen. Von meinem Fenster aus kann ich beobachten, wie rechts und links vor der Moschee Männer und Frauen auf Teppichen knien und beten. Das habe ich noch nie gesehen. Ich wusste nicht, dass es auch im Freien Gebetsplätze gibt. Es sieht friedlich aus. Als könnte der Lärm der Händler ebenso wenig wie das weiter entfernte Hupen der Autos und das Donnern einer Straßenbahn zu den Betenden vordringen.

Lautes Schimpfen reißt mich aus meinen Beobachtungen. Drei Häuser entfernt von mir verscheucht ein Kellner eine Bettlerin. *Cevapcici* steht auf dem Schild vor seinem Restaurant. Darauf hätte ich jetzt doch Lust. Ob ich mich noch mal anziehe und einen Spaziergang durch die Straße mache? Die Bettlerin trägt ein langes buntes Kleid, ihre Haare sind pechschwarz, ihr Gesicht sieht von hier oben sehr dunkel aus. Sie geht ein paar Schritte weiter und lässt sich dann, direkt vor einer Bankfiliale, nieder. Jetzt ist sie zu weit entfernt von mir, als dass ich ihren Gesichtsausdruck erkennen könnte. Ich zoome sie mit dem Handy ein bisschen heran und mache ein Foto. Ziemlich verpixelt. Egal. Fotografieren scheint noch zu gehen, aber ins Internet komme ich nicht, obwohl ich den WLAN-Code des Hotels eingegeben habe. Ich bilde mir ein, dass sie zu mir nach oben schaut. Hat sie etwa gesehen, dass ich ein Bild von ihr gemacht habe? Ihr Blick berührt mich seltsam. Seltsam schön. Obwohl sie bettelt, hat sie irgendwie etwas ganz Besonderes an sich. Ihr Blick verfolgt mich in den Schlaf. Im Traum sitze ich mit einem Hund, der zwei verschiedenfarbige Augen hat, neben der fremden Frau auf der Straße und bitte die Vorübergehenden um Bosnische Marka.

12

Mein Schlaf ist tief und fest, und als ich aufwache, sind neun Stunden vergangen. Ich ziehe mein Sommerkleid an, das einzige Kleidungsstück, das der Temperatur hier angemessen ist. Fast alles andere hätte ich mir sparen können. Es sei denn, es kühlt hier abends mal ab, dann würden meine Jeans besser aussehen als das Kleid, finde ich. Die Turnschuhe passen nämlich nicht gerade optimal zu diesem Outfit. Ich tröste mich mit dem Gedanken, dass mich hier ja keiner kennt, außer Anita, und der war es schon immer egal, was ich anhabe. Wenn wir uns wiedersehen, was hoffentlich heute – heute! – der Fall sein wird, werden unpassende Schuhe keine Bedeutung haben.

Außer mir ist nur ein Mann, fünfzig oder sechzig Jahre alt, in dem kleinen Frühstücksraum. Er blickt kurz auf, als ich hereinkomme. Was heißt »guten Morgen« auf Bosnisch? »Good morning«, murmele ich in seine Richtung. Aber der Mann ist in seine Zeitung vertieft.

Es kommt mir komisch vor, so alleine in einem Hotel zu frühstücken. Ich bin froh, dass ein Fernseher läuft, damit es nicht so still ist. Möglichst geräuschlos esse ich ein Müsli, bis mir leider der Mann mit der Wurst in den Sinn kommt. Auf dem Buffet steht Orangensaft. Ich fühle mich beobachtet, als ich aufstehe, mein Kleid glatt streife und mir ein Glas einschenke.

»Dober dan!«

Eine Frau erscheint, die fragt, ob ich noch Kaffee wünsche.

Bosanska kafa. Ich nicke, obwohl ich Lust auf einen Tee hätte. »Mit Milch und Zucker?«, fragt die Frau jetzt akzentfrei auf Deutsch. Ich nicke wieder. Es ist die gleiche Frau, die mir gestern Abend geöffnet hat. »Dober dan« heißt wohl Guten Tag.

Sie bringt den Kaffee, den ich pflichtschuldigst austrinke, an meinen Platz. Dann den Saft. Wie komme ich bloß nach Mostar?

Im Fernsehen läuft eine Nachrichtensendung mit ständig wechselnden Berichten über die verschiedensten Katastrophengebiete der Welt. Der Saft ist eiskalt. Ich war noch nie alleine in einem Hotel. Ich fotografiere mein Müsli. Aber das Bild wird nicht gespeichert. Das Display reagiert verlangsamt, vielleicht ist doch auch im Inneren etwas kaputtgegangen. Ich fühle Panik bei dem Gedanken daran, dass mein Handy nicht mehr gehen könnte. Wieder und wieder gehe ich in die Einstellungen und überprüfe, ob das Roaming eingeschaltet ist. Jetzt erscheint das Foto von dem Müsli. Aber ins Internet komme ich nicht.

»Entschuldigung«, sage ich zu der Frau, die dem Mann mit der Zeitung gerade Kaffee nachschenkt. »Haben Sie einen Fahrplan hier? Ich möchte nach Mostar.«

Die Frau nennt mir eine Busverbindung. Zwölf Uhr fünfzehn. Eine halbe Stunde müsse ich einplanen bis zum Busbahnhof, wegen des Verkehrs, die Fahrkarte gebe es direkt beim Fahrer. »O. k.«, sage ich. »Danke.« Sie empfiehlt mir, ein Taxi zum Busbahnhof zu nehmen und vorher einen Preis festzulegen.

Nicht mehr als zehn Bosnische Marka dürfe es kosten. O. k., nicke ich wieder. Ich frage sogar noch, ob sie zufällig den Ort Diwaniol bei Mostar kennt, aber das wäre ja auch zu schön gewesen.

Die Zeit vergeht schnell. Ich kaufe gefüllte Teigtaschen beim Bäcker und Wasser im Supermarkt, beides eine Straße weiter, für ganz wenig Geld. Der Supermarkt heißt lustigerweise KONZUM. Dann gehe ich zurück zum Hotel und weiter die Straße mit den vielen Geschäften entlang.

Endlich kann ich Geld wechseln beziehungsweise gleich Bosnische Marka abheben. Meine EC-Karte funktioniert einwandfrei. Anita hat keine EC-Karte. Bekommt man in Bosnien Sozialhilfe?

Auf dem Kopfsteinpflaster neben dem Geldautomaten sind rote Flecken. Was aussieht wie verschüttete Farbe, ist, wie ich bei näherem Hingucken entdecke, ein kleines Kunstwerk. Jemand hat eine Rose auf den Stein gemalt. Ihre Knospe liegt in einer Vertiefung, der Stein ist zerbröckelt, mit roter Farbe ausgefüllt. Auf den danebenliegenden Steinen sind lauter Rosenblätter, wie vom Wind verweht, alle gemalt. Hier hat gestern Abend die Bettlerin gesessen.

Mein Traum fällt mir wieder ein, und mein Herz klopft so laut, als würde ich vor Anitas Tür stehen, kurz bevor sie mir aufmacht und wir uns um den Hals fallen. Ich wünschte, die Bettlerin würde jetzt auftauchen. Wie gerne gäbe ich ihr ein bisschen Geld. Der Anblick des Bildes am Boden macht mich regelrecht glücklich. Ich bin da, wo ich sein soll, ich bin richtig, auf dem richtigen Weg. Für einen kurzen, dummen, kindischen Moment lasse ich sogar den Gedanken zu, dass Anita die Rose für mich gemalt hat und dass mich kleine Gemälde am Boden quer durch Bosnien zu ihr führen sollen.

Meine Mutter schreibt. Ausgerechnet jetzt scheint das Handy wieder zu funktionieren. Zumindest der SMS-Empfang geht: *Wo bist du, Frida?*

Ich antworte nicht.

Ein deutsches Ehepaar, das dem Dialekt nach irgendwo aus Süd- oder Westdeutschland kommt, will die Rose am Boden fotografieren. Beschämt trete ich zur Seite. Ich bin nicht die Erste, die das Kunstwerk entdeckt hat. Natürlich nicht. Wie habe ich das bloß denken können.

»Do hämmers ja«, sagt der Mann zu seiner Frau. »Do hänn die noigschosse.«

Noigschosse?

»Des sin die Rooße aus Sarrajäwwo.« Die Schwäbin oder Pfälzerin liest ihrem Mann aus dem Reiseführer vor. »Die Rosen von Sarajevo nennt man eine bestimmte Form von Gedenkstätten im Straßenbild Sarajevos, der Hauptstadt Bosnien-Herzegowinas, die im Bosnienkrieg mehrere Jahre lang von serbischen Truppen belagert wurde und unter Artilleriebeschuss stand, wobei zahlreiche Zivilisten ums Leben kamen. Im Schnitt schlugen täglich rund 300 Geschosse in Sarajevo ein. Die Einschläge von Granaten haben auf dem Asphalt Spuren hinterlassen. Die Bewohner von Sarajevo haben die Risse und Krater auf dem Asphalt mit rotem Harz ausgefüllt, um daran zu erinnern, dass an dieser Stelle ein Mensch zu Tode kam.«

Der Deutsche fotografiert die Rose von Sarajevo. Sowie er zur Seite tritt, hocke ich mich für einen Moment auf das Pflaster und streiche mit den Fingern über die Farbe.

Auf meinem Weg zum Taxistand sehe ich nur noch auf den Boden.

Der Fahrer nimmt eine andere Route als Mile gestern. Er ist ähnlich alt wie er und ein paar Brocken Deutsch spricht er auch. Als Erstes teilt er mir mit, dass er drei Jobs habe: Taxi, Restaurant, Hostel.

»Bosnia nixe«, sagt er.

»Nix?«

»Nixe Geld«, sagt er.

In der Ablage zwischen den Sitzen liegt ein Stapel Visitenkarten.

»Next time du kommst in mein Hostel? O. k.?«

Ich nicke. Auf der Karte steht auf Englisch und Deutsch, dass die Übernachtung zehn Euro kostet.

»Das ist ein guter Preis«, sage ich, nur um etwas zu sagen.

»Ich nehme Euro«, entgegnet er.

»O. k.«, sage ich.

»Meine Frau putzt das Hospital, du verstehst?«

»Ja.«

»Weißt du, wo Krieg hat sein Anfang?«, fragt er.

Reden hier alle Taxifahrer vom Ausbruch des Krieges?

»Auf der Brücke«, sage ich, kann mit meinem neuen Wissen glänzen. »Zwei Frauen wurden erschossen.«

Der Fahrer schüttelt den Kopf.

»Wer sagt das?«, fragt er und erwartet keine Antwort.

»Nicola Gardovic, du kennst Nicola Gardovic?«

Ich verneine.

»Sarajevo, 1992, die Muslims, haben eine Mann getötet. Das

war Hochzeit von eine serbische Mann. Verstehste du? Die Muslims haben die Vater von die Mann getötet, der Hochzeit feiert. Nicola Gardovic ist tot an Hochzeit von seine Sohn.« Ich habe das Gefühl, dass ich nicht widersprechen darf. Mile hatte gesagt, die Serben hätten Unschuldige auf der Brücke beschossen. In dieser Version wird aber ein Serbe angegriffen. Von Muslimen.

»So hat der Krieg angefangen«, sagt er.

So hat der Krieg angefangen, klingt es in meinem Ohr nach. Der erste Satz, den er fehlerfrei auf Deutsch sagt, ist wahrscheinlich hierzulande eine Riesenprovokation für alle, die nicht zum serbischen Teil der Bevölkerung gehören.

Ich erinnere mich dunkel, im Geschichtsunterricht bei Herrn Zander, bei dem wir immer Filme gucken durften, weil ihm nichts anderes einfiel, einmal etwas über den Ersten Weltkrieg gesehen zu haben. Der Erste Weltkrieg wurde wegen eines Attentats ausgelöst. Und zwar in Sarajevo.

Verwirrt steige ich am Busbahnhof aus und vergesse fast, dem Fahrer das Geld zu geben. Meine Bosnische Marka will er nicht. Euro, sagt er. Ich gebe ihm zehn Euro.

»Fünfzehn«, verlangt er. Die Frau im Hotel fällt mir ein, die gesagt hat, man müsse den Preis immer vorher festlegen. Ich gebe ihm fünfzehn Euro und habe jetzt nur noch Bosnische Marka in der Tasche.

»Hvala«, sagt er. Danke.

***

Sarajevo rückt in weite Ferne, sobald man im Bus sitzt. Es geht an wunderschönen Seen und Flüssen vorbei, mit türkisfarbenem Wasser, das mich an Anita denken lässt, aber je tiefer die Strecke in die Berge führt, desto mehr heruntergekommene Häuser und ärmlich gekleidete Leute sind zu sehen. Hinter jeder Biegung wird es einsamer. Das macht mir Angst. Wo fahren wir hin? Von meinem erhöhten Sitzplatz aus, vor mir und hinter mir verschlossen und grau wirkende alte Menschen, sehe ich auf die Welt da draußen herab, komme mir vor wie eine Politikerin, die ihr gepanzertes Fahrzeug im Krisengebiet niemals verlassen muss. Am liebsten würde ich aussteigen und mit jemandem reden. Die Stille im Bus ist unerträglich. Ich wüsste gerne, wie weit es noch ist, aber meine Sitznachbarin guckt so abweisend, dass ich keine Lust habe, sie anzusprechen. An den Straßenrändern steht ab und zu ein Schild mit einem Totenkopf. PAZI – MINE. Achtung – Minengefahr. Und darunter ist wieder die kyrillische Übersetzung. In der Republika Srpska schreibt man kyrillisch. Viele Stunden bin ich unterwegs, für eine Strecke, die mir auf der Karte gar nicht so weit vorgekommen ist. Wenigstens ist der Bus komfortabel, wie ein richtiger Reisebus, sogar mit einer Toilette. Als wir eine Pause machen, was üblich zu sein scheint auf diesen Überlandfahrten, spazieren die Leute auf einem Feldweg herum, dehnen und strecken sich. Ein Mann geht über ein Kornfeld. Ich habe Angst aufzutreten. Bewege ich mich auf vermintem Gelände?

13

Am Busbahnhof von Mostar werde ich tatsächlich erwartet. Mehrere Frauen und auch Kinder stehen mit Kärtchen und Flyern in der Hand an der Haltestelle. HOSTEL, lese ich, und ROOMS. Sie stürzen sich geradezu auf mich. Alle anderen Busreisenden sind wohl Einheimische und werden auch sofort als solche erkannt und in Ruhe gelassen. Ich nehme zig Visitenkarten mit Telefonnummern an und weiß nicht, mit wem ich zuerst sprechen soll. Ich weiß ja gar nicht, ob ich überhaupt eine Unterkunft brauche. Lieber wüsste ich, wo Diwaniol liegt. Wenn ich Anita finde, werde ich bei ihr schlafen, egal, wie eng es da ist, wo sie jetzt wohnt.

»Excuse me, do you know Diwaniol?«

Niemand kennt Diwaniol. Alle sind nur daran interessiert, mir ein Zimmer zu vermieten. Eine junge Frau lässt gar nicht locker. Mit ihrer Tochter steht sie vor mir und erklärt, wo die Wohnung ist. Nur zweihundert Meter vom Busbahnhof. Da es schon früher Abend ist, wäre es vermutlich sinnvoll, hier zu übernachten. Wer weiß, wie weit entfernt Diwaniol ist, vielleicht muss ich ins Gebirge. Wenn ich vom Busbahnhof aus in die Umgebung gucke, sehe ich überall hohe Berge. Auf dem Gipfel des höchsten Berges steht ein riesengroßes Kreuz.

Die Innenstadt von Mostar sieht aus wie gemalt. Das muss Stari Most sein, die Brücke, auf die geschossen wurde. Ich frage einen älteren Passanten, der zu einer Schweizer Reisegruppe gehört. Er erklärt mir, dass die Brücke von Mostar im Jahr 1993 komplett zerstört wurde, wie auch das gesamte übrige Stadtviertel, und dass man nach dem Krieg in Bosnien alles wieder aufgebaut hat. Kaum zu glauben. Die Gasse, die ich, einem ganzen Tross von kunsthistorisch interessierten Rentnern folgend, entlanggehe, sieht aus wie seit dem Mittelalter unberührt. Und das soll alles neu gebaut worden sein? Der Mann gibt mir noch auf den Weg, dass Mostar eine geteilte Stadt sei. Wahrscheinlich steht mir mein Unwissen auf der Stirn geschrieben. Diesseits und jenseits der Brücke, sagt er. Aha. Ich frage nicht nach. Ich denke an die gestrichelten Linien auf der Karte. »Serben wohnen hier praktisch gar keine«, fügt er freundlich, meine Verwirrung steigernd, hinzu.

Auf der Brücke herrscht enormer Andrang. Als ich sie betrete, brandet Beifall auf. Natürlich applaudieren die Leute nicht mir, aber im ersten Moment hat das schon etwas Komisches. Ich setze einen Fuß auf diese Brücke, die offenbar ganz berühmt ist, wovon ich aber bis heute gar nichts wusste, und ein Sturm der Begeisterung geht los. Wem der Applaus gilt, ist nicht auszumachen.

Inmitten der Gruppe begeistert klatschender Touris entdecke ich einen klatschnassen Typen in Badehose mit einem Handtuch um die Schultern, der sich fotografieren lässt und dafür Geld in einem Hut einsammelt. Ich quetsche mich an dem Pulk vorbei Richtung Brückengeländer. Geht ganz schön tief runter. Ich zücke mein Handy, um ein Foto zu machen. In dem Moment hat mich der Typ entdeckt. Unverzüglich lässt er die Rentnergruppe stehen und baut sich vor mir auf.

»English?«, fragt er.

»Yes«, sage ich.

Er ist nicht besonders groß, sehr muskulös und braun gebrannt.

»Deutschland?«, fragt er.

Ich nicke noch mal.

Der Typ fährt sich durchs nasse schwarze Haar.

»Willst du ein Foto von mir?«

Er spricht akzentfrei Deutsch. Ich weiß nicht, worüber ich mich mehr wundern soll, über seine Sprachkenntnis oder über seine Frage.

»Hallo, du«, sagt er. »Kein Foto?«

Ich muss lachen.

»Nee«, sage ich.

»Bestimmt willst du ein Foto von mir«, beharrt er. Vor uns und hinter uns drängeln sich Touristen über die Brücke. Automatisch werden wir etwas enger zusammengeschoben. Der Typ starrt mir in die Augen, als wolle er mich hypnotisieren.

»Ich bin gerade von der Brücke gesprungen.«

»Hab ich nicht gesehen«, sage ich.

Er schüttelt den Kopf.

»Nicht?«, fragt er entrüstet.

Wassertropfen fliegen aus seinen Haaren. Er grinst unverschämt.

»Hast du was verpasst. Sind dreißig Meter«, sagt er.

Ich gucke noch mal von der Brüstung nach unten. Ist der da wirklich runtergesprungen?

»Nicht schlecht«, sage ich.

Ich muss blinzeln, die Abendsonne scheint genau auf den Punkt, an dem wir stehen.

»Gib mir mal dein Handy.«

»Was?«

»Vertraust du mir etwa nicht?«

Mir bleibt der Mund offen stehen. Ich weiß echt nicht, was ich dazu sagen soll.

»Es funktioniert nicht mehr richtig«, antworte ich. Und gebe ihm doch tatsächlich mein Handy!

Der Typ drückt sich eng an mich heran, wobei mich sein nackter Oberkörper so sehr irritiert, dass ich mich gar nicht gegen dieses bescheuerte Selfie mit unbekanntem Brückenspringer wehre, das er jetzt knipst.

»Smile«, sagt er.

Smile, oh mein Gott, das ist ja wie wenn einer Cheese sagt.

»Oh Mann«, sage ich. Er gibt mir das Handy zurück.

»Das kannst du auf Facebook posten.«

Er lächelt gewinnend.

»Stehe auf der Brücke von Mostar mit einem tollen Typen in Badehose, den ich nicht komplett fotografieren möchte, weil ihr sonst neidisch werdet.«

Ich muss so laut lachen, dass sich die Leute, die am nächsten stehen, umdrehen.

»Smile«, sagt er und gibt mir die Hand.

»Hä?« Meine Schlagfertigkeit hat auch Grenzen.

»Smile«, wiederholt er. »Das ist mein Name.«

Ich glaube ihm kein Wort.

»Doch, doch«, sagt er. »Und wenn du meine Nummer speichern willst«, er grinst wieder, »dann schreibst du S-M-A-I-L. Und wie heißt du?«

Nach einem kurzen Zögern sage ich: »Manusch.«

»Manusch«, wiederholt Smail. »Wow. Manusch. Verzeihung, aber der Name macht mich fertig. Bin ich schon gleich verknallt. Manusch! Kann ich dich auf Facebook adden?«

Selten habe ich so gelacht.

»Ich bin aus Facebook raus«, sage ich. Wenn das nicht schlagfertig ist.

Theatralisch reißt der Typ, der tatsächlich Smail heißt, seine nackten Arme in die Luft. »Oh mein Gott, Allah sei gepriesen, eine Radikale!«

Ich kann einfach nicht aufhören zu lachen. Smail setzt eine gespielt ernste Miene auf.

»Verzeih mir«, sagt er. »Ich bin mehr der altmodische Typ, weißt du? Facebook und so.«

Wir tauschen Telefonnummern aus. Ich muss unweigerlich an Maribel und Janne denken. Wenn ich das jetzt posten würde …

»Seit wann bist du aus Facebook raus? Hast du Entzugserscheinungen?«

»Woher kannst du so gut Deutsch?«, frage ich zurück.

»O. k., o. k.«, sagt er. »Leute!« Er spricht wie ein Moderator auf Sendung.

»Sie macht mir ein Kompliment. Ich spreche gut Deutsch.

Wow. Der Punkt geht an mich. Ich gehe zur Gegenfrage über: Was macht man in Mostar, wenn man aus Deutschland kommt und erkennbar kein Tourist ist?«

Ich sage ihm, dass meine Freundin aus Deutschland abgeschoben wurde und dass ich ihr nachgereist bin.

»Abgeschoben!«, ruft Smail mit gespielter Entrüstung. Er zeigt auf den herrlichen Ausblick, den man von der Brücke aus hat.

»Die Ärmste. Abgeschoben in die schönste Stadt Europas.«

Er bemerkt meine Irritation und rudert zurück.

»Entschuldige, ich bin immer ein bisschen neben der Spur, wenn ich mit einer tollen Frau rede. Scheiße wegen der Abschiebung.«

Einen Moment lang stehe ich unschlüssig neben dem Typen, der mich eine tolle Frau genannt hat. Ist er ein Schauspieler oder meint der das ernst?

Smail spuckt über die Brücke und wischt sich dann über den Mund.

»Und was sollen wir mit den ganzen Leuten machen, die Deutschland nicht haben will?« Er guckt auf einmal ganz anders als gerade eben, verschlossen und etwas verloren. Seine Frage ging nicht an mich, eine Antwort erwartet er nicht. Stattdessen starrt er nach unten, aufs Wasser, minutenlang. Als hätte er vergessen, dass er gerade eine Unterhaltung mit mir begonnen hat.

»Wunderschön hier«, sage ich nach einer Weile, weil ich die Stille nicht mehr aushalte.

»Ja«, sagt Smail. Er wirft einen Blick auf die vorbeiziehenden Touristen, die ihm zuwinken. Seine Miene erhellt sich.

»Das hier ist allerdings nicht echt«, sagt er. »Das ist alles nur Kulisse. Eine Kulissenstadt. Das wahre Mostar befindet sich hier oben drin.«

Er tippt sich an die Stirn.

»Aha«, mehr fällt mir dazu nicht ein.

Smail spuckt wieder über die Brüstung. Weil ich nicht weiß, wie ich auf seine Äußerungen und das Spucken reagieren soll, spucke ich selbst einmal aus. Mit ordentlichem Schwung segelt meine Spucke die Brücke hinunter. Wie sie im Wasser landet, kann man von hier oben nicht mehr sehen, aber ich stelle mir vor, wie sie im Fluss ankommt und als homöopathische Dosis meine DNA stromabwärts trägt.

»Jetzt bin ich im Fluss«, sage ich und grinse Smail ins Gesicht. Irgendwie muss man dem Typen ja was entgegensetzen.

»Respekt«, sagt er. Und ungeachtet der Touristen in unserem Rücken spucken wir abwechselnd in die Neretva. Ich liebe es, wie Smail über mich lacht.

»Wir sind zusammen im Fluss«, sagt er und grinst extrem unverschämt. »Unsere Spucke schwimmt bis nach Kroatien.«

Wir gehen auf die gegenüberliegende Seite, um zu sehen, wo unsere Spucke hintreibt.

»Und irgendwann fließt sie ins Meer«, sagt Smail.

Anita war noch nie am Meer.

»Bist du eigentlich Deutscher?«, frage ich. Smail wischt sich übers Kinn und sagt, dass er in Duisburg geboren wurde.

»Ach so«, sage ich. »Und jetzt? Studierst du hier?«

Smail lacht etwas abfällig.

»Oder ... machst du eine Ausbildung?«

»O. k.«, sagt Smail. »Grundkurs Bosnien. Studieren bedeutet: lebenslange Arbeitslosigkeit. Eine Ausbildung machen heißt: lebenslange Arbeitslosigkeit.«

Ich nicke. Lektion verstanden.

»Aber wovon lebst du?«

Smail zeigt auf das Geld, das er im Hut gesammelt hat.

»Für heute mache ich Schluss.« Er lächelt.

»Wollen wir das auf den Kopf hauen?«

»Unbedingt«, sage ich.

Smail lotst mich durch eine Gasse und dann den Hang hinunter bis ans Ufer der Neretva, wo seine Sachen auf einem Felsen liegen. Er zieht sich ein T-Shirt und eine kurze Hose über und zählt das Geld aus dem Hut.

»Warte ganz kurz«, sagt er. Ich nehme an, dass er etwas kaufen will, und zücke mein Portemonnaie.

»Frauen zahlen nicht«, sagt Smail.

»Ich denke, du hast doch nicht so viel …«, fange ich an, doch da ist er schon weg.

Dann eben nicht. Ich setze mich ans Wasser. Als ich gerade denke, dass Smail womöglich nicht zurückkommt und dass ich mir das alles nur eingebildet habe, weil es zu schön ist, um wahr zu sein, auf der Brücke von Mostar einen so krass gut aussehenden Typen kennenzulernen, kommt er wieder – mit einer Flasche unter dem Arm und sogar zwei Gläsern.

»Jägermeister«, sagt er.

»Jägermeister?«

Ich erfahre, dass das hier eine Art Nationalgetränk ist, was ich absolut unverständlich finde. Wir stoßen an. Oben auf der

Brücke gehen die Leute hin und her, von einem Teil der Stadt auf die andere Seite. Die Abendsonne scheint, alles ist in rotgoldenes Licht getaucht und der Fluss mit der orientalischen Altstadt im Hintergrund könnte wirklich der Schauplatz eines Märchens sein.

»Tausendundeine Nacht«, sagt Smail. Er rückt etwas näher an mich heran. Blöderweise werde ich auch noch rot. Peinlich.

»Wo wohnst du?«, frage ich schnell. »Ich habe gehört, dass die Stadt seit dem Krieg geteilt ist.«

Smail dreht sich ein wenig von mir weg, damit ich seinen Zigarettenrauch nicht abbekomme.

»Früher hatten meine Eltern ein Haus da drüben«, er zeigt auf die Seite, die von uns aus rechts liegt. »Heute wohnen da nur noch Kroaten.«

»Bist du Kroate?«

Smail schüttelt den Kopf.

»Wir wohnen dort«, sagt er und zeigt auf die linke Seite. »Aber natürlich nicht in der Altstadt. Wer kann sich das schon leisten?«

Von hier unten sieht es links und rechts der Brücke gleich aus.

»Folge dem Ruf des Muezzins« sagt Smail ironisch. »Das da ist der bosniakische Teil. Da wohnen nur Moslems.«

»Früher war das also anders?«, frage ich und trinke das Glas Jägermeister aus, das Smail sofort wieder auffüllt. »Vor dem Krieg gab es diese Trennung nicht, oder?«

Smail runzelt die Stirn. Er mustert mich, kritisch, wie ich finde. Vielleicht sieht er jetzt, bei Lichte betrachtet, dass ich gar nicht so toll bin, wie er dachte. Und auch nicht so toll aussehe.

»Vor dem Krieg. Mhm. Richtig.«

Er steckt sich eine neue Zigarette an.

»Ich habe gehört, dass die Brücke im Krieg zerstört wurde«, sage ich.

Smail lächelt.

»Manusch. Darf ich dir mal was sagen? Es wäre echt super gewesen, wenn man vor ein paar Jahren über den Krieg in Bosnien geredet hätte. Da fand er nämlich statt. Jetzt wär es nützlicher, den Leuten zu erzählen, wie toll es hier ist, wie unglaublich schön das Gebirge ist und die Seen und die Flüsse und die jungen Männer, die in den Flüssen herumschwimmen.« Smail spricht ein ganz weiches »sch« statt »ch«, was seine Aussprache lässig klingen lässt und mich angenehm berührt.

Der Stein, den er jetzt ins Wasser wirft, hüpft dreimal, bevor er versinkt. Smail erzählt von Familien, die vor ein paar Jahren aus Duisburg abgeschoben wurden.

»Die Jungs wären glücklich gewesen, hätte mal einer der Schulfreunde aus Deutschland nach ihnen gefragt.«

»Und du?«, frage ich. Smail zuckt mit den Schultern.

»Wir sind ja freiwillig zurück«, sagt er. »Meine Eltern wollten nach dem Krieg wieder nach Hause.«

Wir trinken weiter, und er sagt, dass das Brückenspringen eine alte Tradition in Mostar sei. Für die Ehre, mittlerweile aber auch zum Geldverdienen. Diejenigen, die sich trauen, trainieren dafür. Er zeigt mir auf der anderen Seite der Brücke einen Sprungturm.

»Spannend«, sage ich, um irgendetwas zu sagen.

»Wer interessiert sich schon für Bosnien?«, sagt Smail plötzlich.

»Sind aber viele Touristen hier«, entgegne ich.

»Nur alte Menschen«, sagt Smail, der aber gleich betont, dass er nichts gegen Alte einzuwenden hat. Die Alten kommen gerne nach Bosnien, erklärt er, und er hat auch eine These dazu, die leicht betrunken klingt.

»Niemand interessiert sich für Bosnien und niemand interessiert sich für Alte. Die Alten, für die sich keiner interessiert, reisen gerne in ein Land, für das sich ebenfalls keiner interessiert. Land und Leute bilden eine Interessensgemeinschaft. Also, eine Anti, na, du weißt schon …«

Ich muss lachen. Obwohl ich spüre, dass sein Witz und der Charme etwas Bitteres verbergen, das er lieber mit den Steinen im Fluss versenken würde.

»Ich bin ja auch da«, sage ich.

»Du wärst nie gekommen, würdest du nicht nach deiner Freundin suchen«, sagt Smail. Was soll ich darauf sagen?

»Manusch, Manusch«, murmelt Smail. Es klingt zärtlich. Ich spüre eine Strömung von Smail ausgehen, die stärker ist als die ruhig fließende Neretva. Das Wasser ist ganz klar.

»Es muss toll sein, hier zu schwimmen.« Smail nickt.

»Ist aber nicht ungefährlich«, sagt er. »Wegen der Strudel.«

»Echt?« Ich kann die Strudel nicht sehen, aber Smail beteuert, dass es lebensgefährlich sein kann, wenn man in eine der Untiefen gerät. Ich erzähle ihm von Anita. Dass sie turmspringen kann, wie er.

»Ein Mädchen?« Smail ist beeindruckt. Bei ihnen springen nur die Jungs.

»Ist deine Freundin eigentlich Bosniakin?«

Oben auf der Brücke versammelt sich gerade eine Gruppe Schaulustiger um einen jungen Mann in Badehose, der sich auf die Steinmauer gestellt hat, zum Sprung bereit. Smail ruft ihm etwas zu, aber die Entfernung ist zu groß, ich glaube nicht, dass der andere das gehört hat. Der Sprung ist spektakulär. Smail und ich verfolgen schweigend, wie der Mann durch die Luft fliegt. Ich habe noch nie life mitangesehen, wie jemand aus so einer Höhe springt.

»Das Springen ist Männersache«, sagt Smail. »Mit irgendwas muss man ja die Frauen beeindrucken.«

Der Springer taucht auf, schwimmt zum Ufer und klettert ganz in unserer Nähe aus dem Wasser. Oben wird applaudiert.

»Wenn du morgen wiederkommst«, sagt Smail, »springe ich nur für dich.«

»Ich werde da sein.«

Wir lächeln uns an. Wir stellen uns beide vor, wie es sein wird, wenn wir uns morgen sehen.

»Wer sind noch mal die Bosniaken?«, frage ich, weil ich die Spannung zwischen uns kaum aushalte.

»Bosniaken sind die bosnischen Muslime. Es gibt hier drei Gruppen. Die bosnischen Muslime, also Bosniaken, dann die Kroaten, dann die Serben. Im Krieg haben die Bosniaken zuerst mit den bosnischen Kroaten zusammen gegen die bosnischen Serben gekämpft, später waren sie alle verfeindet. Bosniaken, Kroaten, Serben. Alles Feinde.«

»Und Roma?«, frage ich.

»Was?«

Smail bietet mir seine Zigarette an. Ich nehme einen Zug.

Eigentlich ist der Jägermeister schon das Äußerste, was ich gerade verkraften kann. Ich überlege, wann ich zuletzt was gegessen habe.

»Meinst du Zigeuner?«

Ich nicke. Aus Versehen habe ich den Rauch komplett inhaliert.

Smail guckt mich irgendwie forschend an. Sein Mund lächelt, aber die Augen bleiben kalt. Hat er etwas gegen »Zigeuner«? Ich muss husten. Smail schmeißt einen Stein ins Wasser.

Wir haben fast die ganze Flasche ausgetrunken. So viel vertrage ich nicht. Smail erzählt mir jetzt von Leuten, die vor dem Krieg ganz arm waren und jetzt reich sind. Und von Leuten, die alles verloren haben.

»Es gibt da so ein paar Bauernhöfe in der Region«, sagt er. »Frag nicht, wie die zu ihrem Geld gekommen sind.«

Ich schließe die Augen, lasse Smail reden und hoffe, dass das Hostel noch geöffnet hat. Wo habe ich diese Visitenkarte hingesteckt?

»Also, ist sie Bosniakin?«

Ich sage, dass Anita Muslimin ist. Smail nickt zufrieden, obwohl es ihm, so behauptet er zumindest, echt egal wäre, wenn sie Kroatin oder Serbin wäre. Eigentlich will ich hinzufügen, dass meine Freundin eine Roma ist. Irgendwie fühlt es sich schlecht an, dass ich es nicht gesagt habe. Ich bin mir sicher, dass Smail Anita mögen würde. Doch ich habe Angst, er könne Vorurteile haben.

»Kennst du die Siedlung Diwaniol?«, frage ich. Aber Smail ist abgedriftet.

»Die Kroaten haben unsere Väter getötet.«

Ich glaube, wir haben zu viel getrunken. Vielleicht sollte ich allmählich zum Hostel gehen. Ich weiß gar nicht, ob man da so spät noch ein Zimmer kriegt.

Smail wirft einen Stein ins Wasser, der ohne zu hüpfen mit einem Platsch untergeht.

»Ist dein Vater ...!?«

Smail schüttelt den Kopf.

»Wir waren ja in Duisburg«, sagt er.

»Ich muss los«, sage ich. Ich höre das Wasser auf einmal ganz laut rauschen. Es ist dunkel. Die Restaurants am Ufer haben bereits geschlossen. Smail setzt sich meinen Rucksack auf und ich lasse mich von ihm zum Hostel bringen – mehr Glück als Verstand, würde meine Oma sagen, denn ohne ihn hätte ich die Straße vermutlich nie gefunden und ich hätte mich auch nicht getraut, so spät dorthin zu gehen.

»Hostel Melina, Ivana Krndelja 33«, liest Smail.

Wir müssen in einen Stadtteil, der nicht mehr aussieht wie in Tausendundeiner Nacht, sondern eher wie in einem Tausendjährigen Krieg, der noch eine weitere Nacht anhalten wird. Die Fassaden der Häuser sind zerlöchert, manchen Häusern fehlt ein Teil des Dachs, andere haben keine Rückwand mehr, nur noch ein paar Balken, die ins Leere ragen. Soll hier das Hostel sein?

»Wird gleich netter«, sagt Smail. Plötzlich legt er den Arm um mich und zieht mich auf die andere Straßenseite.

»Hunde.«

An der Kreuzung laufen Hunde frei herum, mindestens zehn. Die abgemagerten, räudigen Tiere haben mehrere Mülleimer umgestürzt und fressen Abfall. Die Geräusche, die sie dabei von sich geben, sind furchterregend, aber ich fürchte mich nicht. Ich fühle mich sicher in Smails Arm.

Das Hostel befindet sich in einem modernen Hochhausviertel, das ganz o. k. aussieht. In einem großen, grauen Wohnblock. Smail erklärt an der Sprechanlage, dass ich hier schlafen will.

»Zdravo«, sagt er zu mir, als der Türsummer angeht. »Das heißt Tschüss.« »Zdravo«, sage ich.

»Ciao, Manusch.« Er küsst mich auf den Nacken. Vorsichtig, behutsam, als wäre ich zerbrechlich. So eine Behutsamkeit habe ich bei einem Jungen noch nicht erlebt.

»Heißt du wirklich so?«

Ich lächle ihn an, kann gar nichts mehr sagen. Smail setzt mir den Rucksack auf. »Manusch.« Er stellt den Fuß in die Eingangstür. Wir wollen ein Foto von uns machen, aber mein zerbrochenes Display reagiert nicht.

»Smail«, sage ich nur. Wir lachen beide.

Die Frau, die mir am Busbahnhof ihre Visitenkarte in die Hand gedrückt hatte, steht im Morgenmantel im Flur.

»Leonija Mukovic«, sagt sie.

Smail wirft mir zum Abschied eine Kusshand zu.

Leonija Mukovic schließt die Tür, zeigt mir, wo ich meine Schuhe abstellen soll, und wartet, bis ich sie ausgezogen habe, besser gesagt, bis ich sie mir irgendwie von den Füßen gezerrt habe – denn meine Koordination ist nicht mehr die beste.

»Excuse me, I'm late.« Sie hört mir, glaube ich, gar nicht zu. Vielleicht habe ich aber auch nichts gesagt.

Auf Strümpfen gehe ich durch eine Art Wohnzimmer, in

dem ein Sofa steht, ein Tisch und Stühle, daneben ein Beistelltisch, auf dem ein riesiger, alter Computer thront. Vom Flur dringt ein bisschen Licht herein, der Wohnraum liegt im schummrigen Halbdunkel. Hinter einem Paravent ist die Küche versteckt. Ich sehe mich nach einem Lichtschalter um, aber Leonija lässt es wohl absichtlich dunkel.

»You can use the computer with our WLAN and you can use the kitchen«, sagt sie. Der Balkon, auf den man von der Küche aus gelangt, sei dagegen »private place«. Einen Balkon kann ich gar nicht erkennen.

»O. k.«, sage ich. »Thank you.«

Von dem kleinen Wohnraum aus gehen drei Zimmer ab. Leonija öffnet vorsichtig die letzte Tür. In einem Stockbett schläft oben und unten jemand.

»Girls from America«, kommentiert Leonija.

Gott sei Dank. Für einen Moment hatte ich befürchtet, ein Mann könne mit mir im Zimmer schlafen.

»Where are you from?«

»Germany.«

Keine zwei Meter von dem Stockbett entfernt steht ein Doppelbett, das offenbar frei ist.

»Thank you«, sage ich. Leonija zeigt mir im Dunkeln, ohne zu sprechen, die Seite des Kleiderschranks, die ich benutzen darf. Unten ist Platz für meinen Rucksack. »Komm«, sagt Leonija. Ich folge ihr ins Badezimmer.

»Du kannst Waschmaschine nehmen«, sagt sie.

Das Neonlicht im Bad leuchtet uns gnadenlos aus. Deutlich treten Leonijas Augenringe hervor.

Es ist auffällig sauber hier, als wäre gerade frisch geputzt worden. Leonija nimmt ein pinkfarbenes Handtuch aus dem Schrank. An der Decke ist ein Handtuchhalter befestigt, den man mit einer Schnur herunter- und wieder heraufziehen kann. Er hängt voller nasser Handtücher.

»Wie viele Zimmer gibt es denn?«, frage ich. Blöde Frage. Ich wollte wissen, wie viele Leute hier gerade untergebracht sind.

»Zwei Zimmer, sieben Betten. Heute wir sind komplett.«

Sie sagt noch »Gute Nacht« und öffnet die Tür des benachbarten Zimmers, in dem ihre Tochter, die ich schon am Busbahnhof gesehen hatte, auf einem ausgeklappten Bett sitzt, das mitten im Zimmer steht.

»Gute Nacht.«

Ich höre das Kind etwas fragen und Leonija antworten. Gedämpfte Stimmen. Ich habe zu viel getrunken. Hoffentlich hat man mir das nicht angemerkt.

Auf meinem Weg vom Zimmer, wo ich im Stockdunkeln meinen Rucksack nach der Zahnbürste durchsuche, zum Bad habe ich auf einmal das Gefühl, dass mich jemand beobachtet. Ich kneife die Augen zusammen, um im Dunkeln etwas zu erkennen. Drehe mich Richtung Wohnzimmer und entdecke, dass da tatsächlich jemand sitzt. Auf dem Sofa! Da ist doch gerade eben, als ich mit Leonija hereinkam, niemand gewesen. Oder doch!? Wie angewurzelt bleibe ich an der Badezimmertür stehen. Dann schlüpfe ich durch den geöffneten Türspalt ins Bad, schließe hinter mir ab, wasche mir das Gesicht, spüle den Geschmack von Jägermeister aus dem Mund. Ich würde gerne duschen, aber vielleicht wacht dann jemand auf. Ich öffne die

Tür. Licht fällt in den Flur. Genug, um zu erkennen, dass auf dem Sofa ein kleiner Mensch liegt, den Kopf auf ein großes Kissen gebettet, den Körper eng in eine Decke eingerollt. Ich lösche das Licht.

14

Im ersten Moment denke ich, dass ich im Zug bin, im Schlafwagen auf der Strecke von München nach Zagreb. Vielleicht wegen der Stockbetten, denen zwei etwa Zwanzigjährige entsteigen, die, wie sich herausstellt, aus New York kommen und Kate und Angelina heißen.

»I love Europe«, sagt Kate und Angelina ergänzt: »Mostar is beautiful.« Ich setze mich auf und krame in meinem Rucksack nach den Waschutensilien.

Auf dem Flur sind viele Stimmen zu hören. Offenbar sind alle schon auf. Ich greife nach meinem Handy, das die ganze Nacht unter meinem Kopfkissen lag, aber Smail hat leider nichts geschrieben.

»Lovely. Absolutely lovely. Yes ... our first trip to Europe ...«

Die Stimmen der Mädchen schwirren durch die Wohnung.

Der Blick aus dem Fenster ist alles andere als beautiful. Man sieht nur etwa drei Meter weit, die Sicht endet an einer Betonwand. Das Bad ist besetzt. Schnell lege ich mich noch mal ins Bett und warte, eine WhatsApp-Nachricht an Smail nach der anderen schreibend, die ich aber alle nicht abschicke. Eine knappe Stunde später sind alle ausgeflogen. Das Badezimmer dampft noch, der Spiegel ist beschlagen. Obwohl in der letzten

Stunde etwa acht Leute hier drin waren, ist es extrem sauber. Nirgendwo ein Haar oder eine Schliere Zahnpasta.

Ich hänge mein Handtuch neben die anderen. Sie haben alle unterschiedliche Farben, so kann man sich merken, welches man benutzt hat. Alles hat hier ein ausgeklügeltes System, scheint es mir. Sowie ich aus dem Bad komme, geht die Tür von Leonijas Zimmer auf, und eine dünne Frau, mit Putzeimer und Lappen ausgerüstet, steht vor mir. Sie ist nicht alt, aber ihr Gesicht kommt mir vor wie eine Blüte, die vor der Zeit verwelkt ist.

»Dober dan«, sage ich.

Hoffentlich habe ich keinen Schmutz im Bad hinterlassen.

»Dober dan.«

Die Frau nickt mir unmerklich zu.

Auf dem Sofa liegt die Wolldecke, säuberlich zusammengelegt.

Leonija kommt mir entgegen. Sofort wird mir klar, dass die Frau, die nachts auf dem Sofa schläft und jetzt das Bad putzt, ihre Mutter sein muss.

»Dober dan.«

Leonija ist freundlich, aber ein Lächeln kann sie sich nicht abringen. Ob ich noch eine Nacht bleibe. Da es so unfassbar günstig ist, hier zu wohnen, sage ich einfach zu. Zehn Euro die Nacht, sie nimmt lieber Euro als Bosnische Marka, dafür kann ich meinen Rucksack stehen lassen und mit kleinem Gepäck nach Anita suchen. Leonija ist erleichtert zu hören, dass ich bleibe.

»Du bist alleine in deine Zimmer«, sagt sie. »Wenn ich nicht andere Gäste finde an der autobusni kolodvar.«

Für mich ist das erst mal keine schlechte Nachricht, das Zimmer alleine für mich zu haben, aber für Leonija ist es schlimm. Jeden Tag fängt sie am Busbahnhof Leute ab, um ihre Visitenkärtchen zu verteilen, aber es kommen zu wenige Besucher an. Ich sage ihr, dass ich in der Stadt viele Touristen gesehen habe, und ob sie nicht vielleicht woanders für ihr Hostel Werbung machen könnte. Leonija schüttelt den Kopf. Die Touristen, von denen ich spreche, seien Tagestouristen, die von Kroatien aus rüberkommen, sich Mostar anschauen und wieder fahren.

»Dubrovnik in Kroatien«, sagt sie.

»Ach so«, erwidere ich.

»Zu mir kommen die Studenten. Mit Bus aus Sarajevo. Sie habe keine Geld für Hotel in der Stadt.«

Leonija zieht sich die Schuhe an und ruft ihrer Tochter, die scheinbar noch im Bett liegt, ein Tschüss durch die verschlossene Tür zu. Zdravo!

Ein Kribbeln läuft durch meinen Körper. Ich atme tief aus und spüre Smails Kuss im Nacken.

Leonija dreht sich zu mir um.

»Viel Spaß in Mostar«, sagt sie und sieht dabei selbst so traurig aus, dass ich ihr am liebsten viel mehr Geld geben würde als die zwanzig Euro für die beiden Nächte. Aber da ich unsicher bin, ob ich einen Dispo-Kredit auf der EC-Karte habe, kann ich mit Geld auch nicht so um mich schmeißen.

»Leonija«, sage ich vorsichtig, »kennst du Diwaniol?«

»Was soll das sein, ein Ort?«, fragt sie zurück. Diwaniol hat sie noch nie gehört.

Was ist, wenn die mir auf der Behörde Schrott erzählt hat?

Als Leonija weg ist und ihre Mutter durch die Wohnung huscht, Staub wischt, Gläser aus Zimmern holt und abspült, die Waschmaschine aus- und wieder einräumt, sitze ich am Computer. Wie man hier Kaffee macht, habe ich nicht kapiert. DIWANIOL. Zwar finde ich ein paar Seiten, in denen das Wort vorkommt, aber sie sind entweder auf Bosnisch oder sogar mit kyrillischen Buchstaben geschrieben. Auf Deutsch oder Englisch gibt es nichts über Diwaniol. Vielleicht würde mir Smail helfen. Schon wenn ich seinen Namen denke, zieht ein Glücksgefühl in meinen Bauch. Ich tippe auf das Display meines Handys, aber nichts tut sich mehr. Ausgerechnet jetzt scheint das Ding seinen Geist endgültig aufzugeben. Anita und ich lächeln ungerührt, als ich wieder und wieder über unser Bild wische. Smails Kontakt lässt sich nicht mehr öffnen.

Leonijas Mutter trägt nasse Handtücher aus dem Bad nach draußen auf den Balkon. Ich fahre den Computer herunter. An der Wand hängen Familienfotos und mehrere Bilder eines ernst blickenden Mannes in Uniform, der Leonijas Vater sein könnte. Als ich aufstehe, um mir die Bilder näher anzuschauen, öffnet sich Leonijas Zimmertür. Aber es ist nicht die Tochter, die herauskommt, sondern ein Mann mit Stoppelfrisur, Dreitagebart und müden Augen.

»Dober dan.«

Der Mann holt ein Glas Milch aus dem Kühlschrank. Er gibt mir die Hand, ohne mich anzusehen, höflich, aber desinteressiert. Den Namen, den er dabei murmelt, verstehe ich nicht. Aber ich glaube, dass er Leonijas Bruder ist.

Er trinkt das Glas Milch aus, geht auf den Balkon und stellt sich neben seine Mutter in die Sonne. Sie rauchen. Private place, denke ich. Der einzige Rückzugsort der Familie ist draußen. Erstaunlicherweise drehen sich jetzt beide, Mutter und Sohn, gleichzeitig nach mir um. Die Mutter winkt. Soll ich zu ihnen kommen?

Auf Strümpfen betrete ich den Balkon, wo mir wortlos eine Tasse mit Instant Cappuccino gereicht wird.

»Hvala!«

Wenn man in die Ferne blickt, sieht man einen Teil der Altstadt und dahinter das Gebirge. In unmittelbarer Nähe, direkt unterhalb des Wohnblocks, steht ein Haus, das man mit dem Wort »tot« am besten beschreiben könnte. Zerborstene, brandschwarze Balken ragen in den Himmel anstelle eines Dachs, von Betonpfeilern gestützt hält sich windschief eine ebenfalls brandschwarze erste Etage, in der Müllsäcke stehen, die bestimmt niemals jemand abholt. Auf den Mauern Graffiti – schwarze Zeichen, Flaggen, Abkürzungen.

Ob Smail es bereut hat, dass seine Eltern hierher zurückwollten?

Als ich ausgetrunken habe, verabschiede ich mich von dem stumm rauchenden und in die Weite sehenden Paar, Mutter und Sohn, mit einem Lächeln, das sie mit einem Nicken quittieren. Drinnen spüle ich die Tasse ab und stelle sie in den Schrank. Vielleicht kaufe ich mir als Erstes neue Schuhe, noch bevor ich Smail wiedersehe. Dass mein Handy nicht funktioniert, ist eine Katastrophe. Blöd, dass wir gar keine Uhrzeit ausgemacht haben. Jetzt muss ich zur Alten Brücke gehen und auf ihn warten. Irgendwann wird er ja merken, dass mit meinem Handy etwas nicht stimmt, und dorthin kommen.

In der Altstadt, ganz nah bei der Brücke, finde ich einen Laden für Handy-Zubehör, in dem ein Verkäufer, der Englisch spricht, meint, er könne ein neues Display bestellen und dann einbauen. Wenn er es jetzt gleich bestellt, ist es morgen da, verspricht er. Morgen! Das heißt ja, dass ich in Mostar bleiben muss. Wenn Diwaniol aber ganz woanders ist?

»O. k.«, sage ich und beobachte, wie mein Telefon hinter dem Ladentisch in einer Schublade verschwindet.

»Don't worry«, meint der Verkäufer. »With a new display, it will work like new.«

Ein komisches Gefühl überkommt mich. So ganz ohne Handy durch die Straßen zu gehen, ist seltsam. Obwohl ich es in den letzten Tagen kaum benutzt habe, war es doch die ganze Zeit über da.

Zunächst mal steuere ich die Alte Brücke an. Logisch, dass jetzt noch keine Brückenspringer da sind. Viel zu früh. Trotzdem bleibe ich in der Nähe, laufe wie bescheuert immer auf und ab, eine geschlagene Dreiviertelstunde lang. Bescheuert. Kann ja sein, dass er erst am Nachmittag auftaucht oder am Abend. Was mache ich bloß?

Mir ist ein bisschen schlecht. Vielleicht ein Kater. Ich habe definitiv zu viel getrunken gestern und kann mich auch nicht daran erinnern, ob wir vielleicht doch eine Uhrzeit vereinbart haben.

Ich bleibe in der Nähe der Brücke, nehme einen bosanska kafa in einem Straßencafé mit Blick aufs Ufer, probiere handgemachte Schuhe bei einem Lederwarenhändler an. Keiner zu sehen, der den Eindruck erweckt, freiwillig von der Brücke zu springen. Warum auch? Es sind kaum Touristen unterwegs. Vielleicht kommen sie erst am Nachmittag. Was wird Smail denken, wenn er mir schreibt und gar keine Antwort bekommt? Stillschweigend sind wir wohl davon ausgegangen, dass wir uns per WhatsApp verständigen. Vielleicht sollte ich mir wirklich Sandalen oder Ballerinas kaufen. Meine Füße sind knallheiß in Strümpfen und Turnschuhen. Ich laufe immer durch die gleichen Gassen, vor und zurück, und habe das Gefühl, dass die Leute in den Geschäften bereits komisch gucken.

Um den Blicken auszuweichen, betrete ich einen Innenhof, auf dem man alles Mögliche kaufen kann: Kupferkannen und Schmuck, Tücher, Röcke, Hosen, Schuhe. Spielzeugpistolen. Die Händler reden auf mich ein. Datteln? Granatapfellikör?

Diwaniol. Vielleicht ist da ein Buchstabendreher drin, vielleicht heißt der Ort ja irgendwie anders. Keiner der Händler versteht mich, keiner reagiert auf das Wort Diwaniol außer mit einem Fragezeichen im Gesicht.

Der Geruch von Brot und Gebäck zieht auf, gemischt mit bittersüßem Mokkadunst. Alte Männer sitzen beim bosanska kafa und essen für zwei Bosnische Marka Teigstrudel, die aussehen wie von Anitas Mutter gebacken. Über ihren Köpfen ziehen Rauchschwaden auf. Sieht aus wie Denkblasen. Ich habe schon lange nicht mehr so viele Leute rauchen sehen wie in Bosnien.

Ich hätte Smail erzählen sollen, dass ich gar nicht weiß, wo ich heute hinmuss. Dann hätten wir uns zusammen auf die Reise begeben können. Ich stelle mir vor, mit ihm in einem uralten Auto über Land zu fahren, Musik zu hören und irgendwo in die Neretva zu springen. Mein Bauch kribbelt, ich muss lächeln und sehe wahrscheinlich idiotisch aus.

Die Bäckersfrau bietet mir eine Süßigkeit zum Probieren an.

Andererseits will ich Anita alleine gegenüberstehen, wenn ich sie finde. Vielleicht würde er sich sonst in sie verknallen. Sie werden ein Paar und ich reise ab. Ich schlucke viel Zucker und Honig mit Mandeln. Wie absurd ist das denn? Bin ich jetzt etwa eifersüchtig auf Anita, weil sie abgeschoben wurde und ich nicht?

»Rowanija«, sage ich zu der Bäckersfrau.

»Rowanija?«

Sie versteht nicht. Ach so, das ist ja Romanes.

»Strudla«, sagt die Frau. Den Strudla verzehrend gehe ich weiter, an den Auslagen der Geschäfte vorbei. Eine Bettlerin spricht mich an, die ich kaum abzuwehren vermag. Immer näher kommt sie mit ihrem Gesicht an mich heran, hält ihre knöcherne, braune Hand auf. Vier kleine Kinder rufen »volim te, volim te«. Bitte, bitte. Die Frau fasst mich am Arm. Ich gebe ihr ein paar Bosnische Marka, woraufhin sie sich mit einem Lächeln, das falscher nicht sein könnte, bei mir bedankt.

»Diwaniol?« frage ich sie. Keine Reaktion. »Wo wohnt ihr, where do you live? Volim te«, flehe ich. »Volim te, volim te!«

Bei der Touristen-Information, dem TOURIST INFO CENTAR, gibt eine junge Frau auf Deutsch Auskunft. Diwaniol kennt sie nicht, aber sie preist mir sämtliche Orte der Umgebung an, Blagaj, Počitelj, Medjugorje oder Trebinje. Die Wasserfälle in Kravice solle ich mir ansehen, unbedingt.

Ob es feste Zeiten für die Brückenspringer gebe, frage ich, womit ich ihr das passende Stichwort geliefert habe. Freudig hält sie mir einen Vortrag über die Tradition des Brückenspringens.

»*Wann* springen sie denn?«

»Nein, feste Zeiten gibt es nicht.«

Die Frau ist kaum älter als ich. Sie spricht so bemerkenswert Deutsch, dass sie in Deutschland aufgewachsen sein muss. Wie Smail. Ob sie ihn kennt? Wie viele Menschen leben denn hier, die als Kriegsflüchtlinge nach Deutschland kamen? Kennen sie sich untereinander?

»Viele Brückenspringer warten auf Reisebusse, die auf dem großen Parkplatz im Osten der Stadt stehen, um die Touristen abzupassen«, sagt sie. Es klingt wie einstudiert.

Bis gestern sei die Stadt voll gewesen, ab heute gebe es wieder viele freie Hotelzimmer.

»Aha, warum?«

»Gestern endete ein Musik- und Theaterfestival, das sich international großer Beliebtheit erfreut«, sagt sie gestelzt. Auf einem Poster an der Wand ist ein riesengroßes Freibad abgebildet, darüber steht in Großbuchstaben: GRADSKI BAZEN MOSTAR.

»Sie sprechen super Deutsch«, sage ich.

»Ja, ja«, sagt sie, schließlich habe sie die ersten Lebensjahre in Berlin verbracht.

»Dann seid ihr nach dem Krieg nach Mostar zurückgegangen?«, frage ich.

»So ist es«, sagt sie. Damit ist das Thema Krieg für sie beendet. Und schon redet sie weiter, schlägt mir alle möglichen Reiseziele in Bosnien vor, Burgen aus Osmanischer Zeit und archäologische Fundstätten. Die älteste Moschee der Osmanen. Dabei interessiert mich viel mehr, ob sie vielleicht Smail kennt.

Sie reicht mir einen Prospekt, auf dem man hübsch herausgeputzte Bauernhöfe bewundern kann. Vielleicht sind ihre Eltern diese reichen Bauern, von denen Smail gesprochen hat. Auf der letzten Seite sieht man die Alte Brücke, die, wie ich erfahre, in der Zeit von 1555 bis 1566 gebaut und im Bosnienkrieg zerstört wurde. Ein Foto der kompletten Zerstörung ist zu sehen, neben einem Foto der wieder aufgebauten Brücke. UNESCO-Welterbe, steht darunter.

»Smail?«

Nein, einen Smail kenne sie nicht.

»Springen eigentlich alle jungen Männer von der Brücke, ich meine, Muslime und Kroaten?«

Ich komme mir ziemlich politisch bewandert vor mit meinem neuen Wissen über die geteilte Stadt und die Spannungen zwischen den Ethnien.

»Jeder kann von der Brücke springen, selbstverständlich«, sagt sie. »Warum nicht?«

Von Smail weiß ich, dass Kroaten und Bosniaken niemals zusammen für den Sprung trainieren und dass das Brückenspringen fest in der Hand der Muslime ist. Aber die junge Touristenführerin will davon nichts gehört haben.

»Mostar ist eine weltoffene Stadt«, sagt sie.

»Das ist toll«, sage ich, aber irgendwie ist jetzt der Wurm drin. Die Krönung ist dann meine Frage nach einer Roma-Siedlung. Sie guckt mich an, verzieht den Mund, als hätte ich ihr wehgetan. Eine Roma-Siedlung kennt sie nicht. Urplötzlich wendet sie sich ihrem Computer zu. Ich nehme mir einen Stadtplan von Mostar aus dem Ständer am Ausgang, und eine Karte der Umgebung. Damit ausgerüstet, begebe ich mich zur

Alten Brücke, gehe von der muslimischen Seite auf die kroatische und wieder zurück. Mitten auf der Brücke sitzt eine Frau mit nur einem Bein, die ihre Hand aufhält. Ich suche ihren Blick, als ich ihr etwas Geld auf die Hand lege, aber ihre Augen sehen durch mich hindurch. Diwaniol, sage ich probehalber. Keine Reaktion.

***

Unten, auf unserem Felsenplatz am muslimischen Ufer der Neretva, ist keiner. Diwaniol kennt niemand. Ich fixiere die Rillen auf dem Felsen, die feinen Risse, das Grün, das in den Rissen wächst, bis ich, wenn ich die Augen schließe, nur noch Linien sehe. Die Sonne zaubert rote Muster auf meine Lider. Ob Blinde immer solche Muster sehen und ob die Muster immer anders sind, je nach dem Grad der Helligkeit oder der Dunkelheit?

Am liebsten würde ich im Fluss baden.

Mit geschlossenen Augen versuche ich, ein Gedächtnis-Foto zu machen. Ich sehe die Brücke, den höchsten Punkt, von dem aus gesprungen wird, die Häuser dahinter, die Terrassen der Restaurants, auf denen keiner sitzt, einsame Sonnenschirme, die niemandem Schatten spenden, vereinzelte Kellner, die nach Gästen Ausschau halten. Ich schwitze, die Sonne ist unerträglich heiß. In die Hitze dringt der Ruf des Muezzins. Langgezogene Töne stehen in der Luft. Von meinem Platz aus ist das Minarett einer Moschee zu sehen. Meine Augen sind wie beschlagen. Ich zwinkere, bis sie tränen, aber ich sehe noch immer nicht klar. Halbe Töne, die sich ineinanderschieben und zu einem einzigen werden. In den Ruf des Muezzins mischt sich das Läuten von Kirchenglocken. Zu Hause fallen mir Kirchenglocken nie auf. Ganze, dunkle Töne. Zwei Tonspuren legen sich übereinander. Ich bekomme Bauchschmerzen.

Heute scheinen in Kroatien keine Tagesausflüge nach Mostar anzustehen, kaum einer geht über die Brücke und macht Fotos. Ich bleibe einfach sitzen. Ich möchte hier sein, wenn Smail kommt. Bis dahin spiele ich das Krokodil, verharre in der prallen Sonne, mache nichts außer zu warten. Auch das Denken stelle ich ein. Ich warte und warte. Niemand ist in meiner Nähe. Vereinzelt gehen Menschen über die Brücke, aber nur einmal am ganzen Nachmittag kommt jemand den Pfad hinunter ans Ufer. Zwei Frauen in Burkas, begleitet von kurzärmligen Männern mit langen Bärten, fotografieren die Brücke von hier unten aus.

»Salat«, sagt einer der Männer.

»Salat«, antworten die anderen.

Was?

Und wie auf Stichwort geht die Ruferei wieder los, der Muezzin spannt seine Stimme wie eine lange Leine über den Fluss, die Kirchenglocken dröhnen in meinem Kopf, noch lange, als das Läuten schon aufgehört hat. Salaaaat, höre ich. Salaaaat, ruft der Muezzin. Ich muss lachen. Ich schwitze und friere gleichzeitig. Die Muslime beten am Ufer und fallen fast ins Wasser dabei. Ich habe das Gefühl, immer mal wieder für Sekunden das Bewusstsein zu verlieren.

»Bist du verrückt geworden?«, ist bei mir zu Hause ein ziemlich schlimmer Satz. Ich finde es auch total bescheuert, wenn Leute damit angeben, dass sie ein bisschen verrückt sind, etwas anders oder krass schräg. Ich setze mich näher ans Ufer und hänge die Füße ins Wasser. Wenn Smail nicht auftaucht, ist der Tag verloren.

Kurz entschlossen ziehe ich mein Kleid über den Kopf. Den Bikini habe ich drunter, auch weil ich keine frische Unterwäsche mehr habe. Ich muss mir dringend irgendwo Unterhosen kaufen.

Das Wasser ist eiskalt. Ich schwimme nah am Ufer entlang, um nicht Gefahr zu laufen, in eine der Untiefen zu geraten, vor denen Smail gewarnt hat.

Auf einen Felsen in Ufernähe hat jemand Graffiti gesprüht, kyrillische Buchstaben, riesengroß. Habe ich das gestern, von unserem Platz aus, nicht gesehen, oder ist das neu? Ich spüre die Strömung. Motorroller fahren oben, in Ufernähe vorbei. Es knattert über die Pflastersteine. Ich weiß nicht, wie man das nennt, alles ist mit Kieselsteinen gepflastert. Mit hohen Schuhen kann man hier gar nicht gehen. Ich habe das Gefühl, meine Augen nicht scharf stellen zu können. Mein Körper ist schwer. Ich schwimme gegen den Strom. Oben geht jemand mit einem spitzen Absatz. Quatsch. Das kann ich doch hier unten im Wasser nicht hören. Aber ich höre, wie sich der Absatz durch den Kiesel bohrt. Ich spüre Algen an meinem Bauch, ziehe mich an der Böschung hoch und zerkratze mir Arme und Beine. Mein Herz rast, als ich an den Platz zurückkomme, an dem meine Sachen Gott sei Dank noch liegen, und ich ziehe das Kleid an, obwohl ich ja noch klatschnass bin. Jetzt ist mein Kleid auch nass. Hätte ich zehn Minuten gewartet, wäre mein Bikini trocken gewesen. Aber ich kann nicht warten. Ich will weg.

Wenn ich jetzt aufgebe, kommt Smail bestimmt genau in dem Moment und fragt sich, warum ich nicht da bin, wenn er springt. Ich starre Ewigkeiten aufs Wasser, mein Kleid wird trocken. Ich habe keine Ahnung, wie spät es ist. Vor allen Dingen habe ich Durst und will mir oben an der Brücke in einem Laden etwas kaufen. Als ich aufstehe, tun mir die Beine weh. Müde schleppe ich mich über den Pfad zu dem Weg, der auf die Gasse führt. Ich habe solchen Durst und auf einmal muss ich ganz dringend aufs Klo. Daher steuere ich direkt das nächste Café an. Sowie ich die Toilettentür hinter mir geschlossen habe, muss ich mich übergeben. Ich kotze in die Kloschüssel, aber auch danach wird mir nicht besser. Ich habe den Drang, mich weiter zu übergeben, aber kaum etwas ist in meinem Magen und ich spucke nur noch Galle. Es brennt. Ich spüle immer wieder, um den beißenden Geruch zu vertreiben, ziehe mich am Waschbecken hoch und drehe den Hahn auf. Schütte mir Wasser ins Gesicht, wische mir mit Seife die Lippen ab.

»Hallo? Smijem li pomagati?« Offenbar will mir jemand helfen.

Eine Frau führt mich nach draußen in die Sonne, aber mir wird nicht warm. Ich friere so sehr. Sie gibt mir ein Glas Wasser, aber meine Finger zittern. Alles tropft an meinem Mund vorbei auf den Boden, wofür ich mich schäme. Die Frau holt einen Kellner, der auf Englisch fragt, wo ich wohne. Hostel Melina, Ivana Krndelja 33. Blaue Schrift auf hellgrünem Grund. Ich taste nach der Karte in meiner Tasche, aber scheinbar habe ich die Adresse schon genannt. Es ist unglaublich, wie sich die Leute um mich bemühen. Die Frau, die kein Englisch spricht, hat ein Auto, mit dem sie mich zum Hostel fährt. Das Auto riecht wie eine mit Asche gefüllte Zigarettenschachtel. Zweimal muss ich mich unterwegs übergeben. Sie fährt rechts ran, springt aus dem Auto, um die Beifahrertür aufzureißen. Mir ist so schlecht, dass mir jetzt alles egal ist. Ich heule wie ein kleines Kind. Dann sind wir da. Die Frau bringt mich bis zur Tür und bleibt noch stehen, als der Summer geht und ich einen Schritt ins Haus mache. Ach so. Entschuldigung. Ich hoffe, dass ich ihr genug Geld in die Hand drücke, denn ich kann nicht lesen, was auf den Scheinen steht.

Die Frau wehrt ab, aber nur kurz, dann nimmt sie das Geld an.

»Hvala.«

Leonijas Mutter öffnet. Ich reiße mich zusammen und lasse mich, nachdem ich die Treppenstufen erklommen habe, wie eine Gestrandete, die das Ufer gerade so erreicht, aufs Bett fallen. Aber scheinbar hat sie gemerkt, dass mit mir etwas nicht stimmt. Sie klopft.

»Dober dan«, sage ich aus Versehen. Sie fühlt meine Stirn. Legt mir einen kalten Lappen auf und bringt Wasser, das ich in kleinen Zügen runterschlucke. Das Trinken verursacht neue Übelkeit. »Sunce«, sagt sie immer wieder, dabei zeigt sie nach draußen. Sunce. Heißt wohl Sonne. Sie zieht die Vorhänge zu, redet ganz leise auf Bosnisch mit mir. Ich muss an meine Mutter denken. Bin ich jetzt verrückt oder was ist mit mir los?

Erst als das Fieber nachlässt, wird mir klar, dass ich einen Sonnenstich habe. Ich zwinge mich, das Wasser auszutrinken. Auf dem Stockbett liegen noch Sachen von den amerikanischen Mädchen. Ob sie noch mal wiederkommen und ich doch nicht alleine im Zimmer bin? Oder sind das Sachen von jemand anderem?

Es ist dunkel, als ich aufwache, und es ist still in der Wohnung. Vier Uhr vierzehn. Es fühlt sich an, als hätte ich den Sonnenstich überwunden, ich bin seltsam ruhig und klar. Nicht nur die Übelkeit ist weg. Auch die Sachen auf dem Stockbett und meine Angst im Dunkeln. Leise gehe ich in die Küche, an Leonijas Mutter vorbei, die wieder auf dem Sofa schläft, und trinke ein großes Glas Wasser.

»Dober dan!« Leonija ist tatsächlich auch schon auf. Vielleicht wundert sie sich, dass ich nicht mehr schlafe, vielleicht aber auch nicht. Sie fragt ganz selbstverständlich, ob ich auch einen bosanska kafa haben möchte. Dann weckt sie ihre Mutter sanft und führt sie ins Zimmer nebenan. In ihrem Nachthemd sieht die Frau noch zerbrechlicher und kleiner aus als am Tag. Das Ritual scheint vertraut zu sein. Womöglich muss Leonija oft so früh aufstehen, und ihre Mutter legt sich dann in ihr Bett, für den Rest der Nacht beziehungsweise des Morgens. Nichts läge mir ferner als zu fragen. Ich komme mir so schon wie ein Eindringling vor. Lieber frage ich, ob ich den Computer jetzt schon benutzen darf.

»O ja«, sagt Leonija und ihre Stimme verrät weder Überraschung noch Interesse. Ich fahre den Computer hoch, der ein ziemliches Getöse macht. Ein Wunder, dass man damit überhaupt ins Internet kommt. Leonija reicht mir den Kaffee und steckt sich eine Zigarette an.

Ich weiß nicht, wie Smail mit Nachnamen heißt. Auf Facebook gibt es tatsächlich viele Männer, die sich genauso schreiben und deren Seiten auf Bosnisch sind. Maribel und Janne haben geschrieben. Doch es kümmert mich nicht.

Erneut gebe ich Diwaniol ein. Diwaniol, Mostar. Diwaniol,

Bosnien. Bosnia. Überraschend setzt sich Leonija neben mich.

»Noch nicht diesen Ort gefunden?«, fragt sie.

Ich sage, dass in diesem Diwaniol meine Freundin Anita sein soll. Das mit der Abschiebung erzähle ich nicht. Leonija wirkt so erschöpft, dass ich sie nicht auch noch mit meinem Kram belästigen will. Sie meint, ich könne ihre Mutter fragen, denn sie selbst kenne sich gar nicht so gut aus in der Umgebung. Auf meine erstaunte Rückfrage, warum das so sei, sieht sie kurz auf die Küchenuhr. Vier Uhr achtundzwanzig. Vielleicht trägt sie morgens die Zeitung aus. Keine schöne Vorstellung, im Morgengrauen in diesem Viertel herumzulaufen.

»Bist du denn gar nicht aus Mostar?«, frage ich. Automatisch wandert mein Blick an die Wand zu den Fotos.

»Das ist mein Vater«, sagt sie. Ich nicke stumm. Wenn sie jetzt sagt, dass er tot ist, werde ich sagen, dass es mir leidtut.

Ich erfahre, dass Leonija 1992 in der Handball-Jugendnationalmannschaft Bosniens gespielt hat und als großes Nachwuchstalent galt. Leonija war sechzehn und gerade mit ihrem Team bei einem Auswärtsspiel in Italien, als zu Hause in Mostar der Krieg ausbrach. Ihre Eltern wollten nicht, dass sie zurückkommt. Sie hatten Angst und sagten am Telefon, sie solle so lange in Italien bleiben, bis sie in Sicherheit seien. Aber es wurde immer schlimmer und immer unsicherer. Leonija blieb in Italien. Am Anfang telefonierte sie täglich mit ihren Eltern, dann wurde es schwerer, sie zu erreichen, und am Ende brach der Kontakt ab. Leonija musste im italienischen Fernsehen mitansehen, was bei ihr zu Hause passierte. 1993 wurde die Brücke von Mostar zerstört. Leonija hatte längst aufgehört, Handball zu spielen.

»Das musst du dir vorstellen«, sagt sie, »am Strand in Italien liegen Urlauber, und du weißt, dass auf der anderen Seite der Adria deine Familie ums Überleben kämpft.«

Ich kann mir nicht vorstellen, dass, als der Bosnienkrieg ausbrach, Urlauber am Strand gelegen haben, auf der anderen Seite der Adria. Weil man sich nicht vorstellen kann, dass man Urlaub macht, während woanders Krieg herrscht. Aber irgendwo herrscht ja immer Krieg. Wie weit muss das Kriegsgebiet entfernt sein, dass man sich innerlich nicht davon angegriffen fühlt?

Leonija erzählt, wie sie im letzten Kriegsjahr, 1995, nach Mostar zurückkam und ihre Familie erst nicht gefunden hat. Sie war damals achtzehn Jahre alt.

Das Haus ihrer Eltern stand noch, aber als sie an der Tür klingelte, öffnete eine Frau, die sie in ihrem Leben noch nie gesehen hatte.

»Sie wohnen bis heute in unserem Haus«, sagt sie.

Die Vorstellung, dass ich nach Deutschland zurückkomme, die Wohnungstür aufschließe und in unserer Wohnung statt meiner Mutter eine fremde Frau vorfinde, ist entsetzlich.

»Hast du deine Eltern wiedergefunden?«

Leonija nimmt einen Schluck Kaffee und zeigt auf ein Foto von ihrem Vater.

»Papa war im Konzentrationslager«, sagt sie.

Im ersten Moment denke ich, dass ich mich verhört habe. Aber sie hat wirklich Konzentrationslager gesagt. Ich sage ihr nicht, dass ich gedacht hatte, seit dem Holocaust habe es so etwas nie wieder gegeben.

»Mama und mein Bruder waren bei einer Tante. Auf der anderen Seite der Neretva.« Sie sagt, dass sie Muslimin sei, wie ihre Mutter, der Vater aber sei Kroate gewesen. Nichts Ungewöhnliches, wie sie betont. Religion spielt in ihrem Leben offenbar keine besondere Rolle. Dass sie jetzt als Muslime im kroatischen Viertel wohnen, sei dagegen schon ein gewisses Problem. Leonija sagt, sie müssten sich eben still verhalten, dann würde auch nichts passieren. Das klingt in meinen Ohren ziemlich bedrohlich. Und bedrückend. Wie soll man denn unter diesen Umständen normal leben?

»Du siehst die Typen, die deinen Vater und deinen Onkel getötet haben, und du gehst an ihnen vorbei, weil du keine Chance hast. Sie werden nie bestraft. Sie kommen nicht nach Den Haag.«

Das klingt schrecklich.

»Ist auch schrecklich«, sagt Leonija.

Das Wort »Konzentrationslager« hallt in mir nach. Ich höre Leonija wie aus der Ferne sagen, dass man es nur aushalten könne, wenn man Tag für Tag an denen vorbeiguckt.

Sie selbst habe damals das kriegszerstörte Mostar nicht ausgehalten und Mutter und Bruder überredet, mit ihr nach Italien zu gehen. Aber der Versuch, dort Fuß zu fassen, scheiterte. Ihre Mutter ging mit dem Sohn bald wieder nach Bosnien zurück und Leonija kam irgendwann nach.

Sie stellt ihre Tasse in die Spüle.

»Es ist egal, ob deine Freundin Bosniak ist oder Kroate oder Serbin«, sagt sie laut.

»Anita ist eine Roma«, sage ich.

»Ciganska?«

Leonija wirkt richtig schockiert. Und sagt, dass ihre Mutter in dem Fall bestimmt auch nicht Bescheid wüsste.

»Viel Glück«, wünscht sie mir, aber es klingt nicht unbedingt so, als würde das Glück darin bestehen, eine Roma-Freundin wiederzufinden.

Ich möchte ihr zum Abschied die Hand geben, weil ich ja plane weiterzureisen und sie dann bestimmt nicht mehr sehen werde, aber das Vertrauen, das mir Leonija entgegengebracht hat, als sie von sich und ihrer Familie erzählt hat, ist scheinbar aufgebraucht. Meine Freundschaft zu einer »Ciganska« macht mich zu einer Person, der man nicht unbedingt trauen kann.

Ich lege mich noch mal ins Bett und ziehe mir die Decke über den Kopf.

Aber Leonijas Mutter weiß doch Bescheid. Mithilfe ihrer Enkelin, die auf Englisch und Deutsch übersetzen kann, erfahre ich tatsächlich, wo Diwaniol liegt. Richtung Blagaj macht die Neretva einen Knick. An diesem Knick hält einmal am Tag ein Bus an der Straße Bulevar Tito. Dort führt dann eine Straße nach Diwaniol, in die »Ciganska Mahala«, die »Zigeuner-Mahala«, wie sie hier wohl sagen.

Leonijas Mutter sieht nicht halb so schockiert aus wie ihre Tochter. Früher, erklärt mir das Mädchen, das sich mit seiner Oma austauscht, bevor es übersetzt, seien die »Ciganska« mit Planwagen und Pferden in die Stadt gekommen, um ihre Dienste anzubieten. Leonijas Mutter holt eine Kupferkanne aus dem Küchenschrank und einen Topf und macht Klopfbewegungen. Das Mädchen und seine Großmutter zeigen mir, was die Roma früher gemacht haben. Ein Pferd beschlagen zum Beispiel. Die Großmutter redet, die Enkelin spielt eine Szene dazu. Die Erinnerung an alte Zeiten macht die zarte

Frau heiter. Zum ersten Mal sehe ich sie lächeln, sogar ein bisschen lachen, als das Mädchen versucht, ein Pferd darzustellen. Ich bin glücklich und aufgeregt, weil ich jetzt weiß, wo ich Anita finden werde. Vor lauter Übermut nehme ich die Tasse von Leonijas Mutter, die sie gerade ausgetrunken hat, kippe sie auf die Untertasse und studiere den Kaffeesatz. Am liebsten möchte ich jetzt selbst eine Kaffeesatz-Interpretation starten. Aber daraus wird nichts. Die Stimmung ist mit der Tasse umgekippt.

»Ciganska.«

Großmutter und Enkelin starren beide erst mich an, dann die Untertasse, dann wieder mich.

Ob ich auch eine Ciganska sei.

Eigentlich will ich den Kopf schütteln. Nein, ich bin keine Roma. Wieso denken sie das jetzt auf einmal? Mein Zögern dauert ihnen zu lang. Die Großmutter erhebt sich, schüttelt selbst den Kopf und geht auf den Balkon. Diesmal bekomme ich keinen Wink nach draußen.

»In der Schule«, sagt das Mädchen, das noch einen Moment lang neben mir stehen bleibt, bevor es seiner Großmutter folgt, »gab es auch eine Ciganska.«

Es hält sich die Nase zu.

Ich packe meine Sachen. Lege zwanzig Euro auf den Tisch. Auf meinem Weg in die Stadt kommen mir die kaputten Häuser gar nicht mehr bedrohlich vor. Fast schon routiniert gehe ich auf die andere Straßenseite, als ich Hunde sehe, schaue an ihnen vorbei, um sie nicht zu reizen, so wie Leonija Tag für Tag den Männern begegnet, die ihren Vater umgebracht haben. So stelle ich mir das vor. Der Unmut, der sich auf mich übertragen hat, seit ich Anita erwähnt habe, macht mich irgendwie stark. Den kaputten Stadtteil im Rücken, betrete ich mit festem Schritt die aufgehübschte Gasse, die auf die Alte Brücke zuführt. Exakt rekonstruiert, alles, die kleinen Häuser, die Moschee, alles ist hier ein einziger Fake. Alles sieht aus wie vor dem Krieg, als das Mittelalter quasi intakt war, aber was ist hier schon intakt? Auch das Lächeln des Handyladen-Verkäufers mag ich nicht mehr erwidern. Nichts ist, wie es scheint.

Das Display für mein Handy ist, wie mir erklärt wird, nicht geliefert worden.

»So sorry.« Man vertröstet mich auf einen anderen Tag.

»But I don't stay in Mostar«, sage ich.

»So sorry!«

Man versucht, meine SIM-Card in ein billiges Handy zu stecken, aber sie passt nicht hinein. Ich kaufe das billige Handy dann mit Prepaid-Karte, besser als nichts.

Die Wegbeschreibung von hier aus zum Busbahnhof führt mich auf die andere Seite der Stadt. Ich kann nicht mehr sagen, ob das bosniakisch oder kroatisch ist, aber in jedem Fall bin ich hier vorgestern nicht angekommen. Alles hat seine Ordnung, erfahre ich an der Haltestelle Richtung Trebinje. Es gibt zwei Bahnhöfe in der Stadt, einen auf jeder Seite.

»Two main stations?«, frage ich die rauchenden Jugendlichen, die hier auf den Bus warten. Es riecht nach Gras. Grinsend nicken sie.

»Does this bus stop at Diwaniol?«

Sie kennen Diwaniol nicht.

»Ciganska Mahala«, sage ich. Das kennen sie oder haben davon gehört.

»Bulevar Tito«, sagen sie. Ich habe das Gefühl, dass sie mich auslachen, aber es ist mir egal. Mit meinem sperrigen Rucksack quetsche ich mich in den voll besetzten Bus, der aus der Stadt herausfährt, an einem intakt aussehenden Dorf vorbei, an der glitzernd blauen Neretva entlang. Nach ungefähr einer Viertelstunde, in der der Bus kein einziges Mal hält, macht die Straße eine Biegung Richtung Gebirge. Das muss doch die Stelle sein …

Einer der Jugendlichen tippt mir von hinten an die Schulter.

»Ciganska Mahala«, sagt er.

Aber da ist es schon zu spät. Der Bus ist einfach an der Haltestelle vorbeigefahren.

»Diwaniol. Bulevar Tito.«

Ungläubig mustert mich der Fahrer von der Seite, drosselt aber bereitwillig das Tempo und hält dann einfach am Straßenrand. Den Motor lässt er laufen.

»Diwaniol?«, fragt er. Und noch mal: »Diwaniol? Ciganska Mahala?«

Die Jugendlichen starren mich an. Vor aller Augen steige ich aus, verfehle vor Nervosität die letzte Stufe und stolpere davon. Der Bus fährt weiter, und einen Moment lang frage ich mich, wie ich hier je wieder wegkommen soll.

Bis zur Haltestelle sind es etwa fünfhundert Meter. Ein Fahrplan hängt hier natürlich nicht. Ich halte mir das Billighandy ans Ohr, als würde ich telefonieren, damit die Typen, die extra langsam an mir vorbeifahren, denken, dass ich jederzeit Hilfe rufen könnte. Dabei habe ich noch nicht einmal Empfang.

Der Berg, der rechts der Straße liegt, sieht tot aus. Grauer

Fels, Schiefer, wer soll da wohnen? Weiter oben ist nur Wald, keine Häuser in Sicht. Links der Straße liegt ein Stoppelfeld, sonnenverbrannt, dahinter, Richtung Fluss, wird es grüner. Am liebsten würde ich nach Mostar zurückgehen. In die hübsche, verlogene Altstadt. Hier kommt bestimmt kein Tourist her. Ich wechsle die Straßenseite, aus Angst vor den Männern, die mir zurufen. Als sich ein Jeep, in dem Männer mit Vollbärten sitzen, nähert, weiche ich so weiträumig aus, dass ich im Acker versinke. Ich hätte besser die Jeans angezogen, trotz der Hitze.

Keine hundert Meter von der Haltestelle entfernt macht die Straße den versprochenen Knick. Eine Straße nach Diwaniol gibt es jedenfalls nicht. Es gibt kein Schild, gar nichts. Aber die Leute im Bus kannten den Ort trotzdem. Das spricht dafür, dass Leonijas Mutter recht hatte. Nur, dass die Straße, von der sie gesprochen hat, ein Trampelpfad ist. Aber ich habe keine Wahl. Wieder einmal hatte ich es mir einfacher vorgestellt. Immerhin muss ich mich nicht für irgendeine Richtung entscheiden. Es gibt nur einen Weg, und der führt ziemlich steil nach oben, über eine karg bewachsene Weide, auf der drei braunweiß gefleckte Kühe und ein Esel stehen. Selbst sie scheinen sich über mich zu wundern. Nach etwa zwanzig Minuten, die ich schweißüberströmt bergauf gehe, ohne den geringsten Hinweis auf eine Ortschaft, geschweige denn überhaupt auf ein menschliches Lebenszeichen, ist der Weg zu Ende. Ich trinke meine Wasserflasche aus. Es wäre schrecklich, wenn ich schon wieder einen Sonnenstich bekommen würde. Ratlos stehe ich am Ende des Pfades vor einem Acker. Irgendetwas wächst hier. Sind das Kartoffeln? Vielleicht muss ich über den Acker, womöglich geht der Weg irgendwo weiter. Rübenartige Knollen kommen aus der Erde. Keine Ahnung von Botanik. Mein Biolehrer kommt mir in den Sinn. Ich drehe mich um, als würde Herr Döring hinter mir stehen. Hallo Herr Döring, Sie auch hier? So einen Scheiß muss ich denken, um mich abzulenken. Von der Angst vor einem Mann, der mir gefolgt sein könnte. Vor einer Mine, mitsamt der ich hochgehe. Ich weiß nicht, was schlimmer ist. Ein Mann, der mich hinterrücks überfällt, oder ein Sprengsatz im Boden. Ich drehe mich unentwegt nach allen Seiten um, fixiere immer wieder die Erde, bei jedem Schritt taxiere ich den Untergrund. Meine Angst vor Männern und Minen vergeht erst, als ich den Acker überquert habe und auf einem Feldweg drei Frauen antreffe. Meine Freude, sie zu sehen, ist schier unermesslich. Ich kann nicht anders, als sie anzustrahlen. Sie hingegen mustern mich skeptisch. Ihr Alter ist schwer zu schätzen. Vielleicht sind sie dreißig, vielleicht auch vierzig Jahre alt. Sie tragen lange Röcke und die Haare zu Zöpfen gebunden. Ihre Kleidung ist schwarz. Sie ernten Granatäpfel von einem Baum, der aussieht, als würde er seit dem Mittelalter hier stehen, als hätten ihn die Kriege der letzten Jahrhunderte und auch der jüngste nicht umwerfen können.

Im Gegensatz zu den Häusern von Diwaniol, von denen kaum etwas übriggeblieben ist, wie ich jetzt entdecke. Hinter dem Granatapfelhain liegt nämlich die Siedlung. Ich bin angekommen.

15

»Schai avilen!« Ich grüße die Frauen mit zwei Wörtern, die mir Anita beigebracht hat und die ich in Deutschland nie ausgesprochen habe, weil ich mir etwas blöd dabei vorkam. Schai avilen, das heißt so viel wie »Seid ihr gut gereist?« oder so etwas. Das würde ja jetzt eher andersherum passen. Dass sie das zu mir sagen. Aber laut Anita ist das eine gängige Anrede. Obwohl sie selbst grundsätzlich nur Hallo sagt.

Die Frauen lächeln. Ich glaube, es sind Schwestern. Schnell merken sie, dass das mein einziger Satz auf Romanes ist, den ich einigermaßen herausbringe, aber sie freuen sich, dass eine Gadsche überhaupt etwas von ihrer Sprache versteht, und bieten mir daher die Hälfte eines Granatapfels an, dessen roter Saft nach allen Seiten spritzt, als ich versuche, vom Fruchtfleisch zu essen.

»Merweta Beganovic«, sage ich. Alle drei nicken sie, deuten in die Ferne.

Ich bin wie elektrisiert. Sie kennen Merweta!

»Njemačka.«

Njemačka heißt Deutschland. Ich schüttele den Kopf.

»Merweta«, sage ich. »Bosnija.« Jetzt schütteln sie die Köpfe. »Anita Beganovic«, mache ich einen neuen Versuch. Wieder nicken sie, deuten in die Ferne, Richtung Njemačka wahrscheinlich.

Wissen sie überhaupt, von wem ich spreche? Kennen sie die Familie Beganovic wirklich? Wenn sie Merweta und Anita kennen, dann vermuten sie sie jedenfalls nicht in Bosnien und schon gar nicht in ihrer Nähe. Anita ist also nicht in Diwaniol. Diese Erkenntnis schmeckt bitterer als der Granatapfelsaft. Eigentlich möchte ich sofort umkehren. Aber vielleicht kann ich doch etwas von ihnen erfahren. Ich folge den dreien ins Dorf. Oder wie soll ich das nennen?

Die verfallenen Häuser von Diwaniol könnten auch aus der Antike stammen. Ein römisches Dorf, das man ausgegraben hat und in dem sich Obdachlose ein Asyl gesucht haben. Schwarz gekleidete Frauen schleichen um die Reste einer vergangenen Zivilisation, sie gehen auf leisen Sohlen, huschen davon, wenn sie mich bemerken, tauchen an der nächsten Ecke wieder auf, nicht feindselig, aber unglaublich scheu. Wie die Katzen, die mir auf Schritt und Tritt begegnen.

Nur die drei Frauen, die ich bei der Ernte angetroffen habe, sind bereit, mit mir eine Art Unterhaltung zu führen. Langsam gehe ich neben ihnen her, einen Hang hinauf. Sie sind so dünn, diese Frauen, und wirken, als wäre jeder Schritt, den sie tun, bereits einer zu viel. Rechts und links des Weges befindet sich Geröll, Hausrat, alte Elektrogeräte stehen herum, eine Waschmaschine von Bosch. Eine Frau mit nur einem Bein stützt sich auf einen Stock. Ich erstarre. »Dober dan!«, rufe ich, das ist doch die Frau von der Brücke! Aber wie konnte sie in die Stadt gelangen? Verwundert, aber desinteressiert gleitet ihr Blick an mir ab. Oder ist es gar nicht dieselbe? Die Frau macht keine

Anstalten, von mir Geld zu verlangen. Vielleicht bettelt man auch nicht vor der eigenen Haustür, wenn man von Haustür in diesem Falle sprechen kann. Die Tür besteht aus Pappkartons. Absurderweise muss ich an Anna-Lena denken, die jetzt in Portugal in diesem Wohnprojekt arbeitet. Überall offene Türen. Aber die Haustür ist fest verschlossen. Welche Gäste sind willkommen, welche nicht? Das hätte ich sie fragen sollen. Mir fallen immer erst hinterher die passenden Fragen ein.

Alles ist grün überwuchert. Ein Baum ist mit einer Säule verwachsen. Die Säule sieht aus wie aus Marmor. Fast so wie bei uns zu Hause in den Neubaugebieten, wo manche Leute sich mit antik wirkenden Säulen einen Carport bauen. Die Roma Mahala war jedenfalls keine arme Siedlung, vor dem Krieg. In meiner Vorstellung war Diwaniol ein ärmlicher, aber lebendiger Ort, mit vielen Kindern, Lärm und Geschrei. Aber hier ist es ganz still. Zwei Frauen beobachten mich, ohne ein einziges Wort miteinander zu wechseln. Alle schweigen. Wie lange schon? Ist es hier immer so still? Störe ich ihre Stille? Ich komme mir vor wie in einem Traum. Aber vielleicht träume ich gar nicht, was ich sehe, sondern sie träumen mich. Die Frau, die mit dem Kopf wackelt und eine riesige Tasche mit Plastikflaschen bestückt. Die Frau, die an einer Feuerstelle steht und sich die Hände wärmt, obwohl es doch so heiß ist. Die rote Katze, die schnurrt, als ich ihr über das Fell streiche.

Ich höre Zikaden aus dem nahe gelegenen Wald.

Dann stehen wir vor einem ausgebrannten Haus. Die Außenwände sind schwarz, die Fensterscheiben, hinter denen weiße Spitzengardinen in Fetzen hängen, zerbrochen, das Dach ist zur Hälfte eingestürzt.

Die drei Schwestern gehen voran. Drinnen herrscht Chaos. Kartons, eingerollte Teppiche, Korbstühle, Lampenschirme und vieles mehr liegt verstreut im ersten Zimmer, und hinter einer komplett verschimmelten, grüngelben Wand befindet sich ein zweites Zimmer, in dem ein Schrank und ein Kinderbettchen stehen. Das Bett ist ordentlich gemacht. Die Luft ist klamm. Warum zeigen sie mir das? Wohnt hier jemand? Ich möchte ganz schnell wieder nach draußen.

Almaro Beganovic, Nihad Beganovic, Amela, Mervina. Wie aus einem Munde ertönt eine Litanei von Namen.

»Beganovic.« Alle heißen mit Nachnamen Beganovic. Sind die Beganovics, die mir hier aufgezählt werden, gestorben? Im Krieg? Reden die murmelnden Frauen von Anitas leiblichen Eltern? Lebten hier vielleicht Verwandte? Hießen sie auch Beganovic?

»Anita Beganovic«, sage ich. »Merweta Beganovic.«

Die Frauen wechseln Blicke untereinander und sagen dann ein Wort, das so klingt wie »Schoschana«. Ein Name?

»Anita?«, frage ich erneut.

»Anita Schoschana«, sagen sie. Könnte es sein, dass Anitas richtige Mutter Schoschana heißt? Vielleicht haben sie alle zusammen hier gewohnt. Vielleicht ist Schoschana die Schwester oder Cousine von Merweta. Bei den Roma leben ja die Familien alle eng beisammen.

»Anita«, sage ich und zeige auf das Haus. Die Frauen zeigen mir mit den Händen, wie klein Anita war, als sie sie zuletzt gesehen haben. Sie reichte ihnen gerade mal bis zum Knie. Meine Knie zittern. Mein ganzer Körper bebt. Eine Gewissheit dringt zu mir durch: Ich stehe vor dem Haus der Familie meiner besten Freundin. Es ist eine Ruine.

Ich hole einen Stift und meinen Block aus dem Rucksack und zeichne zittrig einen unförmigen Kreis, in dessen Mitte ich Bosnija schreibe. Etwas entfernt zeichne ich einen zweiten Kreis, der Njemačka, Deutschland, heißt. Ich zeichne einen Pfeil, sie nicken. Anita ist von Bosnien nach Deutschland gekommen. Dann zeichne ich einen Pfeil zurück nach Bosnien. Interessiert verfolgen sie meine Pfeile mit den Augen. Dann schütteln sie entschieden ihre Köpfe.

»Kosovo«, sagen sie.

Ist Anita etwa in den Kosovo abgeschoben worden? Aber das könnten die Frauen ja nicht wissen. Es gibt hier keine Post, kein Telefon.

Nachfragen ist sinnlos. Sie sagen sowieso nichts mehr. Stattdessen führen sie mich hinter das Haus, wo drei Plastikstühle auf den Überbleibseln einer Terrasse stehen. Ich soll mich setzen. Eine der drei kocht auf einem Camping-Kocher, der auf einem ausgehöhlten Fernseher steht, einen bosanska kafa, den sie aber nicht bosanska nennen, sondern turska, türkisch, genau wie ihn Merweta im Rosenwinkel genannt hatte. Der bittere Geschmack muss mir als Beweis für mein Wachsein reichen. Ich träume nicht. In den Resten eines Gartens, der sich an die Terrasse anschließt, haben die Frauen Tomaten angebaut. Hat Anita hier als Kind gespielt? Warum leben diese Frauen noch hier, warum sind sie nicht auch geflüchtet? Als der Krieg zu

Ende war, sind sie nicht älter gewesen als ich jetzt. Eher jünger, schätze ich. Leben sie seit zwanzig Jahren alleine hier? Haben ihre Eltern sie zurückgelassen? Ihre Freunde, Ehemänner oder ihre Kinder?

Eine der Schwestern streut mir Zucker in den Kaffee. Sie hausen hier, als wüssten sie nicht, dass der Krieg zu Ende ist.

Vielleicht ist aber auch alles ganz anders. Vielleicht haben *sie* die Männer weggeschickt, vielleicht haben sie Kinder, die woanders hingezogen sind. In eine andere Roma-Siedlung. Gibt es noch eine andere Mahala? Wo sind die anderen Roma? Wo leben diese Beganovics, die ja mit Merweta verwandt sein müssen und zu denen die aus Deutschland Abgeschobenen vielleicht hingebracht worden sind?

Das Wort »Roma« verstehen sie nicht. »Romska?«, frage ich. »Romska Mahala. Wo?«

Ich zeige in alle Himmelsrichtungen.

»Mahala«, sagt eine.

»Ja, eine Mahala, wo?«

»Romska Mahala ova, ej, Trebinje!«

Trebinje? Das ist eine Stadt. Der Bus fuhr in diese Richtung.

»Trebinje«, wiederhole ich. »Romska Mahala?«

Sie nicken.

»Beganovic, Trebinje?«

Sie nicken wieder.

»Nihad Beganovic«, sagt eine. »Trebinje.«

Wenn ein Nihad Beganovic in Trebinje wohnt, kann es ja sein, dass Anita dorthin abgeschoben wurde. Ich bedanke mich für den Kaffee.

»Hvala.«

Die Atmosphäre ist so schwer. Die Luft zum Schneiden, obwohl wir draußen sitzen. Ich weiß nicht, ob das kaputte Haus diesen Geruch ausströmt oder ob er von den Frauen ausgeht. Am liebsten wäre ich schon wieder unten im Tal.

Mir bleibt wohl nichts anderes übrig, als mich an die Haltestelle zu begeben und auf den Bus nach Trebinje zu warten, der hoffentlich nicht nur einmal am Tag fährt. Dem Impuls, aufzustehen, gehorchen meine Beine nicht. Irgendetwas hindert mich daran, loszugehen. Ich bin wie blockiert. Bestimmt lastet ein Fluch auf diesem Ort. Jeder, der ihn betritt, muss hier ausharren. Meine Gedanken sind lächerlich. Ich wende meinen Blick vom Haus ab, Richtung Wald. Im Tal war alles verdorrt, aber die Bäume hier oben sind grün. Es muss Wasser in der Nähe geben, vielleicht einen Gebirgsbach oder einen See.

Such mich, Manusch!

Ich weiß nicht, ob ich schon wieder einen Sonnenstich bekomme.

»Anita?«

Ich habe eine Stimme gehört, eine Stimme in meinem Kopf. Werde ich jetzt verrückt?

Beim ersten Atemzug, der mir nach einem gefühlt minutenlangen Stillstand der Atemwege gelingt und einen schier nicht enden wollenden Luftstrom durch meinen Körper schickt, beginne ich zu hyperventilieren und eine Frau zu sehen, mit verfilzten Haaren und einem langen, ganz bunten Gewand. Als Kind habe ich bei meinen Bauchschmerzattacken häufig zu viel Sauerstoff eingeatmet und bekam dann von Mama oder einmal auch von meiner Deutschlehrerin eine Plastiktüte, in die ich atmen musste. Ich versuche also ganz viel Luft auszuatmen und nicht mehr so viel aufzunehmen. Ich filtere die Luft, aber die Frau bleibt stehen. Sie ist echt.

Uuuuuuusch, macht es. Blätter rascheln, als würden im Unterholz Tiere davonrennen. Ist sie es, die gerufen hat? Oder war das ein Tier?

Stocksteif steht sie da.

Die drei Schwestern neben mir machen der Frau Zeichen. Sie soll zu uns kommen. Warum reden sie nicht mit ihr? Ist sie taub?

Wie eine Erscheinung steht die Frau zwischen den Bäumen. Ihr Gesicht ist viel dunkler als das der anderen Frauen. Die Augen heller. Mein Herz klopft zu schnell. Wieder höre ich diesen merkwürdigen Laut, der aus ihrer Richtung zu kommen scheint. Ein Vogel fliegt auf. Die Frau bewegt sich langsam aus dem Dickicht, kommt wie in Zeitlupe auf uns zu.

»Sara«, sagen die drei Schwestern zu der Frau. Es klingt sanft. Als wollten sie sie beruhigen. Sie starrt mich an.

»Schai avilen«, sage ich.

Aber ich glaube, dass die Frau gar nichts hört. Zumindest nicht das, was wir sagen.

»Sara«, sagt wieder eine der Frauen.

Sara macht einen Schritt auf mich zu. Automatisch erhebe ich mich von dem Plastikstuhl. Mein Kleid klebt mir an den verschwitzten Beinen. Sie steht ganz dicht neben mir, aber sie sieht an mir vorbei. Als Mädchen hatte ich Angst vor Pferden. Bis ich herausfand, dass sie es nicht mögen, wenn man ihnen in die Augen sieht. Man muss sich seitlich stellen, den Körper ihnen zugewandt, den Kopf leicht weggedreht. Nur so kommt ein Pferd näher. Wenn man es nicht fixiert, wenn man es nicht lockt und es aushält, dass man es nicht ansehen darf, lehnt es sich sogar an dich. Ich bin damals auf einem großen Pferd geritten, einer Stute mit weißer Blesse auf der Stirn. Die fremde Frau riecht nach Fell.

Was machen die Frauen im Winter? Wo schlafen sie, wenn es nachts friert? Was essen sie, wenn die Granatapfelbäume nicht mehr tragen?

Ich sehe an der Frau vorbei zum ausgebrannten Haus. Fensterhöhlen starren mich an. Dahinter steht das frisch bezogene Kinderbett. Aus der Regenrinne, die von der noch halbwegs intakten Seite des Dachs an der Wand entlang ins Leere führt, wachsen Brennnesseln.

Sara beginnt zu lachen. Es tut weh, sie lachen zu hören. Mein Bauch sticht bei jedem harten Lacher. Sie greift nach meiner Hand, die ich zur Faust geballt habe. Das mache ich oft, ohne es zu merken. Sachte biegt sie mir die Finger auseinander und streicht über meine Handfläche. Was macht sie mit mir? Meine von ihr berührte Handfläche pulsiert. Ich weiß nicht, ob es Angst ist, was in mir aufsteigt oder das Gegenteil von Angst. Ist diese Frau verflucht? Hat sie mich infiziert? Ich versuche, an Anita zu denken. So ein Quatsch, würde sie sagen. Pferde, Flüche, Frauen. Aber Anita ist nicht da. Vielleicht werde ich jetzt verrückt. Vielleicht passiert diese Begegnung hier gar nicht in Wirklichkeit, vielleicht bilde ich mir das alles nur ein. Ich atme tief ein und aus.

Die drei Schwestern stehen ebenfalls auf. Erst denke ich, dass sie mich vor der Frau beschützen wollen, aber das ist nicht der

Fall. Sie scheinen zu befürchten, *ich* könnte ihr etwas tun. Ärgerliche Blicke treffen mich wie Vorwürfe. Habe ich etwas falsch gemacht? Habe ich überhaupt etwas gemacht?

Sie reichen Sara eine Tasse Kaffee. Sie lässt meine Hand los. »Ich muss jetzt weiter«, sage ich, auch wenn mich keiner versteht. »Ich suche meine Freundin Anita. Anita Beganovic.«

Die Tasse zerbricht in der Hand der Frau, Scherben fallen auf den Waschbeton. »Entschuldigung«, sage ich absurderweise.

Saras Hand ist unverletzt.

Wie konnte sie die Tasse zerbrechen? Wie kann man eine Tasse mit der bloßen Hand zerdrücken? Ohne sich selbst zu schneiden? Das muss doch höllisch wehtun. Oder ist ihr die Tasse aus der Hand gefallen? Ich bekomme eine Gänsehaut. Das, was hier passiert, ist nicht normal.

Keine der Frauen macht Anstalten, die Scherben aufzuheben. Warum auch, wo hier doch eh alles zerbrochen ist. Die ganze Mahala, ein Scherbenhaufen.

Sara zeigt mir ihre Handfläche. So viele Linien habe ich noch nie auf einer Hand gesehen. Es gibt gar keine freie Stelle auf ihrer Handinnenfläche. Die Schwestern murmeln. Ich weiß nicht, was sie von mir wollen. Geht es um Geld? Habe ich überhaupt noch Bargeld, nachdem ich die Busfahrkarte gekauft habe? Sie geben mir zu verstehen, dass ich Sara folgen soll.

Ich lasse mich zu einem kleinen Gefährt bringen, das verborgen hinter Bäumen im kniehohen Gestrüpp steht. »Gefährt« ist tatsächlich das Wort, das mir einfällt, obwohl ich es noch nie im Leben benutzt habe. Es ist ein Wagen. Ich glaube, das ist ein uralter Zigeunerwagen. Er sieht aus wie in einem Märchen, mit bunten Blumen bemalt, mit einem Vorhang am Eingang, der wie ein Baldachin aufgespannt ist, und einem Fensterchen an der Seite, mit winzigen Fensterläden und einem kleinen gerafften Vorhang mit Rosenmuster. Das ist Saras Ort.

16

Ich habe keine Angst, als ich ihren Wagen betrete. Das Licht ist warm hier drinnen, die Sonne scheint mild durch den Vorhang. Auf dem Boden liegt ein Teppich. Ein Baum ist rotbraun auf grünen Grund gewebt, auf jedem Ast sitzt ein Tier. Vogel, Eichhörnchen, Schmetterling. Sara zeigt auf meine Füße. Ich ziehe die Turnschuhe aus, weiß nicht, wo ich sie hinstellen soll und werfe sie aus dem Wagen nach draußen, bevor ich mich zwischen das Eichhörnchen und den Vogel auf den Boden hocke. Sara kniet. Ihr bunter Rock liegt wie eine Insel um sie herum. Soll ich auch knien? Lieber lehne ich mich an die Holzwand, die Beine angewinkelt. Sara nimmt meine Hand, um jeden Finger einzeln zu ertasten. Dabei sieht sie die Hand nicht an. Sie schaut in mein Gesicht. Ich weiß nicht, wie ich gucken soll. Noch nie hat mich jemand so angesehen. Es ist totenstill.

Jetzt berührt sie mit den Fingerspitzen die Linien meiner Hand. Ich muss lächeln, es kitzelt. Ich spüre die Bewegungen ihrer Finger in meiner linken Handfläche, gleichzeitig in der rechten. Sie berührt den Punkt zwischen meinen Augen, oberhalb der Nase. Ich sehe etwas, was ich nicht erkennen kann. Ganz in der Ferne steht eine Frau mit einem roten Punkt auf der Stirn, zwischen den Augen. Bin ich das?

Ich weiß nicht, wie ich gucke, meine Gesichtszüge entgleisen. Es ist egal. Mindestens eine Minute vergeht, mindestens eine weitere, in der sie mich einfach nur ansieht. Ihre schönen, traurigen, wilden Augen haben kein Alter. Wohin sie schauen, was sie sehen, das ist Saras Geheimnis. Ich weiß nur, dass jede Minute, die ich in ihren Augen verbringe, zählt.

Aber dann lacht sie wieder, dieses schreckliche Lachen, das mir wehtut. »Hör auf«, sage ich, bitte. Aber sie hört nicht auf. Sie lacht, eine verrückte Frau, die meine Hand hält, in einem Wagen, wie es ihn heute eigentlich gar nicht mehr gibt. Ich will nicht in die Vergangenheit reisen. Ich dachte, aus der Hand lesen bedeutet in die Zukunft sehen. Hör auf. Der Wagen nimmt Fahrt auf, wir rollen über Stock und Stein, immer schneller, immer schneller. Anhalten, bitte anhalten! Stopp!

Sara weint, weil ich sie anschreie. Sobald ich die Augen wieder schließe, beginnt die Fahrt von Neuem. Es fällt mir so schwer, die Augen offen zu halten. Auf dem Teppich liegen gepresste Kräuter. Ich schwöre, ich habe keine Drogen genommen. Ich versuche mit allen Sinnen klar zu fassen, was hier vor sich geht. Aber wie soll ich das erklären?

»Mama«, sage ich leise. Warum sage ich Mama zu der fremden Frau? Aber sie ist ja gar nicht fremd. Mama ist es, die mir aus Saras Gesicht entgegenblickt. Ich weiß, dass das nicht sein kann und dass mir mein Gehirn einen Streich spielt, dennoch sehe ich meiner Mutter in die grünblauen Augen, ich sehe ihren Leberfleck auf der Wange, ihren Mund. Jetzt, in diesem Augenblick.

Mama ist es, die mit dem Zeigefinger meine Lebenslinien nachfährt. Vor und zurück. Spürt Widerstand, bleibt an einer Stelle länger, an einer anderen kürzer, sieht nicht hin, sondern ertastet meine Handinnenfläche, die zu einer Landkarte wird. Zur Karte eines Landes, das mir gehört.

Nicht ihr, sondern mein eigenes Lachen erfüllt unser Gefährt. Unser Gefährt, das mich zu denen bringt, von denen ich komme, das mich zurückbringt, zum Anfang. Mama, Großmutter, Urgroßmutter, die Mutter der Urgroßmutter, weiter und weiter rollen wir zurück. *Ich* bin die Fremde im Wagen, die ihre Wege auf der Hand im Geiste nachvollzieht und aus dem Gestern das Heute liest. Mein Leben ist eine Landschaft, die es schon gab, bevor ich da war. Meine Mutter sieht mich unverwandt an. Tränen fließen.

»Nicht weinen.«

»Nicht weinen«, flehe ich, aber Mama heult wie ein Wolf und zieht die Rollos in der ganzen Wohnung herunter, morgens um sechs Uhr. Sie sperrt mich und sich ein, zusammen mit ihrem Armen Tier. Ich weine nicht. In meinem Zimmer schneide ich die Vorhänge kaputt, bis sie in Fetzen hängen wie die Gardinen in Anitas vom Krieg zerstörten Kinderzimmer.

»Was ist eigentlich mit deiner Mutter los?«, fragt Janne. Ist Janne auch hier? Ich drehe mich um. Ich kann in ein Klassenzimmer sehen, vorne sitzen in einer Reihe Janne, Maribel und ich. Fünfte Klasse. »Gar nichts«, sagt das Mädchen, das ich bin, zu den beiden, die ihrerseits Blicke tauschen. Mama ist im Krankenhaus. Und Papa hat versprochen, mich abzuholen.

Die Augen fallen mir zu, aber diesmal hat die Fahrt ein Ende. Ich spüre zarte Arme, die mich hochheben. Ich stehe still. Wie lange? Bis sich meine Augen von selbst öffnen.

Das Gesicht meiner Mutter ist verschwunden, aber ihr Blick

ist immer noch da. Ich weiß nicht, ob es Sara ist, die weint, oder ich. Ich möchte mich auf ihren Schoß legen und bei ihr bleiben. Ich fühle so viel Liebe in mir.

»Ach, Mama«, sage ich. Meine Liebe. Meine Mutter.

Alles ist hier drin, im Wagen dieser Frau. In ihrem entlegenen Winkel bewahrt sie das Wissen ihres über die Erde verstreuten Volkes auf. Ich bin im Land der Roma, dessen Regierungssitz ein kleines Fahrzeug ist, das nirgendwohin fährt und überall schon war. Hier, hinter gemalten Blumen, liegt der Rosenwinkel, einstmals aus Indien verbannt, zwischengelandet in Bosnien-Herzegowina.

***

Auf einmal bedrängt sie mich. Sie rudert wild mit den Armen, ich soll gehen, ganz schnell. Sie zeigt nach unten, ins Tal. Ihr Gesicht verhärtet sich. Ihr Wesen zieht sich in seinen Kern zurück, auf dem Teppich bleibt ein verwahrloster Mensch, mager, ungewaschen.

Ich breche auf. Sara kann niemals aufbrechen. Sie muss hierbleiben. Es tut uns beiden weh. Wir müssen uns in zwei Stücke reißen. Gerade eben waren wir eins. Ein Stück. Ein Wesen. Jetzt sind wir zwei Stücke, zwei Menschen, aber immer noch ein Wesen. Ich weiß, irgendwo in meinem Inneren weiß ich, dass man so nicht sprechen kann, dass unsere Sprache das nicht kennt, was ich sagen will.

Ihr Blick wird gierig, sie hält die Hand auf. Sie erinnert mich daran, dass sie in meiner Welt eine arme Frau ist, die Essen und Trinken braucht, um zu überleben.

Ich leere meinen Rucksack aus.

Schuhe, Jeans, T-Shirts. Das scheint mir unbrauchbar zu sein für sie. Aber Sara nimmt alles an, presst es an ihren Körper und trägt es in den Wagen. Als ich mich noch einmal nach ihr umdrehe, ist sie verschwunden.

Stolpernd trete ich den Weg nach unten an. Die Kühe und der Esel stehen da, als seien sie nicht echt. Das Fell des Esels ist ganz weich. Jemand steht hinter mir, zwischen den Knollen, im Acker. Es ist ein Mann, der eine Kamera umhängen hat. Mein Biolehrer ist es nicht. Ich muss schon wieder lachen. Auch noch, als ich an der Straße stehe und kein Bus mehr fährt.

»Bist du verrückt?«, höre ich ganz nah bei mir jemanden sagen.

Niemals hätte ich gedacht, dass mich mein Papa abholen würde. Ich steige in sein Auto, das am Straßenrand parkt, aber wir fahren nicht los. Der Asphalt flimmert von der Hitze.

»Wo möchtest du hin?«

Warum weiß er nicht, wohin wir fahren? Ich kann gar nicht antworten. Mein Mund geht auf und zu.

»Wo kommst du her?«

»Aus dem Rosenwinkel.« Jemand, der definitiv nicht mein Vater ist, reicht mir eine Flasche. Ich trinke Wasser, so viel, dass um mich herum die sonnenverbrannten Wiesen satt und grün werden. »Hvala«, sage ich. Dann schlafe ich ein.

17

Ich öffne die Augen. Die Sonne geht unter. Ein Sonnenstrahl beleuchtet ein entgegenkommendes Schild: MINE. Eine riesige Fläche liegt dahinter im Schatten. Kilometerweit nur Brachland, verknöcherte Bäume auf steinigem Grund, eine Mondlandschaft. Wie lange mag ich hier schon sitzen? Das Autoradio läuft. Dunkel erinnere ich mich daran, dass ich auf Deutsch angesprochen wurde.

»Sind Sie aus Deutschland?«, frage ich.

»Ja«, sagt der Mann am Steuer. Der Mann, der das Auto fährt, in das ich eingestiegen bin und in dem ich offenbar geschlafen habe. Ein Mann, Mitte fünfzig, graue Bartstoppeln, die Haare graubraun, etwas wirr. Ein fremder Mann, der raucht und die Asche aus dem Fenster schnippt. Er fährt ziemlich schnell.

Im Radio singt eine Frau zu Gitarrenklängen immer wieder »Piricho Liiii« oder so ähnlich, wobei ihre Stimme bei jedem Ton vor Wehmut und Sehnsucht vibriert. Ich versuche zu entziffern, was auf dem Schild steht, das an uns vorbeirast. Kyrillische Buchstaben, eine Flagge, rot-lila-weiß, darunter: WELCOME TO REPUBLIC OF SRBSKA. Vor der Grenze und hinter der Grenze sieht es exakt gleich aus.

»Mitten im Krieg haben hier die Granatapfelbäume geblüht«, sagt mein Fahrer.

»Leben Sie in Bosnien?«

»Ich war zwischen 92 und 95 immer wieder hier«, sagt er. Und auf meinen erstaunten Blick hin fügt er noch hinzu, dass er im Einsatz war.

»Soldat?«, frage ich.

»Fotograf.«

»Fotograf«, wiederhole ich begriffsstutzig. Und weil mir nichts weiter dazu einfällt, sage ich ihm, dass ich Frida heiße.

Er wirft mir einen kurzen Blick zu. Mein Name interessiert ihn nicht besonders. Ist ihm wohl egal, wen er da mitgenommen hat.

»Stammeier«, sagt er.

»Habe ich lange geschlafen?«

Blöde Frage. Die Sonne geht ja schon unter. Im Rückspiegel sehe ich, dass unter meinen Augen alles schwarz verschmiert ist. Wann hatte ich denn Wimperntusche aufgetragen?

Ich drehe mich um. Mein Rucksack liegt auf der Rückbank. Er sieht leer aus. Wie Puzzleteile setzen sich die Ereignisse der letzten Stunden wieder zusammen. Was heißt hier, dass er im Einsatz war?

»Sind Sie jetzt auch gerade im Einsatz?«, frage ich. »Ich meine, sind Sie beruflich hier?«

Das war scheinbar das falsche Stichwort. Der Typ, der Stammeier heißt, guckt ganz böse und fährt mich richtig an.

»Es ist total verrückt, auf dieser Strecke zu trampen.«

Was hat das jetzt mit meiner Frage zu tun?

»Ich wollte zur Bushaltestelle«, sage ich.

Mit meinem Ärmel und etwas Spucke versuche ich die Flecken im Gesicht wegzuwischen. In der Ablage bei der Fahrertür liegen Taschentücher.

»Darf ich?«, frage ich.

Aber Stammeier hat gar nicht zugehört.

»Was?«

»Die Taschentücher.«

Wortlos reicht er sie mir. Ich ziehe ein Taschentuch heraus und lege die Packung in die Mittelkonsole.

»Haben die dir was gegeben?«, fragt er.

»Wen meinen Sie?«

»Eine junge Deutsche kommt völlig verwirrt aus einem Zigeunerlager. Da frage ich mich, ob die dir was gegeben haben.«

»Woher wussten Sie, dass ich aus Deutschland bin?«

»Wir haben uns schon mal gesehen.«

»Hä?«, frage ich irritiert.

»Sarajevo, klingelt da was?«

»Wie bitte?«

»Du hast im Frühstücksraum nach dem Bus nach Mostar gefragt.«

Das gibt es doch nicht. Der Typ mit der Zeitung. Im Hotel.

Stammeier steckt sich die nächste Zigarette an.

»Sind Sie mir gefolgt?«, frage ich.

»Hä?«, kommt jetzt von ihm.

Eine absurde Unterhaltung. Geigen und Gitarren im Hintergrund und vor uns die absolute Pampa. Ich weiß noch nicht einmal, wohin wir fahren.

»Trebinje«, bekomme ich knapp serviert.

Habe *ich* ihm das gesagt? Muss er auch dorthin oder fährt er extra wegen mir?

Stammeier drosselt das Tempo, obwohl die Straße frei ist.

»Was machst du in Bosnien? Bist du von zu Hause abgehauen?«

Jetzt fährt er gerade mal dreißig Stundenkilometer.

Mein Herz bleibt zeitgleich mit dem Auto stehen. Stammeier macht den Motor aus und sagt, dass die Straße, an der ich angeblich zum Bus wollte, ein Straßenstrich sei. »Da stehen abends die Zigeunerinnen.«

»Was?«

Meine Stimme ist kaum mehr hörbar. Schreien wäre hier sowieso zwecklos.

»Junge Mädchen«, sagt er. »In deinem Alter.«

Er sieht mich an. Seine Bartstoppeln sind braun und weiß gemischt.

»Und noch jünger«, sagt er.

Mir stockt der Atem, meine Haarwurzeln richten sich auf. Mit der rechten Hand taste ich nach dem Türöffner. Wenn ich wegrenne, habe ich keine Chance, ihm zu entkommen. Keine Menschenseele weit und breit. Stammeier steigt aus, öffnet den Kofferraum. »Komme gleich wieder«, ruft er. »Muss nur mal eben ...« Er bricht ab. Muss mal eben? Pinkeln oder was? Ich trau dem Frieden noch nicht. Aber dann hängt er sich eine Kamera um, stellt sich auf den Acker und fotografiert ins Halbdunkel.

Mehr Glück als Verstand. Am Straßenstrich bei einem fremden Mann eingestiegen und im Auto eingeschlafen. So weit die Bilanz meiner letzten Stunden. Nicht schlecht.

Das Bild, das er macht, werde ich nie vergessen. Ich sehe jede Bergkuppe in der Ferne, als hätte ich sie aus Papier ausgestanzt.

Stammeier steigt wieder ein, gibt Vollgas. Ich fahre mir durch die Haare. Ich atme aus. Mein Kopf juckt. Hat der nicht gemerkt, dass das gerade ein Albtraum für mich war?

»Ist es noch weit?«, frage ich.

»Gute Stunde.«

Wir fahren in die Dunkelheit. Stammeier dreht die Musik lauter. Die Luft von draußen kühlt ab. Gitarren legen einem herausgeputzten Dorf, das wie eine Oase unvermutet in der grauen Mondkraterwüste erscheint, einen vielschichtigen, dicken Teppich aus. Und wieder ein Crescendo. Ich schreibe SMS in meinem Kopf, an alle, die ich kenne. Das Prepaid-Handy ist leer, obwohl ich gar nicht telefoniert habe.

»Was ist das für ein Straßenstrich?«, frage ich.

»Übelste Sorte«, sagt Stammeier. »Da stehen Mädchen und Jungen, die von international agierenden Zuhälterringen entführt und verkauft werden.«

Ich beiße mir auf die Lippen. »Das ist ja entsetzlich!«

»Ja, das hätte bös ausgehen können für dich.«

Aber ich denke gerade nicht an mich. »Warum ausgerechnet Roma?«

»Was? Ach so. Viele von denen sind arm, sie streunen durch die Gegend, sie betteln. Sie sind hübsch.«

Diese Vorstellung ist so schlimm, dass ich eine ganze Weile brauche, um mich davon zu lösen. Ich gucke aus dem Fenster und versuche, an nichts zu denken.

Die Musik klingt aus unserem Auto nach draußen, zu dem

Mann, der die Straße überquert, in Vorgärten, die wieder blitzsauber sind, über Kirchtürme, drei in dem winzigen Dorf, und in meiner Vorstellung brechen die Gitarren aus und halten jeden Ton, der erst verklingt, als er in Diwaniol angekommen ist. Bei Sara.

»Du warst also bei den Zigeunern?«, fragt Stammeier.

»Zigeuner ist ein Schimpfwort.«

Stammeier grinst blöd.

»Warst du in Diwaniol?«

»Warum wollen Sie das wissen?«, frage ich. »Waren Sie nicht selbst dort?«

Ich versuche mich zu erinnern, wie ich in das Auto eingestiegen bin.

Stammeier macht das Radio aus.

»Ich war auf dem Weg nach Syrien«, sagt er, und zieht an seiner Zigarette.

»Ganz so weit wollte ich jetzt nicht«, sage ich, ohne zu wissen, ob der Typ einen Funken Humor besitzt.

»Klugscheißer«, sagt er. Ich kann überhaupt nicht einschätzen, ob er das witzig oder total ernst meint.

»Ich hatte einen Auftrag in Syrien. Von dort wollte ich weiter in den Irak. Aber sie brauchen keine Kriegsfotografen mehr. Weil es genug Leute gibt, die direkt vor Ort sind und einfach mal ihr Handy in die Luft halten, wenn die Bombe runterkommt oder ein Typ mit der Kalaschnikow vor ihnen steht.«

Er sieht mich an, als wäre ich auch eine von denen, die ihr Handy in die Luft halten, wenn die Bombe einschlägt und wer weiß was passiert.

»Handyfotos, Videodateien. Dabei weiß kein Mensch, wer

da fotografiert, welche Seite, wie glaubhaft die Bilder sind und so weiter. Aber egal, das Material ist authentisch und darauf kommt es an.«

Stammeier schüttelt den Kopf.

»Fünfundzwanzig Jahre mache ich das. Ich wollte unbedingt nach Syrien. Damaskus, Al-Yarmouk, dann in den Irak. Ich war schon vor Jahren im Irak, als die Amis gebombt haben. Ich kenne mich dort aus.«

»Verstehe«, sage ich. Eigentlich verstehe ich nichts. Denn das, was ich im Fernsehen mitgekriegt habe, ist so grausam, dass sich kein normaler Mensch wünschen kann, dorthin zu reisen. »Haben Sie keine Angst vor diesem IS?«

Ich denke an die Nachrichten von dem Journalisten, der geköpft wurde. Ich möchte mir das nicht vorstellen. Leider habe ich ein Bild von dem im Sand knienden Mann vor Augen, der von vermummten Männern festgehalten wird.

»Ja«, sagt Stammeier, »die Terroristen inszenieren ihre Bilder sorgfältig. Die vergisst man nicht. Nee. Ich habe keine Angst. Das ist mein Beruf.«

»Und warum sind Sie jetzt in Bosnien?«

»In Bosnien war ich damals acht Monate«, sagt er. »Das war genauso grausam wie der sogenannte IS heute. Nur hat man das in Deutschland damals nicht wissen wollen.«

Ich denke an Smail, während Stammeier sagt, dass das ein Genozid war und dass die Täter noch alle frei herumlaufen.

»Und jetzt schicken die mich nach Bosnien-Herzegowina für eine Fotoreportage über das Land zwanzig Jahre nach dem Krieg.«

»Das ist doch interessant«, wende ich ein.

»Ich bin kein Psychiater«, sagt er. »Ich fotografiere Kriege.«

Ich sage nichts. Er erwartet auch nicht, dass etwas von mir kommt. Ich bin in seinen Augen ein Kind.

»Das ist wie strafversetzt werden«, fährt er fort.

»Was jetzt?«

»Mannomann«, sagt er.

»Worum soll es denn in Ihrem Artikel gehen?«, frage ich.

»EU«, schnauft er.

»Aha«, erwidere ich.

Er zieht die Augenbrauen hoch. »Bosnien-Herzegowina will in die EU. Ist aber meilenweit davon entfernt, die Voraussetzungen zu erfüllen.«

»Mhm«, mache ich. Ich habe noch nie mit jemandem über die EU gesprochen. Ich weiß nicht, was es da für Voraussetzungen geben muss. Es geht um Menschenrechte, nehme ich an.

»In Bosnien«, sagt Stammeier, »sind zum Beispiel Roma nicht als Minderheit anerkannt. Das heißt, dass sie kein politisches Amt ausüben dürfen. Wenn einer Zigeuner ist, kann er z. B. kein Bürgermeister werden.«

»Echt?«

»In Deutschland wäre das unmöglich«, sagt Stammeier. »Und solange der Umgang mit Minderheiten nicht anders geregelt wird, kann Bosnien den EU-Beitritt vergessen. Aber das ist nicht der einzige Punkt.«

»Sie sollen also über Minderheiten schreiben, Roma fotografieren?«

Jetzt klingelt doch etwas bei mir. Wenn er mich im Hotel gesehen hat, hat er auch gehört, wie ich nach Diwaniol gefragt habe.

»Notgedrungen.«

»Sie mögen keine Roma.«

Er grinst blöd und schaut zu mir rüber.

»Dann haben Sie angehalten, weil Sie gesehen haben, dass ich von Diwaniol komme, und weil ich Ihnen etwas erzählen kann.«

»Ist das schlimm?«

»Weil Sie wussten, dass ich in eine Roma-Siedlung gehe, sind Sie mir hinterhergefahren.«

»Ich habe nichts gegen die«, sagt Stammeier. »Ich habe nur generell nicht so viel übrig für Tradition. Familie, Ehre und so weiter. Folklore! Aber meine Meinung spielt keine Rolle. Es geht um den Umgang mit Minderheiten in Bosnien-Herzegowina. Da bin ich ganz objektiv.«

»Objektiv«, sage ich. »Aha.«

Folklore. Das klang abfällig. Diese dumme Herablassung einem ganzen Volk gegenüber, das man überhaupt nicht kennt, sondern nur zu kennen glaubt. Ich erzähle ihm von Anita. Davon, dass sie auch nach Jahren in Deutschland immer noch in der Duldung leben musste und jetzt sogar abgeschoben wurde.

»In ein Land, dessen Sprache sie nicht einmal spricht!«

Stammeier sagt erst mal nichts. Er raucht eine Zigarette nach der anderen, während ich ihm mit jedem Wort Futter für seine Reportage gebe. Was soll ich machen? Eine bessere Mitfahrgelegenheit kann ich nicht finden.

Ich erzähle, dass Anita nicht in Diwaniol angekommen ist, dass man da sowieso nicht wohnen kann und dass es in Trebinje eine richtige Siedlung für Roma geben soll. Als ich anzudeuten versuche, dass ich eine Art magisches Erlebnis hatte, guckt Stammeier so skeptisch, dass ich ins Stocken gerate.

»Hast du da Drogen genommen?«

»Nein«, sage ich.

»Du warst wie unter Drogen!«

»Was ich dort erlebt habe«, entgegne ich und bekomme schon wieder ein Spannungsgefühl, das sich in meinem ganzen Körper ausbreitet, »das war eher irgendwie übernatürlich.«

Stammeier runzelt die Stirn. Natürlich ist er nicht der Typ fürs Übernatürliche. Er ist noch nicht mal der Typ fürs Natürliche.

»Man kann sich nicht immer alles erklären«, sage ich.

»Und du bist also hier hergekommen, um nach diesem Mädchen zu suchen.«

»Dieses Mädchen ist meine Freundin. Ist ja normal, dass ich sie suche.«

»Nee«, sagt Stammeier. »Normal ist das nicht.«

Ist mir auch egal, was er normal findet und was nicht. Es kotzt mich einfach nur an, dass er so tut, als wüsste er alles. Kann sein, dass er über Politik Bescheid weiß, aber er kennt weder Anita noch ihre Familie.

»Wenn dir ein Zigeuner dein Portemonnaie klaut, redest du auch anders.«

»Mir wird nichts geklaut«, sage ich. »Im Gegenteil.«

Stammeier atmet sorgfältig aus.

»Ich habe nichts gegen Idealisten«, sagt er, »solange sie jung sind.«

Ist mir egal, was er sagt. Hauptsache, er bringt mich nach Trebinje.

»Können Sie etwas dafür tun, dass Anita wieder nach Deutschland darf?«

Stammeier sagt, dass Bosnien nun mal ein sicheres Herkunftsland ist, »wie auch Serbien oder Albanien zum Beispiel, denn der Krieg ist längst vorbei«, und dass es auch keinen Sinn mache, wenn Tausende aus diesen Ländern bei uns in Deutschland Asyl suchen.

»Anita hat kein Asyl gesucht«, sage ich. »Und wer bestimmt denn im Übrigen, ob ein Herkunftsland sicher oder unsicher ist? Sie haben doch selbst gesagt, was den Roma-Mädchen hier Schreckliches passieren kann!«

»Die Lage ist komplex«, entgegnet er. Habe ich etwa das Gegenteil behauptet? Die Unterhaltung macht echt keinen Sinn.

Während wir jetzt durch eine Gegend kommen, die selbst im Dunkeln idyllisch aussieht, mit sanften Hügeln und Bauernhöfen wie aus dem Bilderbuch, redet Stammeier von Al-Yarmouk, wo die Terrormiliz IS eine Schreckensherrschaft installiert, nachdem der Diktator Baschar al-Assad den Stadtteil von Damaskus bereits ausgeblutet hat.

»Weißt du, was gerade in Syrien los ist?«

»Ja«, sage ich. »Ich kenne jemanden, der vor diesem IS geflüchtet ist.«

»Kennen« ist vielleicht zu viel gesagt, aber egal. Ich habe den Jungen, mit dem ich auf dem Behördenflur gesessen habe, genau vor Augen. Wie mag es Hawar jetzt gehen?

»Aha.« Stammeier klingt erstaunt. »Du kennst ja viele Leute.«

Mann, wie mich der Typ nervt.

Stammeier sagt, dass Saudi-Arabien enorm viel Geld nach Bosnien schickt, und nicht nur, um Moscheen zu bauen.

»Sondern?«

»Na ja«, sagt er. »Die rekrutieren hier unter den vielen Arbeitslosen auch Krieger für den Terror.«

»Die suchen sich Leute aus Bosnien für den Terror in Syrien?«, frage ich entgeistert.

Er nickt. Und sagt, dass man erst, wenn man in einem Krieg ist, versteht, wie alles zusammenhängt.

»Kann man das nicht auch im Frieden verstehen?«

»Wenn der Krieg vorbei ist, guckt keiner mehr hin«, sagt Stammeier. »Da kannst du nichts daran ändern. In kurzer Zeit ist Syrien, oder eben der Irak, genauso vergessen wie Bosnien.«

Stammeier redet über Terroristen. Kriegsverbrecher. Den Haag. Krieg, immer nur Krieg. Ich kann verstehen, wenn die Frau in der Touristeninformation in Mostar nichts mehr davon hören will. Man muss die Häuser reparieren, Strandbäder an die schönen Flüsse bauen. Ich male mir aus, wie ich Touristen hierher locken würde. Stammeier redet sich in Fahrt.

»Es gibt Tausende von Bildern, aufgenommen mit Handykameras, von Leuten, die unmittelbar vom Krieg betroffen sind. Millionen Bilder und Videodateien. Du bist mittendrin im Krieg, wenn du den Fernseher einschaltest oder im Internet bei YouTube guckst. Du kannst überall auf der Welt in ein Krisengebiet gehen, kannst zuschauen, wie jemand vor laufender Kamera getötet wird. Diese Bilder verändern rein gar nichts.«

»Und Ihre Fotos«, frage ich, »haben die denn was verändert?«

Stammeier sagt nichts. Stattdessen zeigt er nach links oben.

»Mit einem Angriff auf dieses Dorf hat der Krieg angefangen. Mein Foto ging damals um die Welt.«

Fast muss ich lachen. Wenn es nicht so traurig wäre. Im Geschichtsunterricht und in Politik habe ich nie etwas von diesem Krieg gehört, der für jeden an einer anderen Ecke begonnen hat.

***

»Ich muss ein paar Bilder machen«, sagt Stammeier und fährt rechts auf die Wiese, wo ein verlassenes Haus steht.

»Kommst du mit raus?«

Ich steige aus, es ist kühl.

»Hast du keine Jacke?«, fragt er.

»Hab ich verschenkt«, sage ich.

»Du spinnst.«

Er reicht mir eine riesige Regenjacke, die ich mir überziehe, als wir zusammen zu dem mit spiegelverkehrten C besprühten Haus gehen. Serbische Kreuze, kommentiert Stammeier. Die Außenwände sind von Granateinschüssen zerlöchert. Wie ein Sieb. Hier muss jemand wie irrsinnig geschossen haben.

»Das war mal eine Schule«, sagt Stammeier. Er fotografiert von allen Seiten. Ich spähe durch ein Fenster. Hier sind tatsächlich noch kleine Pulte und Stühle aus einer Grundschulklasse. An der halb aufgeklappten Tafel steht etwas mit Kreide.

Stammeier öffnet eine angelehnte, ebenfalls komplett zerschossene Tür. Drinnen fällt mein Blick auf Altkleidersäcke und bis zur Decke gestapeltes Altpapier. Im offenen Schubfach des Pultes, das mir am nächsten steht, liegen Bilder. Das Pult ist mit einer dicken Staubschicht bedeckt. Vorsichtig greife ich in das Fach und ziehe das oberste Bild hervor. Ein mit Wasserfarben gemalter Baum. Selma Koricic, 3a, steht darüber in ordentlicher Mädchenhandschrift.

»Alle Kinder in der Klasse, die nicht serbisch waren, sind aus dem Unterricht geholt und vor den Augen aller anderen getötet worden. Die Lehrerin zuletzt«, sagt Stammeier.

Ich halte das Bild fest. Selma Koricic. Ein Name, den ich niemals, niemals vergessen werde. Der Name mit roter Wasserfarbe steht im Himmel. Ich will nicht wissen, ob sie Serbin war oder nicht.

Wie hießen eigentlich Anitas richtige Eltern? Kennt sie die Namen überhaupt? Sind ihre Eltern auch erschossen worden? Hat sich Anita nie gefragt, wie sie ums Leben gekommen sind?

Stammeier wartet an der Tür. Meine Beine zittern.

»Bitte nicht«, sage ich. »Keine Fotos von mir.«

Stammeier lässt die Kamera sinken und geht an mir vorbei nach draußen. Ich halte noch immer das Bild in meinen Händen. Ich stelle es vor eine der wenigen heil gebliebenen Fensterscheiben, so, dass man es von draußen sehen kann.

Ich habe das Bedürfnis, mit Anita im Stadtbad Nord unterzutauchen. Das Wasser macht uns leicht. Ich vermisse Anita so sehr.

18

In Trebinje angekommen, ist es dunkel. Wir fahren durch unbeleuchtete Straßen, auf denen niemand zu sehen ist.

»Hör zu«, sagt Stammeier. »Ich helfe dir, deine Freundin zu finden. Ich habe ein Auto, und ich kann mich einigermaßen verständigen. Du bekommst einen Bodyguard und ich bekomme eine Geschichte. Denn das mit deiner abgeschobenen Freundin ist eine gute Story.«

Stammeier steuert einen Parkplatz an. Eine Straße weiter kennt er ein Restaurant, in dem er vor Jahren gut gegessen hat, wie er sagt. Alles sieht noch aus wie früher, stellt er fest, das Haus hat den Krieg unbeschadet überstanden. Im Fenster ein Leuchtschriftband, kyrillische Buchstaben. »Restoran«, liest Stammeier. »Damals war das Haus allerdings in muslimischer Hand.« Wir betreten einen schummrigen Innenraum. Männer mit Bürstenhaarschnitten und Muscle-Shirts starren uns an. Stammeier bestellt irgendetwas, ich nehme einfach das Gleiche. Die Kellnerin bringt Cevapcici und Pommes, dazu zwei Jägermeister.

»Es ist aber Anitas Geschichte«, sage ich, als er mit mir anstoßen möchte.

Stammeier zögert, dann sagt er: »Auf Anitas Geschichte.« Aber ich trinke nicht.

Stammeier trinkt meinen Jägermeister und redet von Bildern, die als Ikonen durch die Welt gingen, und von Pulitzerpreisen, die er mit Bildern aus Afghanistan bekommen habe.

»Alles vorbei«, sagt er. »Scheiß-Handys.«

Wir essen. Ich bin sehr müde und kann gar nichts mehr aufnehmen. Ich lehne mich zurück. Stammeier fragt die Kellnerin, ob zwei Zimmer frei sind. Ein Zimmer und ein Bett, das wäre jetzt mein größter Wunsch. Die Decke über den Kopf ziehen, schlafen. Immer weiter schlafen. Stammeier spricht tatsächlich ganz gut Bosnisch. Er scheint nicht nur das Essen, sondern auch die beiden Zimmer im Voraus zu bezahlen.

»Danke schön«, murmele ich.

»Spesen müssen drin sein.« Stammeier grinst.

Dann trinken wir noch einen Kaffee, den man hier nicht bosanska kafa nennen darf. Weil wir in der serbischen Republik sind.

»Gut zu wissen«, sage ich und frage ihn, ob er eigentlich gegen die Serben ist, weil die so schlimme Verbrechen verübt haben.

»Das ist kompliziert«, sagt er. Und dass es nicht nur Serben waren, die Verbrechen verübt haben. Verbrechen, klingt es in mir nach. Das Wort bekommt eine seltsame Macht in meinem Kopf. Etwas wurde verbrochen.

»Was ist los mit dir?«, höre ich Stammeier. »Träumst du?« Er tippt mich an der Schulter, ganz sachte. »Frida, träumst du?«

Ich schreie gellend auf vor Schreck. Das kleine Glas, in dem der Kaffee serviert wurde, zerbricht in meiner Hand. Ist es erst zerbrochen und habe ich dann geschrien oder war es umgekehrt?

»Schläfst du?«, fragt Stammeier absurderweise. Er sieht ganz erschrocken aus.

Alle Männer haben sich nach mir umgedreht. Die Kellnerin kehrt die Scherben vom Boden auf.

»Was machst du denn?«, fragt Stammeier. Er greift nach meiner Hand und kann nicht fassen, dass ich mich nicht verletzt habe.

»Ich mache gar nichts«, sage ich. Meine Kehle ist knochentrocken. Ich bin plötzlich heiser. Wie ist das passiert? Wie zur Probe greife ich nach Stammeiers Glas.

»Was machst du bloß?«

Das Glas wird weich in meiner Hand. Es fühlt sich nicht an wie Glas, sondern wie etwas Biegsames. Nichts, will ich sagen, aber kein Ton kommt aus mir. Stattdessen zerspringt mir auch das zweite Glas in der bloßen Hand.

»Ich habe gar nichts gemacht«, sage ich. Mir kommen die Tränen. Meine Hand zittert. Ich betrachte sie. Meine Hände sind mir fremd.

»Da war eine Frau«, sage ich. »Sie hat mich immer angesehen. Und auf einmal habe ich mich selbst gesehen. Und meine Mutter …«

Stammeier nimmt mich in den Arm.

»Es ist alles in Ordnung«, sagt er.

Die Männer starren uns immer noch an, aber mir ist alles egal. Ich lehne mich an Stammeier, lasse meinen Kopf auf seine Schulter sinken. Als ich an den Tisch fasse, an die Tischplatte, das Tischtuch, den Löffel und die Wasserkaraffe, ist alles wieder normal. Holz, Leinen, Metall, Glas. Meine Hände.

»Mit dem Glas war vielleicht was nicht in Ordnung«, sagt Stammeier.

»Hm«, mache ich.

Dann sagt Stammeier ganz leise und so sachte, wie er mir an die Schulter getippt hatte, dass man sich eben nicht alles im Leben immer erklären könnte. Ich richte mich auf und sehe, dass er ganz feuchte Augen hat.

Wir fühlen uns in dem Moment wie Komplizen. Die Kellnerin kommt und bringt frischen Kaffee. Ich nehme die Tasse, greife sie ganz fest, aber nichts passiert. Meine Hände sind wieder ganz die alten.

»Schade eigentlich«, sage ich. Wir müssen lachen, aber gleichzeitig sind wir ganz ernst.

»Es ist übrigens nicht so, dass ich Roma nicht mag«, sagt Stammeier unvermittelt. »Es ist eher so, dass ich niemanden so besonders mag.«

Neben seiner Untertasse liegt noch eine kleine Scherbe. Er hält sie in der Hand und sieht an mir vorbei, schräg nach oben. Auf einem Wandregal sitzt ein ausgestopftes Waldtier, ein Marder ist das, glaube ich.

»Am wenigsten mag ich die, die immer davon reden, wie sehr sie die anderen tolerieren.«

Er nimmt seine Hand weg und steckt sich eine Zigarette an.

»Ich mag keine Feste«, nuschelt er mit der Kippe im Mundwinkel. Dann bläst er den Rauch zur Wand, von mir weg. »Ich mag nicht so viele lachende Gesichter auf einmal sehen.«

Mir fällt ein, wie ich auf einer Party von einem Jungen aus unserer Schule war. Es waren unglaublich viele Leute da, die halbe Schule war eingeladen. Alle lachten die ganze Zeit ohne Grund, wie in der Werbung, wo die ganze Familie sich über frische Wäsche freut wie blöd oder bei einem Ofenkäsegericht sitzt und grinst, als wäre Ofenkäse Koks. Alle redeten von *The Voice of Germany*. Michelle aus der 10a hatte sich da beworben. Und nervte mich mit ihrem Gerede vom Singen. Weil sie immer sagte, wie sehr sie alle mit ihrem Gesang nerven würde. Das nervte mich am meisten. »Ich singe schon immer, ich nerve von morgens bis abends meine Familie mit meinem Singen. Ich habe einen richtigen Sing-Tick. Ich bin schon immer so gewesen. Supersupernervig. Ich kann einfach nicht aufhören zu singen.« Ich wusste, dass sie das nicht sagte, weil sie es selbst von sich nervig fand. Immer, wenn jemand sagt, dass er selbst total nervt, findet er sich eigentlich absolut großartig, weil er irgendeine Marotte hat, die gar keine ist. Natürlich platzt ihre ganze wunderbare Familie (»Meine Mama ist meine beste Freundin.«) vor Stolz über die Tochter, die so nervig singt. Bescheuert. Ich stand jedenfalls bei den Mädchen, die immer gut drauf waren und denen ihre Haarknoten auf dem Kopf super standen, während ich wieder so eine verschnittene Frisur hatte. Mir ging es beschissen. Ich versuchte, auf dem Klo mit einem winzigen Spiegel in der Hand meinen Pony mit einer Nagelschere zu schneiden, weil ich den gleichen Pony haben wollte wie die anderen. Aber logisch wurde alles nur noch schlimmer. Die meiste Zeit der Party verbrachte ich auf dem Klo vor dem Spiegel. Die Mädchen fotografierten sich gegenseitig mit Kussmund.

»Lotta hat Muffins gebacken«, sagte eine.

»Wow, lecker, da schafft man aber nur einen, so fett wie die sind.«

»Die machen voll satt!«

Ich saß auf dem Klodeckel mit der Nagelschere am Haareschneiden und draußen vor dem Spiegel redeten die Superdünnen von Kalorien. Der Junge, der zu der Party eingeladen hatte, sah genauso satt und zufrieden aus wie alle. Ich erinnere mich genau an mein Gefühl von Neid ihm gegenüber. Aber später ist der total abgestürzt. Nur ein halbes Jahr nach der Party. Keine Ahnung, ob das zu dem passt, was Stammeier erzählt, aber das fällt mir dazu ein. Mir fällt auch ein, dass ich mich bei den Roma im Rosenwinkel nicht alleine gefühlt habe. Sondern wie zu Hause. Dazugehörig. Unabhängig von der Kultur, von einem sogenannten Herkunftsland oder von was auch immer. Aber obwohl ich gerade darüber nachdenke, ihm das zu erzählen, sage ich etwas ganz anderes. Es rutscht mir richtig heraus, ich will das gar nicht sagen.

»Früher hat mich mein Papa immer abgeholt.«

Stammeier dreht die Scherbe in seiner Hand. Wirft mir einen Blick zu, der irgendwas zwischen verlegen, anteilnehmend und überrascht aussieht.

Die Kellnerin fragt, ob wir noch etwas haben wollen. Er hört sie gar nicht. Eine Weile sitzen wir stumm da, die Männer an den anderen Tischen rücken ihre Stühle zurecht, weil jetzt ein Fußballspiel übertragen wird.

»Und jetzt nicht mehr?«, fragt Stammeier.

»Nee.« Mir ist es jetzt ein bisschen peinlich, dass ich von meinem Vater angefangen habe.

FK Budućnost gegen *HNK Branitelj* wird eingeblendet. Die Männer starren wie unter Hypnose auf den Fernseher.

Ein Foul wird in der Wiederholung gezeigt. Wir gucken auf

die Endlosschleife im Fernsehen. Die Kellnerin kommt schon wieder.

»Sie fragt, ob meine Tochter einen Nachtisch möchte.«

Tochter? Ich habe überhaupt keine Lust auf Nachtisch, aber ich nicke trotzdem. »Haben Sie auch Kinder?«

»Sag doch bitte Du zu mir.« Stammeier heißt Robert mit Vornamen.

»Hast du Kinder?«

»Das ist eine lange Geschichte«, sagt er. Und schüttelt den Kopf. Jetzt nicht, heißt das. Die Kellnerin bringt einen gemischten Eisbecher mit Sahne. Ein gelbes Schirmchen steckt in einer blassen Erdbeere.

»Schmeckt es dir?«

Ich nicke wieder. Die Sahne ist warm in meinem Mund.

»Du wolltest nicht, dass ich dich fotografiere, heute Nachmittag, in der Schule.«

Ich weiß nicht, was er mir damit sagen will. Ich vertiefe mich in meinen Eisbecher.

»Kann ich verstehen.«

Er macht eine Pause, setzt zweimal an, bevor er dann sagt: »Aber du hast sehr schön ausgesehen.«

Ich starre auf die Zigarettenschachtel.

»Du bist verletzbar.«

Ich schaue von meinem Eisbecher hoch, für einen Moment treffen sich unsere Augen in einem gemeinsamen, unsicheren Blick. Aus Stammeiers Augen sieht mich ein verzweifelt trauriges Wesen an. Ein Marder, der in Autos eindringt, um Kabel durchzubeißen.

»Und das ist schön?«, frage ich.

Er nickt. »Dass du verletzbar bist. Ja.«

Ich schiebe ihm den Eisbecher über den Tisch, aber er lächelt nur und bringt mich auf mein Zimmer. Ich wasche mein Kleid im Waschbecken mit Seife und hänge es ins offene Fenster zum Trocknen.

19

Ich wache auf, weil jemand wie wild an meine Zimmertür hämmert. Es ist Stammeier, wie ich nach ein paar Sekunden realisiere.

»Frühstück«, ruft er. Ich lasse ihn noch ein bisschen hämmern, obwohl ich längst wach bin.

»Komme schon«, sage ich. Vor dem Fenster hängt Morgennebel über Weinreben. Ich habe Lust auf Milchkaffee und Brötchen.

Der verrauchte Schankraum ist zum Frühstückszimmer geworden. Außer uns gibt es lediglich einen einzigen weiteren Gast, der, wie sich herausstellt, Engländer und Höhlenforscher ist, und darüber hinaus ein extrem dürrer Mann im Pullunder mit Rautenmuster, der auf seinem Laptop einen Bosnisch-Übersetzer hochgeladen hat. Ein echter Nerd. Er verwickelt mich in ein Gespräch über hausgebackenes Brot.

»Domace means homemade«, sagt er und setzt sich ungefragt zu uns an den Tisch. Stammeier hat sich rasiert, seine Haare sehen auch besser aus als gestern. Ich hingegen trage mein zerknittertes, zum Teil noch feuchtes Kleid, was mich erstaunlicherweise überhaupt nicht stört. Ich bin total hungrig. Regelrecht ausgehungert. Stammeier staunt über meinen Appetit.

Zu dem hausgebackenen Brot werden Oliven, Schafskäse, eingelegte Tomaten und Kümmel serviert. Ich esse ein Kümmelbrot nach dem anderen. Stammeier trinkt schwarzen Kaffee und sieht mir beim Essen zu. Der Höhlenforscher unterhält uns derweilen bestens. Er berichtet von einer Höhle, die ganz in der Nähe liegt und Vjetrenica heißt. Diese Höhle habe ein Geheimnis, sagt er, »a mysterious secret«, welches er ergründen wolle. Aus der Höhle komme nämlich ein immenser Luftstrom, stark wie eine Windböe.

»Nice«, sagt Stammeier. Ich frage mich, ob er überhaupt zugehört hat.

»A wind eddy is coming out of the cave«, sagt der Engländer.

Ich pruste los.

»Wind-Eddi, was soll das denn sein!?«

»Eine Windhose«, sagt Stammeier.

»Windhose«, kichere ich genüsslich zwischen zwei Oliven. Selbst Stammeier muss lachen.

»Er lüftet das Rätsel des Windes«, presse ich zwischen zwei Lachanfällen hervor. »Lüftet, verstehst du, Stammeier?«

Stammeier zeigt mir einen Vogel.

»Sometimes she is crazy«, entschuldigt er sich bei dem Engländer.

»Jetzt glaube ich dir langsam, dass die dir nichts gegeben haben«, sagt er zu mir. »Du spinnst ja von Natur aus!«

Der Engländer hat seinerseits kein Problem mit meinen Lachanfällen. Unbeirrt erzählt er von dem geheimnisvollen Wind und dann von einer weiteren Höhle, in der Zwerge leben sollen.

»Dwarves and elves are hidden in this cave.«

Zwerge und Elfen sollen dort also versteckt sein. Fragt sich, wer hier mehr spinnt.

Als wir uns verabschieden, werfe ich dem Marder an der Wand einen schnellen, verschwörerischen Blick zu.

***

In Trebinje sieht es haargenau so aus wie in der italienischen Stadt, in der ich mit meiner Mutter Urlaub gemacht habe. Der Boden ist hell gepflastert, gescheckte Bäume, die Platanen heißen, führen schnurgerade auf einen großzügigen Platz. Ringsherum sind Cafés, Bars und Restaurants. Moderne, dunkle Korbstühle mit schwarzen und weißen Polstern stehen in Gruppen herum, wie für eine Ausstellung. Denn so schön der Platz auch ist, »mediterran«, wie Stammeier sagt, so leer ist er. Ganz wenige Leute sitzen beim Kaffee. Künstler haben Stände aufgebaut und bieten Bilder und Skulpturen an, die niemand kauft, weil keiner kommt.

Eine seltsame Atmosphäre. Alles ist für Gäste bereit, aber außer uns sind keine Gäste da. Und während ich in Mostar und auch in Sarajevo viele bettelnde Kinder und Frauen gesehen habe, sind hier bis jetzt überhaupt keine Bettler zu sehen.

»Hier gibt es ja einen New Yorker«, sage ich zu Stammeier. »Guck mal!«

Auf die gleichen Kleiderläden wie bei uns zu Hause in der Fußgängerzone zu stoßen, verwundert mich schon sehr. In Sarajevo habe ich auch einen Zara und einen dm-Drogeriemarkt gesehen, aber hier hätte ich das nicht erwartet. Es gibt sogar einen L'Occitane en Provence. Da habe ich meiner Mutter mal so eine teure französische Creme zum Geburtstag gekauft. Bei McDonald's wird eine Süßigkeit aus Deutschland angepriesen. Im Schaufenster hängt ein schon etwas vergilbtes Poster, auf dem ein Stück Schwarzwälder Kirschtorte abgebildet ist, darüber steht ganz groß SCHWARZWALD 3,90 KM. 3,90 Konvertible Marka für ein Stück Schwarzwald. Wir müssen lachen.

Stammeier wirkt ebenso gelöst wie ich. Was mit ihm passiert ist, seit ich das Glas kaputt gemacht habe, ist so geheimnisvoll wie der Luftstrom, der aus der Höhle Vjetrenica kommt, und genauso unerforscht.

Vor einem Laden, der Slavazlotna heißt, hängen schöne Sommerkleider. Stammeier fragt mich allen Ernstes, ob er mir was kaufen soll, da ich ja meine Sachen an »reisende Händler« verschenkt habe.

»O. k.«, sage ich. Ich glaube, ich werde ein bisschen rot dabei.

»Gefällt dir hier etwas?«, fragt er. Ich probiere ein schwarzes Kleid an, mit einer Spitzenborte an den Ärmeln und am Rocksaum. Stammeier steht etwas verlegen im Laden herum und zückt sein Portemonnaie.

Er wartet draußen, als ich noch mal in die Kabine gehe, um es gleich anzuziehen. Es passt mir wie angegossen. Ich fühle mich bestens gewappnet, um die Suche nach Anita wieder anzugehen.

»Excuse me«, sage ich zu einem Mann, der auf der Straße Tomaten verkauft. »I don't speak Bosnian …« Aber Stammeier zupft mich am Ärmel und übernimmt das Gespräch. Der Mann mit den Tomaten kann kein Englisch, aber auf keinen Fall darf ich hier Bosnisch sagen, sondern stattdessen Serbisch.

»Im Prinzip ist das die gleiche Sprache«, sagt Stammeier. »Lediglich mit regional unterschiedlichen Einfärbungen, aber in der Föderation Bosnien und Herzegowina sagen die Bosniaken, dass sie Bosnisch sprechen, und die Kroaten, dass sie Kroatisch sprechen, und hier in der Serbischen Republik sagt man eben Serbisch.«

»Bescheuert«, sage ich.

»Mancherorts haben die katholischen Kroaten und die muslimischen Bosniaken ein Problem miteinander, andernorts sind es die Serben, die ein Problem sowohl mit den Kroaten als auch mit den Bosniaken haben.«

Und die Roma, denke ich, die sind überall nicht erwünscht. Hier in Trebinje schon mal gar nicht. Die Leute reagieren abwehrend, sobald sie von einer Romska Mahala hören. Obwohl sie immer erst so tun, als wüssten sie nicht, wovon ich rede. Sie verstehen erst, was wir meinen, wenn man »Cigani« sagt, »Zigeuner«.

Von einem Polizeibeamten, der vor einem offiziell aussehenden Gebäude Wache hält, erhalten wir die Auskunft, dass es eine illegale Roma-Siedlung gegeben hat, die im letzten Jahr geräumt wurde. Ich kann mir nicht genau vorstellen, was er mit »geräumt« meint.

»Nach einer humanitären Aktion klingt das nicht gerade«, sagt Stammeier.

Auf die Frage, wo denn die Roma hingezogen seien, macht der Beamte eine vage Bewegung mit der Hand Richtung Berge. Stammeier weiß nicht, ob er ihn richtig verstanden hat, aber mehr möchte der Polizist nicht sagen.

»Lass uns uns ein bisschen umsehen«, meint Stammeier. Wir laufen am Fluss entlang, das Wasser leuchtet grasgrün. Man kann bis auf den Grund sehen. Stammeier fotografiert mich am Brückengeländer und ich gefalle mir sogar auf den Bildern.

Ich erzähle ihm, wie ich in Bosnien angekommen bin, wie es in Sarajewo war, und dann in Mostar, wie die Leute auf der Brücke geklatscht haben, natürlich für Smail und nicht für mich, und wie ich Smail dann kennengelernt habe. Auch vom darauffolgenden Tag erzähle ich ihm, wie ich gewartet habe und einen Sonnenstich bekam. Ich bin selbst erstaunt über meine Redseligkeit. Es kommt mir vor, als würde ich diesen Robert Stammeier schon ewig kennen.

»Dann hattest du also einen Sonnenstich und bist halb krank in die schattenlosen Berge nach Diwaniol zu den Roma?« Er runzelt die Stirn. »Wenn ich dein Vater wäre, hätte ich dich niemals dorthin gehen lassen.«

»Bravo«, sage ich. »Du hast Roma gesagt.«

»Klugscheißer«, sagt er. »Manche sagen selber Zigeuner.«

»Ja«, sage ich. »Sie selber können sagen, was sie wollen. Aber *wir* dürfen eben nicht sagen, was wir wollen.«

»Du warst bestimmt ein unerträglich altkluges Kind«, sagt Stammeier.

»Auf jeden Fall«, sage ich. Keine Ahnung, ich glaube eigentlich nicht, dass ich altklug war.

Wir überqueren eine lange Brücke, von der aus man einen spektakulären Blick aufs Gebirge hat. Stammeier will wissen, ob ich alleine bei meiner Mutter aufgewachsen bin, und ich erzähle ihm, was Mama früher für seltsame Sachen gemacht hat, wenn es ihr schlecht ging. Wie ich versucht habe, ihr komisches Verhalten vor meinen Freunden zu verbergen. Wenn ich jemanden zu mir nach Hause eingeladen hatte und meine Mutter die Rollos zuzog, um sich mit ihrem Tier einzuschließen, sagte ich meinen Freunden schnell wieder ab. Oder ich behauptete, dass meine Mutter eine chronische Magenkrankheit hätte und Ruhe brauchte. Aber gerade dann stand sie auf, lief herum und redete verwirrtes Zeug, weil sie zu viele Tabletten genommen hatte.

»Deine Mutter hat Depressionen«, sagt Stammeier. Es klingt wie eine Frage.

Ich muss schlucken.

»Ja«, sage ich und wiederhole für mich in meinem Inneren noch mal: Depressionen.

Wir sind am Ende der Brücke angekommen, stehen an einer großen Kreuzung.

»Einmal hat mir Mama meinen Turnbeutel in die Schule gebracht, und alle haben hinter meinem Rücken getuschelt, als sie das Klassenzimmer betrat. Eigentlich hat sie in dem Moment gar nichts Besonderes gemacht, jedenfalls ist mir nichts aufgefallen. Aber alle haben sich angeguckt und getuschelt. Ich war wahnsinnig wütend auf meine Mutter.«

Die Fußgängerampel schaltet auf Rot und dann auf Grün. Wir lassen die Autos vorbeifahren. »Warum bist du so, schrie ich meine Mutter zu Hause an. Wieso bist du überhaupt in die Klasse gekommen?« Jetzt, wo ich das erzähle, tut sie mir furchtbar leid.

Ich wollte nicht, dass sie mir jemals wieder etwas in die Schule hinterherbringt.

»Dabei ist Mama eigentlich gar nicht so besonders verrückt«, sage ich, »und sie sieht auch sehr schön aus.«

Gleich muss ich schon wieder losheulen.

»Ruf sie an«, sagt Stammeier, und drückt mir sein Handy in die Hand. Er tritt zur Seite.

»Wie?«

»Ruf sie an.«

»Jetzt?«

»Jetzt sofort«, sagt er.

»Ist ja gut.«

Ich tippe die 0049 für Deutschland und dann Mamas Mobilnummer, aber bevor der AB losgeht, breche ich den Anruf ab. »Nicht da«, sage ich.

»Sprich ihr aufs Band«, sagt er. Und geht schon mal vor. Aber ich kann nicht. Ich wähle die Nummer noch mal und lasse es einmal klingeln. Dann drücke ich den Anruf weg.

Auf dem Weg zum Parkplatz treffen wir auf den Engländer, der auf dem Heck seines Mietwagens eine riesige Landkarte ausgebreitet hat.

»Guck mal, da vorne steht unser Freund Wind-Eddi«, sagt Stammeier. Wir lachen beide, bis wir dem Engländer gegenüberstehen, uns mit ihm über den Wind, der aus der Höhle kommt, austauschen, um dann zu erfahren, dass wir echte Dummköpfe sind.

»The Roma population«, weiß nämlich der Engländer, »lives in the hills just above the caves.«

»Unbelievable«, sagen Stammeier und ich gleichzeitig.

In der Nähe der Höhleneingänge, erfahren wir, gibt es einen

illegalen Schrottplatz. Dorthin haben sich die Roma verzogen, nachdem sie ihre Siedlung in der Stadt räumen mussten. Der Engländer hat die Schrottplatz-Siedlung mehrfach besucht, da man auf dem Weg zur Höhle zwangsläufig daran vorbeikommt.

»It's a terrible and shocking place«, sagt er. »They live like dogs.«

20

Ein Gebirge aus Schutt, Autoreifen, Altmetall und Papier und was weiß ich noch allem erwartet uns. Fährt man ein paar Meter auf dem schlammigen Weg an Türmen aus Schrott vorbei, gerät man in ein Barackenlager. Wir halten zwischen Flaschen, Plastik und Glas, neben Eisenstangen, Rohren, Kabeln und Autos, die aussehen wie ausgeweidete Tiere. Ich war noch nie zuvor in einem Slum. Ich habe gar nicht gewusst, dass es in Europa so etwas gibt. Hier haben sich Menschen aus dem Besten, was sie finden konnten, kleine Behausungen zusammengebaut, aus Brettern, Holzpaletten und vielen Türen. Es gibt keine Häuser, aber viele Türen. Eine kleine Hütte ist ausschließlich aus alten Türen gebaut. Was machen die Leute im Winter? Wo kochen sie? Etwa zehn Erwachsene und fünfzehn Kinder und Jugendliche stehen um uns herum.

Stammeier begrüßt die Leute auf Bosnisch beziehungsweise Serbokroatisch. Aber die Umstehenden haben unser deutsches Kennzeichen sofort gesehen.

»Nehmen Sie uns mit«, sagen sie auf Deutsch.

»Ich bin abgeschoben aus Hannover«, »Ich bin aus Hamburg«, »Wir kommen mit fünf Leuten aus Duisburg«, und so weiter und so fort. Ich kann mir die Namen und die Städte nicht merken. Stammeier macht Fotos. Die Jugendlichen schämen sich, aber die Kinder posieren und die Erwachsenen drängen ihn sogar, mehr und mehr zu fotografieren, sie haben keine Scheu. Sie wollen, dass diese Bilder in Deutschland gesehen werden.

»Wir suchen Anita Beganovic. Sie ist mit ihrer Familie vor ein paar Tagen abgeschoben worden.«

Beganovic? Sie schütteln die Köpfe. Stammeier fotografiert das Innere einer Bretterbude. Die Leute zeigen uns, dass es kein Wasser gibt, Strom sowieso nicht, dass sie hier schlechter leben als die Hunde, die sich vom Abfall ernähren, wie eine Jugendliche sagt. Es stinkt. Die Kinder mit den verdreckten Kleidern sehen alle krank aus. Die können doch hier nicht bleiben. Niemand kann hier bleiben. Am liebsten würde ich sofort alle mitnehmen. Ein Mann zeigt uns ungefragt seinen Pass, auf dem der Stempel der Behörde in Flensburg abgedruckt ist und darunter noch ein Stempel: AUSREISEPFLICHT. Damit lässt er sich fotografieren und flucht auf Romanes und Deutsch gegen sein Schicksal an, das er keinesfalls hier, in diesem Slum, besiegelt sehen möchte.

»Wo sollen wir denn hin, ja, wo sollen wir denn hin?«, ruft er.

Ein Jugendlicher mit Borussia-Dortmund-T-Shirt fragt, ob ich ihm kurz mein Handy leihen könnte, damit er mal auf Facebook gehen könne.

»Mein Handy ist leider kaputt«, sage ich. Es klingt wie eine Ausrede, finde ich. Glücklicherweise reicht Stammeier dem Jugendlichen ungefragt sein Smartphone.

»Beganovic«, sage ich noch mal in die Runde. »Die Frau heißt Merweta Beganovic. Meine Freundin heißt Anita.«

»Merweta Beganovic«, wiederholt eine Frau, die ein Baby auf dem Arm trägt, das lethargisch vor sich hinstarrt. Ob auch der Vater Beganovic heiße.

»Wieso?«, frage ich, aber im nächsten Moment fällt mir ein, dass die Roma ja nicht nach deutschem Recht verheiratet sind und dass Merwetas Mann tatsächlich anders heißt.

»Ist das die Frau von einem der Alishani-Brüder?«, fragt die Frau.

»Alishani, ja, genau«, sage ich. Warum bin ich nicht früher darauf gekommen, nach Alishani zu fragen.

»Alishani«, ruft der Mann mit dem Pass. Es klingt nicht gerade erfreut. Auch andere murmeln etwas mit Alishani und wirken angespannt dabei.

»Was ist mit den Alishanis?«, fragte ich. Die Jugendlichen zucken mit den Schultern, sie wissen nichts von der Vorgeschichte, die die Erwachsenen offenbar miteinander teilen.

»Woher kennen Sie sich?«

Die Frau sagt, dass die Alishanis ein Clan aus dem Kosovo seien.

»Wir sind auch aus dem Kosovo«, ruft der Mann mit dem Pass. »Wie Alishani.«

»Osman Alishani ist in Köln«, sagt ein anderer.

»Nein«, widersprechen andere.

»Gibt es denn auch Leute aus dem Alishani-Clan, die in Bosnien sind?«

Die Frau mit dem Baby sagt, dass ich in Veljica suchen könne. Veljica ist eine Siedlung nahe Mostar, erfahren wir. Da wären die Kosovo-Roma untergekommen.

Also doch wieder zurück nach Mostar?

Die Tatsache, dass hier deutsche Jugendliche in einem Slum wohnen, erscheint surrealer als so manches, was ich bis jetzt erlebt habe. Meine Gedanken können kaum der aufgeregten Unterhaltung folgen. Die Leute stürzen sich auf uns in der Hoffnung, wir könnten sie von ihrem Unheil erlösen. Es ist schrecklich. Alle reden durcheinander, von Alishanis und immer wieder vom Kosovo. Manche Alishanis sind in Deutschland, andere sind im Kosovo und dann wieder auch in Bosnien. Immer, wenn der Kosovo ins Spiel kommt, wird es kompliziert.

»Glaubst du«, frage ich den Jugendlichen, der in Stammeiers Handy nach Facebook-Nachrichten sucht, »dass es Sinn macht, in diesem Veljica nach Anita Beganovic, also nach Anita Alishani zu suchen?«

Er blickt auf. »Auf jeden Fall«, meint er. »In Veljica wohnt der ganze Alishani-Clan, der es nicht nach Deutschland und Belgien geschafft hat. Ist o. k. dort. Deine Freundin wird da schon untergekommen sein.«

»Aber warum seid du und deine Familie dann hier und nicht auch in Veljica?«

Er zuckt mit den Schultern. Die Frau mit dem Baby sagt, es gebe Probleme mit den Alishani-Brüdern.

Puh, noch komplizierter. Aber langsam fange ich an zu verstehen: Der Zweig von Merwetas Familie ist verschollen, ausgewandert oder umgekommen, und der Zweig von Rahims Familie ist noch am Leben und verstreut zwischen dem Kosovo, Bosnien, Deutschland und Belgien. Und innerhalb Bosniens gibt es Streit zwischen den Alishani-Brüdern und irgendwelchen anderen.

»Und wie heißt ihr?«, frage ich.

Der Jugendliche sagt, dass er Baijrami mit Nachnamen heißt.

»Warum wurdet ihr denn aus Deutschland nach Bosnien abgeschoben, wenn ihr doch aus dem Kosovo stammt?«, fragt Stammeier.

»Wir wurden ja in den Kosovo abgeschoben«, meldet sich der Jugendliche zu Wort, der Stammeier das Handy zurückgibt. »Aber wissen Sie, die Häuser, in denen unsere Eltern gelebt haben, sind kaputt. Und die Leute haben uns auf der Straße verprügelt. Wir konnten nicht im Kosovo bleiben. Da haben wir in Bosnien Asyl gesucht. Aber Sie sehen, was das hier bedeutet: Asyl! Wir wollen zurück nach Deutschland.«

Stammeier fotografiert ihn, während er spricht.

»Machen Sie bitte einen Film.«

Und dann sagt er in die Kamera, dass er in Deutschland geboren wurde. Währenddessen kommt der Mann mit dem Pass von hinten ins Bild, lautstark auf Romanes telefonierend.

»Sie ist da«, ruft er. »Sie ist in Veljica!«

Ich spüre ein Flimmern in meinem Bauch. Ich hatte nicht im Geringsten erwartet, dass es von hier aus einen Draht zur Außenwelt geben könne. Aber natürlich haben die Leute Handys, zumindest billige Prepaid-Apparate, mit denen man schlicht und einfach telefonieren kann. Mit denen man dann offenbar auch den verfeindeten Clan erreicht. Selbst Stammeier wirkt erstaunt.

Anita ist in Veljica.

»Kann ich sie sprechen?«, frage ich. Ich kann es nicht richtig glauben.

Er schüttelt den Kopf.

»Das war kein Alishani. Roberto hat mir das gesagt.«

Wer auch immer das sein mag, er hat gesagt, dass Anita da ist.

Kurz vor Mostar soll es eine Abzweigung geben, der wir folgen sollen, bis wir auf die Straße Vizelava gelangen. Am Ende der Straße beginnt Veljica, laut Auskunft der Frau mit dem Baby, dessen dünnes Gesicht mit den riesigen Augen in meinem inneren Fotoalbum gespeichert ist, ob ich will oder nicht.

Wir steigen in Stammeiers Wagen und fahren an den Leuten vorbei, die Spalier stehen, als wären wir Könige. Nur weil wir aus Deutschland kommen.

»Bitte«, rufen sie. »Vergesst uns nicht.«

21

Stammeier erzählt etwas, aber ich höre nicht hin. Ich will nicht über die Roma im Slum sprechen, mag keinen Kommentar zu den Bergen hören, die wir durchfahren, auf dem Weg Richtung Mostar, woher wir ja gekommen sind, möchte nichts mehr wissen über die Gegend, wie sie mal aussah, was hier mal angebaut wurde, und auch nicht, dass der Fluss aussieht wie damals. Der Fluss, der hier ganz grün schimmert und, wie Stammeier sagt, ins Meer fließt, das bloß wenige Kilometer entfernt ist. Aber um auf dem Landweg dorthin zu kommen, muss man erst mal durch Kroatien. Ein Streifen Kroatien zieht sich durch Bosnien. Wie bescheuert das alles ist. Überall Grenzen.

Die Straße wird uneben, voller Schlaglöcher und Risse. Über dieselbe Straße sind schon einmal Panzer gefahren. Über diese Felder sind Menschen geflüchtet, die in die Luft gesprengt wurden, weil sie auf Minen getreten sind, und durch den Fluss sind Flüchtlinge gewatet. Der Asphalt unter uns, die Berge und der Fluss, die waren vorher schon da, währenddessen, und jetzt sind sie auch noch da.

»Ich kann mir nicht vorstellen, dass sie die richtige Anita meinen«, sage ich. »Das kommt mir so unrealistisch vor, dass ich sie jetzt treffen werde.«

»Sonst fragen wir auf der Behörde«, meint Stammeier.

»Sind denn die Leute, die wir da im Slum getroffen haben, irgendwo gemeldet?«

Stammeier sagt, dass man zumindest registriert wird, wenn man abgeschoben wurde.

»In Deutschland kann sich doch kein Mensch vorstellen, wie die hier leben müssen«, sage ich.

»Na ja«, erwidert Stammeier. »Du hast ja auch gehört, dass es da Streitereien innerhalb der Clans gibt.«

»Ja und?«, frage ich.

»Vielleicht ziehen sie in die Häuser, die für sie bereitstehen, einfach nicht ein.«

»Entschuldige mal«, sage ich, »die Häuser, die für diese Leute vielleicht bereitgestanden haben, wurden plattgemacht. Du hast selbst gesagt, dass das nicht gerade nach einer humanitären Aktion geklungen hat.«

Dazu sagt Stammeier nichts mehr.

Wenn ich an Anita gedacht habe, dann sah ich sie mit ihrer Familie als die einzigen Deutsch sprechenden Roma in Bosnien. Aber es sind ja viele Familien abgeschoben worden. Das wusste ich zwar, aber wirklich darüber nachgedacht habe ich nicht. Die Leute im Dreck zurückzulassen, fühlt sich falsch an.

»Niemand sollte so leben müssen«, sage ich.

Stammeier sagt, dass die Roma aus dem Kosovo natürlich als Asylsuchende in Bosnien keine Chance haben. Wo doch die Leute hier mit ihren eigenen Problemen beschäftigt sind.

»Natürlich«, schnaube ich ihn an. »Im Kosovo haben sie aber

auch keine Chance. Und in Deutschland, wo die Leute so reich sind, haben sie auch keine.«

»Auch in Deutschland gibt es Armut«, meint Stammeier.

»Aber Slums gibt es keine«, sage ich. Und nach einer Weile frage ich ihn, ob ihn nicht schockiert, was wir gesehen haben. Lauter Leute aus Deutschland, die wir nicht mehr haben wollen und die hier jetzt im Müll hausen.

»Doch, das ist grausam«, sagt er. »Egal, ob sie Deutsch sprechen oder was anderes.«

»Ja, logisch. Aber wenn sie Deutsch sprechen, heißt es, dass sie in Deutschland mitten unter uns gewohnt haben und jetzt hier im Dreck stecken.«

»Wir können nicht allen helfen.«

»Wenn du einen Artikel schreibst über das, was wir da gesehen haben, dann können wir vielleicht schon ein bisschen helfen.«

»Glaub nicht, dass wir die Einzigen sind, die das versuchen. Es gibt x Organisationen die sich gegen Abschiebung einsetzen«, meint Stammeier.

»Meinst du Protestaktionen?«

Als Schülerin bin ich manchmal bei Demos mitgelaufen, einmal gegen G8 und zweimal gegen Atomkraft. Aber ich konnte mich nie überwinden, bei diesen Sprechgesängen mitzumachen. Ich fühlte mich fehl am Platz bei diesen Demos. Besser gesagt: Ich fühlte gar nichts, außer vielleicht einer unbestimmten Unruhe. Deshalb habe ich auch immer gedacht, dass ich unpolitisch bin. Weil ich diese Art Demos nicht mag.

»Es gibt deutschlandweit Flüchtlingsorganisationen und Nichtregierungsorganisationen, die sich das ganze Elend anschauen, so wie wir es gerade machen, und die dann darüber berichten.«

»Echt?«, frage ich.

»Es ist nicht so, dass niemand darüber berichtet, sondern dass sich niemand für diese Berichte interessiert. Und wenn eine Roma-Familie neben dir einziehen soll, endet sowieso in den meisten Fällen die Sympathie. Das meine ich ja mit dieser angeblichen Toleranz.«

Ich weiß nicht, was ich denken soll. Ich schäme mich so. Weil ich zufällig einen deutschen Pass besitze, ohne etwas dafür getan zu haben, kann ich reisen, wohin ich will, leben, wo ich möchte.

»Es denkt keiner die Dinge bis zum Ende. Die Leute sind mit sich beschäftigt. Sie haben genug damit zu tun, sich über die Farbe ihrer Garage oder über die Höhe des Nachbarzauns Gedanken zu machen.«

Zumindest in diesem Punkt sind wir uns einig.

»Carport«, sage ich.

»Was?«

Ich muss lachen. »Das nennt man jetzt Carport. Es gibt keine Garagen mehr.«

Stammeier grinst. Ich erzähle ihm von dem Abend bei Carla, an dem Anita verschwand. Von der Unterhaltung über Mallorca, und dass Anita nicht wusste, wo Mallorca liegt.

»Mallorca«, wiederholt Stammeier. »Nie davon gehört. Ist das ein Film?«

»Ja«, sage ich. »Ganz genau.«

Wir verstehen uns.

Wir fahren und fahren. Nichts kommt mir bekannt vor. Dabei sind wir doch auf der gleichen Strecke unterwegs wie gestern, nur in der Gegenrichtung. Der Himmel ist knallblau. Ich könnte mit Anita in der Neretva schwimmen. Ich stelle mir vor, wie Smail von der Brücke springt und mir beim Auftauchen eine Muschel überreicht. Davon abgesehen, dass es natürlich keine Muscheln im Fluss gibt, sondern nur Kieselsteine, ist es auch nicht sehr realistisch, damit zu rechnen, dass Anita, die gerade eine Tortur hinter sich hat, einfach mal mit mir im Fluss baden geht.

Wenn es stimmt, dass sie in diesem Veljica ist, hätte ich mir den Ausflug hier runter sparen können. Obwohl ich dann nicht in Diwaniol gewesen wäre. Und auch Stammeier hätte ich nicht kennengelernt.

Mein Handy ist immer noch in Mostar, von daher ist es gar nicht so schlecht, noch mal dorthin zu kommen. In den letzten Stunden hat es mir allerdings überhaupt nicht gefehlt. Der Gedanke an irgendwelche Nachrichten vom Rest der Welt erscheint mir anstrengend. Wie kann ich jemandem vermitteln, was mir hier passiert? Und wem?

»Sag mal«, unterbricht Stammeier meine Gedanken, »hatte diese Müllkippe, auf der wir waren, einen Namen?«

»Weiß ich doch nicht.«

Irgendwie ist das alles daneben. Diese Müllkippe. Da leben immerhin Menschen.

Manchmal redet Stammeier so verächtlich, dass es mir wehtut.

In den Radionachrichten geht es um die Türkei und die Kurden, wie ich Stammeiers knappen Kommentaren, die er mehr an sich selbst als an mich richtet, entnehme.

»Warum bist du gerne im Krieg?«, frage ich.

»Ich bin nicht gerne im Krieg«, sagt er. Und steckt sich eine Zigarette an. Die erste heute. »Ich möchte auch gern die Welt verändern, Frida. Wollte ich zumindest. Ich war im Krieg, aber nicht als Soldat. Als Typ mit der Kamera bist du der Mann, der der Welt zeigen kann, was passiert. Da, wo sich die andern nicht hintrauen. Du gehst immer weiter vor, immer einen Schritt näher an das Geschehen, bis du drinnen bist. Du lernst, dich da drin zu bewegen. Du lernst, dich vor den Granatsplittern zu schützen, die gefährlicher sind als die Granaten selbst, weil du nicht einschätzen kannst, wohin sie fliegen. Du bist im Kampf, mittendrin, aber du gehörst nicht dazu. Du hast eine Kamera, die anderen haben eine Waffe. Dabei kann deine Kamera so brutal sein wie eine Kalaschnikow. Weil du anfängst, die Bilder zu manipulieren.«

Er schnippt Asche aus dem Fenster.

»Manchmal ist der Krieg erstaunlich langweilig. Stundenlang stehst du vielleicht am falschen Platz. Dort, wo du bist, ist es friedlich geblieben. Aber du musst da sein, wo der Krieg zu sehen ist. Nicht zu hören oder zu spüren. Der Angstschweiß meines Nachbarn riecht nach Krieg, aber du musst ihn bildlich vor Augen haben. Das heißt Blut, Tränen, Schreie. Wenn es dazu kommt, geht alles schnell. Eine Bombe explodiert, eine Schießerei geht los, jemand steht in Flammen. Und weißt du, Frida, es ist nicht so, dass ich nichts empfinde für die Leute. In dem Moment, in dem es losgeht, fühle ich das, was alle fühlen. Angst vor dem Tod. Und dieses Gefühl bringt etwas an den Anfang zurück.«

»Wie meinst du das?«, frage ich. Stammeier überholt einen Transporter.

»Ich will den Menschen, der da am Boden liegt, aufheben. Für einen Moment sterbe ich mit ihm, leide mit ihm. Aber er ist tot und ich bin am Leben. Und ich gehe sprichwörtlich über seine Leiche, ja, ich gehe an ihm vorbei, steige über seinen blutenden Körper, mit meiner Kamera, die sich von ihm nimmt, soviel sie braucht. Augen, Arme, Beine oder Füße. Oder die Totale. Du siehst so viele Tote, bis du nichts mehr fühlst. Du kapierst, dass es nur eine Sekunde ist, die alles auslöschen kann. Und du fängst an zu spüren, wenn diese Sekunde naht. Du suchst diese Sekunde.«

»Du suchst den Krieg«, stelle ich fest.

»Ich fahre durch Bosnien, das ich im Krieg kennengelernt habe. Ich sehe die Gesichter von damals, heute zwanzig Jahre älter, ich sehe die gleiche Aggression und ich trau dem Frieden nicht. Kein Stück. Sorry. Hast du die Typen in der Kneipe gesehen?«

»Die das Fußballspiel geguckt haben?«

»Ja«, sagt Stammeier. »Ein falsches Wort und der Laden geht hoch.«

»Quatsch«, sage ich. »Die Stimmung war doch o. k. da drin.«

»Bis da einer was falsch buchstabiert!«

Stammeier hat merklich keine Lust mehr auf das, was er meinen Idealismus genannt hat.

»Manchmal wünsche ich mir sogar, dass so ein Typ wie der am Nebentisch das, was ich in seinen Augen sehe, rauslässt und losschlägt. Weil ich seine verlogene Fresse nicht sehen kann.«

Stammeier atmet tief aus. Ich kann mich an den Typen am Nebentisch überhaupt nicht erinnern.

»Man muss doch auch jemandem vertrauen können«, sage ich.

»Nee«, sagt er.

Mein Bauch tut weh.

»Ich vertrau dir zum Beispiel«, sage ich. Stammeier verzieht das Gesicht, als hätte ich ihm eine reingehauen.

»Kosovo-Krieg 1999«, beginnt er, seine Miene ist steinhart.

»Da warst du auch?«

Stammeier nickt ungeduldig.

»Die Lage eskalierte, hieß es. Aber als mein Kollege und ich ankamen, war nix los. Tagelang hatten die Albaner ganze Siedlungen platt gemacht, deine Leute waren übrigens am schlimmsten betroffen, aber wo wir waren, herrschte Frieden. Frieden in Anführungszeichen natürlich.«

»Was heißt meine Leute?«

Stammeier drückt aufs Gaspedal.

»Fahr bitte langsamer.«

Stammeier hört mich nicht.

»Meinst du die Roma?«

Keine Antwort.

»Warum erzählst du mir das jetzt?«

»Wir saßen rum, tagelang, wir hatten einfach nichts zu tun. Da sind wir hingegangen und haben ein baufälliges Haus mit Benzin übergossen und angezündet.«

»Was?«

»Wir hatten kein Foto. Heißt: Keine Kohle. Ohne Fotos gibt es kein Geld. Und dein Ego knickt volle Kanne ein. Also, was machen wir? Haben wir eben ein Foto gemacht. Vom Krieg.«

»Hä?«

»Wir haben Benzin in den Eingang geschüttet und das Haus angezündet.«

»Das ist jetzt nicht wahr«, sage ich.

»Es war ja keiner drin in dem Haus«, sagt er.

»Das Haus hat doch aber jemandem gehört!«

»Ich weiß, dass das scheiße war. Ich habe ja gesagt, dass es gefährlich ist, wenn man anfängt, Bilder zu manipulieren. In Pristina 1999, das war am 3. April, haben Foto-Reporter tote UÇK-Kämpfer ins Stadion gezerrt und behauptet, das seien Leichen von Zivilisten. Die Fotos gingen um die Welt. Genau wie die von angeblichen Folterkammern. Und irgendwann kam die NATO mit den Bomben, um die Zivilbevölkerung zu beschützen. Angeblich, um eine humanitäre Katastrophe zu verhindern. Aber die Katastrophe kam ja erst mit den Bomben der NATO. Tausende Roma sind übrigens damals aus dem Kosovo geflohen!«

Ich kann Stammeier nicht folgen, ich höre nur, dass er ein Haus angezündet hat. Um ein gutes Foto zu kriegen.

»Ihr habt ein Haus in Brand gesteckt, damit ihr gute Fotos schießen könnt?«

»Es war ja keiner drin«, blafft mich Stammeier an.

Ich bin so enttäuscht von ihm. Die Nadel am Tacho klettert von achtzig auf hundertzwanzig. Wenn wir jetzt in den Acker fahren, ist es mir auch egal. Scheißegal. Ich sehe eine Mine auf dem Acker explodieren und uns mit dem Auto in die Luft gehen. Sein Handy klingelt. Ein Ton wie von einem alten Telefonapparat. Stammeier geht nicht ran. Stattdessen zündet er sich eine neue Zigarette an. Siebenmal klingelt es, dann springt wohl sein Anrufbeantworter an. Stammeier raucht. Eine nach der anderen. Zum ersten Mal stört mich der Rauch. Er widert mich an. Den Rest der Fahrt reden wir nicht mehr miteinander.

Die Ortschaft Veljica liegt idyllisch an einem Fluss. Ist das die Neretva? Wir sind auf jeden Fall wieder in der Föderation Bosnien und Herzegowina, also im kroatisch-bosniakischen Landesteil, angekommen.

Laut Auskunft der Leute aus Trebinje soll es hier eine Straße geben, in der die Alishanis leben. Sie befinde sich am Ende des Dorfes. Aber was heißt am Ende? Wir durchfahren ein kleines Ortszentrum mit obligatorischer – und jeweils neu aussehender – Kirche und Moschee sowie einem kleinen KONZUM, der dagegen schäbig wirkt. Im oberen Stockwerk des Hauses muss es gebrannt haben, kürzlich oder im Krieg, schwer zu sagen.

Die Frau an der Wursttheke ist ganz alleine im Laden. Sie fragt dreimal nach, bevor sie mit mir vor das Haus tritt und nach links zeigt.

»Cigani«, sagt sie und schüttelt mit dem Kopf.

»Da«, sage ich. Ja. Sie mustert mich von oben bis unten, studiert Stammeiers Autokennzeichen ganz genau und geht grußlos in ihren KONZUM zurück.

Wir fahren nach links, obwohl das Navi sagt: Bitte wenden. Wir passieren eine schwarze Büste, die seltsam prominent an der unscheinbaren Dorfstraße steht, und halten erneut bei einem Kiosk. Stammeier kauft Zigaretten und redet mit einem etwa zehnjährigen Jungen, der hier ganz souverän kassiert. Neben Tabak verkauft er Seifenblasen und Spielzeugpistolen, die täuschend echt aussehen. Die Seifenblasenspender, Baloncici Puhala, kosten eine KM, die Pistolje fünf KM. Weil der Junge so nett ist, kaufe ich ihm eine Dose Baloncici Puhala ab und scheine es auch ganz passabel auszusprechen.

Einfache, aber recht hübsche Häuser mit kleinen Veranden stehen in einem Halbkreis. Hier ist das Dorf zu Ende. Bitte wenden. Im Vorgarten eines der Häuser liegen vielleicht fünfzig Melonen. Eine Frau tritt auf ihren Balkon und gießt die Geranien. Ich muss an das Stück Schwarzwälder Kirschtorte in Trebinje denken.

Hinter der Sackgasse geht es hügelig über einen Acker, in der Ferne ragt wieder mal felsige Mondlandschaft auf. Wir wenden. Im Rückspiegel sieht Stammeier aber, dass ein kleiner Weg zwischen zwei Häusern auf den Acker führt.

Hinter den beiden Häusern, zwischen denen sich unser Wagen hindurchquetscht und dabei mit dem Außenspiegel die Wand zur Linken zerkratzt – den Spuren nach nicht der erste, dem das hier passiert –, führt der Weg einen Hang hinauf. Oben angekommen, geht es wieder hinunter, aber der Weg wird breiter. Eine Schotterpiste beginnt und mündet in einem kleinen Ort, der aus einer einzigen Straße besteht und an deren Ende es dann wirklich nicht mehr weitergeht. Hinter dem letzten Haus ist nur noch felsiges Gestein, überwuchert von Gestrüpp. Das ist also die Straße, die wir gesucht haben. »Weiter geht es nicht«, sagt Stammeier und dreht um. Das Navi hat er längst abgeschaltet.

Ich gucke in die Fenster der verwahrlost aussehenden Häuser, die teilweise mit schwarzem Gaffa-Tape beklebt sind und dadurch wohl notdürftig zusammengehalten werden, während die Reifen von Stammeiers Volvo im Schritttempo den Schotter zermalmen.

Da steht plötzlich Anita vor uns auf dem Weg. Stammeier bremst, Steinchen fliegen durch die Luft, Staub wirbelt auf. Ich reiße die Beifahrertür auf, noch bevor wir richtig angehalten haben. Dann stehen wir uns gegenüber.

22

Unser Wiedersehen habe ich mir immer so vorgestellt, dass wir uns nicht einfach nur umarmen, sondern uns um den Hals fallen, weinen und lachen vor Freude. Ich glaube, Anita lacht auch, als wir uns drücken, vielleicht lächelt sie, vielleicht hat sie auch Tränen in den Augen – ich nehme das alles nicht so richtig wahr. Es ist, als würde ich mich selbst aussteigen sehen, als würde ich die ganze Szene mit Stammeiers Augen, der den Motor abgestellt hat und im Auto sitzen bleibt, beobachten. Es ist nicht nur so, dass mir Stammeiers Breitseite, die er mich hat spüren lassen, einen Knacks versetzt hat, sondern überhaupt bin ich nicht in der Lage, diese Situation, die ich mir hundertmal vorgestellt habe, mit einem Gefühl zu füllen. Jede meiner Bewegungen kommt mir unecht vor. Soll ich sie noch länger an mich drücken? Zu spät. Ich habe sie losgelassen und sehe sie an, weil ich nicht weiß, was ich machen soll. Ich kann einfach nicht lachen. Freust du dich nicht, mich zu sehen?, denkt sie jetzt vielleicht. Wir sagen nichts. Alle Satzfanfänge, die mir kommen, lösche ich sofort. Anita blinzelt, wir stehen in der prallen Sonne. Sie trägt eine lange, weiße Hose, ein ungewöhnlicher Anblick.

»Besser als die Röcke, die mir meine Tante gegeben hat«, sagt sie. Das ist das Erste, was sie sagt.

»Es tut mir so leid, Anita.«

»Dass du gekommen bist?«

»Nein, natürlich nicht! Ich meine doch die Abschiebung.«

»Ach so«, sagt Anita.

Sie hat Schatten unter den Augen.

»Ich habe gewusst, dass du kommen würdest.«

»Echt?«

Ein Glücksgefühl wird durch meinen Körper geschickt. Anita hat mich erwartet.

»Wie bist du hierhergekommen? Wer ist das?«

Wir drehen uns beide gleichzeitig zu Stammeier um, der immer noch im Auto wartet. Ich weiß nicht, wie ich ihn vorstellen soll.

»Er hat mich zu dir gefahren.«

Stammeier steigt aus und gibt Anita die Hand.

»Danke schön«, sagt sie zu ihm.

***

Ich bin erleichtert, Anita nicht in einem Slum vorzufinden. Die Häuser hier sind mehr als armselig, aber zumindest sind es keine Bretterverschläge. Anita sagt, dass alle drei Familien aus dem Rosenwinkel in dieser Straße untergekommen sind. Sie selbst bei dem Bruder ihres Vaters, die anderen bei dem Cousin. »Wir waren gerade in Trebinje«, sage ich unnötigerweise. Ich habe ja keine Ahnung, ob sie das überhaupt kennt, vermutlich eher nicht.

»Davor war ich in Mostar«, ergänze ich. »Aber in der falschen Siedlung.«

Kinder kommen auf uns zugerannt. Anitas Geschwister rufen laut: »Frida, Frida!«

Eine Tür steht offen. Merweta und Rahim sitzen auf einem braunen Sofa und springen auf, als sie mich sehen.

»Frida«, rufen auch sie. Wir umarmen uns. Hinten an der Wand hängt ein Portrait eines Mannes mit Schnauzbart und Uniform. Auf einer Couch mit grünen Polstern liegt die Großmutter. Sie begrüßt mich nicht. Schläft sie? Anita stellt uns Stühle hin.

»Das ist das Haus von meiner Tante und meinem Onkel«, sagt sie. »Sie wohnen auch hier. Aber tagsüber sind sie nicht da. Sie arbeiten in der Stadt.«

Rahim steht auf. Er reißt die Arme in die Höhe und ruft ganz laut, obwohl ich direkt vor ihm stehe: »Und weißt du, was sie in der Stadt machen?«

»Dad, hör auf!«, ruft Anita. »Dosta maiwische jane so morsaw kana wacare agja! Ich hasse es, wenn du davon anfängst!«

Während Anita mit ihrem Vater in einer Mischung aus Romanes und Deutsch streitet, drückt mich Merweta und will mich gar nicht mehr loslassen.

Stammeier steht in der Tür.

Rahim ruft wieder: »Sie sind arbeiten. Ja, und was meinst du, was sie hier arbeiten? Was müssen wir arbeiten?«

»Sie betteln«, sagt Merweta entschuldigend.

»Sie betteln!«, schreit mir Rahim ins Ohr. »Sie betteln in Mostar die Touristen an!«

Anita hält sich die Ohren zu. Die Kinder drängen herein.

»Hier gibt es keinen Strom«, sagen sie.

An der Zimmerdecke hängt eine Lampe. Die Kleinen demonstrieren, dass sie nicht angeht, und knipsen den Schalter aus und wieder an, aus und wieder an.

»Weil die Tante den Strom nicht bezahlt hat.«

»Der Kühlschrank hat keinen Strom. Alles ist verschimmelt.«

»Können wir nicht den Strom von den Leuten aus dem Dorf klauen?«

»Halt die Klappe, Sebadin!«

»Strom ist unsichtbar, man kann nichts klauen, was unsichtbar ist.«

Anita greift ihren Bruder am Handgelenk, bis er schreit.

»Wir klauen überhaupt gar nichts! Hast du verstanden?«

»Und ein richtiges Klo gibt es auch nicht«, sagt Sebadin, obwohl ihm das Handgelenk gerade umgedreht wird.

»Hör auf, blöde Kuh!«

»Schluss jetzt«, sagt Merweta. »Geht raus, bitte.«

»Nimmst du uns mit nach Deutschland?«, fragen die Kinder. Ihre Blicke wandern von mir zu Stammeier und wieder zurück.

»Er hat mich gefahren«, sage ich erklärend.

»Bitte«, sagt Rahim zu Stammeier. »Bitte, nehmen Sie uns mit zurück nach Deutschland.« Sie wundern sich gar nicht darüber, dass ich mit einem fremden Mann gekommen bin. Oder denken sie, dass das mein Vater ist?

»Wenn das so einfach wäre«, sagt Stammeier.

»Bitte«, sagt jetzt auch Merweta.

Anita sagt etwas auf Romanes zu ihr. Ich weiß nicht, was ich sagen soll. Ich kann niemandem versprechen, ihn nach Deutschland mitzunehmen. Ich habe ja gar kein Auto. Und Stammeier wird, wie es sich eben auf der Fahrt herausgestellt hat, bestimmt nicht eine ganze Familie mit nach Deutschland schmuggeln.

»Das geht nicht«, sagt Stammeier. »Die kontrollieren an der Grenze sehr scharf.«

Merweta und Rahim starren uns an. Bestimmt fragen sie

sich jetzt, was wir hier überhaupt machen, wenn wir nicht vorhaben, sie mit nach Hause zu nehmen.

»Es tut mir so leid«, sage ich. Merweta weint fast.

»Kommen Sie eigentlich ursprünglich aus Mostar?«, fragt Stammeier. Merweta nickt stumm. Machen wir ihre Situation nur noch schlimmer? Weil wir sowieso nichts ändern können?

»Nicht direkt, aber aus der Nähe«, sagt sie. »Aus Diwaniol.« Im Krieg, erklärt sie uns, sind sie geflüchtet. Und zwar in den Kosovo.

»Dann seid ihr gar nicht im Bosnienkrieg nach Deutschland gekommen?«, frage ich überrascht.

»Nein«, sagt Rahim. »Im Bosnienkrieg ist Merweta in den Kosovo zur Familie Alishani gekommen. Zu meiner Familie. Ich bin aus dem Kosovo. Aber 1999 gab es dann auch Krieg im Kosovo.«

Ich verstehe jetzt, was mir die Frauen in Diwaniol sagen wollten. Als Krieg war in Bosnien, haben die Leute erst mal versucht, bei Verwandten innerhalb Jugoslawiens unterzukommen. Merwetas Familie flüchtete in den Kosovo, und von dort, ein paar Jahre später, als es auch da zum Krieg kam, gingen sie wieder zurück nach Bosnien, aber ihre Häuser in Diwaniol waren zerstört. Da suchten sie in Deutschland Asyl.

»Sie sind also 1999 im Kosovokrieg nach Deutschland gekommen«, resümiert Stammeier.

»Reden Sie nicht mit meiner Frau vom Kosovo«, sagt Rahim zu Stammeier.

Aber da hat Merweta schon angefangen zu weinen.

»Ich will sowieso nicht nach Deutschland«, sagt Anita. »Ich will nie wieder nach Deutschland zurück.«

Totenstille im ganzen Raum. Selbst die Kinder sind verstummt. Bis Samira ruft: »Spinnst du? Ich will sofort zurück nach Hause. Ich hasse Bosnien!«

Anita lacht verächtlich. So ein abfälliges Lachen habe ich aus ihrem Mund noch nie gehört.

»Ich gehe doch nicht in ein Land zurück, in dem man nachts aus dem Bett geholt und abtransportiert wird wie ein Hund! Von der Polizei!« Dann wiederholt sie noch mal: »Von der Polizei!«

Sie lässt ihren Blick schweifen, fixiert schließlich das Fenster. Draußen ist Schrott aufgetürmt, Altmetall, Einzelteile von Fahrrädern und Autos.

»Me ni mangav ani Nematchka«, wiederholt sie ihre Absage an Deutschland in Richtung ihres Vaters. Minutenlang herrscht Stille.

»Anita will selbst Polizistin werden«, sage ich zu Stammeier. Ich muss diese Stille einfach durchbrechen.

»Aber bestimmt nicht in Deutschland«, sagt Anita. »Ich gehe nach Amerika. Oder nach Australien.«

Amerika. Australien. Habe ich richtig gehört? Amerika und Australien mit ihren neuen Bewohnerinnen Maribel und Janne rücken unvermittelt nahe heran. Die Kontinentalplatten verschieben sich in meinem Kopf. Und stoßen aneinander. Merweta schnieft und lässt sich von ihrem Mann ein Taschentuch reichen. Die Großmutter scheint mit offenen Augen zu schlafen. Als ich mich zu Stammeier umdrehe, ist er nicht mehr da.

»Wenn man in Amerika geboren wird, ist man automatisch Amerikaner«, sagt Anita.

Rahim schüttelt den Kopf.

»Du bist immer Roma. Die lassen dich gar nicht ins Flugzeug.«

»Mutrav ma ande tji chor«, ruft Anita.

Was sie sagt, verstehe ich natürlich nicht, aber es muss etwas Heftiges sein.

»E ladz te xal tjo muj!«, schreit Rahim sie an.

»Aufhören, bitte«, sagt Merweta.

»Wir können nicht hierbleiben«, wendet sich Rahim wieder an mich. »Meine Kinder sprechen ja die Sprache nicht, wie sollen sie in die Schule gehen!?«

Anita mustert ihn von oben bis unten. Ich kann ihre Gedanken lesen: »Als hättest du dich jemals um die Schulbildung deiner Kinder gekümmert.«

Samira sagt, dass sie kein Englisch kann. Deshalb würde Amerika nicht infrage kommen, und was man in Australien spricht, weiß sie auch nicht.

»Dann müssen wir eben Englisch lernen«, sagt Anita kühl.

»Ich bin aber Deutsche«, sagt Samira.

»Nein, das bist du nicht«, sagt Anita. »Sonst hättest du ja einen deutschen Pass.«

»Blöde Kuh«, sagt Samira.

»Ich schäme mich für Deutschland«, sage ich. »Dafür, dass die Leute nicht kapieren, was sie euch antun.« Mein Herz klopft einen schnellen Rhythmus.

»Und ich schäme mich für die Zigeuner«, sagt Anita.

»Tai me lacav tuce!«, schreit Rahim.

»Dann schämst du dich eben für mich«, schreit Anita zurück. »Ist mir doch egal!«

Rahim geht auf Anita zu. Sie zuckt keinen Millimeter zurück.

»Weil wir nichts lernen. Weil wir in der Schule die Schlechtesten sind. Weil wir herumschreien. Weil die Männer alles bestimmen, wie im Mittelalter!«

Rahim guckt mich an. »Ach, Frida«, sagt er. Schämt er sich vor mir?

»Wir durften ja nicht arbeiten«, sagt Merweta leise.

»Genau. Und solange ihr keinen deutschen Pass bekommt, habt ihr ja auch keine Chance, etwas zu verändern«, versuche ich zu retten, was zu retten ist. »Verstehst du nicht, Anita, dass ihr immer nur geduldet wart und nie willkommen?«

»Wir sind nichts wert«, sagt sie. »Wir sacken Kindergeld ein und arbeiten nicht.«

Ich beiße mir auf die Lippen. Rahim geht aus dem Zimmer. Alle im Raum zucken schon im Vorfeld zusammen, aber die Tür knallt nicht zu. Seltsamerweise schließt er sie ganz sachte hinter sich. Betretene Stille folgt seinem Abgang. Und es gibt nichts, was die Situation retten könnte. Anita ist selbst erschrocken über die Wucht, die ihre Worte entfacht haben, das merke ich ihr an. Das fehlende Türknallen hat etwas Bedrohliches.

»Lass uns rausgehen«, sagt sie.

Ob das in Ordnung ist? Wird Merweta nicht von Anita verlangen, dass sie sich entschuldigt, wenigstens bei Rahim? Aber Merweta scheint Anita nicht böse zu sein.

»Ja, geht an die Sonne«, sagt sie. Anita geht vor, die Tür lasse ich hinter mir offen stehen. Draußen herrscht brütende Nachmittagshitze.

Wo Stammeier ist, weiß ich nicht, aber sein Auto steht noch da. Die beiden anderen Familien aus dem Rosenwinkel haben sich, wie mir die Kinder sagen, in den Häusern verkrochen und lassen sich nicht blicken. Es ist still hier. Anita und ich schlendern die Häuserreihe entlang. Von außen besehen könnte man meinen, wir seien einfach der Familienbesuch aus Deutschland. Kurz da, bald wieder weg. In dieser Straße leben zu müssen, ist allerdings wie vom Rest der Welt abgehängt zu werden. Mitten in Europa.

»Frida«, höre ich Anita sagen. »Wie war es noch bei Carla auf der Party?«

»Was?«, frage ich überrascht.

»Ich frag ja bloß.« Anita versucht zu grinsen. »Nur weil ich in einer Scheißsituation bin, musst du jetzt nicht so tun, als ob ich krank wäre.«

Ich muss zwar auch ein wenig grinsen, aber die Vorstellung, jetzt von Carla zu reden, überfordert mich. Anita sagt, dass es ihr leidtut, gegangen zu sein, ohne mir etwas zu sagen.

»Was soll dir da leidtun, Anita?«, sage ich. »Es war doch einfach furchtbar dort!«

Ich bin so froh, dass sie nicht weiß, wie Fynn und alle anderen sie verdächtigt haben, als das Handy verschwunden war. Für mich ist das alles so lange her, aber Anita redet von nichts anderem. Die Party, das Schwimmen, unsere Tauch-Formationen …

Ich würde ihr lieber erzählen, wie ich sie gefunden habe, und wen ich auf meinem Weg zu ihr alles kennengelernt habe, aber es ist zwecklos. Anita stellt lauter Fragen zu Dingen, die gerade zu Hause passieren könnten, und das bringt mich echt komisch drauf. Ich bin jetzt hier, nur hier, und nirgendwo anders. Besonders nicht zu Hause. Anita ist überall anders, nur nicht hier. Wie eine Traumwandlerin schlurft sie neben mir über den staubigen Schotter, wobei sie die Füße, die in ausgeleierten Ballerinas stecken, kaum hebt, sodass sie bald so schwarz sind wie der Boden, auf dem wir gehen.

»Glaubst du wirklich, dass man in Amerika auch kein Asyl bekommt?«, fragt sie.

Ich weiß es nicht, ich will es eigentlich auch gar nicht wissen. Ich will Anita einfach mit nach Hause nehmen und nirgendwo Asyl beantragen müssen.

»Willst du echt nicht mehr nach Deutschland zurück?«

»Weiß nicht«, sagt Anita Sekunden später, als würde sie meine Frage jetzt erst erreichen. Natürlich war meine Frage auch bekloppt. Ist doch egal, was sie selbst will. Sie darf ja nicht nach Deutschland zurück.

Zwei Männer stehen stumm im Eingang ihres Hauses und gucken, wer da zu Besuch gekommen ist. Sie sehen unfreundlich aus. Anita sagt, dass die Leute hier nicht verstehen, warum sie kein Geld aus Deutschland mitgebracht haben. Keine Autos, gar nichts. Das mit der Abschiebung glauben sie nicht oder wollen es nicht glauben.

Die beiden verfolgen uns unverhohlen mit kalten Augen, bis wir an ihnen vorbei sind. Sie haben jahrelang in dieser Straße ausgeharrt und lassen die Verwandtschaft aus Deutschland jetzt spüren, dass hier ein harter Wind weht.

»Wo sind denn die ganzen Frauen und Kinder?«, frage ich. Dann fällt mir ein, dass die Frauen mit den Kindern jetzt vermutlich alle in der Stadt zum Betteln sind, wie Anitas Tante.

»Ich hasse Bettler«, sagt Anita. Ich versuche mir vorzustellen, wie es wäre, wenn meine Tante, die Zahnärztin ist, in der Fußgängerzone sitzen würde.

»Hey, hi«, rufen zwei Jungs. Sie reparieren Motorroller. Einer von ihnen ist ganz schmal und hat lange schwarze Haare, zarte Gesichtszüge wie ein Mädchen, aber einen Bart. Er sieht indisch aus. Beide Jungs haben eine wunderschöne dunkle Gesichtsfarbe.

»Ist der mit Izedin verwandt?«, frage ich.

»Alle verwandt«, sagt Anita. »Weltweit!«

Der andere Junge ist ebenso schmal, trägt die Haare aber kurz. Auf seinem T-Shirt prangt die Amerikaflagge. Wie passend. Ich werfe Anita einen Blick zu, aber sie scheint den amerikanischen Kontinent schon wieder verlassen zu haben. Die beiden Jungs schauen in jedem Falle weitaus neugieriger als ihre eisigen Väter oder Onkel. Aber Anita hat keine Lust auf Small Talk.

»Jeder ist mit jedem verwandt«, wiederholt sie, als wir weitergehen. Die Vorstellung, solche Cousins zu haben, gefällt mir ehrlich gesagt. Ich male mir aus, wie es gewesen wäre, wenn so eine Horde dunkler Jungs jeden Tag nach Schulschluss draußen auf mich gewartet hätte. Wenn dann jemand Bemerkungen über mich oder meine Mutter gemacht hätte, wäre ich einfach bei dem kleinen Izedin oder wie er auch heißen mag auf die Vespa gestiegen und davongefahren.

»War nicht leicht, diese Straße zu finden«, sage ich. »Offiziell scheint es sie im bosnischen Navi-System nicht zu geben.«

»Wir sind hier ja auch nicht mehr in Bosnien-Herzegowina, sondern im Kosovo«, sagt Anita.

»Hä?«

»Hier wohnen nur Roma aus dem Kosovo«, erklärt Anita. »Aus Pristina, das ist die Hauptstadt des Kosovo. Diese Straße war sogar mal eine Art Vorzeigeprojekt. Wurde für die Flüchtlinge aus dem Kosovo gebaut. Von außen denkst du, super, da können sich die Zigeuner ja freuen, wenn sie eine richtige Wohnung haben! Aber die Leute können den Strom nicht bezahlen und Heizungen sind gar nicht erst eingebaut. Im Winter muss Holz verheizt werden, aber das Holz ist teuer. Viele gehen in Deutschland betteln, um Holz kaufen zu können. Oder sie klauen welches.« Anita kickt einen kaputten Fußball weg, der vor ihr auf dem Schotter liegt. »Die Straße hier heißt Pristina, inoffiziell. Offiziell gibt es die Straße scheinbar gar nicht mehr. Ist von der Regierung aufgegeben worden.«

Ich frage mich, wie es denn in der Roma-Siedlung im echten Pristina heute aussehen mag. Anita weiß, dass es die Mahala dort gar nicht mehr gibt. Alle Roma sind damals vertrieben worden.

»Die Familien, die jetzt dorthin abgeschoben werden, wohnen in einer Art Slum, der heißt Osterode«, sagt sie.

»Osterode in Deutschland?«, frage ich perplex. Es wird immer absurder. Weil so viele Roma aus Osterode im Harz in den Kosovo abgeschoben worden sind, sagt Anita, wird die Siedlung der Rückkehrer im Kosovo jetzt also Osterode genannt, mehr oder weniger offiziell.

»Wenn du einen triffst, in Deutschland, bei dem die Eltern aus dem Kosovo stammen und der Angst davor hat, abgeschoben zu werden, sagt er dir bestimmt, dass er nach Osterode soll.«

Ich frage mich, warum ich von dieser Abschiebungsangst in Deutschland gar nichts mitbekommen habe. Wir setzen uns auf Plastikstühle vor das Haus von Anitas Tante, neben ein Auto ohne Nummernschild. Wäre man im Urlaub oder in einem Wohnprojekt in Portugal, könnte man diesem einfachen Leben bestimmt etwas abgewinnen. Es ist warm, und solange man noch keine Heizung braucht, kann man das aushalten. Wenn Mama einen günstigen Urlaub buchen will, steht auf den Internetseiten der Anbieter oft was von »ursprünglicher Atmosphäre« und »Ferien von der Zivilisation«.

»Fahrräder gibt es hier keine, oder?«

Anita meint, dass die Leute hier in der Straße einen absoluten Autotick hätten.

»Wir lieben Autos«, sagt sie sogar. »Auch wenn wir gar nichts besitzen und nicht wissen, wo wir schlafen sollen, kommt irgendeiner mit einem Auto um die Ecke, das er sonst wo herhat.«

Sie sagt, dass viele Deutsche ihre Autos billig verkaufen, wenn sie kaputt sind, aber dass es in ihrer Familie immer jemanden gibt, der das Auto wieder hinkriegt. Merweta bringt uns Tee, den sie umständlich auf einem Gaskocher zubereitet hat. Ich denke an Diwaniol, wo der Strom bestimmt seit dem Krieg nicht mehr angestellt wurde. Jedes Mal, wenn ich an Diwaniol denke, werde ich von einer Unruhe erfasst. Ich will Anita von meinem Erlebnis mit der Frau erzählen, aber jetzt noch nicht. Ich muss warten, bis wir einen Moment finden, in dem es passt. Wir haben Zeit, denke ich. Aber Zeit wofür? Müssen wir nicht etwas unternehmen, zu Behörden gehen, telefonieren? Und mit wem?

Der Langhaarige fährt mit dem reparierten Roller vorbei und ruft etwas.

»Er will bei seinen Eltern Strom für uns abzapfen. Er kommt gleich mit einem Kabel.«

Keine Ahnung, wie so etwas gehen kann. Stecken die einfach das Kabel bei sich drüben in die Steckdose und legen Verlängerungskabel über den Schotterweg bis hierher? Echt keine Idee. Ich habe mein Abi in der Tasche, aber von Physik nichts behalten. Der Junge fährt mit dem Roller vor. Lächelt Anita an. Klar, warum er das mit dem Strom anbietet. Bestimmt macht er das nicht für die Tante.

»Der steht voll auf dich«, sagt Anita.

»Ganz bestimmt«, sage ich ironisch.

Der Junge fährt zu seinem Kumpel zurück.

»Kann der etwa Deutsch?«

»Nee, nee«, sagt Anita. Und sie meint auch noch, dass die Alishanis, die hier wohnen, so wenig Kontakt nach außen hätten, dass die Kinder nur Romanes sprechen, und ganz schlechtes Serbokroatisch.

Ich erzähle ihr von den Leuten aus Trebinje. Wie dieser Slum aussieht, sage ich nicht, aber Anita hat selbst schon davon gehört. Ratten hätten dort Babys angegriffen, sagt sie. Vorsichtig frage ich nach dem Streit, von dem die Leute gesprochen haben, und höre eine weitere verwirrende Kosovo-Geschichte. Die Alishanis aus dem Kosovo sind Angehörige der sogenannten Ashkali. Das ist eine Volksgruppe, die auch zu den Roma gehört. Rahim und ein paar Familienangehörige, die nach Deutschland gegangen sind, und auch die Verwandten, die hier in der sogenannten »Pristina-Straße« leben, bezeichnen sich selbst aber einfach als Roma.

»Obwohl sie natürlich wissen, dass sie Ashkali-Roma sind«,

sagt Anita. »Aber diese Untergruppe oder was das sein soll, ist ihnen egal.«

Den anderen Alishanis, die jetzt in Trebinje gestrandet sind, ist das überhaupt nicht egal. Sie sagen, dass sie Ashkali sind und keine Roma.

Plötzlich öffnet sich die Tür von Stammeiers Auto, nur fünf Schritte von uns entfernt. Hat der etwa die ganze Zeit im Auto gesessen?

»Warst du die ganze Zeit in deinem Auto?«, frage ich ihn.

Er steckt sich eine Zigarette an. Warum antwortet er nicht einfach? Ist das eine so schwere Frage?

»Die Ashkali«, sagt er, »waren gut assimiliert im Kosovo, vor dem Krieg.«

Anita weiß nicht, was »assimiliert« bedeutet.

»Die gehörten einfach dazu«, sage ich. Was mischt sich jetzt der Stammeier ein?

»Die Ashkali«, erzählt Stammeier weiter, »sind vielleicht vergleichbar mit den Sinti in Deutschland. Die sind auch schon seit Jahrhunderten da und haben sogar deutsche Namen wie Reinhardt und Weiss. Die distanzieren sich zum Beispiel von den Roma, die vom Balkan kommen. Und die im Kosovo lebenden Ashkali sprechen perfekt Albanisch und haben zum Teil sogar albanische Namen.«

»Woher wissen Sie das?«, fragt Anita.

Stammeier holt die Kamera aus dem Kofferraum und hängt sie sich um.

»Was dagegen, wenn ich ein Foto von euch mache?«

»Er ist Journalist«, sage ich. Es ist zwar interessant, was Stammeier da erzählt, und ich bin auch erstaunt darüber, wie viel er weiß, aber irgendwie ist das auch bescheuert. Wie er Anita über Roma und Sinti belehrt.

Merweta fragt Stammeier, ob er auch Tee haben möchte.

»Er arbeitet an einem Artikel für eine deutsche Zeitung«, sage ich erklärend, weil Stammeier einfach knipst und nichts mehr sagt.

Merweta weiß nicht, was ich meine.

»Eine Reportage«, sage ich.

»RTL?«, fragt sie.

Anita schüttelt genervt den Kopf.

»Für eine Zeitung, Dej!«

»Er schreibt etwas gegen die Abschiebung«, sage ich.

»Na, hoffentlich«, sagt Anita.

Merweta guckt leer auf den Schotterweg.

»Ich muss Wäsche machen«, sagt sie.

Die Frauen hier waschen alles von Hand in Eimern und Bottichen. Stammeier sagt, der Strom sei in der ganzen Straße abgestellt worden, aber manche würden illegal Strom von einem Bauern ziehen, der in der Nähe einen Stall mit einer elektrischen Melkanlage hat.

»Woher weißt du das?«

»Ich habe mit Anitas Vater gesprochen.«

Stammeier geht wieder zum Auto. Eine Weile sagen wir nichts.

»Ich habe einen Jungen kennengelernt«, sage ich. Gutes Thema. Anita will alles, jede kleinste Kleinigkeit wissen. Wie hat er ausgesehen, wie groß, wie klein, welche Haarfarbe, was für eine Stimme? Während ich von Smail rede, kommt es mir vor, als würde ich ihn gerade erfinden. So lange ist das schon her.

»Übermorgen heiratet übrigens meine Cousine«, sagt Anita.

»Welche Cousine?«

Anita sagt, dass es die Tochter von der schrecklichen Tante sei.

»Admana geht mit ihrer Mutter betteln, aber zur Hochzeit trägt sie trotzdem sieben verschiedene Kleider.«

Ich kann das nicht glauben. Die Braut trägt sieben Kleider!?

»Wirst schon sehen«, sagt Anita. Der Gedanke an die bevorstehende Hochzeit scheint ihr zu gefallen.

»Wo kriegen die denn die Kleider her?«, frage ich.

»Ach«, meint Anita, »die Kleider sind nicht das Problem.«

Wir trinken Tee und gucken auf die Straße, auf der nichts passiert.

»Am liebsten würde ich schwimmen gehen«, sagt Anita nach einer Weile.

Merweta hat mitgehört.

»Nicht im Fluss baden«, sagt sie. »Das ist zu gefährlich.«

»Nicht, wenn man schwimmen kann«, sagt Anita.

Merweta hat Tränen in den Augen.

»Nicht nur wegen des Wassers«, sagt sie. »Ich will nicht, dass ihr alleine ins Dorf geht.«

»Ist ja gut«, sagt Anita und umarmt ihre Mutter plötzlich ganz heftig.

Ich sehe ein riesengroßes Schwimmbad vor mir. GRADSKI BAZEN MOSTAR. In der Touristen-Information hing ein Plakat. Ich schätze, Mostar ist keine zehn Kilometer entfernt.

»Wir müssen nicht zum Fluss«, sage ich und erzähle von dem Freibad in Mostar.

»Ist bloß die Frage, wie wir da hinkommen.«

Da biegen die Cousins um die Ecke.

»Unsere Mitfahrgelegenheit«, sagt Anita und grinst. »Alleine dürfen wir sowieso nicht weg. Aber wenn die Jungs dabei sind, wird Dad nichts sagen.«

Zoran, der Langhaarige, hat hinter dem Haus ein riesig langes Kabel verlegt. Eine schwarze, glänzende Kabelschlange gleitet aus einem Fenster im Erdgeschoss des Nachbarhauses, über eine Berg- und Talbahn aus Bottichen, Badewannen, aufgetürmten Kartons, gefährlich dicht an einer Grillstelle vorbei, um durch die geöffnete Hintertür des Hauses von Anitas Tante zu gelangen. Ein Licht geht an. Wir applaudieren. Wann hatte ich schon jemals applaudiert, wenn irgendwo ein Licht anging?

Elvis, der Kurzhaarige, bringt eine Wassermelone und schneidet sie uns auf. Ich bin echt froh, etwas zu essen zu bekommen. Getraut zu fragen hätte ich mich nicht. Ob das eine gekaufte oder eine gestohlene Wassermelone ist, will Anita wissen.

»Ist das nicht egal?«, sage ich. »Die wachsen doch auf dem Acker.«

»Der Acker gehört dem Bauern«, sagt Anita. »Dem Bauern mit dem Strom.«

»Unsere Polizistin«, sagt Merweta und lächelt. Dann kommen ihr sofort wieder die Tränen. Sie bringt ihrer Mutter, die immer noch drinnen auf dem Sofa liegt, einen Teller mit Melonenstückchen, mundgerecht geschnitten. Aber die Großmutter will nichts essen. Samira erzählt, dass sie nicht isst und kaum trinkt und seit sie hier sind das Haus nicht verlassen hat.

»Wir sind bald wieder zu Hause«, sagt Aferdita.

»Wir haben kein Zuhause«, sagt Anita. Sie fangen wieder an zu streiten.

»Willst du für immer in deinem Auto bleiben?«

Ich reiche Stammeier ein Stück Melone durch das offene Fenster. Geradezu unwillig nimmt er es entgegen. Dabei kann er sich freuen, schließlich haben wir seit dem Morgen nichts gegessen. Zoran und Elvis tuckern mit zwei alten, aber offenbar funktionierenden Motorrollern heran. Stammeier schaut zu ihnen und dann zu mir. Im Radio laufen Nachrichten, eine Frauenstimme berichtet auf Englisch aus Syrien.

»Kommst du?«

Anita steigt bei Elvis auf. Zoran steht etwas schüchtern neben seiner Maschine und wartet auf mich.

»Haben die keine Helme für euch?«, fragt Stammeier.

»Bist du noch hier, wenn wir wiederkommen?«, frage ich dagegen.

Stammeier weiß es noch nicht.

»Übermorgen ist hier Hochzeit.«

Warum ich ihm das sage, weiß ich wiederum nicht. Irgendwie will ich, dass Stammeier in unserer Nähe bleibt.

***

Der Feldweg ist ganz schön steil. Ein Helm wäre vielleicht wirklich nicht schlecht gewesen. Bei jedem Schlagloch werde ich in die Luft geschleudert, wie auf einer Wippe, als würde ich gar nichts wiegen. Zoran dreht sich zu mir um, ich soll mich wohl besser an ihm festhalten. Er sieht aus wie ein hübsches Mädchen mit Bart. Sein Gesicht ist noch zarter als das von Anita.

Ich mag ihn spontan. Janne würde sagen, dass ich wohl auf einen mädchenhaften Männertyp stehe. Wenn sie meint! Ich weiß nicht, was ich für einen Typen habe. Eigentlich ist Zoran gar nicht mädchenhaft. Obwohl er so aussieht! Vielleicht ist er sogar ein extremer Macho. Anita quietscht und kichert auf dem Roller vor uns. Sie liebt die Geschwindigkeit und gibt sich jeder Kurve mit Vergnügen hin. Als wir durch den Engpass zwischen den beiden Häusern preschen, kreischt sie auf. Dann geht es an den Melonen im Vorgarten vorbei und am Kiosk, wir passieren die schwarze Büste, auf der TITO steht – das ist ja der Typ von dem Bild, das bei Anitas Tante an der Wand hängt –, brausen am KONZUM vorbei – ich wünschte, die Wurstfrau würde mich gerade sehen! –, und schon sind wir auf der Straße nach Mostar, wie ich einem Schild entnehme.

Wir fahren Richtung Sonne. Zoran dreht sich zu mir um, weil er sehen will, ob es mir zu schnell geht. Süß. Von wegen Macho. Nee, die Dinger fahren höchstens fünfzig. Das ist mir nicht zu schnell. Seit wir den Steilhang hinter uns gebracht haben, geht es fast gemütlich über die Landstraße. Zorans Haare flattern mir ins Gesicht. Ich habe Izedins Musik im Ohr, als plötzlich Stammeiers Wagen dicht auffährt. Will der jetzt etwa auch mit ins Schwimmbad? Zoran und Elvis versuchen zu beschleunigen, aber Stammeier überholt uns und wir bleiben weit zurück.

23

Es stellt sich heraus, dass sich weder Zoran noch Elvis in Mostar auskennen. Obwohl sie nur eine halbe Stunde entfernt wohnen, gehen sie hier scheinbar nie aus. Wahrscheinlich, weil sie kein Geld haben.

Auf der Suche nach dem Freibad Gradski Bazen weiß gleich der Erste, den wir fragen, Bescheid.

Wir müssen über die Alte Brücke und dann weiter durchs muslimische Viertel. Das Bad liegt offenbar direkt am Fluss, schöner kann es ja gar nicht sein. Anita und ich haben von der Tante Badesachen im totalen Retro-Stil bekommen, aus den Fünfzigerjahren oder so. Ich würde das normal nicht anziehen, aber Anita ist manchmal wirklich abgebrüht. Die Typen gucken so oder so, wahrscheinlich könnte sie im Kartoffelsack vom Zehner springen und alle würden glotzen. Ob Elvis und Zoran überhaupt Badesachen dabeihaben, weiß ich nicht. Anita schüttelt den Kopf. »Die können nicht schwimmen«, sagt sie. »Die sitzen nur auf der Wiese und passen auf, dass wir mit keinem reden. Das wird ihnen mein Papa schon gesagt haben.«

Sie kichert.

»Oder der Stammeier hat es ihnen gesagt!«

Elvis und Zoran sind erst sechzehn, aber Elvis ist schon verlobt.

»Er heiratet übermorgen«, sagt Anita.

»Er ist das? Er heiratet deine Cousine?«

»Ja«, sagt Anita. »Die sind nur über tausend Ecken verwandt, das ist schon o. k.«

Aber ich hatte weniger wegen der Verwandtschaft aufgehorcht als wegen des Alters. Sechzehn und verlobt, puh.

Wir bleiben auf der Alten Brücke stehen. Wenn jetzt Smail auftauchen würde, wäre das der schönste Zufall überhaupt. »Wow«, macht Anita. »Viel, viel höher als im Freibad.«

»Würdest du springen?«, frage ich.

»Nur mit dir!«

Ich schlage vor, mein Handy abzuholen und Smail anzurufen. Wir biegen in die Gasse ein, in der sich der Telefonladen meiner Ansicht nach befindet, aber der Laden ist nicht da. Falsche Gasse? Die Jungs sind dicht hinter uns, rauchen und gucken sich um, als wären sie noch nie hier gewesen. Anita erklärt ihnen, dass wir ein Geschäft suchen. Ihnen ist das egal. Sie trotten einfach hinter uns her. Wir gehen die Gasse entlang, die zu dem Café führt, in dem mir neulich so schlecht war, und dann wieder zurück. Vielleicht war es doch in der Parallelstraße? Wir laufen bestimmt zwanzig Minuten kreuz und quer. Anita meint, er hätte vielleicht dichtgemacht. Warum sollte der Laden plötzlich dichtmachen? Er sah ganz normal aus, so als würde er gut laufen. Alles sieht hier aus, als würde es gut laufen. Die Cafés, die Mode-Shops, Drogeriemärkte. Anita schaut sich Sonnenbrillen an. Ich kaufe uns zwei bombastische Brillen, und dann ziehen wir wie Touristinnen durch die Stadt, mittlerweile auf der Suche nach dem Freibad. Die Handyladensuche verschieben wir auf den Rückweg.

»Nice«, ruft Anita ständig. »Beautiful!« Wir kichern sinnlos über jeden Scheiß. Ich versuche, Romanes-Wörter richtig auszusprechen, was sogar Zoran und Elvis witzig finden.

»Oven sasto«, das heißt Danke oder »Haide te pija jek rakija«: Lasst uns einen Schnaps trinken. Zoran lacht hysterisch über das deutsche Wort Schnaps.

In einem Schaufenster hängen Brautmoden. Die Jungs bleiben interessiert stehen. Zoran hat eine Kippe im Mundwinkel und sieht aus, als würde er einen Werbeclip für rosa und weiß glitzernde Roben drehen.

»Schnaps«, ruft Elvis. Zoran fällt die Kippe aus dem Mund vor Lachen.

»Ich heirate frühestens mit einundzwanzig«, sagt Anita. Einundzwanzig ist für sie uralt. »Und du?«, fragt sie.

»Ich heirate mit einhundertzwanzig!«

Irgendwo geht Musik los, es klingt nach dem Soundcheck für ein Konzert. Je näher wir dem Schwimmbad kommen, desto lauter wird die Musik. Anita strahlt. Alles andere ist plötzlich ganz weit weg, die Geschichte mit der Abschiebung, der Krieg von damals, die Politik von heute. Wir sind Touristen. Touristinnen aus Amerika, sagt Anita. First time in Europe.

Das Freibad gibt es nicht mehr. Aber die ganze Anlage steht noch. Im Pool ist kein Wasser, dafür eine Bar in Chlorblau.

Zoran zeigt nach oben. Vom Sprungturm hängt eine Puppe herab, eine Frau im Bikini, kopfüber. Sieht ein bisschen erschreckend aus, wie sie so in der Luft hängt und sich immer ein bisschen hin und her bewegt. Der Kachelboden ist mit Sand und Muscheln bedeckt. Überall stehen Liegestühle. In einem kleinen Bassin, ehemals sicherlich das Kinderplanschbecken, ist die Band aufgebaut. Auf der Wiese drängen sich Menschen, die ersten Liegestühle werden belegt. Dieser Club sieht echt toll aus. Statt zu schwimmen können wir heute tanzen, schlage ich Anita und den Jungs vor. Vielleicht treffen wir sogar Smail, füge ich in Gedanken hinzu.

»Das ist so cool«, sagt Anita.

Zoran zögert. Ich weiß nicht, ob er keine Lust hat, oder ob er denkt, dass wir nicht hineingehen können, weil wir nicht genug Geld haben.

Ich sage, dass ich das bezahlen kann. Einen Moment lang komme ich mir etwas blöd vor, wie die reiche Tante aus Deutschland, aber was soll's.

»Wir müssen ja nichts trinken«, sage ich. Wir haben sowieso Wasserflaschen fürs Freibad dabei. Die können wir hineinschmuggeln.

Die Musik fängt schon an. Schnell suche ich das Geld zusammen.

»Four tickets, please.«

Der Mann an der Kasse murmelt etwas.

»I don't understand«, sage ich. Auf dem Schild steht, dass es bis achtzehn Jahre nur drei KM pro Person kostet.

»Do you want to see how old I am?« Ich hole meinen Pass aus der Tasche, aber er will ihn nicht sehen. Der Mann fixiert Zoran.

»They are all sixteen years old«, sage ich.

»Sorry«, sagt der Mann und schiebt mein Geld zu mir zurück.

Im ersten Moment denke ich, es würde vielleicht gar nichts kosten.

»Thank you«, sage ich, und »Let's go« zu Anita.

Anita, Zoran und Elvis gehen hinter mir durch das Tor.

»Stop«, ruft der Mann hinter uns her. Ein Typ mit Glatze und umgedrehter Baseball-Cap baut sich vor uns auf und herrscht uns an.

»Was will er?«

»Woher soll ich das wissen?«, sagt Anita.

Zoran sagt etwas zu dem Mann, woraufhin der Typ richtig sauer wird.

»What's happening? Please tell me, I give you the money, it's a misunderstanding!«

Ich bin mir sicher, dass der Mann Englisch versteht, aber er redet nicht mit mir.

Zoran sagt etwas zu Anita. Der Mann verschränkt die Arme vor seiner breiten Brust.

»Er sagt, dass *du* reingehen kannst. *Wir* müssen draußen bleiben.«

Ich friere. Einmal in meinem Leben habe ich so etwas schon mitbekommen. Wir waren auf Klassenfahrt, und abends sind wir heimlich in eine Disco, obwohl wir erst vierzehn waren. Wir gaben uns für sechzehn aus und kamen rein. Aber ein schwarzer junger Mann kam nicht am Türsteher vorbei. Ich hörte noch, als wir schon drinnen waren, wie der Türsteher sagte, dass man anders angezogen sein muss in diesem Club.

»Wie denn?«, fragte der Typ. Ich erinnere mich noch genau an seine neu aussehenden Turnschuhe. Der Türsteher hatte sich riesig vor ihm aufgebaut und von drinnen konnte man nur seine Füße sehen. Dann drängelten eine Menge Typen an uns vorbei, nur der Schwarze kam nicht rein.

»Cigani«, sagt der Mann zu Elvis, Zoran und Anita.

»No«, sage ich. »If you don't let us in, I call the police.«

Hinter ihm stehen Männer in Uniformen herum. Sind das Polizisten?

»Das kann nicht sein«, sage ich zu Anita. Die Bässe sind so laut, dass der Boden unter unseren Füßen vibriert. Eine Box steht ganz in unserer Nähe. Mostar Sevdah Reunion, steht auf der Box.

»Das kann sehr wohl sein«, schreit Anita über die Musik hinweg.

Ich frage die Uniformierten, ob sie Englisch sprechen.

»Nema problema«, sagen sie. »No problem!« Aber als sie hören, was ich sage, können sie kein Englisch mehr und es gibt plötzlich ein Riesenproblem. Sie reden auf Bosnisch miteinander, und das einzige Wort, das ich immer wieder heraushöre, ist »Cigani«.

»So sorry«, sagt einer in extrem herablassendem Tonfall und gestochen scharfem Englisch. »We can't make exceptions because we have bad experience with your friends.«

»What do you mean?«, fahre ich ihn an.

Eine blonde Frau hält instinktiv ihre Handtasche mit beiden Händen fest.

»You want to say that you don't let us inside because my friends are Roma?« Sie wollen sie wirklich nicht reinlassen, weil sie Roma sind.

Der Uniformierte zeigt auf seine Ohren, die anderen feixen.

Leider, bedeuten sie mir, leider können sie mich nicht verstehen, die Musik ist zu laut.

»You tell me that Roma people are not allowed!?«

Ich brülle über die Musik, so laut, dass sich andere Leute umdrehen. Ein paar Mädchen gucken mich an, als wäre ich aussätzig.

»Romska are forbidden at this place?«, schreie ich den Männern entgegen. Ein Typ mit drei Lippen-Piercings, auf dessen T-Shirt POOLS steht, darunter eine blaue Welle, greift mich am Arm.

»Fass mich nicht an!«

Ich drehe mich zu Anita, Elvis und Zoran um, aber sie sind weg.

»Zigeuner«, sagt er auf Deutsch zu mir.

Mit den Augen suche ich fieberhaft nach meinen Freunden. Dabei entdecke ich ein bekanntes Gesicht, weiter vorne unter einem Sonnenschirm.

»Smail«, rufe ich. »Smail!«

Die Entfernung ist zu groß. Oder hat er mich gehört? Ich drängle mich an großen Männern vorbei, eine Frau verschüttet Bier und beschimpft mich. Smail? Er sieht genau in meine Richtung. Erkennt er mich nicht? Endlich habe ich mich zu ihm nach vorne gekämpft und tippe ihm von hinten auf die Schulter. »Hey«, ruft er. »Mann, wo kommst du denn her?« Smail strahlt mich an.

Leider ist jetzt nicht der romantischste Moment für unser Wiedersehen.

»Ich dachte, du hättest mich vergessen!«

»Mein Handy ist kaputt!«

»Was?«

Es ist total laut, ich muss mich zu ihm beugen, damit er mich versteht.

»Mein Handy ist kaputt«, sage ich. Für einen Augenblick sind wir uns ganz nah. »Ich brauche Hilfe«, sage ich in sein Ohr. »Ich brauche Hilfe für meine Freunde!«

»Was?«

Ich zeige Richtung Eingang.

»Komm, bitte«, sage ich und Smail folgt mir. Als ich am Eingang ankomme, stehen Anita, Zoran und Elvis hinter der Absperrung und warten auf mich. Keiner von ihnen verzieht auch nur eine Miene.

Ich drehe mich nach Smail um, aber er ist nicht da. Das gibt es doch nicht. Wo ist er denn hin?

»Komm bitte«, sagt Anita. »Auf was wartest du?«

Schweigend bewegen wir uns wieder zurück, durch die Gasse, am Brautmodeladen vorbei, über die Alte Brücke. Wie aufgezogen gehen wir, mit jedem Schritt schneller werdend. Anita, Elvis und Zoran laufen eng nebeneinander. Als ein Auto entgegenkommt, bleibe ich zurück. Ich renne hinter ihnen her, bis wir endlich bei den Rollern sind. Mein Herz klopft. Warum ist Smail plötzlich verschwunden? Der Gedanke, dass er vielleicht meine Freunde gesehen haben könnte und ihnen ganz bewusst nicht helfen wollte, durchfährt mich jäh.

»Sag Zoran und Elvis, dass es mir leidtut, dass ich die Idee hatte, dorthin zu gehen. Und alles andere auch.«

Anita tippt mir an die Stirn, an den Punkt zwischen den Augenbrauen, warum auch immer.

Sie sagt etwas, worauf die Jungen verlegen lächeln.

»Ich habe ihnen gesagt, dass du eine von uns bist.«

Die Granatapfelbäume sind grau in der Dämmerung. Alles ist grau. Es gibt keine Farben mehr. Die Granatäpfel sind schwarz. Die Splitter der Granaten, hat Stammeier gesagt, sind schlimmer als die Wurfgeschosse selbst. Ihr Flug ist unberechenbar, ihre Zerstörungskraft immens.

Kroaten hassen Muslime, Muslime hassen Kroaten, Serben hassen sowohl Kroaten als auch Muslime, und umgekehrt. Jede Kreuzung ist aufgeteilt, jeder Atemzug begrenzt. Wir sind weder Bosniaken noch Serben noch Kroaten. Was haben wir euch getan? Ich drehe mich nicht mehr um, sehe nur nach vorn und halte mich an Zoran fest, bis wir in unserer Straße, die wir »Pristina« nennen und die hinter einer Sackgasse liegt, angekommen sind. Der Wind weht warm. Amen sam roma. Wir sind Roma!

24

Merweta und Rahim erzählen wir nicht, was vorgefallen ist. Nur, dass es das Freibad nicht mehr gibt. Merweta kann sich an das Gradski Bazen noch erinnern. »Unter Tito«, erinnert sie sich, konnten alle Kinder zur Schule gehen, und in der Schule hatte sie auch Schwimmunterricht. Damals, in Mostar. Anita kann ihrer Mutter nicht so richtig glauben. Wenn vor dem Krieg alle Leute miteinander ausgekommen sind, warum gab es dann überhaupt Krieg? Wer hat denn angefangen?

»Wir nicht«, sagt Rahim. »Wir machen keinen Krieg.« Aber da, wo er aufgewachsen ist, war es anders als bei Merweta. Er erzählt, dass es im Kosovo keinen Schwimmunterricht gab für Roma-Kinder und dass er überhaupt nicht zur Schule gegangen ist.

»Weil wir da nicht erwünscht waren!«

Merweta wurde als Kind offenbar auch diskriminiert, aber das Leben in ihrer Mahala war trotzdem behütet.

»Wir waren eben anders«, sagt sie zu Anita und mir. »Nema problema!« Sie lacht, als sie von ihrer Kindheit erzählt. Freunde in Mostar, die keine Roma waren, hatte sie nicht.

»Gadsche?« Sie guckt mich so erstaunt an, als hätte sie vergessen, dass ich auch eine Gadsche bin.

»Du bist auch anders, Frida«, sagt Merweta.

»Und deshalb vertrauen wir dir«, sagt Rahim.

***

In der oberen Etage des Hauses sind zwei Zimmer, beide wurden als Matratzenlager für die Rosenwinkel-Familie hergerichtet. In dem einen Raum schlafen Rahim und seine zwei Söhne mit den beiden Cousins, im anderen Merweta mit Anita, Samira, Aferdita, mir und zwei oder drei Cousinen. Noch haben wir Platz. Nur Anita und ich sind nach oben gegangen.

Es ist dunkel im Raum. Zwar gibt es jetzt vorübergehend Strom, aber wir finden keine Lampe.

»Asozial«, sagt Anita.

»Ach, komm«, sage ich.

Von draußen dringt auch kein Licht herein. Die Straße hat keine Beleuchtung und das Felsmassiv im Hintergrund macht den Ort noch düsterer.

»Du bist braun«, sagt Anita. »Das steht dir.«

Sie lächelt müde.

»Das kannst du doch im Dunkeln gar nicht erkennen«, sage ich.

»Hab ich vorhin schon gedacht.«

Sie umarmt mich plötzlich ganz fest.

Merweta bringt uns einen Teller Suppe nach oben. Als wären wir krank und müssten versorgt werden.

Ich würde gerne mit Stammeier über den Vorfall in der Stadt sprechen, aber er ist nicht da. Die anderen sind unten vor dem Haus und essen. Die Suppe wird in einem riesigen Topf draußen auf dem Feuer gekocht und mit viel Wasser verlängert. Immerhin, Wasser gibt es. Und das Feuer spendet einen warmen Schein. Anitas Familie sitzt mit verlorenem Blick, einer wie der andere, auf Plastikstühlen mit einem Teller auf dem Schoß. Wie bestellt und nicht abgeholt, meint Anita, die von Zeit zu Zeit zum Fenster geht und nachsieht, was unten so los ist. Ich liege auf einer Matratze und habe keine Lust aufzustehen.

Anita redet von dem Müll in der Straße. Ohne Müllabfuhr ist der Müll ein Problem. Die Leute hier müssen die Müllsäcke immer selbst zu einer Deponie fahren. Die Sache in Mostar erwähnt sie nicht. Keine von uns beiden fängt davon an. Ich erinnere mich an den Müll vor den Toren der schönen Stadt Trebinje und an die Leute dort, die wir nicht vergessen dürfen.

»Ist Stammeier zurück?«, frage ich.

Anita streckt den Kopf aus dem Fenster.

»Nein«, sagt sie. »Aber dafür ungefähr fünfzig Kleinkinder.« Sie schließt das Fenster, um den Lärm auszusperren.

»So nice to be in Europe.«

»Ach, Anita.«

Sie legt sich neben mich. Gedämpft hören wir die Stimmen von unten. Auf einmal steht die Tante in der Tür, eine schwergewichtige Frau mit immensen Oberarmen.

»Dober dan«, sage ich. Aber sie will mich gar nicht kennenlernen.

Anita übersetzt.

»Wir sollen mitgehen. Die Hochzeit fängt an.«

Ich schrecke hoch.

»Jetzt?«

Wir waren doch gerade noch mit dem zukünftigen Bräutigam – absurd, den kleinen Elvis so zu nennen – in der Stadt! Ohne ihn kann ja wohl die Hochzeit nicht beginnen. Schon wieder ein Missverständnis?

Anita winkt ab.

»Bleib liegen«, sagt sie.

Es handelt sich nur um den Vorabend zum ersten Tag der Feier, werde ich aufgeklärt. Die Feier selbst wird dann drei Tage lang dauern. Alle Mädchen, Schwestern, Cousinen, Tanten, sind jetzt bei der Braut und beginnen offenbar mit der Schönheitspflege, Auswahl der Kleider und Frisuren. Die Tante sagt, dass die Frauen und Mädchen alle drüben seien, bei einer anderen Cousine, denn wegen uns sei hier ja kein Platz.

Anita wirft mir einen Blick zu, der so viel bedeuten soll wie: Da siehst du, wie gemein sie zu uns ist und uns spüren lässt, wie sehr wir stören.

Anita sagt, dass wir nicht dazukommen werden. Die Tante ist entsetzt. Dass wir nicht zu den anderen Mädchen gehen wollen, ist ihr unverständlich. Versteht sie nicht, dass uns gerade nicht der Sinn nach einem lustigen Mädchenabend steht?

Sie guckt so traurig, dass sie mir halbwegs sympathisch wird. Ein bisschen kann ich sie verstehen. Auf einen Schlag sind drei Familien in die Straße gezogen, die sie unterbringen und scheinbar auch versorgen müssen. Sie legt uns Kleider hin. Ich weiß nicht, ob das für heute oder für morgen sein soll.

»Ich will in den Rosenwinkel«, murmelt Anita und deckt sich zu, obwohl es im Raum viel zu heiß ist. Die Tante geht wieder nach unten. Anita atmet tief ein und aus. Sie ist müde.

»Erzähl mir was«, sagt sie. Ich erzähle ihr, wie ich mich gefühlt habe, früher, wenn sich andere Kinder über meine Mutter lustig gemacht haben. Und streiche ihr dabei sanft über den Rücken. Anita schnurrt wie eine Katze. Als sie einschläft und ich noch lange aus dem Fenster auf die bunte und gleichzeitig triste Straße gucke, komme ich mir zum ersten Mal deutlich älter vor als sie.

Später am Abend wird der Raum voll. Ich stelle mich schlafend, als Merweta, Samira, Aferdita und zwei Cousinen auf ihre Matratzen kriechen. Keine Ahnung, ob eine von ihnen die Braut ist. Oder ob die Braut heute woanders schläft. Dann höre ich ein Auto den Schotterweg hochkommen, und wüsste zu gerne, ob es Stammeier ist, aber ich mag nicht aufstehen und gucken. Das Auto hält, niemand steigt aus. Der Spinner. Hat sich kein Hotel genommen in Mostar, wie ich vermutet hatte, sondern schläft in seinem Auto hier in »Pristina«. Irgendwie bin ich froh, ihn in meiner Nähe zu wissen.

Die Mädchen neben mir sind alle ruhig. Als sie eingeschlafen sind, weint Merweta, die nicht weiß, dass ich wach bin. Um mich abzulenken, denke ich an Smail, der in meiner Vorstellung lange Haare hat wie Zoran. Was war das vorhin für eine merkwürdige Begegnung mit Smail?

Ich kann nicht einschlafen.

Am Morgen ist Stammeiers Auto nicht mehr da. War er es vielleicht gar nicht, der nachts vorgefahren ist? Übernächtigt stehe ich am Fenster und scanne mit den Augen die ganze Straße ab.

Anita ist scheinbar auch schon länger wach.

»Ein paar Fotos hat er ja«, sagt sie. »Genug für seine Reportage. Und tschüss.«

Ich bin unsicher. Er würde doch nicht einfach abhauen, ohne mir Bescheid zu geben. Oder doch?

»Du kennst den doch gar nicht«, sagt Anita. Und sie hat ja recht. Ich kenne ihn nicht.

***

Hinter dem Haus ist ein Wasseranschluss, in einer Ecke, die von ein paar zusammengezimmerten Brettern abgeschirmt wird. Ich dusche mich mit einem Schlauch eiskalt ab, ohne Duschgel zu benutzen. Das habe ich oben in meinem Rucksack liegen – eins der wenigen Dinge, die ich überhaupt noch besitze. Das fehlende Duschgel und die Eiseskälte des Wasserstrahls macht mir weniger aus als das Gefühl, beobachtet werden zu können. Zwar kann keiner, der hier herumläuft, reingucken, aber von den Fenstern im oberen Stockwerk aus liegt die Dusche wie auf einem Präsentierteller. In Windeseile bin ich fertig. Ein Handtuch habe ich nicht. Klatschnass ziehe ich mir das Kleid über, das natürlich sofort nasse Flecken bekommt. Es fühlt sich blöd an, aber trotzdem besser als vorher. Die Nacht war heiß und stickig und wenigstens bin ich jetzt nach dem Kälteschauer erfrischt.

Die Sonne brennt schon genug, um das Kleid zu trocknen. Erleichtert stelle ich fest, dass sich niemand für meinen Säuberungsvorgang interessiert hat. Die Männer sind vor den Häusern mit dem Sortieren von Metallteilen beschäftigt, unter ihnen auch Zoran und Elvis, die schüchtern grüßen. Und Rahim, der neben einem Haufen abgeschnittener Kabel steht und entweder nicht weiß, was er damit machen soll oder keine Lust hat mitzuhelfen. Die Mädchen schlafen noch. Anita sitzt angezogen auf einem Stuhl und starrt auf die Männer mit den Schrottteilen. Sie hat das Gleiche an wie gestern. Mir fällt ein, dass sie ja in ihren Kleidern eingeschlafen ist.

»Ich dusche da nicht«, sagt sie mit Blick auf mein nasses Kleid. Ich komme mir vor wie auf Campingurlaub mit einer Freundin, die sich weigert, den Gemeinschaftswaschraum zu benutzen. Fast will ich sie Prinzessin nennen, aber ich lasse das mal lieber.

»Verdienen die damit Geld?«, frage ich mit Blick auf die Männer.

»Woher soll ich das denn wissen?«

Rahim schmeißt fluchend ein abgeschnittenes Kabel auf einen Haufen.

»Das ist doch Schrott«, ruft er.

Merweta hat Tee gekocht. Anita und ich bekommen ein Stück Strudel dazu. Vor den Häusern sind Frauen mit der Wäsche beschäftigt. Heute müssen sie nicht in die Stadt, um Geld zu erbetteln, weil jetzt die Hochzeit ansteht und alle möglichen Vorbereitungen getroffen werden müssen. Anitas Tante belädt das Auto ohne Nummernschild mit zwei Plastikbadewannen, in denen sich Strudelteig befindet. Wie das aber für so viele Leute reichen soll, ist mehr als fraglich. Denn es werden offenbar weit über hundert Gäste erwartet. Vielleicht bringt jeder was zu essen mit zur Hochzeit? Anita zuckt mit den Schultern. Eigentlich muss sich die Familie der Braut um das Essen kümmern, meint sie. Aber wenn man nichts zu essen hat? Ich kann mir das nicht richtig vorstellen. Bei uns würde man dann eben gar nicht heiraten, zumindest nicht feiern, wenn man kein Geld hat.

Die Feier wird in einem anderen Teil des Dorfes stattfinden. Wann es genau losgeht, habe ich nicht verstanden.

Die Tante drückt mir eine Plastiktüte in die Hand, in der sich eine große Auswahl an Modeschmuck befindet: Ketten, Ohrringe, Armbänder, Haarschmuck. Sogar ein Diadem. Ich setze es Anita auf den Kopf. Kleine Kinder drängen heran und wollen unbedingt, dass ich den Schmuck anziehe. Ein Mädchen steckt mir ein Paar Ohrringe an, große goldene Ringe mit rosafarbenen Ornamenten. Wahnsinnig kitschig. Sie jubeln. Die Kleine legt mir auch noch eine Kette mit vielen goldenen Fäden um. Dazu passend einen Armreif.

»Steht dir«, sagt Anita allen Ernstes. Mir fällt auf, dass ich mich heute noch gar nicht im Spiegel gesehen habe. Ich würde mich sogar gerne fotografieren. Der Laden, in dem mein Handy liegt, kann ja nicht verschwunden sein. Wenn Stammeier zurückkommt, könnte er für mich mal googeln. Wo bleibt er nur? Ohne ihn komme ich doch hier gar nicht mehr weg. Mir ist klar, dass Anita keinesfalls noch mal nach Mostar fahren will.

»Ich würde gerne in Mostar mein Handy abholen«, setze ich an.

»Wegen des Typs?«, fragt Anita. Wenn sie wüsste, dass ich Smail bereits wiedergetroffen habe …

»Ich will nur mein Handy wieder haben«, sage ich. Das Billigteil kann ich hier noch nicht einmal aufladen. Vorsichtig frage ich, ob sie vielleicht mitkommen möchte. Aber sie will nicht. Und ohne sie weiß ich nicht, wie ich das anstellen soll. Vielleicht gibt es einen Bus, der vom Dorf aus fährt. Bestimmt sogar. Aber wenn man einmal hier sitzt, mit all den Leuten, kommt es einem vor, als wäre alles, was außerhalb liegt, schwer erreichbar.

»Vielleicht gibt es ja einen Bus.«

»Ich will nicht, dass du weggehst«, sagt Anita.

»Aber ich komme doch wieder.«

»Hör auf«, sagt Anita. »Bitte.«

»Hey, Anita«, beruhige ich sie. »Ich gehe nicht nach Mostar, wenn du das nicht willst.«

Anita weint. Sie bittet mich inständig, nichts zu versprechen, was ich nicht halten kann. Es sei logisch für mich, nach Deutschland zurückzugehen. Und sie sei mir nicht böse. Nur versprechen solle ich nichts. Die Tante winkt uns zu sich, wir sollen mit den anderen Frauen irgendwohin gehen. Also bewegen wir uns mit der Frauengruppe die Straße entlang. Nach Hochzeit sieht jetzt noch niemand aus. Die erwachsenen Frauen unterscheiden sich nach meinem Empfinden kaum oder gar nicht von den Roma im Rosenwinkel. Viele tragen lange schwarze, manche aber auch bunte Röcke, die Oberteile sind verschiedenfarbig. Fast alle haben goldene Ohrringe. Ich lege meinen Schmuck nicht ab. Es klimpert bei jedem Schritt.

Vor dem letzten Haus steht ein Kombi, vollgeladen mit Bananenkisten, in denen sich Weißbrote stapeln. Darunter mehrere Paletten Milch. Jeder nimmt, soviel er tragen kann. Es ist sofort ersichtlich, dass die beiden jungen Frauen, die das Essen verteilen, keine Roma sind. *United World College Mostar* steht auf ihren T-Shirts. Als ich sie auf Englisch anspreche, sind sie überrascht. Sie erzählen mir, dass sie im ersten Semester am World College studieren. »A university for students from all

European countries.« Und dass viele Studenten freiwillig Hilfsdienste für Bedürftige leisten. Alle paar Tage fahren sie mit Lebensmittelspenden herum. Heute sind sie gekommen, weil sie gehört haben, dass neue Familien angekommen sind.

»Yes«, sage ich. »My friends arrived here, too.«

»Nice to meet you«, sagt die eine von ihnen und reicht mir ein Visitenkärtchen.

»My name is Aga, I come from Poland.«

Die andere kommt aus Mostar und heißt Amra. Ich lege die Karte auf die Kartoffelkiste, die ich zusammen mit Anita hochhebe. Die Studentin hat noch eine Stofftasche dabei, in der offenbar Kinderbücher stecken. Sie zeigt mir ein Bilderbuch und hängt mir die Tasche über den freien Arm.

»Denkt sie, wir haben noch nie ein Buch gesehen, oder was?«, murrt Anita.

»For your little sisters and brothers«, sagt Amra. Ganz selbstverständlich nehmen sie an, dass ich zu einer der Roma-Familien gehöre. Anita zieht mich mit der Kiste Richtung Straße. Aga lächelt mir zu. Wenn ich jetzt sagen würde, dass ich keine Roma bin, würde sie mir das glauben?

»Once in a week we offer workshops in Mostar«, sagt Aga. »Especially for girls and women.«

Ihr Gesicht zeigt Mitgefühl. Und Freude darüber, dass sie etwas tun kann. Für *uns* tun kann. Ich kann sie gut verstehen.

Plötzlich beugt sich Aga zu uns herüber.

»Please pay attention. Tell your sisters about the danger. Some men in this region try to catch girls.«

Sie macht eine Pause.

»Please pay attention. They catch *Roma* girls.«

Ich bekomme eine Gänsehaut.

»You talk of prostitution«, sage ich. Stammeiers Reden vom Straßenstrich und von den Zuhältern, die Mädchen und Jungen entführen, scheinen nicht aus der Luft gegriffen zu sein.

»Komm jetzt«, sagt Anita zu mir.

Die Frauen tragen die Sachen schnell und effizient zu ihren Häusern. Niemand nimmt etwas für sich allein, alles wird aufgeteilt.

»Komm schon!«

»Good luck to you and your sister«, sagt Aga zu mir. Tausend Sachen schießen mir durch den Kopf. Irgendetwas in mir drängt mich, zu sagen, dass ich hier gar nicht dazugehöre und keine Almosen brauche. Ich habe Herzklopfen. Gleichzeitig schäme ich mich für den Impuls.

Als wir beim Haus angekommen sind und die Kartoffeln abgeladen haben, sehe ich zu, wie das Auto der Studentinnen sich mehrmals dreht und wendet, bis es auf dem engen Weg seine Spur gefunden hat. Anita ist schon ins Haus gegangen. Ich stecke das Visitenkärtchen in mein Portemonnaie, neben die Karte von dem Taxifahrer aus Sarajevo. Merweta und die Tante verstauen in der Küche die Lebensmittel.

»Essen von anderen Leuten«, sagt Anita. Und dann setzt sie hinterher: »Reden von anderen Leuten.«

Eine Kartoffel fällt auf den Boden.

»Immer müssen andere für uns reden!«

»Meinst du mich?«

»Nein.«

»Natürlich meinst du mich«, sage ich.

Anita schüttelt den Kopf.

»Nicht alle, die meinen, über uns reden zu müssen, wollen wirklich unsere Lage verbessern.«

Ich weiß, dass sie an Stammeier denkt.

»Wir hatten im Rosenwinkel letztes Jahr über mehrere Wochen immer wieder Besuch von einem Studenten, der über uns geschrieben hat, der uns gefilmt hat. Daraus wurde dann seine Doktorarbeit. Die haben wir aber nie gesehen, wir haben nichts dafür bekommen und der Typ hat sich nie wieder blicken lassen. Er ist jetzt Forscher für Antiziganismus oder wie das heißt.«

Anita lacht bitter auf. Ich habe ein paar Satzanfänge im Kopf, aber was soll's. Natürlich könnte ich Stammeier verteidigen. Aber ich bin selbst nicht mehr hundertprozentig sicher, ob ich ihm trauen kann. Was wird das für ein Bericht, den er über die Roma schreibt?

»Ich lasse mich nicht aus einem Land rausschmeißen. Klar weiß ich, was die Leute denken. Dass wir sie eh nur beklauen. Keiner wird uns in Deutschland vermissen.«

»Anita«, sage ich. »Wenn ich in Deutschland bin und du bist nicht da, dann fehlst du mir. Das ist logisch, weil du meine Freundin bist. Aber auch die anderen Leute in Deutschland werden merken, dass ihnen etwas fehlt, wenn du nicht mehr da bist.«

Anita sieht an mir vorbei.

»Ja«, beteuere ich. »Es wird ihnen etwas fehlen, wenn du und deine ganze Familie, wenn die ganzen Roma-Familien nicht mehr da sind.«

Anita ist wütend.

»Zuerst einmal werden sie merken, dass etwas *nicht* mehr

fehlt«, sagt sie. »Zum Beispiel der Sperrmüll vor ihrer Tür. Sie werden merken, dass vor ihrer Tür alles noch da ist. Weil mein Vater zum Beispiel keinen Sperrmüll mehr klaut.«

»Aber Sperrmüll mitnehmen ist doch nicht klauen!«

Die Kinder fangen an zu lachen. Sie erklären mir, dass man in Deutschland angezeigt wird, wenn man Sperrmüll, der angemeldet ist, mitnimmt.

»Wie bescheuert ist das denn?«, erwidere ich.

Anita muss fast ein bisschen lächeln, aber sie ist ganz blass dabei und ihre Augen haben überhaupt keinen Glanz.

»Anita«, sage ich. »Die Leute denken, dass man jeden Ort auf einer Landkarte sehen kann, und einen Ort, den das Navi nicht anzeigt, gibt es für sie nicht. Das ist genau wie mit Sachen, die man nicht erklären kann. Die Leute, die nicht daran glauben, dass es Unerklärliches gibt, merken auch nicht, dass ihnen etwas fehlt, wenn das Unerklärliche verschwindet. Trotzdem glaube ich, dass ihnen dann etwas fehlt.«

»Du weißt, dass ich an etwas Unerklärliches nicht so glaube«, sagt Anita.

»Solltest du aber.«

»Denkst du, eine Polizistin glaubt an Geheimnisse und Orte, die hinter einer Sackgasse liegen und nicht auf dem Navi auftauchen?« Anitas Stimme klingt brüchig.

»Glaubst du, die Polizisten, die dich aus der Wohnung gezerrt haben, glauben überhaupt an irgendetwas?«, frage ich leise.

»Ja«, kontert Anita. »An das Gesetz!«

Merweta, die uns die ganze Zeit über aufmerksam zugehört hat, wendet sich zum Fenster. Draußen steht ihr Mann, der vor einem Haufen Kabel zu verzweifeln scheint. Er hält lauter lose Enden in der Hand und weiß nicht, wohin damit.

Ich folge Merwetas Blick und sage mehr zu ihr als zu Anita: »Das Gesetz sollte man vielleicht einhalten, aber daran glauben? Ist doch kein Gott! Oder?«

Merweta lächelt. Ich drehe mich zu Anita um.

»Ich gehe nicht weg«, sage ich.

25

Es gibt einen einzigen Spiegel im Haus der Tante, und vor diesem Spiegel stehen jetzt alle Mädchen, um sich für die anstehende Hochzeit anzuziehen. Die Kleider, die auf Hochzeiten getragen werden, hängen sorgsam verwahrt in einem Schrank im Mädchenzimmer. Geordnet nach Größen und sogar nach Farben. Obwohl die Kleider offensichtlich zum wertvollsten Besitzstand der Familie gehören, dürfen wir nehmen, was uns gefällt. Die Töchter der Tante sind schon seit gestern bei der Braut und haben ihre Kleider mitgenommen.

Die Cousine, die heiratet, ist nämlich gar nicht die Tochter der Tante, sondern nur deren Nichte, und sie wohnt auch woanders. Wie weit entfernt und wo genau, weiß ich nicht, aber das ist ja auch egal. Jedenfalls wohnt sie nicht hier in »Pristina«. Deshalb war es gestern Nachmittag auch so ruhig hier. Da sich alle nahestehen, ist es schwer für mich, zwischen Schwestern, Cousinen, Töchtern und Nichten zu unterscheiden. Die Verwandtschaftsgrade kann ich mir einfach nicht merken.

Anita und ihre Schwestern sind bereits vollauf mit der Kleiderauswahl beschäftigt. Langes Kleid, Bolerojäckchen, Schmuck und Schuhe, alles muss perfekt sein. Bei den Schuhen herrscht erstaunliche Unordnung. In einer Kiste liegen haufenweise Ballerinas und Pumps, alles durcheinander.

Während wir einen auf Modenschau machen, liegen Anitas Brüder auf unseren Matratzen wie zwei kleine Familienoberhäupter und kommentieren unsere Auswahl mit »eklig«, »scheußlich«, »hässlich«, und finden das sehr witzig. Sie selbst müssen sich nicht schick machen. Sebadin zieht zwar bereitwillig eine Krawatte an, die zufällig unten im Schuhkarton liegt, aber es sieht nicht so aus, als ob ihn jemand dazu zwingen würde. Merweta schaut kurz herein. Sie lächelt, als sie sieht, wie wir uns auf die Kleider stürzen.

»Daj, ziehst du dich nicht um?«, fragt Anita sie.

Merweta antwortet auf Romanes. Ich glaube, dass sie eigentlich gar nicht zur Hochzeit gehen möchte. Gellend ruft die Tante durchs Haus. Merweta zuckt zusammen.

»Ich komme schon«, ruft sie. »Ich bin bei den Kindern.« Sie scheint gar nicht zu merken, dass sie mit ihrer Schwägerin deutsch spricht.

»Merweta!«

Jetzt ist es nicht die Tante, die ruft, sondern Rahim.

»Soll ich gehen?«, fragt Anita, aber ihre Mutter ist schon unterwegs.

Als sie draußen ist, erzählen mir Anita, Samira und Aferdita, wie es gewesen ist, als die Polizei ihre Wohnung im Rosenwinkel gestürmt hat. Wie Merweta geschrien hat und nicht mehr aufhören konnte.

»Sie hat die ganze Zeit geschrien, auch als wir unsere Sachen wahllos aus den Schränken gezerrt und in die Taschen geschmissen haben, die uns die Männer vor die Füße schoben.«

»Sie hat auch noch auf dem Weg zum Flughafen geschrien, wo wir die ganze Nacht in Abschiebehaft verbracht haben.«

»Die Oma hat nicht geschrien. Sie hat auch nicht geweint. Sie war stumm. Sie hat einfach aufgehört, mit uns zu reden. Bis jetzt redet sie immer noch mit niemandem.«

»Die Männer haben geflucht und um sich geschlagen. Schließlich mussten sie im Auto hinter einem Gitter sitzen, wie Hunde, weil sie nicht einsteigen wollten.«

Halb angezogen sitzen wir am Boden.

»Was ist das?«, fragt mich Samira. Aus meiner Tasche ist die Dose Baloncici gefallen.

»Schenk ich dir.«

Samira pustet Seifenblasen aus dem Fenster. Ein Auto fährt vor, laute Musik schallt durch »Pristina«. »Das ist bestimmt der Vater von Elvis«, sagt Anita. Ein Mann mit dichtem schwarzem Haar knallt die Fahrertür zu. Laut ruft er etwas durch die Straße, woraufhin mehrere Männer und Frauen Tüten und Kisten zum Auto bringen.

»Nach der Hochzeit zieht die Braut bei Elvis ein«, sagt Anita. »Sie lebt dann mit ihm bei seinen Eltern.« Das Mädchen tut mir echt leid. Es ist sechzehn, wie Elvis auch. Sie kennen sich kaum, haben sich nur zweimal gesehen, sind sich immerhin sympathisch, wie Anitas Geschwister beteuern.

»Woher wollt ihr das wissen? Ihr kennt sie doch gar nicht richtig!«

Samira sagt, die Schwestern von Elvis hätten das gesagt, und sie müssten es ja wissen.

»Na, dann ist ja gut«, sage ich ironisch.

Anita verkündet zur allgemeinen Erheiterung, dass ich vorhabe, niemals zu heiraten.

»Es sei denn«, unterbreche ich sie, »wenn ihr mir Zoran gebt.«

Samira reicht mir pinkfarbene Pumps. Ich stakse unsicher von einer Seite des Zimmers auf die andere.

»Der sieht ja aus wie ein Mädchen«, meint Anita. »Du brauchst doch einen richtigen Mann!«

Die kleinen Brüder kugeln sich vor Lachen.

»Frida braucht einen richtigen Mann«, rufen sie.

»Klappe, ihr Machos«, sage ich.

Samira und Aferdita beugen sich aus dem Fenster und rufen in die Mischung aus lauten Männerstimmen und wehmütiger Popmusik: »Klappe, du Macho«, bevor sie schnell wieder ins Zimmer flüchten.

»Zoran ist auch ein richtiger Mann«, sage ich.

»Aha«, meint Anita. Gnädig setzt sie hinzu: »Wenn du Zoran haben willst, also meinen Segen hast du!«

Sie zieht ein türkisfarbenes Kleid aus dem Schrank und hält es mir an. Dazu gehört eine Pumphose, die als Unterrock dient. Das Kleid hat Puffärmel, und das Dekolleté ist von lauter Rüschen eingerahmt, die wiederum von einer Schärpe eingefasst werden, die quer nach unten läuft und am Boden in einem Rocksaum mündet, der aus zarter Spitze besteht. Silberfädchen laufen über meinen Körper. Mein Hals ragt aus dem Stoff wie ein Turm inmitten eines Palastes. Der kleine Sebadin pikst mich von hinten und flüchtet über die Matten.

»Wer wagt es, die Queen aus Romanistan anzupiksen?«

»Ist Ihre Königliche Hoheit nicht schon einem gewissen Smiley versprochen?«, fragt Anita grinsend.

»Ja, natürlich«, sage ich. »Heute heirate ich Zoran und morgen den Smiley, und mal gucken, wer noch so auftaucht.«

Die Brüder trommeln mit den Füßen auf den Boden vor Lachen.

»Mach mal deinen Mund zu«, sagt Anita, bewaffnet mit einem Lippenstift.

»Wo hast du den denn her, der ist ja grässlich!«

»Mund zu!«

»Klappe zu«, rufen die Kinder.

»Klappe zu, Macho«, sagt Sebadin.

Anita schminkt mich mit fachkundiger Miene. Samira bürstet meine Haare, die ich keinesfalls offen tragen soll, das wäre viel zu simpel. Aufwand soll betrieben werden und den darf man auch sehen. Aferdita macht sich an meine Hochsteckfrisur, was gefühlt zwei Stunden dauert. Zum krönenden Abschluss prangt ein riesiger Seestern seitlich neben meinem linken Ohr. Haarschmuck dieses Ausmaßes habe ich noch nie getragen. Anita grinst. Sie nimmt sich eine aberwitzige Kopfbedeckung und lässt sie sich von Samira feststecken. Es ist ein Geflecht aus lachsfarbenen Seerosen. Ihre Haare quellen unter einem Seerosenteppich hervor wie schwarzes Seegras. Man kann förmlich das Wasser rauschen hören. Wir lachen uns kaputt. Anita legt die Kappe, die in Maribels Vintage-Shop vermutlich Höchstpreise erzielen würde, in den Schrank zurück und hängt sich goldene Sandalen um die Ohren.

»Oh, wer ist da bitte?«

Beide Schuhe sind Telefone, die abwechselnd klingeln.

»Frau Frida«, sagt sie in die linke Sandale. »Bitte sehen Sie sich im Spiegel an!«

Meine Augen sind riesig. Wenn ich die Lider hebe und senke, spüre ich das sanfte Gewicht der Schminke. Jeder Wimpernschlag zählt. Wen ich heute ansehe, der verfällt mir mit Haut und Haar.

Das sage ich mit tiefer Anita-Stimme in das goldene Telefon.

»Anita, Frida!«

Nachdem die ganze Zeit keiner je gesagt hat, wann es losgehen wird, und wir in Seelenruhe mit unseren Kostümen beschäftigt waren, ist es jetzt auf einmal allerhöchste Zeit.

Auf dem Weg zur Hochzeit bildet sich ein Zug aus Autos, Mofas, Fußgängern und sogar einem Esel, auf dem zwei Kinder reiten. Wir reihen uns ein. Wo es hingeht, weiß ich nicht. Anita und ich stöckeln den anderen hinterher, über den Feldweg, mit Pumps, die nicht richtig passen, aber, wie Samira sagt, flashig aussehen. Nachdem ich die letzten Tage immer nur meine alten Turnschuhe getragen habe, komme ich mir jetzt sehr groß vor mit den hohen Hacken. Das Gehen auf dem Schotter ist eine komplexe Angelegenheit. Meine Zehen krallen sich an das Schuhwerk, um es nicht zu verlieren. Mitten auf dem Weg ist eine Mülltüte zerrissen. Das Auto, das den Zug anführt, hat den Müll bereits platt gefahren. Es stinkt erbärmlich. Ein kleiner Mann mit Geige begleitet uns mit einer zarten Melodie, die dramatisch zittert, als wir über Küchenabfälle steigen. Wir überwinden den Müll. Die Geige jubiliert. In unseren Kleidern, mit dieser Musik, sind wir einem dieser Märchen entstiegen, die ich früher sonntags mit meiner Mutter angeschaut habe.

»Mach langsam«, sagt Anita, die neben mir gänzlich mühelos

durch Schutt und Asche tänzelt, auf Absätzen, die weit höher sind als meine.

»Nicht auf die Füße fixieren«, befiehlt sie und grinst mich an.

Hoch erhobenen Hauptes schreite ich den Weg hinab ins Dorf, eine Heidi-Klum-Challenge mit Balkan-Style. Zoran tuckert mit dem Mofa heran.

»Sukar«, sagt er. Es klingt wie Sugar, Zucker. Was es bedeutet, weiß ich nicht, trotzdem werde ich rot. Er trägt einen silbernen Anzug mit Krawatte.

»Wo ist Elvis?«, frage ich.

Anita lacht herzlich über meine Unwissenheit. Elvis kommt jetzt noch gar nicht dazu, erfahre ich. Erst spät am Abend wird der Bräutigam abgeholt. Normalerweise wäre die Abholung der Familie des Bräutigams sogar erst morgen dran, aber aus irgendwelchen Gründen, die ich erst recht nicht verstehe, wird diese Abholung vorgezogen.

»Jetzt steig schon auf«, sagt sie.

»Ich?«

Anita lacht einfach. Zoran lacht auch, vor allem als ich mich auf seinen winzigen Sitz plumpsen lasse und wir gemeinsam im Schneckentempo an den anderen vorbeifahren.

Manche Männer tragen Anzüge, andere aber ihre alten Jogginghosen. Nur bei den Frauen herrscht offenbar eine feststehende Etikette. Während die Männer ausgelassen scherzen, kommen mir die Frauen alle sehr angespannt vor. Aber Anita meint, die Frauen wären nicht angespannt, sondern traurig, weil sie sich von der Braut verabschieden müssten. Die Hochzeit sei ja vor allen Dingen ein Abschiedsfest. Sie sagt das so lapidar, als würde sie vom Mittagessen sprechen. Heute gibt es Börek und keinen Strudel.

Der kleine Geiger bekommt Verstärkung. Ein Akkordeonspieler gesellt sich zu ihm, und zu zweit begleiten sie unseren Zug von »Pristina« nach Bosnien-Herzegowina, das sich hinter dem Engpass zwischen zwei Häusern auftut. Wenn man von der Straße der Roma kommt, wirkt der unscheinbare Ort Veljica richtig wohlhabend. Zum dritten Mal komme ich am Schwarzwaldhaus vorbei, wo wieder die gleiche Frau auf dem Balkon steht. Ihre Miene ist finster.

Sie tut so, als würde sie Unkraut aus einem Geranienkübel zupfen, aber in Wirklichkeit teilt sie uns durch die Blume mit, dass *wir* das Unkraut sind, das sich in ihrem Kübel angewurzelt hat. Scheinbar teilnahmslos gießt sie Wasser auf die roten Blüten, auch als die Kanne längst leer ist. Wir bieten einen tollen Anblick, eigentlich müsste sie dafür Geld bezahlen. Wahrscheinlich hat sie Angst, jemand könnte ihre Melonen klauen.

»Dober dan«, sage ich Richtung Balkon.

Die Frau hat mich nicht gehört.

»Gadsche«, sage ich abfällig. Anita kichert. Zoran legt für einen winzigen Moment seine Hand auf mein Bein, das ganz eng an seinem liegt. Ich wünschte, wir könnten noch ein paar Runden drehen, aber leider sind wir schon angekommen.

Wenige Meter vom KONZUM entfernt, steht etwas abseits das Dorfgemeinschaftshaus, eine ziemliche Bruchbude. Hier befindet sich ein Saal, der, wie ich höre, ausschließlich für Roma-Hochzeiten genutzt wird. Das Haus gehörte ursprünglich der muslimischen Gemeinde, dann fiel es den Kroaten zu, die hier im Ort mehrheitlich wohnen, und später wurde beschlossen, es wieder allen zugänglich zu machen. Sowohl muslimische Hochzeiten und Taufen wurden gefeiert als auch katholische Feste. Auch für Partys konnte der Saal gemietet werden. Aber das ging wohl nicht lange gut. Die Kroaten und die Muslime kamen immer wieder in Streitigkeiten wegen der Raumnutzung, und dann gab es vor allem Ärger mit den zugezogenen Roma. Die Tante sagt, dass die Anwohner nicht wollten, dass Roma auch hier feiern. Muslime und Kroaten waren sich einig in der Ablehnung der Roma und versuchten, diese auszugrenzen, indem sie ihnen Sachen anhängten. Sie behaupteten, die Roma würden betrunken randalieren. Obwohl die Alishanis aus dem Kosovo allesamt gar keinen Alkohol trinken. In jedem Falle muss es dazu gekommen sein, dass sich die Gemeindevertreter der Bosniaken und der Kroaten und dazu noch der Vertreter der paar Serben, die auch hierhergezogen waren, geweigert haben, den Raum instand zu halten, solange er von »Cigani« genutzt wird. In der allgemeinen Streiterei kam es zum Zerfall des Hauses.

Und jetzt sind die Roma die Einzigen, die es überhaupt noch nutzen, sagt die Tante. Unser Zug bewegt sich nach drinnen, wo die Band zu spielen beginnt. Die Musik ist unfassbar laut.

Unverständlich, wie das die alten Leute aushalten, die stoisch die Tische ansteuern und Platz nehmen.

Die Band besteht aus einem Keyboarder, einem Bassisten und einem Sänger. Dazu gesellt sich der Geiger, den man allerdings nicht hört, weil er unverstärkt spielt. Der Akkordeonspieler ist nicht mehr zu sehen.

Frauen versammeln sich im Halbkreis auf der großen freien Fläche inmitten des Raumes und tanzen. Eine Frau, die mir als Mutter der Braut vorgestellt wird, packt mich am Arm und zieht mich auf die Tanzfläche. Eigentlich hatte ich gehofft, mir erst einmal ein Bild von der Lage machen zu können, anstatt sofort im Mittelpunkt des Geschehens zu sein. Die Brautmutter tanzt ein paar Takte neben mir, hält mich resolut an ihrer rechten Hand, bevor sie mich mit strenger Miene dem Halbkreis übergibt. Jetzt aufhören wäre unhöflich. Glücklicherweise ist Anita zur Stelle und versucht, mir die Schritte beizubringen. Ich gucke auf ihre Füße, bin aber unfähig, die einfach aussehende Schrittfolge einzuhalten.

»Nicht auf die Füße gucken«, ruft sie. Vor, ran, zurück, seitlich. Vor, ran, zurück, seitlich. Ich kann es nicht. Damit ich nicht auffalle, überlasse ich mich dem Rhythmus und mache irgendwas mit den Füßen, die man unter dem langen Kleid sowieso kaum sieht. Die Zehen krallen sich ins nicht existierende Fußbett. Unauffällig gleite ich aus den Schuhen und schiebe sie zur Seite. Barfuß ist es bedeutend besser. Das Kleid ist so lang, dass man meine Füße nur ab und zu unter dem Spitzensaum hervorblitzen sieht. Oder ist das ungehörig? Darf man hier barfuß tanzen? Anita ruft mir etwas zu.

»Was? Ich kann dich nicht verstehen!«

Anita ruft in den ohrenbetäubenden Lärm etwas von meinem Oberkörper, der unbedingt still halten muss.

»Und die Hüften!«

Lediglich die Hände dürfen sich bewegen, wie abgespalten vom übrigen Körper kreisen sie schlangenartig in der Luft. Freestyle ist jedenfalls nicht erlaubt. Es scheint wichtig zu sein, dass alle genau das Gleiche machen. Im gleichen Moment.

Während die Musiker fest an ihren Plätzen installiert sind, bewegt sich der Sänger frei mit dem Mikrofon durch den Saal. Mal singt er, mal spricht er, immer höchst eindringlich, als würde es die ganze Zeit um Leben und Tod gehen, und alles hängt an seinen Lippen. Alkohol gibt es keinen, aber ich fühle mich jetzt schon betrunken.

Nach einer ganzen Weile, in der weitere beschwörende Formeln gesprochen und gesungen werden und wir immer weiter diese winzigen Bewegungen mit den Füßen vollführen – die ich leider nach wie vor nicht beherrsche –, beginne ich mich in eine andere Zeitrechnung hineinzubewegen. Keine Ahnung, wie lange wir uns im Halbkreis drehen, wieder und wieder. Manchen Frauen werden Geldscheine in die Rüschen des Kleides gesteckt. Und auch der Sänger hängt voller Geld. Zoran beobachtet mich mit großen Augen. Er sitzt neben der Band. Jedes Mal, wenn ich an ihm vorbeitanze, Schrittchen für Schrittchen, und sparsam meine Hüften drehe, so wie Anita es mir beigebracht hat, spüre ich seine Blicke. Die ganze Atmosphäre ist aufgeladen. Die Männer tanzen erst später, höre ich von Anita. Zoran und ich lächeln. Er zwinkert mir zu. Ich tanze ja bereits mit ihm, und er mit mir. Nur, dass man es nicht sehen kann.

»Wollen wir mal rausgehen?«, brüllt Anita über die Musik hinweg.

»Jetzt?«

Na, wenn es sein muss.

Auf dem Weg nach draußen gönne ich Zoran meinen schönsten Augenaufschlag.

Im Schatten einer Platane liegt ein Hund. Neben ihm stehen zwei Schafe, die aussehen wie ausgestopft, weil sie sich keinen Zentimeter zu bewegen scheinen. Autos fahren geräuschlos an uns vorbei. Ich kann nichts mehr hören, meine Ohren sind taub. Eine Frau geht an uns vorbei, zum KONZUM. Das Ensemble mit zwei Schafen, einem schlafenden Hund und zwei Mädchen in Bollywood-Aufmachung scheint sie zu stören. Guckt sie so böse oder bilde ich mir das ein? Seit gestern habe ich Vorurteile gegen Gadsche. Ich schlucke, um wieder etwas hören zu können.

»Ich höre nichts.«

»Was?«

»Haha.«

Wir setzen uns zwischen Schaf und Hund auf ein Mäuerchen und verfolgen mit den Augen die Wurstverkäuferin, die aus dem Laden kommt und minutenlang in unsere Richtung guckt.

»Was passiert jetzt?«, frage ich Anita.

Aus dem Saal dringt die übersteuerte Stimme des Sängers, der einen dramatischen Vortrag hält.

»Der Brautpreis wird verhandelt«, sagt Anita. »Das kann dauern.«

Ich gehe zum Haus zurück und spähe auf Zehenspitzen durchs Fenster. An einer langen Tafel sitzen etwa zwanzig Männer. Der Sänger moderiert die Verhandlung, die mit ernsten Mienen geführt wird. Um welche Summen es geht, woher das Geld kommt, ob es überhaupt um Geld geht oder eher um Autos oder vielleicht um Schafe, vermag Anita nicht zu sagen. Ich bin unsicher, ob ich die Braut inzwischen überhaupt schon gesehen habe. Da wir alle so aufgedonnert sind, weiß ich nicht, wie sich die Braut von ihren weiblichen Gästen großartig unterscheiden soll. Anita sagt, der einzige Unterschied bestehe darin, dass sich die Braut siebenmal umzieht.

Drinnen entfacht sich eine längere Diskussion.

»Heute Abend wird richtig getanzt«, sagt Anita.

»Darf man dann tanzen, wie man will?«

Anita verneint.

»Natürlich nicht! Es gibt drei Arten von Tanz.«

»Einfacher oder komplizierter als das, was jetzt getanzt wird?«, frage ich.

»Viel komplizierter«, sagt Anita, sichtlich stolz. »Aber der Grundschritt ist immer der gleiche.«

»Ich scheitere schon am Grundschritt«, sage ich.

»Mein Vater meint, dass du den schon noch lernen wirst«, meint Anita.

»Wie jetzt? Dein Vater hat meine Tanzschritte beobachtet?«

Anita fragt mich, ob ich den Tanz lernen möchte. Sie sagt, das sei wie Synchronschwimmen.

»Nicht auf die Füße gucken. Wenn du die Schritte verstanden hast, dann vertrau darauf, dass deine Füße nichts vergessen.«

Sie steht hinter mir und weiß genau, wie sie meine Füße steuern kann.

»Wo sind eigentlich deine Schuhe?«

Wir tanzen synchron, die Blicke der vorübergehenden Passanten können uns nichts anhaben. So lange, bis drinnen die Musik wieder losgeht und wir gemeinsam in den Saal gehen. Rahim strahlt mich an.

»Siehst du«, sagt er.

Er strahlt, als hätte er vergessen, wo er ist und was passiert ist. Sobald man Teil der Hochzeitsgesellschaft ist, kann man auch keinen klaren Gedanken mehr an irgendeine Art von Außenwelt verschwenden. Es ist laut, heiß, und die immer gleiche Schrittfolge versetzt einen in eine Art Trance. Ich mache einfach das, was alle machen. Mal wird der Kreis vergrößert, mal verkleinert, mal reiht sich die Braut ein, mal tanzt sie ein Solo. Verschiedene Rituale werden durchgeführt. Einmal sitzt die Braut an einem Tisch, der in die Mitte des Tanzkreises geschoben wurde, ihrer Schwiegermutter gegenüber, und fängt an, diese mit einer Süßigkeit, die sie mit der Hand aus dem Inneren eines Brotlaibs holt, zu füttern. Die Schwiegermutter ihrerseits bricht ein Stück Brot ab und gibt es der jungen Braut in den Mund. Sie essen. Die Musik ist ungebrochen laut, und trotz der Intensität dieses Rituals stört sich niemand daran, dass eine alte Frau herumschreit und immer wieder an dem Tisch ruckelt. Ein paar Männer eilen herbei und gestikulieren wild. Alle gestikulieren, während das Mädchen ihre Schwiegermutter füttert und umgekehrt. Ich halte eine Sekunde inne, um die Szene besser sehen zu können, aber Anitas Vater fordert mich auf, weiterzutanzen. Er ruft mir zu. Ich verstehe nicht alles, was er sagt, aber ich soll tanzen. Wir sind die Backgroundtänzer zu der Show. Ich bin nur froh, dass ich barfuß bin, was keiner anstößig zu finden scheint.

Der Braut laufen Tränen übers Gesicht. Der Sänger nähert sich ihr und singt sie an. Die Schwiegermutter winkt die alte Frau, die so geschrien hat, zu sich und bekommt von ihr eine Plastiktüte, in der sich Schmuck befindet. Die Braut nimmt ihre Ohrringe und die Halskette ab und legt ihre Arme auf die Knie der Schwiegermutter. Die Musik brandet auf, der Sänger umkreist das Mädchen. Die Schwiegermutter legt der Braut eine Kette und einen Armreif um, steckt ihr Ringe an die Ohren. Stumm sitzt sie in unserer Mitte. Ein zierliches Mädchen, das jetzt Hausfrau wird. In »Pristina«, der Straße der Roma aus dem Kosovo. Ich wünschte, Elvis würde jetzt endlich auftauchen, das Mädchen küssen und sie zum Lachen bringen. Bei uns wird auf Hochzeiten gelacht. Aber dann ist die Ehe nicht glücklich und wird geschieden. Wir tanzen um die junge Braut, immer im gleichen Kreis.

Männer tragen einen Bottich mit Farbe herein. Frauen werfen ein weißes Laken über den Tisch, an dem Braut und Schwiegermutter noch immer sitzen. Die Braut soll ihre Hände offenbar in den Bottich tunken. Sie will aber nicht und wehrt sich, mit Händen und Füßen. Sie krümmt sich über den Tisch, der Schleier hängt vor ihrem Gesicht. Alle Frauen weinen, auch die Männer wischen sich über die Augen. Die Braut kämpft. Immer wieder bäumt sie sich auf, bis jemand ihre Hand festhält und führt. Die Hände der Braut samt ihren Armen verschwinden in der Tiefe des Bottichs. Lehmziegelrot tauchen sie wieder auf. Wir tanzen schneller. Von den Händen tropft Farbe wie Blut. Die Braut drückt beide Hände auf das Tuch. Geschafft. Wir tanzen schneller.

Die Männer tragen das Tuch mit dem Abdruck davon. Die Braut wird herausgeführt. Mir ist schwindelig. Aber meine Füße bewegen sich wie von selbst. Ich weiß nicht, wie lange wir noch tanzen. Eine Stunde, zwei? Irgendwann gibt es Würstchen und Gurken, Börek und Cevapcici, von den Männern auf

Papptellern serviert. Die Frauen sitzen alle und essen, während die Männer auftischen. Gierig greifen Anita und ich zu.

Jetzt erscheint die Braut in einem neuen Outfit, einem wunderschönen hellrosa Abendkleid mit Pumphose und Schleppe. Absurderweise steht auf ihrem Rücken in silbernen Buchstaben I PHONE.

»Wo gibt es nur diese Kleider?«, frage ich Anita, die mir, nicht minder absurd, erzählt, dass die Kleider, die sie in Deutschland auf den Hochzeiten tragen und die genau gleich aussehen, alle aus Gelsenkirchen stammen. Ich glaube mich verhört zu haben.

»Woher?«, schreie ich über die Musik.

»Gel-sen-kir-chen!«

»Warum Gelsenkirchen?«

»Mein Vater«, schreit Anita in mein Ohr, »fährt sogar extra nach Gelsenkirchen, nur um für uns Töchter Kleider einzukaufen!«

»Super«, schreie ich zurück.

»Ja!«

Wir lachen. Außer uns lacht keiner. Es ist schön, wenn keiner seine Fröhlichkeit raushängen lässt bei einem Fest. Das müsste Stammeier eigentlich gefallen. Ach, Stammeier. Der verpasst hier was.

Zoran beginnt zu tanzen, denn jetzt sind auch die Männer dran, und sie sind viel gelöster als die Frauen. Selbst die Männer mit den Jogginghosen entfalten eine gewisse Eleganz. Auch wenn nebenbei Handykameras blitzen und der Lautsprecher mehr nach Dorfdisko als nach Roma-Balkanbeat klingt. Alles ist bunt. Der Raum ist wie ein Wimmelbild, auf dem ich immer mehr Details entdecke, und ich vergesse bald, was wann gesagt oder getanzt oder vorgeführt wurde. Ich kann die Braut wieder nicht mehr von anderen Mädchen unterscheiden. Ständig trägt sie ein anderes Kleid. Von ihrem Heulkrampf hat sie sich schnell erholt. Sie tanzt inmitten der mittlerweile gemischten Gruppe, wobei ihre Schleppe von drei Mädchen gehalten wird.

Zoran lächelt mir schüchtern zu. Ich würde gerne an seiner Hand tanzen, aber die Frauen und die Männer tanzen alle getrennt. Er zwinkert mir zu. Meine Füße tanzen von allein. Ich senke meine Lider, die schweren Wimpern flattern. Mein Gott, ist der süß. Der Schweiß steht mir auf der Stirn, rinnt mir übers Gesicht. Ich muss dringend mal die Schminke kontrollieren. Anita begleitet mich. Glücklicherweise gibt es fließendes Wasser und Seife.

»Was ich dich schon die ganze Zeit fragen wollte«, sagt Anita, als wir Seite an Seite vor dem Spiegel stehen und mir die Ohren surren. Sie stockt.

»Was denn?«

»Guckst du so was wie Pornos?«

Ich starre Anita im Spiegel an. Habe ich richtig gehört?

»Entschuldige bitte, dass ich das frage«, sagt Anita total förmlich. »Aber auf Carlas Party haben zwei Jungs auf ihrem Handy einen Porno geguckt.«

Ich kann noch immer nichts sagen. Porno? Carlas Party? Wie kommt sie denn jetzt darauf?

»Nee, das mach ich nicht«, sage ich, weil Anita guckt, als müsse sie augenblicklich eine Antwort erhalten.

Sie atmet auf.

»Wovon redest du überhaupt?«, frage ich. Wenn nur meine Ohren nicht so surren würden!

Habe ich sie vielleicht falsch verstanden? Aber was kann man da falsch verstehen?

Anita sagt mir, dass sie deshalb gegangen ist.

»Weil da die beiden Jungs ...!?«

Anita nickt.

»Die haben doch keine Pornos geguckt?!«

Ich kann mir allenfalls vorstellen, dass es irgendwelche Fotos oder dämliche Videos auf YouTube waren.

Anita wäscht sich die Hände mit Seife, ganz gründlich. Mein Kajalstift ist verschmiert, ich muss mir das Gesicht mit den Fingerspitzen abreiben, da ich leider kein Tuch oder so was habe.

»Weißt du«, sagt Anita, »bei uns macht man das nicht.«

Mein Seestern ist verrutscht.

»Das ist haram«, sagt Anita. »Unrein!«

Ich lasse den Seestern schief hängen und blicke Anita ganz gerade ins Gesicht. Als ich klein war, hat meine Mutter mir erzählt, dass es schlimm ist, wenn man über Sexualität nicht reden darf, wenn es ein Tabu ist, so wie es für Mamas Eltern ein Tabu gewesen ist. Meine Mutter mag diese Tabus nicht und bei uns zu Hause stand die Badezimmertür deswegen auch immer offen. Nur ich habe sie immer zugemacht. Ich hasse offene Badezimmertüren. Ich würde auch niemals in eine gemischte Sauna gehen.

Anita erzählt, wie schockiert sie war, als sie Anna-Lena und Elena hat reden hören. Ich erinnere mich dunkel. Die beiden hatten über Langeweile im Liebesleben geredet.

Ich muss lachen, aber Anita ist so ernst, dass ich es unterdrücke. Sie erzählt mir von einer Fernsehsendung, bei der junge Paare eine Therapeutin fragen, wie sie ihr Liebesleben interessanter gestalten können.

»Und dann können sie es lernen! Nach Anleitung!« Die Tür geht auf, Anita guckt wie ertappt. Aber es sind nur ein paar Mädchen, die kein Deutsch können. Wir warten, bis sie auf dem Klo waren und es wieder ruhig wird. »So was ist doch krank, oder?«

Ich überlege mir eine Antwort, aber ich bin mir nicht sicher. Wem schadet dieses Zeug denn, ich meine, man muss sich das doch nicht angucken, wenn man es nicht mag? Und vielleicht sind hier auch Männer anwesend, die wer weiß was für Zeug machen, wenn ihre Ehefrauen nicht dabei sind.

Anita schüttelt den Kopf und öffnet ihren riesigen Haarturm. Ein schwarzer Sturzbach fällt über ihre Schultern.

»Es schadet dir eben«, sagt sie. »Es ist nicht gut fürs Karma.« Sie sieht unglaublich schön aus, wie eine Fee in einem Märchen. Dass sie das Wort Karma so scheinbar beiläufig verwendet, ist typisch Anita. Einerseits sich von jeglicher Spiritualität distanzieren und andererseits ganz selbstverständlich vom Karma sprechen, das gerade gestört wird.

»Findest du, mir würde ein Kopftuch stehen?«

»Warum?«

»Ich will nicht mehr so angesehen werden.«

»Von den Jungs?«, frage ich.

Anita schüttelt den Kopf. »Nein, natürlich nicht von unseren Jungs.« Sie zögert.

»Hier in der Gegend werden Mädchen gestohlen.« Sie

ist total blass. Ich weiß nicht, wie ich ihr die Angst nehmen kann.

»Lass uns mal an die Luft gehen.«

Sie rührt sich nicht von der Stelle.

»Ich gehe nicht raus!«

»Komm jetzt, bitte.«

Erst als ihre Schwestern zur Tür hereinkommen und unsere Unterhaltung stören, folgt mir Anita nach draußen.

26

Die Vorgärten sehen friedlich aus. Die Schafe und der Hund sind verschwunden. Als hätte es sie nie gegeben.

Dafür steht Stammeiers Auto jetzt an der Stelle, an der der Hund lag. Ich weiß nicht, ob ich mich freuen soll, als er, mit dem ich hier überhaupt nicht gerechnet hatte, mit einem Päckchen Zigaretten aus dem KONZUM kommt.

Anita zuckt zusammen. »Ich habe Angst vor ihm«, sagt sie.

»Vor ihm?«, frage ich.

»Er ist unheimlich«, sagt Anita. Stammeier überquert die Straße.

»Der spinnt vielleicht, aber er ist harmlos«, sage ich. Wie fadenscheinig das klingt. Wie in einem schlechten Film, in dem der Typ, der angeblich nichts tut, gleich einen Mord begeht. Oder wie wenn man sagt, »Mein Hund will nur spielen«, obwohl das Tier einen epileptischen Anfall hat und um sich beißt.

»Ich bin bei ihm mitgefahren, er hätte mir nie was getan«, sage ich. Was rede ich da? Warum verteidige ich jetzt Stammeier?

»Ich will nach Hause. In den Rosenwinkel. Ich will endlich wieder nach Deutschland!«

Stammeier steht inzwischen vor uns und starrt mich an. »Wie siehst du denn aus?«, fragt er. Und es ist klar, dass ihm nicht gefällt, wie ich aussehe. Sein Blick ist vernichtend. Er selbst sieht auch beschissen aus. Nicht nur unrasiert, sondern müde, übel gelaunt und alt.

»Was soll diese Maskerade!?«

»Wir sind auf einer Hochzeit«, sage ich.

Stammeier schwankt ein bisschen. Ist er etwa betrunken?

»Ist doch scheiße, wenn ihr Kinder verheiratet«, sagt er, keine Ahnung, zu wem. Ist er schon länger da? War er im Saal, ohne mich zu begrüßen? Wo kommt er überhaupt auf einmal her?

In unserem Rücken gehen drei glatzköpfige Männer Richtung KONZUM, aus den Augenwinkeln sehe ich, wie sie uns beobachten.

Stammeier inhaliert das Nikotin seiner Zigarette, als wolle er sich vergiften. Ich wünschte, ich hätte ihn niemals getroffen. Ihm niemals erzählt, dass eine Hochzeit gefeiert wird.

»Er vergiftet das Karma«, sage ich zu Anita. Wir gehen an Stammeier vorbei nach drinnen und tanzen im Halbkreis weiter. Der Halbkreis ist meine Bannmeile. Solange ich hier bin, kann uns nichts geschehen. Denke ich. Mein eigener Zauber ist verflogen. Ich sehe aus wie ein behängter Weihnachtsbaum. Ich bin hässlich. Ich bin keine Roma. Ich bin maskiert. Ich spiele sie nur. Ich spiele Roma. Romska. Cigani! Ich höre Stimmen.

»Cigani«, schreit jemand. Was ist hier los? Wer brüllt da so? Ist das Stammeier? Warum habe ich ihm vertraut? Stammeier steht am Fenster. Ist er verrückt geworden? Was macht er denn? Nein, schreie ich. Nein! Nein! Alle schreien. Die Scheibe zersplittert. Flammen schießen hoch. Die Schleppe der Braut brennt. Das Feuer ist mitten im Raum. Es frisst sich von der Mitte nach außen. Alle schreien, aber ich höre nur Merweta, deren lang gezogener Schrei eine Trennwand zwischen Traum und Wirklichkeit zerschneidet. Das ist die Wirklichkeit. Wir müssen hier raus! Es zischt. Etwas knallt. Ein Geschoss kracht durchs Fenster. Scherben fliegen. Ein Mann greift mit bloßen Händen nach der Schleppe und zerrt sie zum eingeschlagenen Fenster. Er greift den brennenden Stoff. Das Kleid der Braut hat Feuer gefangen. Der Keyboarder schlägt auf das Feuer ein, das auf dem Rücken der Braut entfacht wurde. Dann zerrt er sie durch den Raum zur Tür. Alle rennen zur Tür. Alle wollen gleichzeitig nach draußen. Anita, die an meiner Hand getanzt hat, ist weg. Ist sie zur Tür raus oder zum Fenster?

Ich bin draußen, als das Vordach einstürzt. Schreiend rennen wir auf die Straße. Der Erste, den ich wahrnehme, ist Stammeier.

»Anita«, schreit Merweta gellend.

Stammeier steht mitten unter den nach draußen geflüchteten Hochzeitsgästen. Lacht er etwa oder was macht er da?

»Was hast du getan«, schreie ich. »Was hast du getan!«

Stammeier sieht mich nicht.

»Jetzt hast du dein Foto«, brülle ich ihn an.

»Anita«, schreit Merweta.

Stammeier stößt mich von sich. Eine Masse an Leuten drängt an uns vorbei auf die Straße, ich stolpere über meinen Rocksaum auf den Asphalt, lande abseits der Menge, mit den Händen auf dem Boden, in den Augen Rauch. Ich hocke vor einem Auto. Es wird still um mich herum. Ich höre die Mütter, Väter, die Kinder nicht mehr, sondern nur das lodernde Feuer, das in meinem Rücken das ganze Haus auffrisst. Ich richte mich auf. Im Auto, das vor mir steht, sitzen junge Männer, die das brennende Haus mit ihren Handys filmen. Auf der Beifahrerseite sitzt Smail. Er hat kein Handy.

»Was machst du?«, kommt aus meinem Mund.

Seine Augen treffen mich durch die Windschutzscheibe, und ich weiß nicht, ob er mich auch erkennt. Aber das ist doch sein Gesicht!

Das Auto rollt auf mich zu.

»Bist du zufällig hier?«, frage ich sogar noch. Aber er kann mich ja nicht hören. Smail? Das Auto, in dem sich Smail befindet, fährt knapp an mir vorbei. Im Bruchteil einer Sekunde ist das brennende Haus in meinem Rücken nur ein Teil eines viel größeren Albtraums. Aber das ist kein Traum. Es ist ein Verbrechen, das gerade geschieht, und die Verbrecher sitzen in dem Auto, das an mir vorbeifährt, unbeachtet von der Menge der vor dem Feuer Geflüchteten. Und einer von ihnen ist Smail. Nicht Stammeier, auch nicht die Männer mit den Glatzen, die vor ihren Gärten stehen und keine Hilfe leisten. Nein, es ist Smail. Mein Smail.

Ein Hund steht neben mir und bellt sich die Kehle aus dem Leib.

»Hier«, schreie ich. »Die haben das getan, die waren es!«

Ich renne hinter Smail her. Die Männer und auch die Frauen, die in Vorgärten stehen oder aus ihren Fenstern gucken, bleiben stumm.

»Cigani«, ruft der Fahrer aus dem Fenster, gibt Vollgas und dann sind sie verschwunden. Die Straße ist frei, als hätte es diese Szene nie gegeben.

»Anita«, schreit Merweta.

Was ist mit Anita, wo ist sie?

Es donnert. Merweta rennt zum Haus. Stammeier überholt sie und schubst sie zurück, als sie sich an ihn hängt. Jemand hält sie fest.

»Anita«, schreit Merweta. »Anita! Sie ist da drin, Anita ist da drin!«

Ich komme nicht durch. Ich höre die Menge aufheulen wie ein Rudel wilder Tiere. Je weiter ich nach vorne komme, desto heißer wird es, desto stärker ist der Funkenflug.

Die Feuerwehr ist eingetroffen. Die Leute weichen zurück. Niemand darf in die Nähe des Hauses. Der Löschtrupp befestigt den Schlauch. Merweta fleht die Feuerwehrmänner an. Sie zeigt aufs Haus. Aber es gibt keinen Eingang mehr. Kein Mann wagt sich noch in das Inferno hinein.

»Da«, schreit Merweta. Stammeier arbeitet sich seitlich durch die Trümmer des brennenden Vordachs, zerschlägt ein Fenster und gelangt ins Haus.

»Anita«, schreit Merweta. »Devlesa, Devlesa!« Mein Gott, mein Gott, hilf uns!

»Devlesa«, rufen die Leute ihr nach. »Devlesa.«

»Devlesa«, murmelt eine Frau neben mir, immer wieder. Die Flammen schlagen hoch. Schwarzer Rauch steht über dem Haus. Der Himmel ist rot.

Teile des Dachs stürzen ein. Und dann steht Stammeier in der Menge und hat Anita im Arm.

»Dej!«, ruft sie. Mama!

27

Anita liegt auf der Rückbank von Stammeiers Auto, ihren Kopf auf Merwetas Beinen. Sie ist äußerlich unverletzt, aber völlig apathisch. Bestimmt hat sie eine Rauchvergiftung. Ich sitze mit ihren Geschwistern im Kofferraum. Rahim fährt, Stammeier neben sich, seine verbrannten Hände und Arme notdürftig mit einer Decke umwickelt. Es muss höllisch wehtun. Trotzdem dreht er sich andauernd nach hinten, um nachzusehen, ob Anita bei Bewusstsein ist.

»Dej«, murmelt sie immer nur. »Dej.« Aber wenn sich Merweta über sie beugt, schüttelt Anita den Kopf. »Dej!«

So erreichen wir das nächstgelegene Krankenhaus, das uns das Navi angibt. Während Anita und Stammeier untersucht werden, warte ich mit dem Rest der Familie auf dem Flur. Ich frage mich wieder und wieder, ob es wirklich Smail war, den ich gesehen habe. Wenn er es war, dann kann ich sämtlichen höheren, unsichtbaren Mächten danken, dafür, dass ich ihm nicht erzählt habe, wer meine Freundin ist und wo sie wohnt. Gott sei Dank habe ich mein Handy in Mostar nicht abgeholt. Von mir hat er nicht erfahren, wo die Roma-Hochzeit stattfindet. Aber wie kommt er dorthin? Woher weiß man, dass so eine Feier stattfindet? Werden die Roma so gehasst in dieser Gegend, dass ihre

Feste ausgekundschaftet und veröffentlicht werden? Wer sind die Leute, die diese Anschläge verüben? Ist Smail ein Nazi? Sein Blick hinter der Windschutzscheibe, war das der Blick des Menschen, den ich kennengelernt habe? Wer stand da neben mir am Ufer? Kann jemand, der einen so zart berührt, ein Brandstifter sein? Es hätten doch Menschen im Feuer verbrennen können. War sein Blick der eines zu Tode Erschrockenen, der sah, was er angerichtet hat? Oder erschrak er nur, weil er mich, die er hier niemals erwartet hatte, vor ihm auftauchen sah? Um ein Haar wäre Smail zum Mörder meiner besten Freundin geworden.

Die Hoffnung, es könnte doch ein anderer gewesen sein, der ihm nur zum Verwechseln ähnlich sieht, glimmt schwach in mir auf. Ich will niemanden kennen oder auch nur ansatzweise gekannt haben, der so etwas macht. Ich wünsche mir verzweifelt, den Täter nicht zu kennen.

Hätte ich mein Handy abgeholt, Smail angerufen und ihm von Anita erzählt – wäre er dann vielleicht nie auf die Idee gekommen, sich an so einem Verbrechen zu beteiligen? Ist er da sowieso nur durch falsche Freunde hineingezogen worden, weil sie ihn überredet haben, mitzukommen? Doch es gibt keine Verteidigung. Niemand fährt einfach so zu einem Haus, in dem eine Hochzeit gefeiert wird und zündet es an. Niemand sitzt in einem Auto und sieht zu, wie ein Haus angesteckt wird. Es gibt keine Entschuldigung.

Rahim schaut zu mir rüber. Ich sitze am anderen Ende der Bank, neben Merweta.

»Ich habe Anita draußen gesucht. Ich habe gedacht, dass sie draußen ist. Alle sind rausgerannt! Warum ist sie drinnen geblieben?«

Seine Augen stehen voller Tränen.

»Robert hat das gemacht, was niemand gemacht hat, er hat mein Mädchen aus dem Feuer geholt.«

Dass Rahim von Robert spricht und nicht von Stammeier, berührt mich. Dass er überhaupt seinen Vornamen weiß. Wenn er wüsste, dass ich Robert verdächtigt habe, das Feuer gelegt zu haben. Dass ich die Stimme der Angreifer für seine gehalten habe.

»Er ist ein Teil von meiner Familie«, sagt Rahim.

Samira und Aferdita sitzen wie Prinzessinnen auf der Bank. Wir tragen ja alle noch unsere mittlerweile ziemlich ramponierten Hochzeitskleider. Die kleinen Brüder sitzen bei ihren Eltern auf dem Schoß. Merweta hat die Augen geschlossen und wiegt Sebadin hin und her.

»Robert ist wie du«, sagt Rahim. »Wir vertrauen euch.«

»Ich habe doch Anita nicht gerettet«, sage ich. Meine Stimme zittert. In Gedanken füge ich hinzu, dass ich sogar weiß, wer das getan hat. Und wie könnte Rahim mir vertrauen, wenn er wüsste, dass ich den Täter kenne? Ich war die einzige Gadsche auf dem Fest und Gadsche haben diesen Anschlag verübt.

Hat meine Anwesenheit das Karma gestört?

Merweta macht die Augen auf und sieht mich an, als könne sie meine Gedanken lesen. Sie nimmt meine Hand, die ich unwillkürlich zu einer Faust geballt habe, und öffnet sie sanft.

***

Von einer Krankenschwester erfahren wir, dass das heute Nacht nicht der einzige Brandanschlag war. Zwei Stunden vorher wurde ein Wohnhaus ebenfalls mit Molotowcocktails angegriffen.

Bei dem Wohnhaus handelte es sich um eine Unterkunft für Roma. Ein zwölfjähriger Junge sei in den Flammen umgekommen. Die Krankenschwester schüttelt traurig den Kopf. Merwetas Beine zittern.

Wer das getan hat, frage ich. Mein Herz klopft zum Zerspringen. Mein Bauch tut weh. Junge Männer, heißt es, die aber nicht gefasst wurden. Die Anwohner hätten nichts bemerkt, weder in Veljica noch in der Straße in Mostar. Und die Polizei sei an beiden Orten erst viel zu spät erschienen.

Der Arzt teilt uns mit, dass Stammeier noch behandelt wird, aber Anita dürfe jetzt Besuch empfangen. Zu meinem Erstaunen möchte sie zuerst nur mich alleine sehen.

Anita liegt alleine in einem Mehrbettzimmer. Ich rücke einen zerschlissenen Stuhl an ihr Kopfende. Draußen ist ein Parkplatz, der Eingang zur Notaufnahme, hell beleuchtet. Ein Vogelzug fliegt am Himmel, wie seltsam, zu dieser Nachtzeit, und überhaupt: Ist denn der Sommer schon vorbei? Der Schwarm wechselt fließend seine Form, von einem umgedrehten V bewegen sich die Enden weiter und werden zu einem fliegenden M. Jede Bewegung eines jeden Vogels ist im Fluss. Der Flug der Vögel ist eine Schrift am Himmel vor Anitas Fenster.

»Ich hatte gedacht, dass du auch schon draußen bist. Sonst hätte ich dich doch nicht alleine gelassen!«, sage ich.

Anita schüttelt den Kopf. »Mach dir keine Gedanken, Frida. Das wäre ja auch normal gewesen. Ich bin aber nicht mitgerannt, als alle vor dem Feuer geflüchtet sind. Ich konnte nicht! Als es angefangen hat zu brennen und alle Menschen zur Tür gestürzt sind, ist etwas mit mir passiert. Ich konnte nicht raus. Ich war wie in einem Traum gefangen, und ohne zu wissen, wie ich dorthin gekommen bin, kauerte ich unter einem Tisch. Die Schleppe der Braut lag wie eine brennende Schlange im Saal, die sich hoch aufbäumte. Ich weiß nicht, was dann passierte, aber in dem Moment, in dem ich das Bewusstsein verlor, kam etwas anderes zurück. Eine Erinnerung.«

Ich rücke näher. Ein Wasserhahn tropft, die Neonröhre an der Decke flackert. Ich mache das Licht aus und höre im Dunkeln weiter zu.

»Ich bin ganz klein, ich sitze unter einem Tisch. Die Stuhlbeine sind glühend rot. Unter dem Tisch sehe ich Füße, ohne Strümpfe, und einen grün-roten Rock.«

Anita schließt die Augen, als sie fortfährt.

»Ich bin so klein, dass ich unter dem Tisch stehen kann. Über mir brennt die Tischplatte. Aber die Frau bleibt am Tisch sitzen. Ich greife nach ihrem Rock. Daj, rufe ich, Daj! Mama! Es ist meine Mutter, die vor dem brennenden Tisch sitzt und sich nicht rührt.« Anita setzt sich auf. Im Dunkeln ist ihr Gesicht nur schemenhaft zu erkennen. »Frida, ich habe im Brand meine Mutter gesehen. Meine richtige Mutter. Was ist damals passiert?«

Sie starrt mich an, mit weit aufgerissenen Augen.

»Dann sehe ich Stammeier vor mir. Weil ich mich mit aller Kraft an die Tischbeine klammere, muss er den Tisch umschmeißen. Ein brennender Stuhl fällt um. Stammeier springt zu mir. Zieht mich hoch. Wir stehen beide auf dem umgestürzten Tisch, die Tischdecke auf dem Boden um uns herum steht in Flammen. Es ist meine Schuld! Wir können nicht mehr weg.

Um uns herum ein brennendes Meer. Aber Stammeier packt mich und rennt mit mir durchs Feuer. Als ich das begreife, sind wir draußen angekommen. Der Himmel ist rot.«

Wir lassen das Licht aus, der Schein der Parkplatzlaternen wirft Schatten auf unsere Gesichter. Die Scheinwerfer eines Notarztwagens rollen über die Zimmerdecke.

28

Merweta sitzt auf dem Stuhl neben Anitas Bett, ich stehe am Fenster. Eigentlich möchte ich die beiden alleine lassen, aber Anita besteht darauf, dass ich bleibe. Und dass ich alles mithöre. Deshalb sprechen die beiden auch auf Deutsch.

»Du gehörst zur Familie«, sagt sie. Zum zweiten Mal in kurzer Zeit bin ich zum Familienmitglied ernannt worden. Ich schlucke. Heimlich spucke ich ins Waschbecken. Ein Kloß im Hals muss raus. Ich spucke auf Smail. Das Wasser der Neretva, das meine Spucke in hoher Verdünnung mit Smails Spucke vermischt hat, ist unrein. Ich spüle Wasser nach.

Merweta beginnt zu erzählen. Es ist noch dunkler geworden im Zimmer. Mein Kloß im Hals kommt immer wieder, ein paarmal muss ich ausspucken, so geräuschlos wie möglich. Im Spiegel betrachte ich mein dunkles Gesicht.

Merweta wusste, dass sie Anita eines Tages von ihrer leiblichen Mutter erzählen würde, und hat offenbar die vergangenen Jahre über bereits im Inneren mit der Erzählung begonnen. Das ist spürbar, weil sie so spricht, wie man sie sonst nie hört. Ihr Deutsch ist flüssig, und nur manchmal sagt sie etwas auf Romanes, das mir Anita übersetzt. Sie weiß ganz genau, was sie Anita sagen will. Sie ist vorbereitet, auch wenn sie sich nicht hat träumen lassen, dass es in solch einer Situation zur Aussprache kommen würde.

Merwetas Familie stammt aus Diwaniol. Hier haben die Beganovics als Huf- und Kupferschmiede gearbeitet. Auch damals waren die Romska bei der Bevölkerung Jugoslawiens nicht gerade beliebt. Aber sie hatten ihr Auskommen, am Rande der Gesellschaft. Und in ihrer Mahala, am Fuße des Dinarischen Gebirges, unweit von Mostar, wo die Männer als Schmiedehandwerker anerkannt waren, lebten sie verhältnismäßig gut. Sie hatten sich selbst Häuser gebaut, zum Teil sogar mit prachtvollen Vorbauten, um zu zeigen, dass sie es zu Geld gebracht hatten.

Viele Jugoslawen pflegten ein ambivalentes Verhältnis zu »ihren Cigani« – die Zigeuner gehörten zu ihrem täglichen Leben, sie verkauften ihnen Teppiche und Geigen, reparierten ihre Töpfe, aber Freundschaften zwischen ihnen entstanden nicht. Man blieb sich fremd. Obwohl das Fremde, wie Merweta anmerkt, offenbar für die reicheren Jugoslawinnen durchaus einen Reiz hatte. Gerne luden sie Roma zu sich nach Hause ein, um aus dem Kaffeesatz, aus Karten oder aus der Hand gelesen zu bekommen. Manche hatten ihre persönlichen Wahrsagerinnen. Ein Mädchen war besonders begabt in der Wahrsagerei. Medina war mehr als eine »Zigeunerin«, die erzählte, was die bürgerlichen Damen gerne hören wollten. Sie war eine echte Heilerin. Schon als junges Mädchen hatte sie in ihren Händen eine ganz spezielle Kraft. In Diwaniol war Medina bekannt und beliebt, manche Mädchen beneideten sie auch ein bisschen um ihre Gabe, durch die sie eine Sonderstellung in der Gemeinschaft innehatte.

»Medina«, wiederholt Merweta. »Das ist meine Schwester.« Sie legt ihre Hand auf ihr Herz. Dann sagt sie zu Anita: »Ce dej.«

Deine Mutter.

***

In den letzten Jahren vor dem Krieg, schon 1989, als in Deutschland Jubel über die Wiedervereinigung herrschte, kam es zu großen Spannungen in Jugoslawien. Für die ethnischen Minderheiten hatte die politische Situation enorme Auswirkungen. In Mostar durfte es auf einmal keine Roma mehr geben. Diejenigen, die in der Innenstadt lebten, wurden gewaltsam vertrieben, und die Familien in Diwaniol konnten die Innenstadt nicht mehr besuchen. Sie hatten plötzlich Probleme, Geld für ihren Lebensunterhalt zu verdienen. Diwaniol verarmte. Dann kam der Krieg. Die Beganovics harrten aus, solange sie konnten, erlitten Demütigungen und Gewalt, sobald sie sich aus ihrem Dorf herauswagten. Im letzten Kriegsjahr, 1995, gab es fast nur noch Frauen und Mädchen in Diwaniol. Die Männer, die gezwungen wurden, aufseiten der Kroaten gegen die Serben zu kämpfen, waren alle getötet worden. Fünfzig Männer aus der Mahala, darunter vier Angehörige der Familie Beganovic, wurden im Lager gefoltert und umgebracht, vor den Augen ihrer Söhne, die erst die Leichen ihrer Väter in den Fluss werfen mussten und anschließend selbst massakriert wurden.

Anita und ich wagen es nicht, uns zu bewegen, während Merweta unter großer Mühe, aber gefasst, weiterspricht.

Sie erzählt, dass an einem Märztag im Jahr 1995 Soldaten ins Dorf kamen. Mehr sagt sie nicht dazu. Aber nach dem Überfall der Soldaten flüchteten die verbliebenen Frauen aus Diwaniol in den Kosovo, wo sie entfernte Verwandte hatten, bei denen sie Unterschlupf fanden. Hier, in Pristina, der Hauptstadt des Kosovo, mussten sie also ein neues Leben beginnen. Die Landessprache, Albanisch, wurde gelernt. Merweta kam mit ihrer Schwester Medina und der Mutter bei Alishanis unter. Die Alishanis waren wohlhabend. Ihre Mahala in einem Randbezirk der Stadt Pristina war ein lebendiger Ort, an dem Handel getrieben wurde und die Familien ihren vielfältigen Handwerksberufen nachgingen. Merweta heiratete Rahim Alishani. Medina wollte nicht heiraten. Sie lebte bei Merweta und Rahim und dessen Familie.

Niemals hätten die Beganovics gedacht, dass auch an ihrem Fluchtort der Krieg ausbrechen könnte. Aber 1999 gab es tatsächlich Krieg im Kosovo. Was die wenigsten Menschen wissen, wie Merweta eindringlich erwähnt, ist die Tatsache, dass unter den vielen Opfern dieses Krieges die Roma die größte Gruppe darstellten. Viele Tausend Roma aus dem Kosovo wurden vertrieben oder ermordet. Und als die NATO Bomben über Pristina abwarf, waren unter den Opfern ebenfalls viele Roma. Was nirgendwo Erwähnung fand.

Merweta verstummt für ein paar Sekunden. Bevor sie sagt, dass es heute in Pristina, in der Heimat ihres Mannes, keine Mahala, keine Roma-Siedlung mehr gibt.

»Alles ist kaputt, nichts ist geblieben.«

Radikale Albaner überfielen damals die Siedlung, überfielen zuallererst die Frauen. Merweta schweigt wieder.

Drei Männer schossen in die Haustür der Familie von Rahim

und Merweta Alishani. Rahim war nicht da. Merweta und Medina krochen in den Kleiderschrank, den sie schon einmal als Versteck nutzen mussten und vorsichtshalber halb ausgeräumt hatten. Die Mutter lag unter dem Bett.

»Der Schrank roch nach Zedernholz«, sagt Merweta. Wieder schweigt sie für eine Zeit, die mir entsetzlich lang vorkommt.

Die Männer kamen die Treppe hoch. Einer riss die Schranktür auf und griff hinein, er trug ein Piratentuch auf dem Kopf und an seinem Gürtel hingen unzählige Waffen. Er erwischte Medina, Merweta hatte er nicht gesehen.

Die Mutter schrie in ihrem Versteck und wurde dadurch entdeckt. Die Männer töteten sie aber nicht. Sie zwangen sie lieber, zuzuschauen bei dem, was sie Medina antaten. Merweta kauerte währenddessen im Schrank.

Danach verließen die Männer das Haus und steckten es in Brand. Die ganze Mahala wurde in Brand gesteckt. Merweta, Medina und ihre Mutter flohen Richtung Fluss aber es war zwecklos. Überall standen Soldaten. Sie schossen auf die drei Frauen, aber sie trafen sie nicht, weil Medina ihre Mutter und Merweta an den Händen packte und mit ihnen ins Wasser sprang. Die Männer schossen in den Fluss, und Medina tauchte ab und zog Merweta und die Mutter mit sich nach unten.

Im Gegensatz zu Schwester und Mutter konnte Medina schwimmen. Sie konnte auch tauchen, das hatte sie sich selbst beigebracht, damals, als junges Mädchen in Mostar.

Merweta stockt. Anita atmet tief aus.

Medina zog die beiden hinter sich her, und es war ein Wunder, dass sie mit den beiden Nichtschwimmerinnen überhaupt ein paar Meter weiterkam. Als sie auftauchten, hatten Merweta und die Mutter viel Wasser geschluckt, aber sie waren am Leben und die Männer nicht mehr zu sehen.

Alle drei kletterten sie eine Böschung nach oben und schlugen sich durchs Dickicht, immer tiefer in den Wald hinein. Mehr als zwei Wochen blieben sie im Wald, ernährten sich von ein paar Beeren und Blättern und Flusswasser. Dann wagten sie es, zurückzugehen, und fanden Rahim, der sie überall gesucht hatte, vor der Ruine seines Elternhauses.

In der Umgebung von Pristina war es zu gefährlich geworden, Roma galten als Freiwild. Sie beschlossen, mit einigen Verwandten nach Bosnien zu gehen, nach Diwaniol, wo vielleicht noch Familie von Merweta, Medina und ihrer Mutter zu finden wäre. Denn in Bosnien war der Krieg ja längst zu Ende, und so hofften sie auf einen Platz, an dem sie in Frieden leben konnten.

Aber sie fanden fast niemanden mehr vor, Diwaniol war ein toter Ort. Nur einige Frauen lebten dort, ohne Männer, allein mit ihrer Schande. Sie waren im Krieg vergewaltigt worden und hatten dies, im Gegensatz zu vielen anderen, nicht verschwiegen. Daher galten sie als unrein. Medina und die Mutter, Merweta, Rahim und andere aus der Familie Alishani zogen zu den Ausgestoßenen in die Ruinen ein und versuchten sich einzurichten. Eine Arbeit für die Männer zu finden, war illusorisch. Im Nachkriegsbosnien gab es für fast keinen mehr einen Job und für einen Roma schon gar nicht.

Medina war die Einzige, die Geld verdiente. Sie war sich nicht zu schade zu betteln. Merweta sagt, dass sie es nicht hätte tun können. Keine aus ihrer Familie habe jemals auf der Straße gesessen. Sie waren zu stolz, aber Medina war auf ihre Weise auch stolz. Sie fand, dass es ihr zustand, Geld von den Leuten zu bekommen. Auch wenn sie ihnen nichts mehr bieten konnte. Denn ihre Heilkünste, die sie als junges Mädchen bekannt gemacht hatten, waren außer Kraft gesetzt worden.

Stumm ging Medina durch Mostar, streckte die Hand aus und sah die Leute nur an.

Merweta lächelt ein bisschen. Ich sehe im Dunkeln ihre Zähne weiß aufblitzen. Dann seufzt sie auf.

Medina wurde erfindungsreich. Malte mit Farben, die sie selbst herstellte, Bilder auf Stoffe und fuhr mit einem uralten Planwagen, den sie restauriert hatte, durch die Gegend. Da ein Pferd unerschwinglich war, spannte sie einen Esel, der ihr zugelaufen war, vor den Wagen. Nach dem Krieg liefen ja viele Tiere herrenlos herum.

Medina war am liebsten unterwegs. Sie verkaufte Bilder und bettelte.

Nach neun Monaten bekam sie ein Kind. Ein Kind war ein Geschenk, das man annehmen musste. So war und ist es bei den Roma. Sie nannte das Mädchen Anita.

Eine kleine Möglichkeit bestand, dass ihr Freund aus dem Kosovo der Vater ihrer Tochter war. Daran hielt sie sich fest.

»Und diese Möglichkeit«, sagt Merweta, »besteht ja noch immer.«

Sie sieht ängstlich zu Anita rüber.

Trotz der großen Liebe, die Medina ihrem Kind entgegenbrachte, wurde sie immer wieder von Phasen heimgesucht, in denen Merweta Anita zu sich nehmen musste, um das Kind nicht zu verstören. Medina heulte dann stundenlang und verletzte sich selbst.

Merweta steht auf und geht zum Fenster. Den Blick auf den Parkplatz gerichtet, fährt sie fort.

Die Lage in Diwaniol war extrem angespannt. Die Männer hatten keine Arbeit und kamen auf dumme Gedanken. Die Frauen mochten ihre arbeitslosen Männer nicht mehr. Es wurde zunehmend trostlos in dem Ruinendorf.

An ihrem dritten Geburtstag spielte Anita mit einer Kerze, die Medina im Müll anderer Leute für ihr Mädchen gefunden hatte. Sie zündete die Kerze an. Sie sang ihr ein Lied. Anita lachte, die Kerze gefiel ihr. Sie tropfte das Wachs auf einen Tisch. Medina saß bei ihr. Im Gesicht des Kindes, im Schein der brennenden Kerze, flackerte für Medina das Fremde auf. In ihrer mit dem Feuer spielenden Tochter sah sie für Augenblicke den Feind, der sich an ihr vergangen und dann das Haus in Brand gesetzt hatte, in dem sie mit ihrer Mutter, ihrer Schwester und deren Mann lebte. Es war die Glut auf dem Tisch, die den Schmerz und die Schande neu entfachte. Das Kind spielte weiter mit der Kerze. Es kroch unter den Tisch und das Feuer kroch ihm hinterher. Medina blieb sitzen. Sie schloss die Augen und wollte im Feuer sterben. Mit ihrem Kind, dem Feind. Soll er sterben, der Feind.

Merweta war es, die das Kind rettete, das Feuer löschte. Medina blieb auf ihrem Stuhl sitzen, ihr Verstand hatte sich in der Vergangenheit verloren und blieb dort. Mit ihrer Sprache. Rahim und die Alishanis hielten es in Diwaniol nicht mehr aus. Es wurde Winter, es war kalt, sie hatten kein Holz mehr zum Heizen, und sie beschlossen, in Deutschland Asyl zu suchen. Medina weigerte sich, mitzukommen. Merweta und die Mutter versuchten alles, was ihnen möglich war, aber Medina kam nicht mit.

»Xoxana«, gesprochen Schoschana, die dunkle Seite der Macht, hatte laut Merweta nach ihrer Schwester gegriffen und sie nicht mehr losgelassen.

Merweta und Rahim nahmen Anita zu sich.

Merwetas einziger Trost war, dass die Frauen, mit denen Medina von jetzt an wohnen würde, sie mit Respekt behandelten. Sie wussten, dass die stumme Frau Mutter und Schwester durch einen Sprung in den Fluss gerettet hatte. Und dass sie für die Familie betteln ging.

Für sie, die am Fluss aufgewachsen waren und trotzdem nicht schwimmen konnten, war Medina etwas ganz Besonderes. Sie sagten Merweta beim Abschied, dass Medina wie die Schutzheilige der Roma übers Wasser gekommen sei.

Ich weiß nicht, ob Anita den Mythos kennt, ich kenne ihn jedenfalls nicht. Ich weiß auch nicht, ob Anita noch zuhören kann.

Es ist eine Geschichte, die besonders unter den christlich geprägten Roma geläufig ist. Die Beganovics aus Mostar sind Christen, die Alishanis Muslime. Aber auch unter den Muslimen, sagt Merweta, ist die Geschichte bekannt.

Als Jesus der Überlieferung nach von den Toten auferstand, gab es drei Frauen, die das bezeugen konnten. Alle drei hießen Maria mit Vornamen und alle drei hatten die Auferstehung mit eigenen Augen gesehen. Darauf bestanden sie und deshalb wurden sie mit dem Tod bedroht und mussten fliehen. Ihr Weg führte sie über das Mittelmeer bis nach Südfrankreich. Vor der

Küste havarierte ihr Schiff. Die Frauen wären ertrunken, wäre nicht ihre Dienerin dabei gewesen. Diese rettete die drei Marias und brachte sie alle unbehelligt an Land. Dort angekommen, ging sie durch die Dörfer und sammelte Geld für die Gemeinde, die sie gründeten. Der Ort ihrer Ankunft wurde »Les Saintes Maries de la Mer« genannt. Und dort wird noch heute die Dienerin der Frauen verehrt und angebetet. Ihr Name war Sara. Weil ihr Gesicht ganz dunkel war, nannte man sie »die schwarze Sara« oder auch »Sara, die Bettlerin«. Und auch »Sara, die Zigeunerin«.

Merweta sagt, dass Sara la Kali, wie sie auf Romanes genau wie im indischen Sanskrit heißt, die Schutzheilige der Roma ist.

Die Frauen von Diwaniol benannten die verwirrte und verlorene Seele Medina nach ihr: Sara.

***

Draußen dämmert der Morgen, als Merweta am Ende angekommen ist. Anita sitzt aufrecht im Bett. Alles Mögliche erwarte ich von ihr, dass sie Merweta anklagt, weil sie erst jetzt von ihrer leiblichen Mutter erfährt, oder dass sie ausrastet, weil es eine schrecklichere Nachricht doch nicht geben kann als die, dass der eigene Vater aller Wahrscheinlichkeit nach ein Vergewaltiger ist. Dass man nicht aus Liebe entstanden ist. Nicht vorstellbar, das Gefühl, auch nur irgendeinen genetischen Code eines Mannes in sich zu tragen, den man nur hassen kann.

Vorstellbar wäre auch, dass sie sich gegen Medina wendet, die sie im Stich gelassen hat.

Merweta holt ein Foto aus dem Amulett, das sie immer um

den Hals trägt, und gibt es Anita. Es zeigt Medina, als sie ungefähr so alt war wie Anita jetzt. Medina sieht aus wie Anita.

»Meine Mutter ist eine Verrückte«, sagt Anita.

»Deine Mutter ist nicht verrückt«, sage ich. »Sondern sehr schwer krank. Ihre Krankheit ist die Folge von dem, was ihr passiert ist. Sie konnte nicht anders, als zu zerbrechen.«

Meine Stimme ist auf einmal heiser.

»Aber das, was von ihr übrig ist, ist trotzdem wunderschön«, sage ich leise. Wie gerne würde ich meine Freundin trösten.

»Sie ist eine Heilerin, mit ihren Augen schafft sie es, einen zu sich selbst zu bringen.«

Alles, was ich jetzt sage, habe ich mir lange überlegt. Die ganze Nacht im Haus der Tante, als ich nicht schlafen konnte, habe ich darüber nachgedacht, wie man Sara beschreiben könnte. Weil ich Anita von ihr erzählen wollte. Ohne zu wissen, wer sie für sie ist.

»Nur sich selbst kann sie nicht heilen. Sie kann nicht mehr normal sprechen, sie weiß nicht mehr, wie das normale Leben geht. Aber du wirst trotzdem stolz darauf sein, dass sie deine Mutter ist.«

Anita und Merweta schauen mich mit einem Ausdruck an, der sich jeder Beschreibung entzieht.

»Woher weißt du das alles?«

Ich muss zugeben, dass ich diesen Augenblick genieße.

»Weil ich sie getroffen habe«, sage ich.

29

Wir fahren zu den Frauen von Diwaniol. Genauer gesagt, zu Medina. Oder zu Sara. Merweta und Anita auf dem Rücksitz, Stammeier, dessen Hände und Arme verbunden sind, auf dem Beifahrersitz, ich am Steuer. Dass ich, seit ich den Führerschein letztes Jahr gemacht habe, kein einziges Mal Auto gefahren bin, braucht ja keiner zu wissen.

Es ist Anitas Wunsch, ihre leibliche Mutter zu besuchen. Für uns alle ist das eine schwierige Situation. Wir reden fast nichts. Aber wir sind, und das ist besonders spürbar auf dem Weg, den wir antreten, nachdem wir das Auto abgestellt haben, alle miteinander verbunden. Gemeinsam wandern wir den Hang hinauf, der mir vertraut und gleichzeitig fremd vorkommt. Die Kühe, der Esel, der Acker und schließlich die Granatapfelbäume – ich kann, mit dem Wissen um die Verbrechen, die hier und anderswo an Anitas Familie verübt worden sind, keine Zeichen mehr am Wegesrand erkennen, die mich leiten oder mir geradezu magisch etwas bedeuten, sondern nur noch das wahrnehmen, was jeder sehen kann, das, was konkret und für jeden erkennbar da ist. Ein Dorf in Schutt und Asche, könnte man sagen. Schrottsammlerinnen. Frauen, die geschändet wurden, von der Gesellschaft Verbannte. Stammeier und ich bleiben etwas zurück. Merweta hat Anita an der Hand genommen und geht zügig durch die Straße, zum Haus ihrer Familie. Sie ist gefasst und bleibt es auch, als wir Sara gegenüberstehen.

»Medina«, sagt Merweta. Und dann sagt sie etwas auf Romanes zu ihrer Schwester, die vor dem Haus auf dem Boden kauert, den Rock um sich herum ausgebreitet, ihre eigene Insel. Sie sitzt vor dem zerstörten Haus ihrer Familie, als würde sie ihre Schwester mitsamt der Tochter erwarten. Aber sie spricht nicht mit ihnen, wie sollte sie auch plötzlich normal sprechen können!? Anita steht stocksteif da. Medina blickt nicht auf. Merweta sagt noch etwas in ihrer schönen Sprache, es klingt wie eine Beschwörung, ein Ruf aus einer fernen Kindheit, an die aber niemand hier anzuknüpfen imstande ist. Merweta bricht ab, denn die Schwester bleibt in ihrer eigenen Welt. Es gibt kein offensichtliches Erkennen, keine Begrüßung. Anitas Blick trifft mich. Mehr als auf ihre Mutter sieht sie auf die Ruine im Hintergrund.

»Anita«, sage ich und gehe auf sie zu. »Setz dich doch zu ihr.«

Anita und Merweta sehen mich zweifelnd an. Medina beginnt zu lachen, es klingt scheußlich und unheimlich. Anita wendet sich zum Gehen. Sie sieht nur das, was jeder sehen würde. Die Bettlerin, die vor der Bankfiliale in Sarajevo hockt, die Frau vor REWE. Frauen, die die Hand aufhalten und offensichtlich nichts mit dem Leben, das wir führen, gemeinsam haben. Wenn ich es jetzt nicht schaffe, Anita den Weg zu der anderen Seite von Medina zu zeigen, wird das für immer eine traurige und ausweglose Begegnung bleiben. Also setze ich mich auf den Boden neben Medina, die ich in Gedanken aber immer noch Sara nenne und der ich so dankbar bin für das, was ich bei ihr erleben durfte. Zögernd nehmen Anita, Merweta und schließlich auch Stammeier neben uns auf dem Boden Platz. Ich habe keine Berührungsängste mit dieser Frau. Deshalb kann ich ihr nahe kommen. Wenn sie meine eigene Mutter wäre, könnte ich das auch nicht. Schweigend sitzen wir zusammen. Wir blicken auf die Straße, die vor uns liegt. Frauen und Katzen mustern uns. Wir sitzen am äußersten Rand von irgendwas, von einem Stück Welt, das andere für sich beanspruchen. Medina hat aufgehört zu lachen.

»Ich habe dir echt unrecht getan«, sage ich zu Stammeier. Das hier, die Ansammlung kaputter Häuser, Sachen und Menschen, muss ihm bekannt vorkommen. Er, der immer im Krieg ist und der dem Frieden nicht traut.

»Warum hast du ihm unrecht getan?«, fragt Anita.

Medina blickt auf, als sie Anitas Stimme hört. Es ist irgendwie absurd, hier oben, neben Medina auf dem Boden sitzend darüber zu sprechen, was unten im »realen Leben« passiert ist, aber irgendwie ist es auch gut. Ich beichte, dass ich Stammeier verdächtigt habe.

»Ich dachte, du hättest das Haus in Brand gesetzt!«

Ich erzähle, wie ich mich in die Vorstellung hineingesteigert habe, dass er es war, der am Fenster stand. Und dass ich Smail gesehen habe, meinen Smail, der scheinbar zu einer Gang von Brandstiftern gehört, die Häuser anzünden, in denen sich Roma befinden.

»Das tut mir leid«, sagt Anita.

Und das bringt mich jetzt echt zum Heulen. Anita tut es leid, dass ich mich in einen Typen verknallt habe, der sie beinahe umgebracht hätte.

»Mir tut es leid, Anita, mir!«

Wir sitzen eine gefühlte Ewigkeit neben Medina/Sara auf der Erde und sinnieren über unsere Schwächen und Stärken. Sie, die Fremde, ist einfach dabei. In Wirklichkeit ist sie es natürlich, die das alles in uns hervorbringt. Ich kann kaum wiedergeben, was wir in ihrer Gegenwart alles aussprechen, Wichtiges, Unwichtiges, aber vor allem Ehrliches. Stammeier sagt, dass er sich schuldig fühlte, als das Feuer ausbrach, als hätte er mit seinem Neid das Feuer ausgelöst. Neid? Anita muss laut lachen. Medina lacht mit und es klingt schon nur noch halb so erschreckend wie vorher. Ich fühle die ganze Zeit über die Verbindung zu ihr und hoffe, dass auch Anita etwas davon spürt. »Auf was bitte bist du denn neidisch?« Vor dieser Kulisse von Neid zu sprechen, erscheint tatsächlich weit hergeholt. Stammeier lacht nicht. Er sagt, dass sich die Gesellschaft an ihrem Umgang mit Minderheiten messen lassen muss.

»O. k.«, sagt Anita. Es klingt wie eine Frage.

»Na ja«, meint Stammeier. »Die Menschen, die von überallher zu uns kommen, weil sie kommen wollen, weil sie kommen müssen, diese Menschen bringen wie ihr etwas Eigenes mit. Einen starken Glauben zum Beispiel, oder starke Regeln. Werte, die mit meinem Verständnis von Freiheit und meinem Zweifel an Regeln und Ritualen nicht zusammengehen. Weißt du, ich habe an Weihnachten keinen Weihnachtsbaum, ich habe noch nicht mal eine Familie.«

»Oh«, sagt Merweta. Stammeier lächelt.

»Das ist ja meine eigene Entscheidung«, sagt er zu ihr. »Ich habe das ja so gewollt!«

Medina nimmt Anitas Hand. Erkennt sie ihre Tochter? Anita guckt zu Merweta. »Ich sehe doch, was ihr habt«, sagt Stammeier. Und dieser Satz, inmitten dieser Ruinenlandschaft, inmitten einer Familienzusammenführung, die seltsamer nicht sein könnte, hallt lange nach.

»Ich war beim KONZUM, holte mir Bier und Tabak«, sagt Stammeier. »Ich sah, wie plötzlich mehrere Autos vorfuhren. Erst dachte ich, sie gehören zur Hochzeit, aber sie umstellten das Haus, skandierten eine Parole und warfen auf Kommando Molotowcocktails in die Fenster. Wie in Zeitlupe näherte ich mich. Die Leute im KONZUM guckten weg. Ich ging an ihnen vorbei, ich rannte nicht. Die Täter sprangen in ihre Autos zurück. Das Haus brannte. Ich war wie im Traum. Ich dachte, dass ich das Feuer gelegt habe. Bis ich verstand, was passiert war, vergingen kostbare Minuten, in denen jemand im Haus vielleicht verbrannte. Und ich wusste, wenn irgendetwas von mir zu retten war, dann musste ich den Menschen retten, der sich in diesem Haus befand. Ich bin kein Held, obwohl ich dich da rausgeholt habe, Anita.«

»Du hast selbst geglaubt, dass du das Feuer gelegt hast?«, frage ich entgeistert. Stammeier lacht. Wir sitzen noch lange hier oben, auf dem Hügel, und haben alle wenig Lust, aufzubrechen. Die Zeit mit Medina ist kostbar. Trotzdem müssen wir gehen und wir müssen sie zurücklassen. Wir wissen nicht, wie es ihr geht und wie es in ihr aussieht. Mitkommen will und kann sie nicht. Natürlich nicht. Es gibt keinen Moment, der die Geschichte zurückdreht oder vergessen macht. Anita sagt, dass sie noch fünf Minuten alleine bei Medina bleiben möchte. Wir anderen gehen vor.

Auf dem Rückweg zum Auto habe ich das Bedürfnis, meine eigene Mutter anzurufen.

»Gib mir bitte mal dein Telefon«, sage ich zu Stammeier.

Ich wähle Mamas Nummer. Sie meldet sich sofort.

»Robert?«, sagt sie fragend.

Wie bitte, Robert?

Meine Mutter lacht fröhlich.

»Verzeihung, Frida, ich habe dich verwechselt!«

Wie bitte? Verwechselt?

»Ach, Frida.« Meine Mutter ist glücklich, mich zu hören. Ich könnte schon wieder losheulen. Es stellt sich heraus, dass Stammeier längst mit meiner Mutter telefoniert hat. Gleich nachdem er mich überredet hat, bei ihr anzurufen, und ich nicht auf den AB gesprochen habe, hat er ihre Nummer eingespeichert und offenbar mehrfach angeregt mit ihr geplaudert.

»Denkst du, ich nehme über mehrere Tage ein Mädchen in meinem Auto mit und wende mich nicht unverzüglich bei einem seiner Erziehungsberechtigten?«

»Du Spießer«, sage ich, nachdem ich das Telefonat beendet habe.

Stammeier lacht.

»Ich bin volljährig«, protestiere ich.

Aber irgendwie macht es mir nichts aus.

»Deine Mutter ist anscheinend eine tolle Frau«, sagt er.

»So lustig wie eben gerade ist sie wirklich nicht immer«, sage ich. »Im Gegenteil.«

Stammeier grinst unverschämt.

»Ich mag traurige Frauen«, sagt er. »Du weißt doch, dass ich am liebsten traurig bin, wütend, enttäuscht und gemein.«

»Also, gemein ist Mama aber nicht«, wende ich ein.

»Siehst du«, sagt Stammeier. »Dann habe ich ihr ja noch etwas voraus.«

Merweta lacht befreit, das bisschen Normalität tut ihr gut. Anita kommt erst nach einer halben Stunde. Ob sie noch bei Sara im Wagen war? Ich frage sie nicht, vielleicht später einmal.

Stammeier drückt mir den Autoschlüssel in die Hand. Fast hätte ich vergessen, dass ich ja jetzt die Fahrerin bin. Die Straße führt an der Neretva entlang, hinter dem Fluss liegen Wiesen und Felder. Ein weites Land.

»Was heißt eigentlich Diwaniol?«, frage ich. Anita kennt das Wort nicht.

»Horizont«, sagt Merweta.

30

»Ich wäre gerne freiwillig in das Land meiner Mutter gereist«, sagt Anita. Das Wasser glitzert in der Nachmittagssonne, das Land, auf das wir blicken, sieht friedlich aus. »Ich lasse mich aber nicht dazu zwingen, in ein Land zu reisen«, fährt Anita fort. »Und ich lasse mich nicht über eine Grenze stoßen, die irgendjemand gezogen hat.«

Anitas dunkle Stimme erfüllt den Wagen mit Klarheit und Wehmut.

»Im Land meiner beiden Mütter kann ich nicht bleiben. Ich muss zurück. Auch wenn ich weiß, dass wir in Deutschland nicht willkommen sind. Und dass wir nicht in Deutschland bleiben dürfen, auch wenn unser Leben hier in Gefahr ist. Denn wie sollen wir das beweisen?«

»Wir müssen einen langen Atem haben«, sagt Stammeier. Er will Anita bei ihrem Plan, nach Deutschland zurückzukehren und dort um ihre Aufenthaltsgenehmigung zu kämpfen, helfen. Auch wenn er sich keine Illusionen macht. Es wird ein langer Weg werden, sagt er, und dass sein Artikel, den er schreiben wird, nur der Anfang sein kann. Viel stärker sei die Kraft, die wir, die junge Generation der Roma und Gadsche, wie er sagt, aufbringen müssen.

»Es ist eure Geschichte«, sagt er. »Die Geschichte von Anita und Manusch!«

Im Geiste habe ich schon begonnen, sie weiterzuerzählen und etwas aus ihr zu machen. Gemeinsam mit Anita, aber nicht zur gleichen Zeit am gleichen Ort. Denn ich werde hierbleiben, bei ihrer Familie, während sie mit Stammeier nach Hause fährt. Wir werden beide kämpfen und wir werden nicht aufgeben. Es macht mir nichts aus, hierzubleiben, natürlich nicht. Landesunkundige wie ich können hier gut leben, weil sie keine Erinnerungen an das düstere Kapitel der hiesigen Geschichte haben. Mehr und mehr Landesunkundige sollten kommen, das gute Essen genießen und den bosanska kafa, hier studieren und arbeiten und zu Hause in Deutschland und anderswo Platz machen für diejenigen, die in ihrer Heimat oder der Heimat ihrer Mutter von der Erinnerung an das Grauen erstickt werden.

Die Landeskundigen, aus damaligen und heutigen Kriegsgebieten der ganzen Welt kommend, werden die unglaubliche Stärke, die sie durch ihre Geschichte erworben haben, mitbringen und damit auch das Land stärken, in dem sie Aufnahme gefunden haben. Anitas Familie zum Beispiel bringt etwas mit, das wir noch nicht haben und das wir nur nicht vermissen, weil wir es nicht kennen. Wir, das sind die Deutschen, zu denen sich Anita im Übrigen auch zählt und zu denen ich durch meine Staatsangehörigkeit und die Staatsangehörigkeit meiner Eltern automatisch gehöre, egal, wie ich darüber denke.

»Halt mal bitte an«, sagt Anita. Wir lassen das Auto stehen und gehen am Ufer der Neretva entlang, bis wir die Stadt erreichen.

***

Anita und ich stehen auf dem schmalen Mauervorsprung, dem höchsten Platz auf der Brücke von Mostar. Als wir springen, kerzengerade, siebenundzwanzig Meter durch die Luft, während alle Menschen, die auf der Brücke stehen, den Atem anhalten, weil noch nie ein Mädchen gesprungen ist und schon gar nicht zwei, als wir in den Fluss eintauchen und das Wasser über uns zusammenschlägt, bildet sich eine kleine Welle, die sich durch den Fluss fortsetzt und immer weiterläuft, dabei aber nicht größer und mächtiger wird, sondern bleibt, wie sie ist, unverändert, aber stetig die Richtung einhaltend.

Die Menschen auf der Brücke applaudieren und rufen Bravo, sie können sich gar nicht mehr beruhigen. *Zwei Mädchen, unglaublich. Seit Generationen springen doch nur junge Männer von der Brücke! Wie kann das sein!* Unten am Ufer warten nicht nur Merweta und Stammeier, sondern Anitas ganze Familie. Die ganzen Bewohner von »Pristina« sind gekommen, um den Sprung zu sehen, den eine von ihnen gewagt hat. Oder zwei von ihnen, je nachdem, wie man das betrachten will …

»Zdravo Anita«, sage ich. Tschüss, und bis bald!

Wir stehen nicht am Ende, sondern ganz am Anfang. Nichts ist heil, aber alles ist offen.

Danksagung

Die Geschichte von Anita und Frida ist frei erfunden. Inspiriert hat mich beim Schreiben Anita Osmani, der ich von Herzen danke. Ich wünsche ihr und dem ganzen jungen Team des Freien Theaters *boat people projekt*, – Ali, Rouaa und Rahaf, Reshad, Goitom, Mulor, Wassiullah, Kamal, Aland, Mnase, Dawit, Ataklti, Berihu, Khodabaksh, Abdiwahad, Khalid, Khalat, Nauf, Akebom, Sidar, Edison, Ahmad, Denis, Hanan, Asmaa, Mechail, Mariam, Mohammed, Hasan, Redoine, Waqar, Sarkash, Zoran, Rose und Jay –, in Deutschland bleiben und selber entscheiden zu dürfen, wo sie leben werden.

Anmerkung der Autorin

Bosnienkrieg:

Jugoslawien war ein Vielvölkerstaat. Dieser bestand aus den Teilrepubliken Slowenien, Kroatien, Serbien, Montenegro, Mazedonien und Bosnien-Herzegowina sowie aus dem Kosovo und der Vojvodina, zwei autonomen Provinzen innerhalb Serbiens. Belgrad war die Hauptstadt von Jugoslawien, heute ist es die Hauptstadt von Serbien.

Der Krieg brach im Jahr 1992 aus. Wie kann ein Krieg ausbrechen wie eine Krankheit? Wo hat er begonnen und durch wen? Die Chronologie der Ereignisse, die zum Krieg führten, ist kompliziert, und Politikwissenschaftler/innen können die Zusammenhänge besser beschreiben als ich. Fakt ist, dass die verschiedenen Volksgruppen in Jugoslawien jahrzehntelang friedlich miteinander lebten. In der ehemals jugoslawischen Teilrepublik Bosnien-Herzegowina lebten Bosniaken, wie man den muslimischen Teil der Bevölkerung nennt, Serben und Kroaten in guter Nachbarschaft. Mehr noch: Es gab viele gemischt-ethnische Familien. Und die Minderheit der Roma lebte zwar am Rande der Gesellschaft, aber vielfach in gut organisierten, Handel und Handwerk betreibenden Mahalas, eigenständigen Siedlungen.

Mit dem Zusammenbruch des Sozialismus Ende der 1980er-Jahre wurden nationalistische Strömungen stärker, Vorbehalte gegenüber der scheinbaren oder tatsächlichen serbischen Dominanz wuchsen bei den anderen Volksgruppen.

Ende 1991 stiegen die Spannungen in Bosnien-Herzegowina stark an. Schließlich kam es zu bewaffneten Auseinandersetzungen zwischen den drei genannten Volksgruppen. Die Hauptstadt Jugoslawiens lag ja in der serbischen Teilrepublik, hier war also auch der Regierungssitz; von hier aus regierte Präsident Slobodan Milošević, der jetzt die serbische Armee ermächtigte, die Unabhängigkeitsbestrebungen anderer Teilrepubliken gewaltsam zu unterdrücken. Es kam zum Krieg. Die serbischen Soldaten zerstörten muslimisch und kroatisch bewohnte Städte und Dörfer und verminten sie, um Geflüchtete von der Rückkehr in ihre Wohnorte abzuhalten. Vergewaltigungen gehörten zur Kriegsführung. Unvorstellbare Verbrechen an der Menschlichkeit wurden in Konzentrationslagern verübt.

Zwischen den Bevölkerungsgruppen entstanden wechselnde Koalitionen, teils offen, teils verdeckt. Mal kämpften Bosniaken und die in Bosnien lebenden Kroaten auf einer Seite, mal verhandelten Kroaten und Serben über eine Aufteilung der muslimischen Gebiete. Auch die Kroaten versuchten, möglichst weitreichende Gebiete zu erobern, um sie dem Mutterstaat Kroatien einzuverleiben. Gewalt herrschte auf allen Seiten. Mostar geriet unter kroatische Belagerung. Sarajevo wurde von Serben eingeschlossen. Dieser Belagerungsring hielt drei Jahre. Elftausend Menschen wurden in Sarajevo getötet. Erst der Friedensvertrag von Dayton, Ende 1995, beendete den Krieg. Der Vertrag regelte die Gründung von Bosnien-Herzegowina als selbstständiger Staat. Er besteht aus zwei Teilstaaten: der serbischen Republik, Republika Srpska, und dem bosniakisch-kroatischen Teilstaat, der Föderation Bosnien und Herzegowina.

Die Roma, die niemals einen Krieg begonnen haben und kein eigenes Land für sich beanspruchen, wurden zwischen den Krieg führenden Parteien aufgerieben. Heute werden sie überall in den Ländern des ehemaligen Jugoslawien, insbesondere in Bosnien-Herzegowina, Serbien und dem Kosovo, extrem diskriminiert.

Kosovo 1998/99:

Der Kosovo gehörte zu Serbien, die Bevölkerung bestand mehrheitlich aus Albanern. Viele Albaner wollten den Kosovo von Serbien trennen und eigenständig sein. Eine Untergrundorganisation, die UÇK, bildete sich. Zu Beginn setzte sich die UÇK aus einer kleinen Zahl trainierter Soldaten, ehemaligen politischen Gefangenen und jungen Männern der Landbevölkerung zusammen, die mit Gewehr und uniformähnlicher Kleidung ausgestattet waren. Sie bekam jedoch bald regen Zulauf von Freiwilligen. Die UÇK schmuggelte Waffen aus dem benachbarten Albanien in den Kosovo und machte zunächst mit vereinzelten Anschlägen auf sich aufmerksam. Als die UÇK Anfang 1998 erstmals offen serbische Polizeiposten angriff, kam es zu bürgerkriegsähnlichen Zuständen im Land. Die UÇK suchte sich Verstärkung im Ausland. Sie überzeugte insbesondere die USA und auch Deutschland davon, dass die Serben einen Völkermord an den Kosovaren verübten. Bilder einer angeblichen humanitären Katastrophe gingen durch die Medien.

Aber diese Bilder waren manipuliert. Kämpfe zwischen der albanischen Rebellentruppe und serbischem Militär waren eine große Gefahr für die Bevölkerung, aber eine humanitäre Katastrophe gab es nicht. Im Bosnienkrieg hatte es einen Völkermord gegeben. Hier hatte der Westen nicht reagiert. Im Kosovo griff der Westen ein. Nachdem Bilder eines angeblichen Konzentrationslagers im Stadion von Pristina in die Welt geschickt wurden – eine Fotomontage, wie später bewiesen wurde –, bombardierte die NATO (ohne Mandat der UN!) den Kosovo. Im Bosnienkrieg hatte man die reale humanitäre Katastrophe nicht verhindert. Im Kosovo löste man die humanitäre Katastrophe selbst aus.

Die Angriffe auf Pristina waren verheerend für die gesamte Bevölkerung. Insbesondere Roma flüchteten aus dem Kosovo. Fluchtgrund für viele Roma, ob muslimisch oder serbisch-orthodox, war nicht nur die Angst vor den Bomben, sondern davor, zwischen die Fronten von albanischer UÇK und serbischen Milizen zu geraten. Nach der NATO-Intervention wandten sich albanische Extremisten überall im Kosovo gegen Minderheiten. Sie bedrohten die Roma-Familien und forderten sie auf, ihre Häuser und Wohnorte zu verlassen. Oft setzten sie ihnen eine Frist von wenigen Minuten oder Stunden. Viele Roma konnten nur mit der Kleidung, die sie am Körper trugen, entkommen. Meistens wurden dann die Häuser in Brand gesetzt oder mit anderen Mitteln zerstört. Viele Flüchtlinge kamen 1999 aus dem Kosovo nach Deutschland. Heute droht ihnen die Abschiebung dorthin zurück.

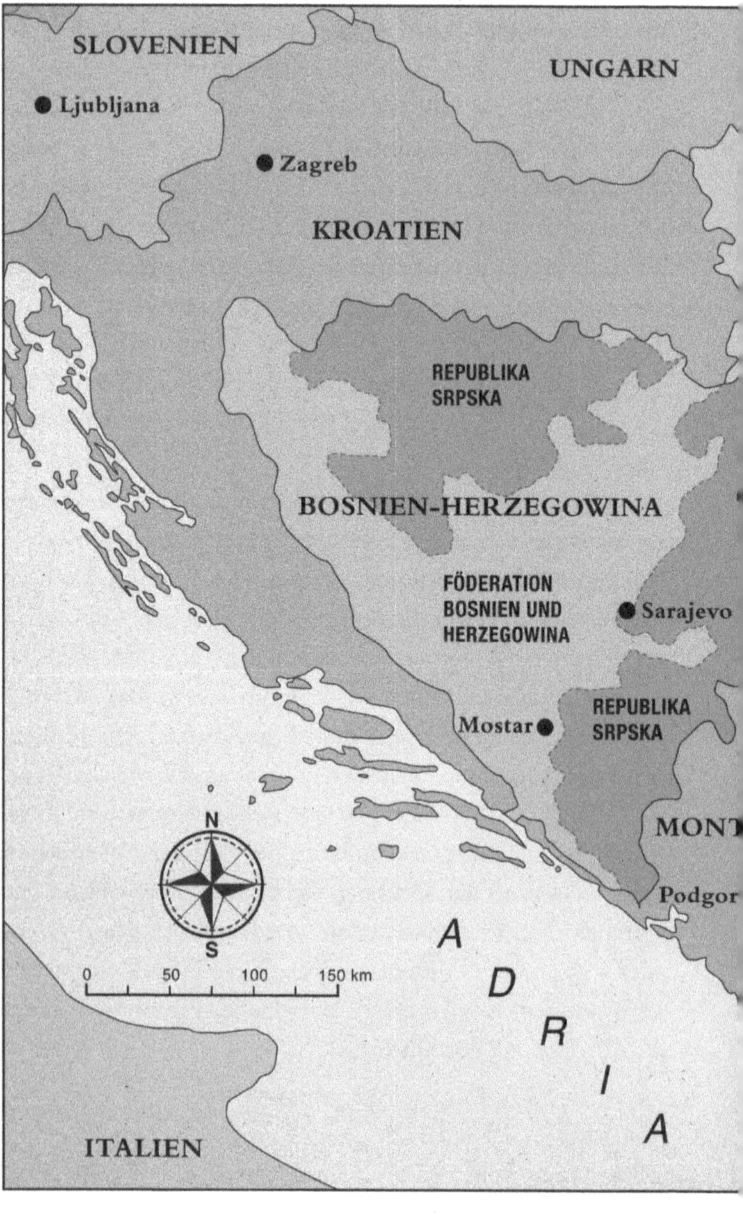
SLOVENIEN
Ljubljana
UNGARN
Zagreb
KROATIEN
REPUBLIKA
SRPSKA
BOSNIEN-HERZEGOWINA
FÖDERATION
BOSNIEN UND
HERZEGOWINA
Sarajevo
Mostar
REPUBLIKA
SRPSKA
MONT
Podgor
N
S
0
50
100
150 km
A
D
R
I
A
ITALIEN

RUMÄNIEN
Novi Sad
Belgrad
SERBIEN
RO
Sofia
Pristina
KOSOVO
BULGARIEN
Skopje
LBANIEN
MAZEDONIEN
Tirana
GRIECHENLAND

Patrycja Spychalski

Auf eine wie dich habe ich lange gewartet

ca. 256 Seiten, ISBN 978-3-570-30973-5

Ab ans Ende der Welt, heißt es für Großstadtmädchen Laura – dort, wo sich höchstens die Wildgänse und Mamas neue Hühner gute Nacht sagen. Wie soll sie es da nur aushalten? Aber das piefige Kaff hat dann doch etwas zu bieten: Enzo, den süßen Sohn des Pizzeriabesitzers, und Irina, das hübsche, durchgeknallte Mädchen, mit dem Laura sich auf Anhieb versteht, Musik hört, am Bach herumliegt und ... dann passiert es: Auf einer Party küsst Irina Laura – und Laura küsst Irina. Doch so unerwartet schön, so schrecklich verwirrend sind ihre Küsse auch. Bin ich lesbisch?, googelt Laura. Und wenn ja, warum dann dieses irre Kribbeln, wenn sie Enzo sieht?

30191

www.cbt-buecher.de